Temporada de huracanes
Fernanda Melchor

태풍의 계절

페르난다 멜초르

암실문고

암실문고
태풍의 계절

발행일
2022년 12월 25일 초판 1쇄

지은이 | 페르난다 멜초르
옮긴이 | 엄지영
펴낸이 | 정무영, 정상준
펴낸곳 | (주)을유문화사

창립일 | 1945년 12월 1일
주소 | 서울시 마포구 서교동 469-48
전화 | 02-733-8153
팩스 | 02-732-9154
홈페이지 | www.eulyoo.co.kr

ISBN 978-89-324-6135-9 04870
세트 ISBN 978-89-324-6130-4

에릭을 위해서

목차

그도, 역시, 이 우연한 연극에서
맡은 배역을 그만두었다
그도, 역시, 자기 차례가 되자 변해 버렸다
완전히 다른 모습으로
그러자 무시무시한 아름다움이 탄생한다.

— W. B. 예이츠 —
「1916년 부활절 Easter, 1916」

여기에서 이야기하는 사건들 중 일부는
실제로 일어난 것이다.
하지만 여기에 등장하는 이들은
모두 가공의 인물들이다.

— 호르헤 이바르구엔고이티아 —
『죽은 여인들 Las Muertas』

옮긴이. 엄지영

한국외대 스페인어과를 졸업하고, 동 대학원과 스페인 마드리드 콤플루텐세대학에서 라틴 아메리카 소설을 전공했다. 현재 전문 번역가로 활동 중이다. 옮긴 책으로는 『인공호흡』, 『7인의 미치광이』, 『계속되는 무』, 『말라 온다』, 『까떼드랄 주점에서의 대화』, 『사랑 광기 그리고 죽음의 이야기』, 『영혼의 미로』, 『침대에서 담배를 피우는 것은 위험하다』, 『리틀 아이즈』 등이 있다.

일러두기

1. 본 작품은 『Temporada de huracanes』(Literatura Random House, 2017)를 번역한 것이다.
2. 각주는 모두 한국어판의 번역자와 편집자가 작성한 것이다.
3. 화살표가 포함된 각주 표기는 해당 각주가 그다음 쪽에 실려 있음을 뜻한다.

I

그들은 강에서 이어지는 좁은 샛길을 따라 농수로에 도착했다. 한낮의 햇빛이 눈부셔 두 눈을 가늘게―눈이 거의 붙을 정도로―뜬 채, 일전도 불사하겠다는 각오로 새총을 단단히 쥐고 있었다. 그들은 모두 다섯이었고, 유일하게 수영복을 입은 이가 그들의 우두머리였다. 5월 초라 아직 높이 자라지 않은 사탕수수 밭의 말라붙은 줄기 사이로 그의 빨간색 수영복이 반짝거렸다. 나머지는 반바지 차림으로 그를 뒤따라갔다. 장화를 신은 듯 종아리까지 진흙으로 범벅이 된 이 넷은 그날 아침 일찍 강에서 건져 양동이에 한가득 담은 작은 돌멩이를 번갈아 가며 들었다. 그들은 언제든 온몸을 바칠 각오를 한 것처럼 잔뜩 인상을 쓴 채 사나운 표정을 지었고, 그런 분위기 탓에 그들 중 막내는 감히 무섭다는 말을 꺼낼 엄두도 내지 못했다. 등 뒤의 나무에 척후병처럼 숨어 있는 작은 새의 울음소리도, 갑자기 나뭇잎이 바스락거리는 소리도, 그의 얼굴 앞으로 공기를 가르며 휙 하고 날아가는 돌멩이 소리도, 하얀 하늘에 콘도르들이 새까맣게 날아다니는 가운데 얼굴에 모래를 한 주먹 맞은 것보다 더 고통스러운 냄새, 그러니까 곧바로 뱃속으로 들어와서는 발걸음을 돌리고 싶다는 생각이 들기도 전에 구역질을 불러일으킬 정도로 지독한 악취를 풍기는 후덥지근한 바람도 그를 막지 못했다. 그는 매복의 징후를 발견하는 즉시 상대의 머리통을 박살내기 위해 가죽 주머니에 돌멩이를 가득 채우고 새총의 고무줄을 팽팽히 당긴 채 일행의 꽁무니를 살금살금 뒤따랐다. 그러다 우두머리가 소들이 지나다니는 좁은 길 가장자리를 손으로 가리켰고, 다섯은 일제히 마른 풀밭 위를 기어가기 시작했다. 마치 한 몸처럼 바짝 붙어서 움직이던 그들 주변으로 파리 떼가 새까맣게 몰려들었다. 그들은 마침내 누런 물거품 위로 떠오른 것을 보았다. 그건 갈대와 길에서 바람에 날려 온 비닐봉지 사이로 모습을 드러낸 죽은 이의 부패한 얼굴이었다. 한 무더기의 검은 뱀들 속에서 거무죽죽한 빛깔의 가면처럼 꿈틀거리는 그 얼굴은 웃고 있었다.

II

그녀는 자기 어머니와 마찬가지로 마녀라는 이름으로 불렸다. 그녀가 치료와 주술을 업으로 삼기 시작했을 무렵에는 새끼 마녀라 불렸고, 그러다 산사태가 나던 해에 홀로 남게 된 뒤부터는 그냥 마녀가 되었다. 어쩌면 그녀에게는 또 다른 이름이 있었을지도 모른다. 그렇다면 그 이름은 시간이 흐르면서 닳아 해지고 벌레 먹은 문서에 기록된 채, 노파가 비닐봉지와 때 묻은 헝겊 조각, 그리고 한 움큼 뽑은 머리카락과 뼈와 음식 찌꺼기로 채워 넣은 옷장 서랍 속에서 오래도록 잠들어 있을 것이다. 언젠가 그녀도 다른 마을 사람들처럼 이름과 성을 얻었을지 모르지만, 그 이름을 아는 사람은 아무도 없었다. 심지어 금요일마다 그 집에 가던 여인들도 그녀가 다른 이름으로 불리는 것을 들어본 적이 없을 정도였다. 어머니는 새끼 마녀를 가까이 오라고 하거나 입다물라고 할 때, 아니면 찾아온 여인네들의 하소연을 듣는 동안 탁자 아래 들어가서 꼼짝도 말라고 할 때마다 그녀를 너, 이 멍청아, 너 이 망할 년아, 너, 이 씹할 악마의 딸년아, 라고만 불렀다. 그 집을 찾은 여인네들은 자신의 기구한 운명, 육신의 고통과 불면증, 꿈에 나타난 죽은 식구나 친척, 산 사람들과 티격태격한 일, 아니면 돈—거의 대부분 돈 문제였다—타령을 하는 내내 훌쩍거렸다. 그밖에 자기 남편과 도로변의 매춘부가 얽힌 이야기 같은 것도 넋두리하듯 늘어놓았다. 한창 새로운 희망에 들떠 있는데 왜 나를 버리고 떠나려고 하냐고요. 그녀들은 마녀에게 속내를 털어놓으며 울음을 터뜨리곤 했다. 대체 왜 그러는 거죠. 그녀들은 신음하듯 울부짖었다. 이럴 바에는 차라리 죽는 게 낫겠어요. 쥐도 새도 모르게 단숨에 사라지면 얼마나 좋을까요. 그러곤 두르고 있던 숄의 한 귀퉁이로 눈물을 닦는 것이었다. 여자들은 언제나 얼굴을 가린 채 마녀의 부엌에서 나갔는데, 그러지 않으면 남 말하기를 좋아하는 이들이 그 틈을 놓치지 않고 동네방네 돌아다니며 소문을 낼 게 뻔했기 때문이었다. 글쎄 그 여자가 누군가에게 복수하려고, 아니면 남편의 등골을 빼먹으려는 매춘부에게 저주를 내리려고 마녀와 함께 있는 걸 내 두 눈으로 똑똑히 봤다니까. 없는 이야기를 지어내기 좋아하는 여자들이 그런 헛소문을 퍼뜨리기는 무척 쉬웠다. 앉은 자리에서 감자를 1킬로그램이나 먹어치우고 체해서 집에 뻗어 버린 망나니 아들놈에게 줄 소화제나 피로를 몰아내는 차 또는 배앓이를 낫게 해 주는 연고를 얻으려고, 아니면 그저 한동안 부엌에 주저앉아 속절없이 목구멍까지 차오르는 서러움과 아픔을 속 시원하게 털어놓으려고 마녀를 찾는 아낙네들이 늘 있었기 때문이다. 마을에 그런 이야기가 떠돌아도 마녀는 가만히 듣기만 할 뿐, 눈 하나 깜짝하지 않았다. 심지어 사람들은 그녀가 자기 남편을, 다름 아니라 나쁜 놈으로 악명이 높던 마놀로 콘데를 죽였다고, 그것도 그 망할 놈이 가진 돈과 집과 땅을 차지하기 위해서 그랬다고 수군거렸다. 100헥타르에 이르던 그의 경작지와 목초지는 그의 아버지로부터 물려받은 것이었다. 마놀로 씨의 아버지는 한때 사업을 한답시고 늘 되지도 않는 일을 벌였지만, 결국 소작료나 받으면서 평생 놀고먹을 생각으로 제당 공장 조합장에게 자기 땅을 조금씩 팔았다. 그리고 남은 땅은 아들에게 물려주었다. 그 농장은 원체 넓었기 때문에 마놀로 씨가 죽었을 무렵에도 상당히 넓은 면적이 남아 있었고, 거기서 거둬들이는 월세만 해도 상당했다. 마놀로 씨와 저 먼 몬티엘 소사에 사는 정실부인 사이에는 이미 학업을 마치고 장성한 아들이 둘 있었는데, 그들은 그 소식을 듣자마자 한걸음에 마을로 달려왔다. 급성 심근경색이에요. 비야에서 온 의사는 사탕수수 농장 한복판에 있는 집에 차려진 빈소에 도착한 두 아들에게 말했다. 의사의 말이 떨어지기가 무섭게 두 아들은 사람들이 보는 앞에서 마녀에게 다음 날 당장 집을 비우고 마을을 떠나라고 말했다. 그들은 심지어 미치지 않고서야 어떻게 더러운 매춘부가 자기 아버지의 재산인 땅과 집에 손 댈 생각을 하냐면서 악담을 퍼부었다. 그 집은 계단과 난간이 천사 석고상으로 장식되어 있고 천장도 높아서 마놀로 씨의 포부만큼이나 웅장한 인상을 풍겼지만, 오랜 세월이 흐른 뒤에도 여전히 완공되지 않은 채 흉하게 방치되어 있었다. 그런 탓에 천장에 박쥐들이 둥지를 튼 그 집 어딘가에는 마놀로 씨가 아버지로부터 물려받았지만 은행에 맡기지 않은 돈과 다수의 금괴, 그리고 다이아몬드, 그러니까 다른 이들은커녕 그의 아들조차 본 적이 없는 다이아몬드 반지가 숨겨져 있다는 소문이 돌았다. 사람들의 이야기에 의하면, 얼마나 크던지 가짜로 보일 정도였다던 그 다이아몬드는 마놀로 씨의 할머니인 추시타 비야가르보사 데 로스 몬테로스 데 콘데 부인이 남긴 유물이었다. 따라서 그 물건은 법적으로나 도덕적으로 당연히 두 아이의 어머니 즉 하느님과 사람들 앞에서 혼인 서약을 한 마놀로 씨 정실부인의 소유물이어야 했다. 천하고 비열할 뿐만 아니라 사람을 잡아먹고도 남을 외지 출신 매춘부에게 그런 걸 줄 수는 없었다. 마녀는 귀부인 행세를 하면서 거드름을 피웠지만, 사실 그녀는 마놀로 씨가 평원의 외로운 삶을 견디지 못하고 본능적 욕구를 채우기 위해 밀림의 오두막에서 데리고 온 매춘부에 지나지 않았다. 자세한 내막이야 알 도리가 없지만, 그녀가 정말로 악마의 유혹에 넘어간 인간일 거라고 믿는 이들도 있었다. 하긴 그녀가 산꼭대기 근처에 있는 오래된 유적 틈에서 자라는 야생 약초에 관해 알고 있었던 걸 보면 크게 틀린 말은 아닌 듯했다. 정부 보고서에 따르면 그 유적은 아주 오래 전, 그러니까 스페인 사람들보다 먼저 이 땅에 도착해서 터전을 잡은 고대인들의 무덤이었다고 한다. 스페인 사람들은 배에서 눈앞에 펼쳐진 광경을 보고 먼저 찾은 사람이 임자라고 말했다. 이제 이 땅은 우리들, 카스티야 왕국[1]의 소유다. 몇 명 남지도 않은 고대인들은 살던 땅을 버리고 산속으로 떠날 수밖에 없었고, 결국 그들은 모든 것을, 자기들이 모시던 사원의 돌마저 포기하고 말았다. 그러다 1978년에 몰아닥친 허리케인으로 인해 산사태가 일어났을 때, 약초들이 자란다고 전해지던 그 유적은 라마토사[2] 지역에 있는 백 가구 이상의 주택과 함께 토사土砂 무더기 아래에 영원히 묻혀 버렸다. 아무튼 마녀는 거기서 가져 온 약초를 달여 누구도 알아낼 수 없는 무색무취의 독약을 만들었다. 비야에서 온 의사조차 마놀로 씨가 심근경색으로 사망했다고 자신 있게 말했던 것도 바로 그 때문이었다. 하지만 고집 센 두 아들은 쉽게 물러서지 않고 자기 아버지가 독살되었다고 단언했고, 나중에는 마을 사람들까지 가세해서 마놀로 씨의 두 아들 역시 마녀가 죽인 것이라고 주장하기에 이르렀다. 그 사정은 이러했다. 마놀로 씨의 장례식 날, 그의 두 아들은 차량 행렬의 선두에 서서 비야의 공동묘지로 향했는데, 도로에서 악마가 등장해 그들을 모두 데려가고 말았던 것이다. 그들의 앞을 달리던 트럭에서 철근이 떨어져 그들을 덮쳤고, 둘은 그 자리에서 즉사했다. 그 다음 날 일간지에 실린 사진에는 피로 얼룩진 철근밖에 보이지 않았다. 기가 막힐 노릇이었다. 어떻게 그런 일이 일어날 수 있는지, 어떻게 꽁꽁 묶어 놓은 철근이 풀어져 뒤에 따라오던 자동차 앞 유리창을 박살내고 그들의 몸을 꿰뚫을 수 있었는지 설명할 길이 없었다. 물론 나름대로 머리를 써서 이 모두가 마녀 때문이라고, 마녀가 그들에게 저주를 내린 탓이라고 주장하는 이도 없지는 않았다. 저 사악한 여자가 집과 땅을 잃지 않으려고 마술의 힘을 쓰는 대가로 악마에게 영혼을 팔았다는 주장이었다. 마녀가 낮이나 밤이나 집 안에만 처박혀 일절 밖으로 나오지 않은 것도 그 무렵부터였다. 콘데 일가에게 보복을 당할까 두려워서 그랬을 수도 있지만, 무언가를 숨기려 했을 수도 있었다. 잠시도 눈을 뗄 수 없는 비밀이나, 그녀가 단단히 지키고 있지 않으면 안 되는 무언가가 집 안에 있었을 가능성 말이다. 시간이 흐를수록 그녀는 점점 더 야위고 창백해져 갔다. 그 무렵 그녀의 눈을 쳐다본 사람들의 팔에는 소름이 돋았는데, 그녀가 미친 것 같아 보였던 것이다. 의지할 데 없던 그녀에게 먹을 것을 갖다주기 시작한 사람들은 바로 라 마토사의 여인들이었다. 그러면 마녀는 그 보답으로 집 안마당에 심은 약초나 그 여자들을 언덕으로―그 당시에

---

1   **Reino de Castilla.** 중세 이베리아반도의 중앙에 있던 왕국. 반도를 차지하고 있던 모로족을 몰아내고 스페인을 재정복Reconquista하는 데 중심적인 역할을 했다.

2   **La Matosa.** 멕시코 동부 해안의 베라크루스Veracruz주 알바라도 Alvarado시에 있는 한 구역

는 아직 언덕이 있었다―보내 캐 온 식물을 달여 만든 각종 치료제와 약물을 안겨 주었다. 마을 사람들이 밤하늘을 날아다니며 마을 사이의 흙길을 따라 집으로 걸어가던 남자들을 뒤쫓는 짐승들을 보기 시작한 것도 그 무렵이었다. 그 짐승들은 날카로운 발톱을 벌린 채 남자들을 공격하거나, 무서운 눈빛을 번득이며 그들을 낚아채 지옥까지 날아갈 기회를 호시탐탐 노리곤 했다. 한편, 마녀가 집 안 어딘가에, 특히 2층에 어떤 조각상을 숨겨 놓았다는 소문이 돌기 시작한 것도 그 무렵이었다. 그녀가 2층에는 그 누구도, 심지어는 자기를 자주 찾아오던 여자들조차 들이지 않았기 때문에 그런 의심을 받았던 것도 무리는 아니었다. 심지어 마녀가 조각상과 사통私通하기 위해 집에 틀어박혀 있다는 소문이 돌기도 했다. 그 조각상은 마체테[3]를 쥐고 있는 남자의 팔뚝만큼 길고 굵은 성기를 달고 있는 악마의 형상이었다고 한다. 마녀는 하루도 빠지지 않고 밤마다 어마어마하게 큰 조각상의 성기를 이용해 욕정을 채웠고, 그래서 남편 따윈 더 이상 필요 없다는 말을 떠벌리고 다닐 수 있었다는 것이다. 실제로 마놀로 씨가 세상을 떠난 후, 그녀는 다른 남자를 만난 적이 한 번도 없었다. 그녀는 남자라면 치가 떨렸는지, 남정네들은 모두 술주정뱅이고 게으름뱅이일 뿐만 아니라, 길바닥에 자빠진 똥개나 추접스러운 돼지와 다름없다는 등의 험담을 일삼았다. 더구나 그녀는 자기 눈에 흙이 들어가기 전에는 그 어떤 게으름뱅이 남자도 집 안에 발을 들이지 못하게 할 것이라고 공언하는가 하면, 그런 남자들을 참고 사는 마을 여자들도 한심하기는 마찬가지라고 일갈했다. 그녀는 꼭 그런 말을 할 때마다 눈빛이 반짝거리고 흥분으로 두 뺨이 발그스레하게 달아올라서 잠시 동안이나마 아름다움을 되찾은 듯 보였다. 그러면 마을 여인네들은 그녀가 옷을 벗고 악마의 몸 위에 올라타 기괴한 모습의 성기를 자기 몸속 깊숙이 밀어 넣는 모습, 그리고 불 위에 얹은 솥에서 끓는 약처럼 걸쭉한 데다 용암처럼 붉거나 초록빛을 띤 악마의 정액이 그녀의 허벅지를 타고 흘러내리는 모습을 상상하고는 얼굴을 붉히며 성호를 그었다. 그럴 때면 마녀는 그 여자들의 병을 치료하기 위해 자기가 만든 약을 한 숟가락씩 먹이곤 했다. 그 약은 타르처럼, 아니면 부엌의 식탁 아래 숨어 마녀의 치맛자락을 꽉 붙들고 있던 여자아이의─어느 날 여자들이 그 아이를 찾아냈다─헝클어진 머리카락과 눈동자처럼 검은 빛깔이었다. 입을 꼭 다물고 있던 아이는 병약해 보였고, 그래서인지 그 자리에 있던 많은 여인들은 그 아이가 더 이상 고통받지 않도록 차라리 일찍 죽게 해 달라고 속으로 기도했다. 그런

3 **Machete.** 사탕수수를 베거나 밀림에서 길을 낼 때 사용하는 일자 모양의 칼

데 얼마 후, 동네 여자들은 그 아이가 층계 밑에 앉아 다리를 꼰 채 무릎 위에 책을 펼쳐 놓고, 검은 눈동자를 굴리면서 소리 나지 않게 입술을 달싹이며 그 책을 읽고 있는 모습을 보고 깜짝 놀랐다. 그 소식은 삽시간에 비야 전체로 퍼져 나갔다. 마을 사람들은 마녀의 딸이 아직 살아 있다는 걸 알고 놀라움을 금치 못했다. 이따금씩 다리가 다섯 개 달린 새끼 염소나 대가리가 두 개인 병아리처럼 기형으로 태어나는 짐승들도 있지만, 그런 것들은 대개 눈을 뜬지 며칠 만에 죽기 마련이었다. 반면 마녀의 딸, 새끼 마녀—그 무렵부터 사람들은 그 아이를 그렇게 부르기 시작했다—, 아무도 모르는 오욕 속에서 태어난 그 아이는 날이 갈수록 몸집도 커지고 힘도 세져서 어머니가 어떤 일을 시켜도 척척 해냈다. 장작을 패거나 우물에서 물을 길어 오는 것은 물론, 장바구니를 들고 나무 상자를 걸머진 채로 오가는 데 각각 13.5킬로미터나 되는 먼 길을 잠시도 쉬지 않고 걸어서 비야 시장까지 다녀오기도 했는데, 그 와중에 한눈을 팔다가 딴 길로 돌아간 적은 한 번도 없었고, 마을의 또래 여자아이들과 어울려 수다를 떠는 일도 없었다. 동네 여자아이들은 감히 그 아이에게 말도 걸지 못했고, 헝클어진 곱슬머리와 누더기 같은 옷, 그리고 신발도 신지 않은 커다란 발을 놀릴 엄두 역시 내지 못했다. 그러기에는 너무 크고 사납게 생겼던 그 아이는 실제로도 남자아이만큼 힘이 세고 대부분의 또래들보다 영리했다. 심지어 얼마 뒤에는 그 집의 살림을 도맡아 하고 제당 공장에서 나온 사람들과 임대료를 협상하는 사람이 다름아닌 그 아이라는 사실이 밝혀졌다. 원래 공장 사람들은 마녀 모녀를 합법적으로 내쫓기 위해 그들이 헛발질을 할 날만 기다리는 중이었다. 그들은 모녀에게 소유권을 증명할 어떤 서류도 없고, 마을에서 그 집 식구를 변호해 줄 사람이 아무도 없다는 점을 이용해 손바닥만 한 땅을 빼앗으려고 혈안이 되어 있었다. 하지만 꼬마가 어찌어찌해서 돈 관리하는 방법을 익힌 덕분에 주변에 도움을 청할 일은 생기지 않았다. 게다가 이 쪼그만게 어찌나 깍쟁이 짓을 하는지, 언젠가는 부엌에 나타나더니 상담료를 써 놓은 종이를 붙이기도 했다. 따지고 보면 그건 노파─그 당시 마흔 살도 채 되지 않았지만, 주름살과 흰머리와 축 처진 살 때문에 예순 살도 넘어 보였다─, 그러니까 늙은 마녀의 정신이 오락가락하고 건망증이 심해진 탓이었다. 그녀는 깜빡 잊고 돈을 받지 않기 일쑤였고, 동네 여자들이 주는 것이면 흑설탕 막대나 이집트 콩 250그램, 반쯤 썩은 레몬 한 봉지나 구더기가 끓는 생닭처럼 쓸모없는 물건마저 그냥 받는 경우도 잦아졌다. 평소 말이 거의 없던 새끼 마녀는 이를 보다 못했는지 어느 날 부엌에 불쑥 나타나 걸걸한 목소리로 말했다. 상담료로 선물을 갖고 오시는 것 같은데, 그걸로는 어림도 없어요. 그런 식으로 어영부영 때우려고 하시면 안 된다고요. 이제부터는 의뢰하는 문제의 난이도, 어머니가 써야 할 방법, 그리고 문제를 해결하는 데 필요한 주술의 종류에 따라 요금이 정해질 거예요. 외간 남자를 자기 앞에 무릎 꿇게 만든다든지, 아니면 돌아가신 어머니를 불러내서 살아생전에 제대로 돌봐 드리지 않고 내팽개친 불효막심한 자식들을 용서해 주실 수 있는지 물어보는 일하고 치질을 고치는 일은 같을 수가 없잖아요. 안 그래요? 그러자 그날 이후 사정이 바뀌기 시작했다. 이런저런 이유로 금요일마다 마녀의 집을 찾던 여인네들은 아이의 말에 기분이 상한 나머지 발길을 뚝 끊었다. 대신 그녀들은 몸이 안 좋아지면 마녀보다 더 효험이 좋다고 소문난 팔로가초[4]의 남자를 찾아가기 시작했다. 그 무렵 텔레비전에 나오던 유명 인사들과 축구 선수들, 그리고 선거 운동을 하던 정치인들이 일부러 주도州都에서 그 먼 곳까지 찾아가는 걸 보면 그 남자가 정말 용하기는 한 모양이었다. 하지만 팔로가초까지 갈 버스비를 매번 마련할 수 없었던 여자들은 다시 새끼 마녀를 찾아가는 수밖에 없었다. 좋아! 네가 하라는 대로 할게. 그녀들이 선물 대신 돈을 가지고 오자 꼬마는 커다란 이를 드러내 보이며 말했다. 아무 걱정 마세요. 만약 가진 돈이 충분치 않으면, 여자들은 그날 걸고 있던 귀걸이나 딸아이의 목걸이, 양고기 타말 한 접시나 커피포트, 라디오, 자전거 등 여러 가재도구를 꼬마에게 담보로 맡길 수도 있었다. 하지만 돈을 늦게 가져오면 꼬마는 매일 35퍼센트나 그 이상의 이자로 돈을 빌려주는 셈 쳤기 때문에 이자까지 꼬박 물어야 했다. 그러자 마을 사람들은 그런 건 악마나 하는 짓거리라고 입을 모았다. 저렇게 교활한 계집애는 처음 봤어. 그런 못돼먹은 짓을 대체 어디서 배운 걸까? 심지어 그렇게 이자를 받아먹는 것은 날강도질이나 다름이 없다며 술집에서 언성을 높이는 이도 있었다. 그 사람은 빌어먹을 노파를 당장 관계 기관과 경찰에 넘겨야 한다고, 불법 고리대금업으로 라 마토사와 이웃 마을 주민들의 돈을 갈취한 죄로 감옥에 가두어야 한다고 목소리를 높였다. 그러나 정작 나서는 사람은 아무도 없었다. 사실 그런 형편없는 물건을 담보로 돈을 빌려줄 사람이 또 누가 있겠는가? 더구나 모두들 마녀 모녀를 끔찍이도 두려워하던 터라 그들과 척을 지려는 사람은 아무도 없었다. 심지어 마을 남정네들조차도 밤에 그 집 앞을 지나가기를 꺼렸다. 거기서 흘러나오는 이상한 소리와 고함 소리와 울부짖는 소리를 듣지 못한 사람은 아무도 없었다. 사람들은 그런 소리를 들을 때마다 악마와 사통하는 두 마녀의 모습을 떠올렸다. 반면에 늙은 마녀 혼자서 저렇게 울고

---

4   **Palogacho.** 멕시코 베라크루스주 에밀리아노 사파타Emiliano Zapata시에 위치한 구역

불고 발광하는 거라고 생각하는 이들도 있었다. 그 무렵 노파는 사람들을 거의 알아보지 못했을 뿐만 아니라, 종종 정신 줄을 놓고 오락가락했기 때문에 크게 틀린 말은 아닐 듯했다. 아무튼 마을 사람들은 그토록 불경하고 더러운 짓을 한 죄로, 특히 사탄의 딸을 낳은 죄로 하느님께서 그녀에게 벌을 내리시는 거라고 입을 모아 말했다. 말이 나온 김에 밝히자면, 마을 여인네 몇몇이 용기를 내서 꼬마의 아버지가 누구냐고 물어본 적이 있었지만 마녀는 못 들은 척 딴전을 피우기만 했다. 그 아이가 언제 세상에 나왔는지 아무도 몰랐기 때문에 그 문제는 늘 미스터리로 남아 있었다. 마놀로 씨는 분명 오래 전에 세상을 떠났고, 그녀의 남편으로 알려진 다른 사람도 없었고, 그녀는 무도회는커녕 집 밖으로 나가지도 않았던 것이다. 마을 여인네들이 그 문제에 대해 깊은 관심을 보인 것은 만에 하나 저 못돼먹은 계집아이의 아버지가 자기 남편일지도 모른다는 불안감 때문이었다. 마녀가 기분 나쁜 웃음을 흘리며 그녀들을 바라보면서 이 애가 악마의 자식이라고 말할 때마다, 여자들은 온몸에 소름이 돋는 기분이었다. 이 아이를 보고 나서 비야의 성당에 걸려 있는 그림, 그러니까 미카엘 대천사에게 패배한 악마와 비교해 보라고, 특히 그 눈과 눈썹을 봐, 그러면 둘이 아주 닮았다는 걸 알 수 있을 테니까. 그 말을 들은 여자들은 연신 성호를 그었고, 밤에는 자기들을 임신시키려고 혈

안이 된 악마가 빳빳해진 성기를 흔들며 쫓아오는 꿈을 꾸
곤 했다. 사타구니가 축축이 젖은 채 배에 찌르는 듯한 통
증을 느끼며 잠에서 깬 그녀들은 눈물을 글썽이며 카스트
로 신부에게 자신의 죄를 고하기 위해 비야로 달려갔고, 신
부는 그 따위 미신과 주술을 믿느냐며 그녀들을 꾸짖곤 했
다. 물론 마을에는 그 모든 것을 허튼소리라고 웃어넘기는
이들도 있었다. 그들에 의하면, 늙은 마녀는 실성해서 제정
신이 아니었고, 그 집 꼬마도 이웃 판자촌에서 훔쳐 온 아
이일 따름이라고 했다. 나중에는 사라후아나 노파로부터
이야기를 전해 들은 사람들도 나타났다. 그 이야기에 따르
면 어느 날 밤 그 노파의 술집에 낯선 청년들이 들이닥쳤는
데, 그들의 말투로 봐서는 라 마토사 출신도, 비야 출신도
아닌 것 같았다. 이미 고주망태로 취한 청년들은 방금 라
마토사의 어느 부인네, 그러니까 자기 남편을 죽이고 마을
에서 주술을 행하며 사는 여자와 시시덕거리며 놀다 온 이
야기를 자랑삼아 떠들어대기 시작했다. 바로 그 순간, 사라
후아나는 귀를 쫑긋 세우고 그들의 이야기를 엿들었다. 그
들이 집 안으로 몰래 들어가 그녀를 두들겨 패서 꼼짝도 못
하게 만들고는 돌아가면서 강간을 했다는 이야기였다. 그
이야기에 따르면 마녀든 아니든 간에 끔찍한 존재였던 그
여자는 여전히 색기 넘치는 외모를 가지고 있었는데, 그들
이 덮쳤을 때 몸을 비틀며 신음 소리를 토해 냈던 걸 보면

그녀 자신도 그 상황을 은근히 즐겼던 듯했다. 이렇게 후진 촌구석인데도 여자들은 다 헤픈가 봐. 그들이 말했다. 평소 버르장머리 없는 외지 청년들이 라 마토사를 가난한 촌구석이라고 빈정거렸다면, 울화통을 터뜨리면서 난동을 부리다가 결국 술집에 있던 다른 이들과 합세해서 녀석들을 흠씬 두들겨 패는 놈이 없지 않았을 것이다—사라후아나는 그런 놈들을 너무 잘 알고 있었다—. 하지만 그날은 아무도 마체테를 꺼내지 않았다. 어쩌면 칼을 뽑지 않아도 놈들을 묵사발 낼 수 있다고 생각했을 수도 있고, 아니면 그런 모욕을 귀담아 듣기에는 날씨가 너무 더웠기 때문이었는지도 모른다. 그날 사라후아나의 술집에는 눈에 띌 만한 여자는 커녕, 맥주 한 잔 값을 벌기 위해 해안의 판자촌에서 올라온 누추한 차림의 매춘부들조차 없었다. 술집 안에는 남자들과 사라[5]뿐이었다. 게다가 그들이 보기에 그녀는 남자나 다름없었다. 까무잡잡한 얼굴에 콧수염을 기른 남자들, 손에 쥐이면서 미지근해진 맥주병, 천장에서 삐걱거리는 소리를 내며 그들의 몸에서 뿜어져 나오는 열기를 가르던 선풍기, 투르의 성 마르티노[6] 성화聖畫 앞, *za-ca-ti-to pal conejo*(토끼에게 풀잎을 줘야지)[7], 촛불 옆에서 혼자 요란한 소리를 내고 있는, *tiernito-verde voy a cortar*(연한 이파리를 딸 거야), 카세트 플레이어, *pa llevarle al conejito*(우리 토끼한테 갖다주려고), 성수로 적신 리본에 묶여 있는 알로

에 베라, *que ya-empiezá desesperar, sí, señor, cómo no*(녀석
은 이미 화가 나 있을 테니까, 그럼, 물론이지), 또한 질투
심을 일으키고, 마녀가 말했듯이 그럴 만한 사람에게, 특히
남에게 악담과 저주를 퍼붓는 사람에게 재앙과 불운을 되
돌려 주는 럼주. 마녀의 집에 있던 흰 카네이션 한 송이도
그런 역할을 했는데, 그 꽃은 필레팅 나이프[8]로 베어 낸 빨
간 사과와 함께 식탁 한복판에 있는 바다 소금 접시 위에
놓여 있었다. 여인들이 금요일 아침 일찍 그녀의 집을 찾아
올 때마다 그 카네이션은 시들고 말라붙어 ─거의 썩어─ 있
었을 뿐만 아니라, 그녀들이 집에 몰고 온 나쁜 기운으로
인해 누렇게 떠 있었다. 그게 마녀가 쓰는 방법이었다. 힘들
고 어려운 시기를 보내는 여자들이 마음속에 켜켜이 쌓아
둔 부정한 기운, 사방을 모두 막아 놓은 ─늙은 마녀가 언제

5   사라후아나의 애칭

6   투르의 성 마르티노(Sanctus Martinus Turonensis: 316∼397)는
     투르의 대주교를 지낸 프랑스의 대표적인 성인으로, 프랑스 교회와
     군인들의 수호성인이다.

7   여기서 스페인어로 표기된 내용은 수페르 라마스Super Lamas의 대
     표곡 〈토끼에게 풀잎을 줘야지 Zacatito pal conejo〉의 가사 일부로,
     카세트 플레이어에서 흘러나오는 음악으로 추정된다. 수페르 라마스
     는 1981년 2월 멕시코 베라크루스주 악토판 Actopan에서 결성된 쿰
     비아 Cumbia 밴드로, 모두 27장의 앨범을 발표했다. 한편 'zacatito
     pal conejo'는 속어로 '두려워하다'라는 의미도 가지고 있다.

8   육류나 생선을 자를 때 사용하는 나이프

부터 창문을 그렇게 무서워했는지 아는 사람은 없었다—집 안의 퀴퀴한 공기 속에 자욱하게 퍼져 있지만 보이지는 않는 그 불길한 기운을 깨끗이 몰아내는 방법. 아무도 지나갈 엄두를 내지 못하는 부엌 맞은편의 어스름한 거실을 꼬마가 혼자서 어슬렁거릴 무렵, 늙은 마녀는 콘크리트 블록과 시멘트, 목재와 철망을 이용해 손수 집 안의 창문을 모두 막아 버렸고, 심지어는 거의 검은 빛깔을 띤 현관문, 그러니까 마놀로 씨를 비야의 공동묘지에 묻기 위해 관을 내 갔던 현관문 또한 절대 열리지 않도록 벽돌과 나무판자로 완전히 막아 버렸다. 그 이후로는 안마당에서 부엌으로 이어지는 작은 옆문을 통해서만 집 안에 들어올 수 있었다. 꼬마가 물을 길러 가거나 텃밭을 가꾸고 심부름을 가려면 어쨌든 밖으로 나가야 했기 때문에 그 문까지 막을 수는 없었던 마녀는 거기에 달 튼튼한 쇠창살 문짝을 맞추었고, 대장장이는 그 문의 쇠창살이 비야 교도소의 그것보다 훨씬 더 굵다고 허풍을 떨곤 했다. 그 문에는 주먹만 한 크기의 자물통이 채워져 있었으며, 그 열쇠는 언제나 마녀가 자기 브래지어 속에, 왼쪽 가슴 위에 지니고 다녔다. 마을 여인들이 찾아갔을 때 그 쇠창살문이 닫혀 있는 경우는 점점 잦아졌고, 감히 문을 두드릴 엄두를 내지 못했던 그녀들은 그저 밖에서 기다리는 수밖에 없었는데, 그러다 보면 어느 순간 시끄러운 소리가 안마당까지 새어 나오기 마련이었다. 늙은 마녀가 가구를 벽에 밀치거나 바닥에 쓰러뜨리면서 내지르는 고함과 욕지거리, 그리고 비명 소리였다. 그 사이 꼬마는—몇 년 후, 그녀는 고속 도로에서 일하는 여자들에게 그때 일을 떠올리며 말해 줄 것이다—손에 칼을 쥐고 온몸을 잔뜩 웅크린 채 식탁 아래 숨어 있곤 했다. 그때만 해도 꼬마는 아직 어렸기 때문에, 마을 사람들은 그 아이가 얼마 못 가 죽을 거라고 믿었을 뿐만 아니라, 기왕이면 어서 빨리 죽어서 고통에서 벗어나기만을 바라고 기도했다. 그러면서 조만간 악마가 그 아이를 데리러 오면 땅이 둘로 갈라지면서 마녀 모녀가 함께 저 깊은 곳으로, 지옥의 불구덩이 속으로 곧장 떨어질 거라고 믿어 의심치 않았다. 아이는 마귀가 들렸기 때문에, 또 늙은이는 자기의 주술로 여러 죄를 지었기 때문에 지옥에 떨어질 거라는 이야기였다. 따지고 보면 늙은 마녀는 마놀로 씨를 독살하고 그의 아들들에게 저주를 걸어 사고로 비명횡사하게 만들었고, 사악한 주술을 써서 마을 남자들을 아이도 못 낳는 나약한 인간으로 만들어 버렸고, 못된 여자들의 뱃속에 제대로 자리 잡은 씨앗을 꺼내 녹여서 독약으로 만들어서는 달라는 사람에게 주었고, 자기가 죽기 전에—그러니까 1978년 산사태가 일어나기 며칠 전에—집 안에 틀어박혀 꼬마에게 그 비법을 물려주는 등, 헤아릴 수 없이 많은 죄를 지었다. 기왕 얘기가 나왔으니 말인데, 해안에 허리케인이 사납게 몰아치던 그 해에는 천지를 진동하는 천둥소리와 함께 번개가 쉼 없이 번뜩였고, 하늘을 뒤덮은 먹구름에서는 며칠 동안 쉬지 않고 폭우가 쏟아졌다. 온 들판이 물에 잠겼고 모든 것이 썩어갔다. 거센 바람과 천둥소리에 정신을 잃은 나머지 우리에서 제때 빠져 나오지 못한 짐승들은 물론, 어른들의 손길이 닿지 않는 곳에 있던 어린아이들도 물에 빠져 죽었다. 결국 언덕이 무너졌고, 엄청난 굉음과 함께 바위 덩어리와 뿌리째 뽑힌 떡갈나무가 통째로 쓸려 내려오면서 해안은 거무죽죽한 진창으로 뒤덮여 버렸다. 마을의 4분의 3은 묘지로 변했고, 살아남은 이들은 울음을 참지 못한 채 벌겋게 핏발이 선 눈으로 처참한 장면을 바라보았다. 언덕에서 시커먼 물이 쏟아져 내려올 때 망고나무 가지를 간신히 붙잡았던 그들은 나무에 매달린 채 며칠 동안 버티다가 배를 타고 출동한 군인들에 의해 구조되었다. 허리케인이 산맥 속으로 물러가자 납빛 구름 사이로 다시 맑은 햇살이 비치고 땅도 굳어가기 시작했다. 사람들은 뼛속까지 물에 젖고 작은 산호처럼 생긴 이끼에 온몸이 뒤덮인 채, 살아남은 아이들과 짐승들을 이끌고 살 곳을 찾으러 비야가르보사로 몰려갔다. 그들은 짐 보따리와 사망자 및 실종자 명단을 든 채 푸념을 늘어놓으면서도, 시청 지하실과 교회 복도, 심지어는 이재민을 수용하기 위해 몇 주 동안이나 휴교한 학교를 비롯해 정부가 정해 준 곳으로 움직였다. 그 명단에는 마녀와 악귀에 씐 딸도 포함되어 있었지만, 실제로 허리케인이 몰아닥친 직후에 두 모녀를 본 사람은 아무도 없었다. 그로부터 몇 주가 지난 어느 날 오전, 꼬마가 마침내 비야의 거리에 모습을 드러냈다. 다리에 난 털만큼이나 검은 스타킹과 검은 긴소매 블라우스, 마찬가지로 검은 치마와 하이힐, 또 검고 긴 머리칼을 정수리에 둥글게 말아 올린 뒤 그 위에 머리핀으로 고정시킨 베일까지, 온몸을 모두 검은색으로 치장한 그녀를 본 사람들은 모두 충격에 빠졌다. 놀라서인지 웃겨서인지, 사람들은 그녀의 우스꽝스러운 모습을 보고 말을 잇지 못했다. 뜨거운 햇볕 때문에 머리가 타 들어갈 지경인데 저 멍청이는 어쩌자고 죄다 검은 옷을 입은 거지. 저런 꼴로 나온 걸 보면 제정신이 아닌 게 분명해. 한 해도 빠지지 않고 비야의 사육제에 등장하는 여장 남자들도 울고 가겠네. 하지만 그녀의 면전에서 낄낄대며 놀리는 사람은 아무도 없었으니, 운명의 여신처럼 차려입고 엄숙한 표정으로 시장을 향해 느릿느릿 걸어가는 그녀의 모습을 보면서 또 다른 여인, 즉 그녀의 어머니인 늙은 마녀가 마을의 절반을 삼켜 버린 수렁에 파묻힌 채 이 세상에서 영원히 사라졌다는 것을 짐작할 수 있었기 때문이었다. 비참한 죽음이었지만, 사람들은 속으로 그 주술사가 생전에 저지른 죄를 감안하면 아주 곱게 죽은 거라고 여겼다. 마을 여자들, 특히나 금요일마다 그 집을 찾던 여인네들조차 상중에 있는 딸에게 앞으로 자기들의 병을 누가 고쳐 줄 것인지, 또 주술은 누가 행할 것인지 물어볼 엄두를 내지 못했다. 사실 애초에 그런 문제에 신경 쓸 여유도 없었다. 마을 사람들이 사탕수수 밭 사이에 있는 집으로 다시 돌아오기까지, 그리고 언덕 아래에서 매몰되어 죽은 이들의 시신 위에 오두막과 판잣집이 들어서면서 라 마토사가 다시 사람들로 바글거리기까지는 꽤 오랜 세월이 걸렸기 때문이다. 그곳이 다시 붐빈 건 많은 외지인들이 고속 도로 건설 공사에서 일자리를 얻을 수 있으리라는 희망을 품고 그곳으로 몰려들면서부터였다. 비야를 관통하게 될 새 고속 도로는 마을 북쪽에 있는 팔로가초와 최근에 발견된 유전과 항구와 주도를 이어 줄 계획이었다. 공사가 시작되자 그 주변으로 임시 숙소와 간이음식점이 생겼고, 시간이 흐르면서 술집과 여관이, 그리고 매음굴이 잡초 떼처럼 생겨났다. 아스팔트 도로를 기점으로 서쪽으로는 산자락까지, 그리고 동쪽으로는 깎아지른 듯한 해안과 사납게 출렁이는 바다까지 펼쳐진 수 킬로미터의 땅은 오로지 사탕수수 밭과 목초지로 완전히 뒤덮여 있었으므로, 운전사와 건설 노동자와 보따리장수와 날품팔이들은 그 지루한 도로에서 잠시 벗어나기 위한 휴식처가 필요했던 것이다. 우기雨期가 되면 관목과 풀덤불이 덩굴처럼 뒤엉킨 채 주변의 민가와 밭을 죄다 집어삼킬 듯이 무서운 속도로 자랐다. 그러면 사람들은 도로변과 강둑과 밭고랑 등지에서 뜨거운 흙에 발을 푹 찌르고는 허리를 잔뜩 구부리고 마체테로 풀을 베어 내느라 여념이 없었다. 그렇게 너무 바빠서 그랬는지, 아니면 자존심이 너무 강해서 그랬는지는 모르겠지만, 어떤 이들은 저 멀리의 흙길 위에 서 있는 검은 옷의 유령이 우울한 눈빛으로 자기들을 바라보고 있다는 사실을 애써 무시했다. 그녀는 주로 마을에서 가장 외진 곳만 돌아다녔는데, 그런 곳에서는 얼마 전에 들어온 풋내기들이 몇 푼 안 되는 돈을 받고 무리 지어 일하고 있었다. 아직 콧수염도 자라지 않은 어린 나이였지만, 뜨거운 햇볕 아래에서 고된 노동에 시달린 그들의 피부는 밧줄처럼 억셌고 팔다리의 근육과 배는 쪼그라들 대로 쪼그라들어 있었다. 그들은 해가 떨어지기만 하면 마을 공터로 몰려나가 넝마로 만든 공을 쫓아다녔고, 그러다가 누가 제일 먼저 펌프에 도착하는지, 누가 제일 먼저 강물에 뛰어드는지, 강둑에서 던진 동전을 누가 제일 먼저 찾아내는지, 해질녘 미지근해진 강물 위로 늘어진 무화과나무 줄기에 걸터앉아 굽은 다리를 일제히 흔들면서 누가 침을 제일 멀리 뱉는지 내기하기 위해 미친 듯이 달려가곤 했다. 나무 위에서 어깨가 맞닿을 정도로 바짝 붙어 앉아있는 소년들의 등이 저녁 햇살에 비쳐 반짝였다. 어떤 등은 타마린드[9] 씨앗처럼 갈색으로 빛났고, 어떤 등은 우유로 만든 과자나 잘 익은 사포딜라[10]의 과육처럼 부드럽고 매끈했다. 계피 빛깔 혹은 자단목[11]과 비슷한 마호가니 빛깔의 피부, 물에 젖어 반짝이면서 탄력이 넘치는 피부. 저 멀리서, 마녀가 숨어서 엿보고 있는 곳으로부터 몇 미터 떨어진 나무줄기 위에서 어른거리는 빛깔들. 마녀의 눈에 그 살결들은 매끄러우면서도 아직 시고 떫은 풋과일의 과육처럼 속이 꽉 차고 단단해 보였다. 가장 매력적인, 그녀가 가장 좋아하는, 마음속으로 간절히 원하던 남자의 몸이었다. 그녀는 무성한 수풀 속에 몸을 숨기거나 밭 가장자리에 선 채로, 온몸이 딱딱하게 굳을 정도로 애타는 마음을 담아, 모든 것을 꿰뚫는 듯한 검은 눈빛 속에 욕망의 힘을 모았다. 장바구니를 팔에 걸친 채, 늠름한 육체의 아름다움에 넋을 빼앗긴 나머지 눈가가 촉촉해진 가운데, 그들의 모습을 더 잘 보고, 그들의 냄새를 더 잘 맡고, 산들바람을 타고 들판에 떠도는 남자아이들의 짭조름한 체취를 상상 속에서 음미하기 위해, 그녀는 베일을 머리 위로 걷어 올렸다. 아무리 산들바람이라고는 하지만 연말만 되면 쉴 새 없이 불어 대는 이 바람 때문에 모든 것들이 끝없이 흔들리고 있었다. 사탕수수 이파리와 닳아 해진 밀짚모자 챙, 빨간 손

---

9 콩과에 속한 상록교목으로 음료나 음식으로 사용된다.

10 사포타과에 속한 상록교목으로 껍질에서 추출한 치클레는 껌의 원료가 된다.

수건 끝자락, 그리고 사탕수수 밭을 휩쓸고 지나가면서 12월의 시든 줄기를 잿더미로 만드는 불길까지. 무죄한 어린이들의 순교 축일[12] 무렵이 되면 캐러멜 타는 냄새와 그을음 냄새를 풍기기 시작하는 그 바람은 잔뜩 찌푸린 하늘 아래 거무죽죽하게 변한 사탕수수 다발을 잔뜩 실은 채 공장 방향으로 사라지는 마지막 트럭들이 힘겨워 보였던지 그들의 등을 밀어 주는 듯했다. 그때쯤 남자아이들은 닦지도 않은 마체테를 집어넣고, 근육을 혹사하고 땀을 흘려 가며 힘들게 번 돈을 날리기 위해 도로변으로 달려갔다. 그들이 사라후아나의 낡은 냉장고에서 꺼낸 미지근한 맥주를 한 모금씩 마시는 동안, 냉장고의 덜커덕거리는 소리 사이로 *tumpa tumpa*(툼파 툼파), 쿰비아의 리듬이 흘러나왔다. *y lo primero que pensamos, ya cayó*(그래서 우리가 제일 먼저 생각한 것은 그녀가 완전히 뿅 갔다는 거였지)[13], 플라스틱 테이블 주위에 빙 둘러앉은 채, *sabrosa chiquita, ya cayó*(섹시한 아가씨, 완전히 뿅 갔다니까), 지난 몇 주 동안 일어난

---

11 콩과에 속한 상록 활엽 교목으로 건축 및 가구재로 사용된다.

12 헤롯왕의 명령으로 베들레헴에서 무고하게 살해된 어린아이들을 기념하는 날로, 매년 12월 28일이다.

13 본문에 삽입된 것은 멕시코 베라크루스 피에드라 네그라Piedra Negra 출신의 쿰비아 밴드 주니오르 클란Junior Klan의 히트곡인 〈이미 뿅 갔어Ya cayó〉 가사의 일부다.

일들을 하나씩 이야기하던 그들은 마녀를 본 적이 있다고 다들 입을 모았고, 그들 중 한 명은 길을 가다가 정면에서 마주친 적이 있다고 털어놓기도 했다. 그러나 그들은 그녀를 새끼 마녀가 아니라 그냥 마녀라고 불렀다. 아직 어려서 세상 물정에 어둡던 그들은 그녀를 늙은 마녀로 착각한 나머지, 어렸을 때 동네 여자들한테서 들었던 소름 끼치는 이야기들도 모두 그녀의 소행이라고 여기고 있었다. 그런 이야기 중에는 라 요로나(울보 여인)라는 여자의 사연도 있었다. 순간적으로 격한 감정을 이기지 못해 자기 자식을 모조리 죽인 그 여인은 화난 노새의 얼굴에 털이 부숭부숭 난 거미 다리를 가진 끔찍한 유령으로 변해 자신의 죄를 뉘우치면서 영원히 지상을 떠돌아다녀야 하는 형벌을 받았다는 이야기였다. 그리고 니냐 데 블랑코(하얀 소녀)라는 아이 유령의 이야기도 빠지지 않았다. 아이들이 할머니의 말을 듣지 않고 못된 짓을 하려고 밤에 몰래 빠져 나오면 니냐 데 블랑코가 그 뒤를 쫓아오다가 어느 순간 갑자기 이름을 부르는데, 그때 자기도 모르게 뒤를 돌아본 아이들은 해골만 남은 니냐 데 블랑코의 얼굴을 보고는 충격과 공포로 목숨을 잃게 된다는 이야기였다. 이 마녀도 그런 유령들과 같은 부류의 존재였다. 하지만 비야의 장터를 돌아다니며 장사꾼들에게 인사를 건네는, 뼈와 살을 가진 진짜 인간이었던 이 마녀는 남자아이들에게 훨씬 커다란 흥미를 가져다주었다. 마녀는 할머니나 엄마나 아주머니들이, 그러니까 남의 험담하기나 좋아하는 망할 노인네들이 지어낸 허튼소리 속의 유령과는 완전히 달랐다. 노인네들은 이 소년들의 유일한 낙이 밤에 몰래 집을 빠져나와 주정뱅이들을 겁주거나 헤퍼 보이는 여자아이에게 치근덕거리는 등의 장난질을 치면서 노는 거라는 사실을 알고 있었고, 그러다가 혹시라도 녀석들이 저 들판까지 나가 몹쓸 짓이라도 할까봐 유령 얘기들을 지어냈던 것이다. 마녀는 무슨 얼어 죽을 마녀야. 남자아이들은 입을 모아 말했다. 그 할망구가 원하는 건 좆대가리뿐이라고. 그들 중에서 제법 똘똘한 녀석이 나서며 말했다. 만약에 마녀가 나를 빨아먹는다면 여기부터 건드릴 거야. 다른 아이가 자기 불알을 잡고 말했고, 그 말이 떨어지기 무섭게 모두들 신소리를 늘어놓으며 낄낄거렸다. 그렇게 다들 트림을 하고 탁자를 손으로 내리치며 고함에 가까운 너털웃음을 터뜨리는 가운데, 망나니 같은 녀석 하나는 깊은 생각에 잠겨 있었다. 저 넓은 땅 어디에는 마녀가 숨겨 놓은 궤짝과 자루가 있을 건데, 거기에 가득 찬 금화와 돈만 있으면, 마녀가 사탕수수 밭에서 거둬들인 그 엄청난 재산만 있으면, 마을 계집애들이나 길 잃은 어린 양들이 원하는 것쯤은 얼마든지 사 줄 수 있을 거야. 안 그래? 그러나 누가 가장 먼저 나설지, 누가 먼저 용기를 내서 어둠을 뚫고 주술사의 저택에 가는 게 좋을지 말하는 아이는 아무도 없었다. 하지만 일단 그 집에 도착해서 남들에게 들키지 않도록 대문 앞에, 그러니까 부엌 문 앞에 꼼짝 않고 서 있다 보면, 갑자기 문이 벌컥 열리면서, 불쑥, 손에 쩔그렁거리는 열쇠 꾸러미를 쥔 길고 바싹 마른 여인이 나타났다. 마치 어둠 속에 둥둥 떠 있는 것처럼 가운의 검은 옷소매 밖으로 삐져나온 그 여자의 손은 창백한 야자나무 이파리 아니면 붉은 대게의 다리처럼 보였다. 가마솥을 달구고 있는 벌건 숯불에서는 희미한 빛이 새어나왔고, 부엌 안에 가득 찬 장뇌樟腦 냄새는 매일 밤 부들부들 떨면서 자기들을 기다리고 있는 그림자와 거래하기 위해 대담하게―탐욕 또는 폭발한 아드레날린, 아니면 병적인 호기심이나 절박한 필요를 등에 업고―그 집을 찾아간 남자아이들의 머리카락으로 스며들어서는 며칠 동안이나 빠지지 않았다. 아무튼 아이들은 거기서 최대한 빨리 일을 마치고 흙길을 뛰어 내려와 밭을 가로지른 다음, 도로를 따라 안전한 사라후아나의 술집에 도착했다. 그제서야 한숨을 돌린 그들은 미지근한 맥주를 마시면서 그림자가 그들을 놓아줄 때 주머니에 찔러 넣어 준 돈을 죄다 써 버렸다. 그 여자 얼굴은 볼 필요도 없더라니까. 촌뜨기 소년들이 번갈아가면서 떨어 댄 허풍에 따르면, 눈 딱 감고 그 여자가 손으로 더듬거나 입으로 핥도록 내버려 두면 그만이었다. 여자의 입은 그림자처럼 꺼끌꺼끌하고 꼬질꼬질한 베일 뒤에서 나타났다가 사라졌다. 그녀는 베일을 필요할 때만 잠깐 들어 올릴 뿐 절대로 벗지 않았는데, 아이들은 그 점에 대해서 어느 정도 고맙게 여기는 눈치였다. 또한 아이들은 희뿌연 어둠이 깔린 부엌이나 나체 여인들의 사진—종이 위의 눈동자는 모두 손톱으로 파내져 있었다—으로 도배된 복도에서 그 일을 치르는 동안 마녀가 신음이나 한숨 소리는커녕 그 어떤 말이나 난잡한 소리도 내지 않고 완전한 침묵을 지킨 것에 대해서도 고마워했다. 비록 서로의 살이 비벼지고 침이 약간 묻기는 했지만 말이다. 마녀가 그 짓의 대가로 돈을 준다는 소문이 비야와 강 건너 판자촌까지 퍼지자 사람들의 행렬이 줄을 잇기 시작했다. 계속 이어지는 순례의 행렬 속에서, 소년들과 어른들은 서로 먼저 가겠다며 싸워 대곤 했다. 그런가 하면 아예 진짜로 거기서 놀아 보려고 찾아온 이들도 종종 있었다. 그런 이들은 대개 트럭을 타고 와서는 라디오 볼륨을 양껏 높인 채 소란을 피우다가 맥주를 상자째 들고 마녀의 부엌으로 들어가 문을 닫았다. 그 안에서 파티라도 하는지 요란한 음악 소리가 흘러나오면, 이웃집 여자들, 특히 얌전한 여인들은 겁에 질려 얼굴이 새파래졌다. 그런 여자는 마을에 몇 남지 않았다. 언젠가부터 마을은 유조차들이 도로에 흘려 놓은 돈 냄새를 좇아서 어디선가 굴러 들어온 매춘부들과 작부酌婦들에 의해 점령되다시피 했던 것이다. 술집에서 춤을 추는 여자들은 바싹 마른 데다 덕지덕지 화장을 하고 있었는데, 맥주 한 병 값만 주면 손으로, 심지어는 손가락으로도 몸을 마음껏 주물럭거릴 수 있었다. 그런가 하면 고장 난 선풍기 아래에는 꽤나 통통한 여자들이 있었다. 마치 버터를 바른 것처럼 번들거리는 얼굴을 가진 그녀들은 여섯 시간 동안 쉬지 않고 놀아 준 뒤라 온몸이 마비된 듯 아무 감각도 느끼지 못했다. 자기를 고른 남자의 성기를 한 시간 내내 빨거나, 상대가 술에 취해 떠들어 대는 지루한 이야기를 듣는 척하느라 지칠 대로 지쳐 있었던 것이다. 경험이 많은 여자들은 아무도 자기를 거들떠보지 않으면 흙바닥으로 된 무대로 가서 맥주와 쿰비아 리듬, 그리고 모든 시름을 잊게 하는 툼파 툼파 리듬에 몸을 맡긴 채 홀로 춤을 추었다. 일찍 녹초가 된 여자들은 어디선가 불어오는 산들바람에 이끌려 비닐봉지가 날리는 사탕수수 밭을 정처 없이 서성였다. 세파에 찌든 여자들은 이제 남자를 만나도 새 출발을 할 수 없다는 사실을 깨달았지만, 한때나마 가슴에 품었던 아름다운 꿈이 떠오르면 깨진 이를 드러내며 활짝 웃었다. 반면에 빨래를 하러 강으로 내려가거나 우유 배급을 타러 줄을 섰다가 마을의 나이 든 아낙네들이 수군거리는 소리를 듣고 귀가 솔깃해져서는, 그 길로 마녀의 집을 찾아가 대담하게 문을 두드리는 특이한 여자들도 있었다. 마침내 상복을 입은 미친 마녀가 반쯤 열린 문 사이로 고개를 삐쭉 내밀면, 그들은 적선하는 셈 치고 마을의 아낙네들 사이에서 입소문이 자자한 물약을 자기들한테도 만들어 달라고 통사정했다. 그들이 달라고 조르던 것은 주로 좋은 남자들을 단단히 붙잡아 두고 멋대로 부릴 수 있게 해 주는 동시에 나쁜 놈들이 달라붙지 못하게 만드는 약, 쓰라린 기억만 골라서 지워 주는 약, 개새끼들이 트럭을 타고 달아나기 전에 자기 뱃속에 심어 놓은 씨앗에 나쁜 기운이 미치지 못하게 하는 약, 아니면 엄청나게 강렬한 힘을 지닌 탓에 자살하고 싶다는 어리석은 유혹마저 떨쳐 주는 약이었다. 그런데 무슨 영문인지 마녀는 돈 한 푼 받지 않고 그런 여자들의 청을 들어주곤 했다. 그건 듣던 중 반가운 소식이었다. 고속 도로 건설 현장 주변에서 일하던 여자들은 하루 벌어 하루 먹고 살기도 바빴고, 그들 중 대부분은 오입질한 남자들의 체액을 닦아 줄 수건조차 넉넉히 마련하지 못할 정도로 가난했기 때문이었다. 어쩌면 마녀가 그 여자들을 도와준 건 그들이 얼굴을 가리지 않고 엉덩이를 씰룩쌜룩 흔들며 조금의 부끄러움도 없이 자기 집으로 찾아왔기 때문인지도 모른다. 문앞에 도착하면 그 여자들은 흡연 때문에 꺽꺽 하게 쉰 목소리로 소리를 지르곤 했다. 마녀, 마녀. 어서 문 열어, 이 빌어먹을 년아. 당장 안 나오면 다 조져 버릴 줄 알아. 그렇게 한바탕 소동을 피우고 나면 검은 가운 차림에 비뚤어진 베일을 쓴 마녀가 나타났다. 한낮의 햇빛에 드러난 부엌은 난

장판이 따로 없을 지경이었다. 솥은 뒤집힌 채 뒹굴고 있었고, 더러운 바닥에는 마른 핏자국이 여기저기 튀어 있었다. 마녀의 몰골 또한 차마 눈 뜨고 볼 수 없을 만큼 처참했다. 눈꺼풀은 멍이 든 채 퉁퉁 부었고, 어디가 찢어졌는지 입술과 진한 눈썹에는 피딱지가 앉아 있었다. 마녀는 그 여자들에게만 이따금씩 자신의 고민거리를 털어놓곤 했다. 어쩌면 남자들의 포악함과 비열함을 누구보다 뼈저리게 경험한 여자들이다 보니 동병상련을 느꼈을 수도 있었다. 그녀들은 마녀에게 우스갯소리를 하면서 상처와 고통을 웃음으로 훌훌 털어 버리라며 수선을 떨었다. 대신 집 안에 들어와 가구를 죄다 뒤집어엎었고 그녀를 무지막지하게 때린 개새끼들의 이름을 똑똑히 밝히라고 부추겼다. 그녀들의 말에 따르면, 그런 새끼들은 땡전 한 푼 없는 처지라서 돈이 급하다 보니 마녀가 어딘가에 숨겨 놓았을 보물—금화는 물론, 주먹 크기만 한 다이아몬드가 박힌 반지 등—을 찾으려고 혈안이 된 놈들일 터였다. 하지만 마녀는 그건 사실이 아니라고 잘라 말했다. 집 안에 보물 같은 건 있지도 않을뿐더러, 자기는 집 주변 여기저기 흩어져 있는 땅뙈기를 제당 공장 조합에 빌려주고 거기서 나오는 소작료로 산다는 거였다. 사실 그녀가 사는 모습을 보면 크게 틀린 말이 아니었다. 방 안에는 잡동사니와 곰팡이가 슨 종이상자, 종이 쪼가리, 걸레, 라피아야자[14] 천, 속대만 남은 옥수수, 기름때가 자르

르한 한 움큼의 머리카락, 부스러기, 우유 곽, 빈 플라스틱
병으로 가득 찬 쓰레기 봉지 따위가 여기저기 널려 있어서
무슨 돼지우리 같았다. 망나니 같은 놈들이 위층 방문을 열
려고 모조리 밟아 뭉개고 때려 부순 바람에 사방이 온통 쓰
레기와 깨진 조각 천지였다. 그 방은 오래 전, 그러니까 그
녀의 어머니가 살던 시절부터 꼭꼭 닫혀 있었다. 언젠가 히
스테리 발작을 일으킨 늙은 마녀가 방 안에 있던 가구를 모
두 옮겨 단단한 떡갈나무 문이 열리지 않도록 막아 버렸던
것이다. 그 문은 훗날 비야가르보사 경찰서에 소속된 일곱
명의 경관—130킬로그램이나 나가는 리고리토 서장을 포
함해서—이 동원되고 나서야 겨우 열 수 있었다. 그런데 그
날은 바로 제당 공장 용수로에서 가엾은 마녀의 시신이 떠
오른 날이었다. 눈뜨고는 못 보겠더라고요. 사람들이 수군
거렸다. 그 아이들이 마녀를 발견했을 때 시신은 이미 퉁퉁
불었는데, 눈알이 빠져 있고, 짐승들이 얼굴의 일부를 뜯어
먹어서 형체를 제대로 알아보기도 힘들었다고 하더라고요.
그런데 그 미친 여자가 싱긋이 웃고 있는 것 같더래요. 생
각만 해도 끔찍하잖아요, 개 같아 진짜. 하지만 되는대로
말을 내뱉은 여자들의 마음속에는 자괴감이 밀려 왔다. 늙
은 마녀는 잠시 말동무만 해 주어도 돈 한 푼 받지 않고 자

14 종려나뭇과에 속한 상록 교목

기들을 성심껏 도와줄 정도로 착한 여자였던 것이다. 그래서 고속 도로변의 매춘부들과 비야의 술집에서 일하던 몇몇 작부들은 가엾은 마녀의 부패한 시신을 수습해다가 조촐한 장례식이라도 치러 주기 위해 십시일반으로 몇 푼씩 모았다. 하지만 비야 경찰서의 망할 놈들은—피도 눈물도 없는 놈들아, 모두 지옥에나 떨어져 버려라!—그 여자들에게 시신을 인도하지 않으려고 했다. 그들이 그런 결정을 내린 이유는 다음과 같다. 우선 그녀의 시신은 아직 수사가 종결되지 않은 범죄 사건의 증거물이었다. 게다가 그녀들은 피해자와의 관계를 증명할 수 있는 서류가 전혀 없어서 애초에 시신 인도를 요구할 법적 권리도 없었다. 뭐 저런 멍청한 새끼들이 다 있담! 마을에서 저 불쌍한 여편네의 이름을 아는 사람이 아무도 없는데, 대체 무슨 서류를 보여 달라는 거야? 더구나 그 여자는 우리한테도 본명을 밝히지 않았다고. 그 여자가 자기 입으로 그랬잖아. 자기는 이름이 없다고 말이야. 그래서 엄마가 자기한테 말을 걸 때는 야! 라고 하거나, 멍청아, 이 년아, 악마의 딸년아! 라고 불렀다고 말이야. 그 정도로는 성에 안 찼는지, 태어나자마자 널 죽였어야 했어, 빌어먹을 년아! 널 강에 던져버려야 했다고, 이 망할 년아! 하면서 악담을 퍼부었다지. 잘 생각해 보면 그 여자는 그렇게 집 안에만 틀어박혀서 살 수밖에 없었어. 특히 그 개 같은 새끼들이 그 여자한테 한 짓거리를 생각하면 말이야. 아, 가엾은 마녀, 불쌍한 여편네. 어쩌면 그렇게 지지리도 복이 없을까! 아무튼 이 여자 멱을 딴 짐승 같은 새끼 아니면 새끼들이나 어서 잡았으면 좋겠네.

III

그날, 예세니아는 멱을 감으려고 일찍 강으로 내려갔다. 그런데 집으로 돌아오는 길에 그의 모습이 눈에 띄었다. 그는 맨발에 셔츠도 입지 않은 차림으로 시커멓게 그은 깡통을 가슴에 안은 채 비틀거리며 길을 따라 걸어오고 있었는데, 오는 길에 넘어졌는지 까진 무릎에서 피가 줄줄 흐르고 있었다. 그런 와중에도 예세니아를 보자마자 다가와서는 강물이 어떠냐고 뻔뻔스럽게 물어보는 걸 보니, 아무래도 술이나 마약에 취한 게 틀림없었다. 마치 둘 사이에 아무 일도 없었던 것처럼, 지난 3년 동안 서로를 피한 적이 전혀 없었던 것처럼 자기한테 태연하게 말을 거는 사촌을 보고 기분이 몹시 상한 예세니아는 그를 쳐다보지도 않고 최대한 매몰차게 대답했다. 아주 맑아. 그러고는 뒤도 안 돌아보고 곧장 집으로 향한 그녀는 걸음을 옮기는 내내 그 망할 놈의 자식에게 하고 싶었던 말을, 그리고 그가 저지른 사고들과 그로 인해 고통받았던 가족들을 떠올렸다. 우선 할머니가 그 망할 놈 때문에 화병으로 몸져누웠다. 그때 받은 충격으로 할머니는 몸 한쪽이 뻣뻣이 마비되었고, 1년도 채 지나지 않아 쓰러지면서 넓적다리뼈까지 부러지는 바람에 몸을 움직이기조차 힘들어졌다. 불쌍한 할머니의 몸이 허약해지고 여위는 걸 보면 회복하기는 영영 그른 것 같았다. 하지만 독설을 퍼붓는 할머니의 버릇만큼은 변함이 없어서, 재수 없는 그놈에 대한 말만 나오면 몇 시간이고 예세니아를 들볶아 댔다. 대체 그 녀석은 여기 언제 온다니? 걔는 왜 자기 애인을 나한테 안 보여 주려고 하는 거지? 평소엔 귀가 어두웠지만 필요할 때만큼은 그 귀가 번쩍 뜨이는지, 동네에 떠도는 소문들을 어떻게든 주워듣던 할머니는 이번에도 구에라 자매가 늘어놓던 험담을 들었던 게 분명했다. 자매의 이야기에 따르면 그 망할 종자는 외지에서 온 여자하고 눈이 맞았고, 그 여자를 매춘부인 자기네 엄마의 집 뒤에 지어 놓은 오두막으로 데려가서 새살림을 차렸다는 거였다. 물론 할머니는 그놈에 관한 일이 아니더라도 예세니아를 잠시도 가만 내버려 두지 않았다. 그 괘씸한 계집애는 어떻더냐? 뭐가 그리 급하다고 살림부터 차리고 난리야? 혹시 애가 들어서기라도 했다니? 그 애는 바지런하다니? 요리하고 빨래도 잘하고? 별의 별 것이 다 궁금했던 할머니는 예세니아로부터 하나도 빠짐없이 다 듣고 싶어 했다. 그 멍청한 새끼가 더러운 짓을 하다 예세니아한테 걸린 날부터 둘은 몇 년째 서로 한마디도 하지 않는 사이라는 사실을 모른다는 듯이 말이다. 사실 얼마 전 이 비겁한 놈은 예세니아와 마주치지 않기 위해서 아예 영영 집을 떠나기로 작정한 터였다. 그러지 않으면 그녀가 할머니 앞에서 그의 면전에 대고 사실을 까발렸을 테고, 그러면 노인네도 자기 손자가 어떤 종류의 인간인지, 또 얼마나 비열한 놈인지를 뼈저리게 느끼게 되었을 테니까. 사실 그놈은 자기를 위해 모든 것을 바쳐 가며 지극 정성으로 길러 준 할머니의 은혜에 보답할 줄 모르는 기생충 같은 새끼로, 할머니만 아니었으면 이미 저세상 사람이 되고도 남았을 터였다. 할머니가 없었더라면 그를 낳은 매춘부는 먹고 살기 위해 도로변에서 호객 행위를 하느라 그를 내버렸을 테고, 그는 바구니 속에서 벌레에 뒤덮인 채 굶어 죽었을 테니까 말이다. 예세니아는 그 생각을 할 때마다 속이 끓어올랐다. 그녀는 그놈이 얼마나 배은망덕한 종자인지, 그리고 마우릴리오 삼촌의 아들놈을 맡아 키우겠다고 나선 할머니가 얼마나 어리석었는지 생각할 때마다 속이 뒤집어지는 것 같았다. 삼촌과 살던 그 망할 여편네가 돈만 주면 아무한테나 가랑이를 벌리는 매춘부라는 사실을 뻔히 알았으면서 말이다. 발비 고모는 할머니가 태생도 모르는 아이를 맡아 키우기로 했다는 소식을 듣고는 할머니에게 물었다. 저 애는 마우릴리오를 닮은 데가 전혀 없는데, 정말 모르셨어요? 또 예세니아의 어머니 네그라도 집에 들어왔다가 원숭이처럼 할머니 목에 매달려 있는 더러운 아이를 보고는 이렇게 물었었다. 가족 중에서 닮은 사람이 하나도 없는데, 그걸 모르겠다는 거예요? 한편, 예세니아는 이렇게 마음속으로 말했다. 아무래도 마우릴리오 삼촌하고 그 더러운 여자가 할머니를 만만하게 본 것 같아요. 할머니는 자나 깨나 우리의 나쁜 점만 생각하니까 진실을 바로 보지 못하는 거라고요. 그러니 '딸아이의 자식은 친손자가 분명하지만, 아들놈의 자식은 뉘 집 손자인지 아무도 모른다'[15]는 옛말이 기억날 리도 없고요. 결국 참다못한 네그라와 예세니아가 할머니의 결정을 뜯어말리려 해도 할머니는 막무가내였다. 저 아이를 가족처럼 여기고 키운다니, 그건 말도 안 돼요. 더구나 저 아이가 마우릴리오의 친아들일 리도 없는데, 그냥 고아원에 맡기는 게 상책이라고요. 내 눈에 흙이 들어가기 전에는 절대 안 돼. 인간의 힘으로는 할머니의 뜻을 도저히 꺾을 수 없었다. 하긴 자기의 유일한 손주이자 사랑하는 마우릴리오의 자식인 그 불쌍한 아이를 티나 부인이 어떻게 나 몰라라 할 수 있었을까! 더구나 가엾은 아들 마우릴리오는 건강이 너무 좋지 않아서 아이를 책임질 수도 없는 형편이 아니었던가! 그는 라 마토사로 처음 이사 왔을 때 할머니를 도와 목로주점을 차리느라 학교도 중간에 그만 둘 수밖에 없었는데, 이렇듯 자기를 위해 모든 것을 희생한 아들을 할머니가 어떻게 내팽개칠 수 있었겠는가. 그러는 너희들은 뭘 했니? 정유 트레일러 운전사나 일꾼들한테 꼬리치고 다니면서 놀아나느라 정신을 못 차렸지. 그럴 때마다 난 너네 두 딸년을 쫓아다니며 말리기 바빴어. 언제나 그랬던 것처

---

15 딸의 자식은 아버지가 누구든지 간에 손자가 틀림없지만, 아들의 자식은 여자가 속였을 수 있기 때문에 친손자인지 확실히 알 수 없다는 멕시코 격언이다.

럼 화가 치밀어 오르면 할머니는 나쁜 기억만 떠올리곤 했다. 그러나 마우릴리오라면 눈에 넣어도 아프지 않을 만큼 귀여워했던 할머니는 그가 모든 것을 다 희생한 덕분에 그나마 장사를 시작할 수 있었다고 입버릇처럼 말했다. 하지만 그건 마우릴리오가 자기를 진심으로 사랑한다고 믿기 위해 스스로 지어낸 새빨간 거짓말이었으니, 실제로 마우릴리오가 학교를 중퇴한 것은 워낙 멍청하고 게으른 데다가 방탕하게 노는 걸 좋아했기 때문이었다. 그는 도로변의 술집에서 기타를 치고 노래를 부르며 노느라 시간 가는 줄 몰랐다. 그 기타는 언젠가 할머니의 주점에서 술을 먹던 주정뱅이가 술값 대신 잡히고 간 거였는데, 결국 찾으러 오지 않아 마우릴리오의 차지가 된 물건이었다. 마우릴리오는 누구의 가르침도 없이 마당 뒤에 있던 뽕나무 아래 홀로 앉아 줄을 퉁겼고, 거기서 나는 소리를 들으며 혼자서 기타 치는 법을 익혔다. 그런 뒤에는 비야 성당의 미사에서 젊은 선교사들이 연주하는 모습을 가만히 지켜보고는 그 곡 전체를 그대로 연주하기도 했고, 스스로 곡을 만들고 거기에 외설적인 가사를 붙이기도 했다. 곡이 완성되면 그는 제일 먼저 할머니부터 찾았다. 티나 부인, 그는 늘 자기 어머니를 그렇게 이름으로 불렀다. 다른 아이 같았으면 당연히 어머니라고 했겠지만, 그는 주제넘게 언제나 이름으로, 티나 부인이라고 불렀다. 티나 부인, 그가 말했다. 이제 고속 도로

쪽으로 일하러 갈 거예요. 저도 이제 어엿한 뮤지션이거든요. 그러니 저를 기다리지도, 걱정하지도 마세요. 자리를 잡으면 용돈으로 쓰시도록 곧 몇 푼이라도 보내 드릴게요. 큰소리를 치며 집을 나선 그는 도로변 술집을 돌아다니며 기타를 연주하면서 인기를 끌었다. 그 무렵 그는 아직 어린 나이였는데도 묘하게 사람을 끄는 매력이 있었는데, 특히 커다란 모자를 뒤집어쓰고 걸쭉한 음담패설을 늘어놓으면 거기 모인 주정뱅이들은 우스워 죽겠다는 듯이 박장대소를 했다. 때마침 북부 지방의 음악이 유행하기 시작하면서 북부의 코리도[16]를 즐겨 연주하던 그의 인기는 날로 높아져 갔다. 그 음악을 연주할 때면 마우릴리오는 언제나 북부 사람들의 옷차림을 하고 무대에 섰지만, 평소 그의 옷차림은 더 화려했다. 그 무렵에 찍은 사진을 보면 그는 언제나 블루진, 피테아도[17] 벨트, 코가 뾰족한 카우보이 부츠 차림에 커다란 솜브레로 모자를 눈썹까지 푹 눌러 쓰고 있고, 여자들에게 둘러싸인 가운데 손에는 맥주를 들고 입에는 담배

---

16 corridos. 멕시코 북부에서 시작된 서사적인 민요이자 노래로, 주로 권력에 의한 억압, 역사, 범죄 등 사회적인 소재를 다루고 있다. 따라서 글자를 모르거나 매체가 없는 대중들에게는 신문과 같은 역할을 했을 뿐만 아니라, 전국적으로 유포되면서 그들의 의견이 노랫말 속에 반영되기도 했다.

17 용설란에서 뽑은 실로 가죽 혁대에 섬세한 수를 놓아 만드는 공예품을 말한다. 피테아도 piteado, 혹은 피티아오 pitiao 벨트라고 부른다.

를 문 채 정면을 응시하고 있다. 소문에 의하면 그는 기타 연주와 노래보다는 영악해 보이는 얼굴 때문에 여자들 사이에서 인기 만점이었다고 한다. 사실 다른 음악가들과 함께할 수 있는 수준은 되지 못했던 그가 음악만으로 돈을 번다는 것은 상상조차 할 수 없는 일이었다. 그는 푼돈이라도 벌기 위해 거의 구걸하다시피 살았고, 그런 까닭에 할머니에게 돈을 부쳐주기는커녕 오히려 염치없이 계속 빌붙어 살았다. 할머니는 그가 징징거릴 때마다 도와주고, 갚지도 않을 돈을 계속 빌려주고, 그가 밤늦게 술 먹고 놀다가 싸움이 붙어 흠씬 두들겨 맞았을 때는 언제나 병원에 데려가 주었다. 심지어 할머니는 마우릴리오가 마타코쿠이테[18]에 살던 남자를 살해한 죄로 푸에르토 교도소[19]에서 복역 중일 때는 일요일마다 한 번도 빠지지 않고 그곳을 찾았다. 그건 다 망나니 같았던 그 양반이 집적거리던 몹쓸 여편네 때문에 벌어진 일이었다. 먼저 그 여자가 남편의 매질을 견디지 못하고 불륜에 관한 모든 사실을 털어놓았다. 며칠 뒤, 술에 절어 살던 마우릴리오는 누군가가 자기의 행방을 찾으려고 비야를 이리저리 수소문하고 다닌다는 소식을 들었다. 자기 아내와 놀아난 마우릴리오 카마르고라는 자를 잡기만 하면 당장 죽여 버리겠다고 씩씩거리며 돌아다니고 있다는 거였다. 그 말을 들은 마우릴리오는 술을 마시다 말고 자리에서 벌떡 일어나 말했다. 내가 아니라 그 새끼가 관짝 신세를 지겠지. 씹할, 당연하지. 그는 주위 사람들에게 기타를 맡기고는 피할 수 없는 운명에 맞서기 위해 곧장 비야로 떠났다. 운 좋게도 그는 비야에 도착하자마자 어느 술집 화장실에서 그 남자와 맞닥뜨렸고, 그 남자가 등을 돌리고 일을 보는 동안 말할 틈도 주지 않고 늘 부츠에 넣어 다니던 칼로 그를 몇 차례 찔렀다. 결국 삼촌은 1급 살인 혐의로 9년 형을 받고 푸에르토 교도소에 갇히고 말았다. 그러자 티나 부인은 9년 내내 일요일이 되면 한 번도 빠지지 않고 그를 면회하러 갔고, 그때마다 그를 위해 롤리 담배[20]와 돈 몇 푼, 비누와 먹을거리 등을 가져다주었다. 할머니는 그 먼 길을 언제나 혼자 다녀왔다. 예세니아나 다른 손녀들을 데리고 가지 않았던 건 죄수들이 그 아이들을 보고 침을 질질 흘리는 꼴을 보고 싶지 않았기 때문이었다. 할머니는 전차를 타고 가다가 길을 잃을까 봐 두려웠던 나머지 언제나 버스 터미널에서 교도소까지 걸어갔고, 그러는 내내 그녀의 머릿속은 온통 사랑하는 자기 아들, 하느님께서 내려주신 외아들 생각뿐이었다. 하지만 교도소에서 무슨

---

18 **Matacocuite.** 멕시코 베라크루스주 베라크루스시에 있는 구역 이름

19 멕시코 베라크루스시의 항구에 위치한 산 후안 데 울루아San Juan de Ulúa 교도소를 가리키는 것으로 보인다.

20 **Raleigh.** 미국의 브라운 & 윌리엄슨 담배 주식회사에서 만든 담배 브랜드

몹쓸 병을 옮아 왔는지, 마우릴리오는 석방된 지 1년도 채지나지 않아 세상을 떠나고 말았다. 뭐가 그리도 급하신지하느님께서는 한창 젊은 아들을 데리고 가셨으나, 그렇게아들을 먼저 보낸 할머니는 그가 무슨 이상한 병에 걸렸던건 아니라고 말했다. 아무래도 그 좁고 어두운 곳에 오래갇혀 살다 보니 심신이 약해진 탓도 있겠고, 그보다도 함께살던 그 갈보 년이 오래 전에 다른 놈과 눈이 맞아 달아나는 바람에 크게 낙심해서 그렇게 됐다는 거였다. 하지만 네그라와 발비는 예전부터 마우릴리오가 에이즈에 걸린 게틀림없다고 여겼고, 혹시 그 몹쓸 병이 자기 딸들에게 옮을까 걱정이 되어 생전에 삼촌 근처에는 아이들이 얼씬도 못하게 했었다. 시간이 흐르면서 자기 아들이 죽어가고 있다는 사실을 더 이상 부정할 수 없었던 할머니는 어떻게든 아들을 살리려고 비야에서 가장 비싼 병원—정유업자들을 위해 지어진 병원이었다—에 입원시키기로 했다. 하지만 병원비와 약값을 다 내려면 고속 도로변에 있는 땅과 주점을 파는 수밖에 없었고, 할머니가 뭘 하려는지 알게 된 네그라와발비는 분에 못 이겨 고함을 지르며 자기 머리를 쥐어뜯었다. 엄마, 어떻게 우리한테 남은 유일한 재산을 팔 생각을한 거예요? 그 동안 먹을 거 안 먹고 입을 거 안 입으면서악착같이 모은 거잖아요. 그 망할 마우릴리오가 죽고 나면뭘로 먹고 살겠다는 거예요. 의사들도 이제 가망이 없다고 했잖아요. 그러니까 지금부터라도 장례 준비를 하는 게 훨씬 낫다니까요. 두 딸이 그렇게 나오자 할머니는 불같이 화를 냈다. 너희는 어째 돈밖에 모르냐. 망할 년들 같으니. 그렇게 욕심 부리다가는 천벌 받는다. 그리고 말이 나왔으니까 말인데, 그 술집은 너희 게 아니라 내 거다. 술집을 파는 게 정 내키지 않으면 당장 내 눈앞에서 꺼져, 이 독한 년들아. 지들밖에 모르는 이기적인 년들 같으니. 여기가 어디라고 마우릴리오가 오래 못 갈 거라는 둥 함부로 주둥이를 놀리는 거야. 별 탈만 없으면 마우릴리오는 앞으로 건강하게 오래오래 살면서 제 아들이 제대로 크는 것도 보고 나중에는 손자들까지 보게 될 거니까 두고 봐라. 그러자 발비와 네그라도 물러서지 않고 맞받아쳤다. 알았어요. 꺼지면 될 거 아니에요. 그 잘난 술집에서 배알도 없는 마우릴리오하고 한번 잘 살아 보시던가요. 우린 영원히 꺼질 테니까 앞으로 두 번 다시 보지 맙시다. 우리는 물론, 손녀들도 다시 볼 일이 없을 테니까 그리 아세요. 발비와 네그라는 곧장 자기 딸들의 손을 잡아끌면서 염소들을 몰고 나갔지만, 할머니는 그들의 뒤를 좇아가 문간에서 붙들고는 말했다. 저 아이들을 데려갈 수 있을 거라고 생각했다면 아주 잘못 계산한 줄 알아. 다른 건 몰라도 얘들이 너네처럼 매춘부가 되는 꼴은 죽어도 못 보니까. 알겠어? 네년들이 어디 가서 갈보 짓을 하든 말든 내 알 바 아니지만 저 아이들은 나하고 살 거니까 그리 알아. 네그라와 발비는 발을 동동 구르며 악다구니를 질러 댔지만, 할머니가 아이들을 놓아 주지 않는 바람에 어쩔 수 없이 아이들을 놓아둔 채 북쪽으로 떠나야 했다. 들리는 소문에 의하면 북쪽 지방에는 유전 개발 사업 덕분에 일자리가 많다는 거였다. 그렇게 떠난 그들은 마우릴리오가 세상을 떠났을 때조차 라 마토사로 돌아오지 않았는데, 어쩌면 그때 고향에 돌아오지 않은 게 잘된 일이었을 수도 있었다. 할머니가 없는 돈을 긁어모아 그 잘난 아들의 장례식을 치르는―할머니가 보기에 그건 너무도 당연한 일이었다―꼴을 봤더라면 또 억장이 무너졌을 게 분명했기 때문이었다. 마우릴리오의 장례식은 마을 사람이 오랫동안 본 적이 없을 정도로 성대하게 치러졌다. 티나 부인은 조문객들에게 양고기 타말을 돌리고 북부 음악 밴드와 마리아치[21]를 불렀을 뿐만 아니라, 모든 이들이 거나하게 취한 채로 가엾은 마우릴리오를 위해 진심어린 애도의 눈물을 흘리도록 아과르디엔테[22]를 여러 상자 갖다 놓기도 했다. 그걸로도 모자랐는지 그녀는 비야 공동묘지의 노른자위 땅을 사서 작은 예배당처럼 생긴 무덤을 만들도록 했다. 사랑하는 아들을 차마 헐한 땅에 묻을 수가 없었던 것이다. 싸구려 묘역에 묻으면 10년 후에 다른 시신을 묻기 위해 그 시신을 파낼 텐데, 자기가 앞으로 10년을 더 산다는 보장은 없었다. 그럼 만약 자기가 10년 안에 죽는다면 가엾은 마우릴리오의 시신은 누가 돌본단 말인가? 욕심 많은 딸들이 바라는 방법대로라면 마우릴리오와 그녀는 허름한 구덩이 속에 묻히고 말 터였다. 그녀가 엄청난 돈을 내고 영구적으로 사용할 수 있는 땅을 구입하기로 마음먹은 건 바로 그 이유 때문이었다. 그렇게 할머니는 대리석과 타일로 장식한 무덤 속에 잠들어 있는 라 마토사 마을의 창시자들, 즉 비야가르보사 가문과 콘데 가문, 그리고 그들의 사촌들인 아베다뇨스 가문의 무덤과 어깨를 나란히 할 정도로 화려한 무덤을 짓느라 어마어마한 액수의 돈―집 한 채 값보다 더 많은 돈―을 쏟아부었고, 카나리아 색으로 칠한 마우릴리오 카마르고의 마지막 안식처는 그렇게 그 가문들의 무덤 한가운데에 자리 잡게 되었다. 할머니는 이후 몇 년 동안 비야 마을 입구의 주유소 바로 옆에 삼륜 자전거를 세워 놓고 과일 주스를 팔아 번 돈으로 장례식과 무덤 비용을 다 갚았다. 그러려면 몸이 좋지 않아도 새벽같이 일어나서 시장에 나가 오렌지, 당근, 사탕무, 귤, 망고 따위의 제철 과일을 고른 뒤 삼륜 자전거에 자루째 싣고 가야만 했다. 그 사이 예세니아는 집에 남아 어린 여자 사촌들과 장

21 **mariachi.** 멕시코 할리스코Jalisco주에서 유래된 전통 음악을 연주하는 악단

22 **aguardiente.** 과즙으로 빚은 증류주로 알코올 도수가 높다.

차 집안의 골칫덩어리가 될 어린 사내아이를 돌보았다. 특히 그 조그만 새끼 때문에 예세니아는 도저히 견딜 수 없을 지경이었다. 그럼에도 예세니아는 할머니가 집에 안 계실 때면 집안일은 물론, 어린 사촌들과 그 꼬맹이 새끼를 돌보는 일까지 모든 일을 도맡아야 했다. 맏이이기 때문이었다. 할머니의 일이 잘 풀리지 않거나 마음대로 돌아가지 않을 때마다 할머니한테 매와 빰따귀와 주먹을 엄청나게 얻어맞은 것도 예세니아였고, 심지어 사촌 녀석이 못된 짓을 저질러 이웃집 여자들이 찾아와 따질 때마다 일일이 해명하는 것도 언제나 예세니아의 몫이었다. 그 틀려먹은 종자는 가게에서 음료수를 훔쳐 먹거나 남의 집에 몰래 들어가 음식을 먹어치우고는 돈이나 물건 등을 손에 잡히는 대로 들고 나오기도 했고, 자기보다 어린 아이들을 때리는 건 물론이었으며, 성냥을 가지고 장난치다가 하마터면 구에라스네 닭장과 닭들을 모두 태워 먹을 뻔한 적도 있었다. 예세니아는 그 망할 종자가 그따위 사고를 칠 때마다 일일이 찾아가 고개를 숙이고 바보 같은 표정을 지으면서 돈을 물어 줘야 했지만, 할머니는 그놈이 아무리 못된 짓을 저지르며 사고를 치고 다녀도 따끔하게 혼내는 법이 없었다. 그럴 때마다 예세니아는 화가 머리끝까지 치밀어 올라서 녀석이 저지른 못된 짓거리들을 하루 종일 줄줄이 읊곤 했다. 그런데도 할머니의 반응은 한결같았다. 아직 철이 없어서 그런 건데 뭘 어쩌냐. 나쁜 마음을 먹고 그런 건 아니잖니. 원래 사내아이들은 다 그렇게 크는 거니까 불쌍한 그 애는 가만 내버려두고, 도마뱀 넌 어서 나가 봐라. 걔 아범도 저렇게 장난이 심했지. 좀 크고 보니까 제 아빠를 꼭 닮았어. 아주 판박이라고. 할머니는 늘 그렇게 말하며 어물쩍 넘어갔지만, 그건 죄다 어처구니없는 거짓말이었다. 할머니가 똑 닮았다며 좋아한 그 둘이 실제로 닮은 점이라고는 둘 다 어리석고 멍청한 데다 할머니한테 굽실거린다는 점뿐이었다. 그들의 말이라면 뭐든지 다 받아 주니 그럴 만도 했다. 그러다 보니 녀석은 틈만 보인다 싶으면 야밤에도 밖으로 뛰쳐나가는 들짐승처럼 변해 버리고 말았는데, 그 정도는 돼야 아무것도 무서워하지 않는 사내로 자랄 수 있다는 게 할머니의 지론이기는 했다. 하지만 그놈의 얼굴이나마 씻기고, 찢어진 옷을 꿰매 주고, 벌판에서 놀 때 몸에 들러붙은 이와 진드기를 잡아 주고, 이 모든 일을 하기 위해서 아침마다 녀석을 잡으러 나가고, 또 머리를 쥐어박으면서 학교로 끌고 가는 것까지 그 모든 일은 죄다 예세니아의 몫이었다. 물론 그녀는 할머니가 보는 앞에서는 그놈에게 손도 대지 않았다. 오직 둘만 있을 때, 예세니아는 소리를 지르다 지치면 결국 눈이 뒤집히면서 사촌의 머리끄덩이를 움켜잡고 그 비쩍 마른 몸에 주먹질을 하다가 가끔은 벽에 내동댕이치기도 했다. 그럴 땐 정말이지 그 정신 나간 사고뭉치의 머리를 박살 내서 죽이고 싶었다. 그러면 더 이상 자기를 열받게 하거나 욕을 지껄이거나 자기를 할머니가 붙여 준 별명으로 부르지 못할 테니까. 예세니아는 할머니가 붙여 준 별명이 죽도록 싫었지만, 이미 마을 사람들까지 그녀를 보면 도마뱀이라고 불렀다. 할머니는 그녀가 워낙 못생기고 피부도 검은 데다 삐쩍 말라서 두 발로 걸어 다니는 도마뱀 같다며 언제나 골려 댔고, 바보 같은 애새끼는 또 그걸 가지고 콧노래를 지어 불렀다. 도마뱀, 도마뱀은요, 거시기에 시커먼 털이 났대요. 그놈은 특히 비야로 가는 버스 안에서나 사람들 사이를 지나갈 때, 아니면 남의 이야기를 나불대기 좋아하는 멍청이들이 있는 데서 꼭 그 노래를 불렀고, 사람들은 녀석의 노래를 듣고 낄낄거리며 웃기 바빴다. 그럴 때면 그녀는 녀석의 주둥이를 찰싹 때리면서 이 병신 같은 새끼야, 입 좀 닥치지 못해 라고 욕을 퍼붓거나, 가까이 있으면 살을 꼬집곤 했다. 그녀는 자기 손톱이 아이의 살 속으로 파고들 때마다 짜릿한 쾌감을 느꼈다. 손톱으로 모기한테 물린 곳을 심하게 긁다가 피가 날 때 느껴지는 안도감과 비슷했다. 어쩌면 그 망할 새끼도 그때 안도감 비슷한 걸 느꼈는지도 모른다. 녀석이 쥐 터지고 나면 언제나 조용해지고, 심지어 더 이상 그녀를 약 올리지 않는 것도 어쩌면 그런 이유 때문인 듯했다. 예세니아는 녀석을 진정시키거나 입을 막아야 할 때만 어쩔 수 없이 때렸지만, 나중에 그 아이의 몸에 남은 시퍼런 멍 자국과 할퀸 자국을 할머니한테 들키는 날에는 그 두 배로 두들겨 맞았다. 주로 물에 적신 삼끈을 채찍처럼 써먹은 할머니는 엉덩이나 등짝, 심지어 젖꼭지까지 가리지 않고 때렸는데, 넋 놓고 있느라 그걸 제때 손으로 막지 못하면 큰일이었다. 예세니아가 비명을 지르며 이제 제발 그만 때리라고, 용서해 달라고 빌 때까지 매질은 계속되었다. 가끔 할머니는 볼라나 피카피에드라, 심지어는 사촌 중에서 가장 얌전할 뿐만 아니라 한 번도 할머니에게 대든 적이 없던 바라하한테도 채찍질을 했다. 반면 그 녀석은 할머니가 손녀들에게 매질을 하는 모습을 지켜보면서 거지 년들, 못된 년들, 쓰레기 같은 년들, 짐승만도 못한 년들 등등 차마 입에 담지도 못할 욕을 퍼부어 댔다. 그 망할 새끼는 그러고서도 성이 차지 않았는지 그녀들에게 서슴없이 막말을 씹어뱉었다. 그러니까 할머니는 쟤들을 몸이나 파는 자기네 엄마들의 손에 딸려 보냈어야 했다고요. 아니면 레즈비언들이 빗자루로 어린 여자애들을 강간하는 소년원에 가도록 길거리로 내쫓았어야죠. 이 개 같은 년들, 몸이나 파는 더러운 년들. 그러자 할머니는 정신이 나가서 예세니아를 네그라로, 피카피에드라를 발비로 착각하고 소리를 질렀다. 그러곤 불쌍한 손녀들이 하지도 않은 일—가령 남자들과 놀아나기 위해 밤에 몰래 빠져 나갔다거나—을 했다며 노발대발했다. 사실 그 사단은 순전히 볼라 때문에 벌어진 거였다. 이 불쌍한 뚱보 계집애는 열다섯 살 되던 해부터 구에라스네 여자애와 함께 마타코 쿠이테[23]로 춤을 추러 가기 위해 밤에 몰래 집을 빠져 나가기 시작했고, 그때부터 버스비와 입장료를 내기 위해 할머니의 지갑에서 몰래 돈을 훔치기 시작했다. 얼마나 마음대로 돌아다니고 남자 친구도 사귀고 싶었으면 그랬을까마는, 결국 할머니한테 그 행각을 들키고 말았다. 어느 날 밤, 침대에 볼라가 없다는 것을 알아차린 할머니는 무시무시한 채찍을 휘두르면서 자고 있는 아이들을 모두 깨우더니 마을을 다 뒤져서라도 그 망할 년을 당장 찾아오라고 내보내면서, 만에 하나 빈손으로 돌아오는 날에는 이 세상에 태어난 걸 후회하게 만들어 주겠다며 무서운 표정으로 으르렁거렸다. 아이들은 라 마토사 마을을 집집마다 다 뒤지고 다닐 수밖에 없었고, 그 바람에 자는 개들과 사람들을 깨우고 말았다. 다음 날 아침이면 동네 사람들은 볼라도 이제 다 컸다면서 쑥덕거릴 게 분명했다. 어린 바라하를 등에 업은 예세니아는 그때만 해도 아직 어린 나이라 졸려 죽겠다고 징징대는 피카피에드라의 엉덩이를 발로 걷어차면서 돌아다녀야 했다. 그렇게 새벽 2시가 지났지만 볼라는 어디 틈 어박혀 있는지 도무지 찾을 수가 없었고, 이대로 빈손으로 돌아갔다가는 할머니한테 두드려 맞을 게 뻔했던 터라 발걸음이 쉬이 떨어지지 않았던 아이들은 결국 구에라스네 마당으로 몰래 들어가 닭장 속에 숨어 있기로 했다. 마침 그 집 개들은 그들의 얼굴을 알아서 물릴 염려도 없었다. 그런데 놀랍게도 닭장 안에서 그 망할 볼라의 얼굴이 보였다. 볼라는 할머니가 노발대발하면서 자기 사촌들을 풀어 마을을 뒤지라고 했다는 이야기를 듣고는 덜컥 겁이 나서 거기 숨었다고 털어놓았고, 화가 난 예세니아가 볼라의 머리끄덩이를 움켜잡고 닭장에서 끌어내며 소란을 피우는 바람에 그 집 식구들을 모두 깨우고 말았다. 결국 구에라스의 엄마인 필리 부인이 아이들을 할머니 집까지 데려다 주기로 했다. 그녀는 티나 부인을 진정시키려고 같이 간다고 말했지만, 실은 흥미진진한 수다거리를 놓치지 않으려는 속셈이었다. 능구렁이 같은 여편네 같으니. 결국 볼라는 울면서 집으로 들어갔고, 할머니는 그 아이를 말없이 노려보기만 했다. 잠시 후, 필리 부인이 뒤따라오는 것을 본 할머니는 실망스러운 표정으로 고개를 절레절레 흔들면서 아이들에게 어서 들어가 자라고 했지만, 할머니가 어떻게 나올지 뻔히 알고 있던 아이들은 그녀가 또 언제 자기들을 때리려고 방에 들어올지 모른다는 불안감에 사로잡혀 한숨도 자지 못했다. 이 세상 그 어느 것도 절대 할머니의 눈을 피할 수 없었다. 어쩌다 모른 척 넘어갈 때도 있었지만, 그건 애

---

23 **Matacocuite.** 베라크루스주 티에라 블랑카에 위치한 소도시

들이 방심한 틈에 딱 맞춰 삼끈 채찍을 휘두르기 위해서였다. 아이들이 침대에 누워 달콤한 잠에 빠지려는 순간, 아니면 갓 목욕을 마치고 개운한 기분으로 잠자리에 들 때, 할머니는 채찍을 들고 들어와 그들의 엉덩짝을 내리치곤 했다. 볼라도 결국 그 사건이 있고 나서 이틀 뒤에야 그런 식으로 할머니에게 붙잡혔다. 기억나니, 이 뚱보 계집애야? 목욕탕에서 발가벗고 물속에 들어가 있다가 할머니한테 붙잡혀 죽도록 얻어터졌잖아. 그러고 나서 할머니가 말했지. 이제부터 학교는 잊어버리고 나하고 시장에 나가 과일 주스나 팔자. 그래야 돈을 버는 게 얼마나 힘든 일인지 알게 되겠지. 그런데 그 말 한마디가 여태까지 할머니한테 맞은 채찍질을 다 합친 것보다 너한테 더 깊은 상처를 남겼지. 안 그러니? 가엾은 뚱보 계집애. 그 아이는 늘 학교로 돌아가서 학업을 마치고 선생님이 되는 꿈을 품고 있었지만 그 꿈은 끝내 이루어지지 않았다. 할머니가 학교를 그만 두게 한 지 채 일 년도 지나지 않아 시름시름 앓기 시작했던 것이다. 병원에 가서 진찰을 받아 보니 아기를, 바네사를 임신한 상태였다. 그 바람에 학교로 돌아가 반드시 졸업장을 따고야 말겠다던 그녀의 꿈은 물거품이 되고 말았다. 혹시 그 여우 같은 노인네는 눈에서 광선을 쏘아 상대방의 머릿속을 꿰뚫어 보는 능력을 가졌던 게 아닐까. 그래서 슬쩍 훑어보기만 해도 상대가 못된 생각을 품고 있는지 바로 알아차리고, 또 어디를 가장 아파하는지 알고 그곳만 골라 후려쳤던 게 아닐까. 도마뱀은 그날 밤의 치욕을 도저히 잊을 수 없었다. 그녀가 밤에 가끔 몰래 집을 빠져나가는 것을 눈치챈 할머니가 온갖 지랄을 떨면서 닭고기 자르는 가위로 그녀의 머리칼을 싹둑싹둑 잘라 버렸던 순간 말이다. 하지만 예세니아는 발랑 까진 불라처럼 춤을 추거나 남자들하고 놀려고 나갔던 게 아니었다. 그녀가 집을 나간 건 그저 남자 사촌의 뒤를 쫓기 위해서였다. 그놈이 밤마다 어디에 가는지 확인한 다음, 잘못된 길로 빠지기 전에 그를 붙잡고, 이 망할 종자가 얼마나 못된 놈인지, 또 얼마나 삐뚤어졌는지 할머니한테 똑똑히 보여 줄 계획이었다. 실제로 허구한 날 술과 마약에 빠져 살다시피 했던 그놈은 매일같이 비틀거리며 마을을 휘젓고 돌아다녔다. 동이 틀 무렵에 강에서 멱을 감고 오던 예세니아와 마주쳤던 날처럼 말이다. 그날 그는 맨발에 셔츠도 입지 않은 채 마치 독사 둥지처럼 잔뜩 헝클어진 머리를 하고, 약에 취해 벌겋게 풀린 눈동자로 멍하게 어딘가를 쳐다보면서 강가로 내려오고 있었다. 숯검정이 묻어 더러운 손에는 시커멓게 그은 양철 깡통을 든 채로, 고속 도로에서 종종 볼 수 있는 미치광이처럼 혼잣말을 중얼거리며 정처 없이 걸어오던 그는 예세니아를 보자 입 꼬리를 비틀어 올려 멍청이 같은 미소를 짓더니 강물이 어떠냐고 물었다. 그녀는 그 모자란 새끼가 감히 자기한테 말을 걸자 어이가 없었던 나머지 그를 쳐다보지도 않고서 아주 맑다고 짤막하게 대답했다. 그리고 그 자리를 뜨려는 순간 갑자기 속이 쓰려 왔다. 집으로 돌아가는 내내, 그녀는 지난 삼 년 동안 이 빌어먹을 새끼를, 망할 여편네의 멍청한 아들놈을 만나면—물론 그 새끼가 무방비 상태로 있는 자기의 멱살을 잡지만 않는다면—꼭 해 주고 싶었던 욕설과 가슴에 담아 두었던 말들을 떠올렸다. 예세니아가 길에서 그놈과 마주친 것은 그때가 처음이었다. 그 종자는 천성이 비겁해서 그녀를 요리조리 피해 다녔을 뿐만 아니라, 저주받은 흡혈귀처럼 어두워진 다음에야 어슬렁거리며 기어 나와서는 마약과 술에 찌들어 사는 몹쓸 놈들과 어울려 비야 공원을 무심히 지나가는 사람들의 돈을 뜯었고, 술집을 드나드는 다른 불량배들에게 주먹을 날리고 술병으로 내려쳤으며, 가로등의 전구를 깨거나 공원 주변의 문 닫은 상점 셔터와 벽에 오줌을 갈겼다. 아무 일도 하지 않고 빈둥거리며 놀던 그 무리는 예외 없이 남의 등골을 빼먹고 사는 기생충 같은 새끼들, 마약에 찌들어 정신이 병든 마약 중독자들이었다. 그런 놈들은 모두 감옥에 처넣어 흠씬 두들겨 패고 강간한 다음에 우리 눈앞에서 조져 버리면 좋을 텐데. 그렇게 해도 그놈들이 동네 여자아이들을, 아니면 자기네들이 모여 노는 공원을 겁 없이 지나가는 남자아이들을 붙잡아 더러운 짓을 할 때처럼 당당하게 나올

— 72 —

수 있을지 한번 보고 싶었다. 마치 경찰들이 그 개자식들과 마르베야 호텔 주인 사이의 추접스러운 관계가 어떤 건지, 또 놈들이 대체 어디서 났을지 모를 돈을 가지고 공원이나 어디 으슥한 곳, 아니면 술집이나 고속 도로변 싸구려 음식점의 화장실, 심지어 남창들이 백주대낮에 개들처럼 붙어먹는 곳으로 유명한 철로변의 버려진 창고 뒤에서 무슨 짓을 하는지, 씹할, 아주 아무것도 모르고 있다는 듯이 말이다. 예세니아는 자기 두 눈으로 똑똑히 봤기 때문에 그놈들의 모든 걸 확실히 알고 있었다. 그녀가 직접 그런 곳에 가서 빌어먹을 사촌을 끌어낸 것만 해도 손가락 발가락을 다 꼽아도 모자랄 정도였다. 그 개놈은 며칠씩 집에 안 들어오는 일이 다반사여서 예세니아도 더는 할머니에게 거짓말을 둘러댈 수 없는 지경이 되었고, 그러다 보면 결국 남의 말을 떠벌이기 좋아하는 구에라스네 자매들이 찾아와 마을에서 그 녀석에 대해 뭐라고 하는지 할머니에게 다 일러바치곤 했다. 하지만 할머니는 언제나 머리를 절레절레 흔들고는 다 헛소문일 뿐이라며 믿지 않았다. 자기 손자는 나쁜 놈들과 휩쓸려 지내지도 않을뿐더러, 구티에레스 데 라 토레네 레몬 밭에서 수확을 하느라 그런 짓을 할 시간도 없다는 것이었다. 특히 그 애가 마녀의 집에 틀어박혀 지낸다는 소문은 이웃 사람들이 질투심에 사로잡혀 꾸며낸 새빨간 거짓말이자 중상모략이라고 핏대를 올렸으니, 한마디로 없는 이야기를 지어내는 것 말고는 할 줄 아는 게 없는 인간들이라는 말이었다. 그럴 때면 예세니아는 할머니에게 사실을 있는 그대로, 그러니까 자기 두 눈으로 똑똑히 본 것과 구에라스네 자매들이 사람들에게 들려준 이야기를 털어놓을 엄두도 내지 못한 채 입을 다물었다. 발비 이모는 애당초 할머니가 이 더러운 종자를 집으로 데려왔던 날부터 이렇게 될 줄을 다 예상하고 있었다. 넌 크면 마우릴리오처럼 될 거야. 어쩌면 더 안 좋게 풀릴지도 모르지. 실제로 마을 사람들은 마우릴리오 삼촌 이야기만 나오면 주색에 빠져 여자들 등이나 쳐 먹고 살았다는 둥, 나중에는 마약에 빠져 결국 죽을병에 걸리고 말았다는 둥, 험한 말을 쏟아내기 일쑤였다. 하지만 적어도 마우릴리오 삼촌이 마을의 남창들을 자주 찾는다거나 마녀의 집에 가서 온갖 타락에 빠져 산다는 소문은 전혀 없었다. 그런데 예세니아는 할머니가 무시무시하게 생긴 가위로 자기 머리를 싹둑싹둑 잘라 버리고 마당에 나가 개처럼 자라며 내쫓았던 바로 그날 밤, 자기 두 눈으로 충격적인 장면을 보았던 것이다. 굳이 구에라스네 자매들로부터 자세한 내막을 들을 필요도 없었다. 예세니아는 자기 두 눈으로 모든 걸 보고 난 뒤, 당장 할머니를 깨워 그토록 아끼는 손자가 지금 무슨 짓을 하고 있는지 알려 주기 위해 한걸음에 집으로 달려갔다. 그저 할머니가 바닥에 철퍼덕 주저앉으며 여태까지 집안에서 독사를 키웠다는 사실을 깨닫고, 이제 더 이상 자기한테 모든 걸 덮어씌우지 않을지 확인하고 싶어서였다. 애초에 예세니아는 만이라는 이유로 사촌 새끼를 구제하느라 바빠서 구에라스네 자매들이 사실인 양 떠들어 대는 험담이나 할 일 없는 마을 사람들이 계속 퍼뜨리던 비방 따위를 꾸며 낼 여유도 없었다. 그녀는 그저 이 기회에 억울한 누명을 벗고 싶은 생각뿐이었지만, 그녀의 말을 전혀 믿지 않았던 할머니는 분노에 찬 눈빛으로 노려보면서 고함을 지를 뿐이었다. 도마뱀 년, 이 망할 년아, 여기가 어디라고 그따위 되지도 않는 거짓말을 씨불이는 게야. 아주 돌아버렸나? 어디서 이간질을 해. 밤마다 남자나 꼬시러 나가 돌아다니는 주제에 부끄럽지도 않아? 그것도 모자라 사촌한테 다 뒤집어씌우다니, 이게 말이나 되는 소리야? 못돼먹은 년 같으니, 앞으로 다시는 밖에 못 나갈 줄 알아라. 그러더니 할머니는 닭고기 자르는 가위를 가져와 그녀의 머리칼을 싹둑싹둑 잘라 버렸다. 그러는 동안 얼음처럼 차가운 날에 살이 베일까 봐 무서웠던 예세니아는 고속 도로를 달리는 트럭의 헤드라이트 아래에 숨은 주머니쥐처럼 꼼짝도 하지 않았다. 그러고는 할머니의 명령대로 개처럼 마당에서 밤을 지새웠다. 너처럼 더러운 년한테는 냄새 나는 천 안에 이가 우글거리는 짚단을 넣은 깔개를 주기도 아까워. 예세니아는 하염없이 흐르는 눈물을 손등으로 훔치면서 옷 속에 들어간 머리카락을 한참 동안 털어냈다. 어둠이 눈에 익자 그녀는 빨랫줄로 쓰던 밧줄을 풀어 집의 벽을 있는 힘껏 내리치기 시작했다. 습기 때문에 부풀어 오른 석고가 후드득 떨어져 내리자 그녀는 다시 부엌 창문 쪽으로 가서 그 아래 자라던 관목을 빨랫줄로 내리쳤다. 얼마나 세게 쳤는지 나무껍질이 다 벗겨질 정도였다. 다행히 그 무렵에는 양을 기르지 않았는데, 만약 양이 있었다면 죽을 때까지, 아니면 사촌이 달려 나와 그녀를 말릴 때까지 두드려 팼을 거였다. 또한 그 망할 사촌이 그날 밤 집에 돌아오지 않은 것도 천만다행이었다. 예세니아가 그 새끼를 죽여 버리려고 잔뜩 벼르고 있었으니까 말이다. 그녀는 어둠에 잠긴 현관에서 날이 무딘 마체테를 손에 쥔 채, 놈이 오기만을 기다리며 밤을 지새웠다. 빌어먹을 놈이 멍청한 웃음을 실실 흘리며 비틀비틀 들어오자마자 덤벼들 계획이었다. 예세니아가 얄밉다고 쥐어박아도, 할머니가 읍소를 해도 모두 장난으로 받아들이던 그놈은 오로지 자기밖에 모르는 이기적인 인간이었다. 아니면 자기 자신조차 위하지 못했는지도 모른다. 마약 때문에 사고 능력이 현저히 떨어졌는지, 그는 아무것도 생각할 줄 몰랐던 데다가, 자기로 인해 주변 사람들이 얼마나 고생하는지도 전혀 느끼지 못하는 듯했다. 누가 그 애비에 그 아들 아니랄까 봐, 그놈 역시 그저 흔한 개망나니일 뿐이었다. 예세니아는 언젠가 발비 이모가 말했던 걸 곧 이해하게 되었다. 사과는 사과나무에서 떨어지는 거야. 그 나물에 그 밥이지 뭐. 네그라도 한마디 거들었다. 그런데 저 애는 제 엄마를 더 많이 닮은 것 같아. 싹수를 보니까 저놈은 커서 몸 파는 제 엄마처럼 더러운 짓이나 하고 다닐 거야. 그놈 의 엄마에 관해서는 한때 마을에 이러쿵저러쿵 흉악한 소 문이 떠돌았었다. 그 여자 때문에 남정네들이 일곱이나 죽 어 나갔는데, 모두 같은 운송 회사 운전사들이었다는 것이 다. 일곱 명은 다 에이즈로 죽었는데, 들리는 소문에 따르 면 마우릴리오까지 쳐서 모두 여덟 명이라고도 했다. 그런 데 무엇보다 놀라운 건 그 망할 여편네 본인은 여전히 멀쩡 하다는 사실이었다. 분명 안에서부터 썩어 들어가서 병이 퍼졌을 텐데도 아무 증상도 나타나지 않았는지, 그 여자는 혈색도 나쁘지 않은데다 살이 빠지기는커녕 예나 다름없이 풍만한 몸매를 가지고 있었다. 그래서인지 그녀는 자기가 관리하던 고속 도로 옆 비밀 쪽방에서 여전히 큰 인기를 누 리고 있었다. 들리는 말에 따르면, 그녀를 거기에 꽂아 준 사람은 그루포 솜브라[24]가 그 지역에 마약을 유통시키기 위해 북부에서 보낸 금발의 청년이라고 했다. 선팅이 된 픽 업트럭을 타고 고속 도로를 달리던 청년, 바로 '그 영상'에

---

24 **Grupo Sombra.** 베라크루스를 중심으로 활동하는 대형 마약 카르텔 로 2017년 초에 결성되었다.

나오는 청년이었다. 모든 사람들이 휴대 전화에 공유하고
있는 그 유명한 영상에서 이 금발의 청년은 아직 어린 티도
가시지 않은 가엾은 여자아이에게 끔찍한 짓을 저질렀다.
너무 말라 뼈만 남은 여자아이는 약에 취했는지, 아니면 병
이 들었는지 고개도 제대로 가누지 못했다. 소문에 의하면
그놈들은 주 경계선으로 가는 길에 납치한 불쌍한 여자아
이들에게 그런 짓을 한다고 했다. 우선 매음굴에 여자아이
들을 집어넣어 노예처럼 부린 다음, 쓸모가 없어지면 영상
에 나오는 것처럼—마치 양 잡듯이—죽여 버린 뒤에 몸을
토막 내고는 그 지역의 별미인 타말에 들어갈 일등급 정육
으로 속여 도로변 술집에 판다는 이야기였다. 할머니의 술
집에서도 타말을 팔았었지만, 그건 여자아이들의 살이 아
니라 진짜 양고기로 만든 거였다. 그 고기는 할머니가 마당
에서 직접 양을 잡거나 비야 시장에 가서 추이 씨한테 사온
것이지, 남 말하기를 좋아하는 사람들, 특히 샘 많은 마을
사람들이 퍼뜨린 소문마따나 개를 잡아서 만든 것은 절대
아니었다. 천박하기 짝이 없는 이 동네는 구에라스네처럼
자기와 아무 상관도 없는 일에 늘 간섭하는 데다가 있지도
않은 말을 꾸며 대는 이들로 미어터졌다. 할머니가 항상 예
세니아를 타박한 것도 따지고 보면 돼먹지 않은 마을 사람
들 탓이었다. 할머니는 예세니아를 보기만 하면 언제나 손
자는 물론이고 그놈과 함께 살던 여자에 대해서도 꼬치꼬

치 캐물었으니, 마치 그녀가 그 못난 사촌의 뒤를 캐는 것 말고는 딱히 할 일도 없다고 여기는 듯했다. 예세니아는 거동이 불편한 할머니를 보살피면서 매 끼니를 차리고 빨래까지 도맡은 데다가, 알밤을 먹이지 않으면 절대 꿈쩍도 하지 않는 게으른 사촌 동생들까지 건사하느라 하루가 어떻게 돌아가는지도 모를 정도로 바빴지만, 할머니는 그런 사실을 전혀 모르는 것 같았다. 그래도 구에라스네 자매들이 헛소문을 퍼뜨리지만 않았더라도 모든 일이 그나마 수월하게 풀려 나갔을 것이다. 적어도 그날, 5월 첫 번째 월요일에 그녀가 계획한 일만큼은 순조롭게 진행되었을 것이다. 그날 그녀는 바네사와 함께 비야 마을을 돌아다니다 우연히 잡화점 주인인 마리가 어떤 부인에게 하는 말을 엿듣게 되었다. 마리에 의하면, 그날 오전, 그러니까 두 시간 전쯤 제당 공장 부근의 용수로에서 마녀의 시신이 발견되었다고 했다. 목덜미에 깊숙이 찔린 상처가 있었고, 독수리들이 이미 부패가 진행되고 있는 살을 뜯어먹기까지 한 그 모습이 얼마나 처참하던지, 리고리토 서장마저 구역질이 나오려는 것을 참지 못했다는 거였다. 그 말을 듣자마자 얼어붙은 듯 꼼짝도 하지 못한 예세니아는 지난 금요일, 그러니까 강에 멱을 감으러 갔던 바로 그날, 맨발에 셔츠도 입지 않고 비틀거리며 걸어오던 사촌 녀석과 마주쳤던 모습을 떠올렸다. 그놈은 뻔뻔스럽게도 강물이 어떠냐고 묻기까지 했었다. 그때 예세니아는 그간 그 미친놈 때문에 당한 수모를 떠올리고는 면전에다 한바탕 욕을 퍼부어 주고 싶었지만, 꾹 참고 발걸음을 돌려 집으로 가 버렸다. 그날 아침, 그녀는 강가에서 그놈을 보았다는 사실을 아무한테도 말하지 않았다. 특히 할머니나 사촌들에게는 입도 벙긋하지 않았다. 그런데 몇 시간 후, 그녀는 그 근방에서 다시 녀석을 보았다. 그날, 같은 금요일, 정오가 조금 지난 오후 2시에서 3시 사이, 마당의 빨랫간에 서서 오줌을 지려 놓은 할머니의 고쟁이와 잠옷을 열심히 문질러 빨던 그녀는 자동차 한 대가 흙길을 따라 집 쪽으로 천천히 다가오는 소리를 듣고는 고개를 내밀고 밖을 내다보았다. 먼지를 잔뜩 뒤집어쓰고 있어서 제대로 알아보기는 어려웠지만, 파란색, 아니면 회색 트럭이 지나가고 있었다. 다들 문라라고 부르는 남자의 트럭이었다. 그의 아내가 바로 예세니아의 사촌을 낳고 버린 망할 년이었다. 한쪽 다리를 저는 문라는 늘 술에 취해 남의 등이나 쳐 먹고 사는 인간으로, 예세니아의 사촌 동생은 그런 말종과 함께 지저분한 트럭을 타고 사방을 돌아다니곤 했다. 예세니아는 문라를 금방 알아볼 수 있었다. 그가 항상 유리창을 내리고 다녔기도 했고, 그 마을에서 그런 트럭은 단 한 대뿐이기 때문이었다. 하지만 트럭 안에 다른 사람이 타고 있는지, 혹시 사촌 녀석이 할머니 댁에 오려고 문라의 차를 얻어 타고 온 건지는 알 수 없었다. 그녀는 트럭 안에 그 녀석이 있는지 확인하려고 젖은 손을 이마에 대고 노려보았지만 소득은 없었다. 그날 아침부터 두려움과 분노에 계속 짓눌려 있던 그녀의 심장이 세차게 두근거리기 시작했다. 그 빌어먹을 잡놈이 또 집에 나타나서 할머니의 오장을 뒤집어 놓을까 봐 두려웠고, 녀석이 떠나면 노인네가 또 얼마나 가슴 아파할지 생각하자 분노가 치밀었다. 예세니아는 옷가지를 빨래 통에 던져 두고 트럭에서 시선을 떼지 않은 채 흙길로 다가갔다. 트럭이 이백 미터 앞, 마녀의 집 바로 앞에 멈추어 서자 그녀는 두려움에 휩싸였다. 이글거리는 태양 때문에 눈에서 눈물이 뚝뚝 떨어졌지만, 그 망할 새끼가 언제 내릴지 몰랐던 예세니아는 잠시도 트럭에서 눈을 떼지 않았다. 그런데 몇 분 뒤에 할머니의 방에서 신음 소리가 나기 시작했다. 집 안에는 아무도 없었기 때문에 예세니아는 빨리 할머니 곁으로 달려가야 했다. 얼마 안 있으면 어린 사촌 동생들이 학교를 마치고 도착할 터였다. 물론 평소처럼 오는 길에 딴짓을 한다면 언제 올지 모르긴 했지만 말이다. 어쨌든 그녀는 한참이 지나서야 다시 마당으로 나올 수 있었다. 밖을 내다보자 트럭은 아직 그 자리에 서 있었고, 마음이 다소 가라앉은 그녀는 물에 담가 놓은 빨래를 헹구고 짜는 동안에도 이따금씩 찻길을 슬그머니 쳐다보았다. 빨래를 빨랫줄에 널려던 찰나, 마녀의 집 대문이 벌컥 열리더니 두 남자가 정신을 잃었는지 술에 취했는지 모를 사람의 팔과 다리를 붙잡고 나왔다. 두 남자 중 한 명은 그녀의 사촌인 마우릴리오 카마르고 크루스, 일명 루이스 미겔이 분명했다. 그 새끼가 아니라면 당장 내 손모가지를 잘라 버려도 좋아. 저놈이 갓난아기일 때부터 키웠는데 못 알아볼 리가 있나. 저 잡놈의 지저분한 곱슬머리는 십 킬로미터 밖에서도 알아볼 수 있어. 그리고 저 두 놈이 들쳐 메고 간 사람은 몸집으로 보나 입고 있던 옷 색깔로 보나 마녀가 분명했다. 예세니아가 기억하는 한, 마녀는 항상 검은색 옷만 걸치고 다녔다. 그러고 보니 사촌 옆에 있는 녀석도 낯이 익어 보였다. 이름이나 별명은 모르지만 공원에 자주 드나드는 건달 중 하나였다. 사촌과 키가 비슷한 걸 보니 170센티미터 정도 되는 모양이었다. 몸매 역시 사촌과 마찬가지로 마르고 가냘파 보였지만, 녀석은 검은 머리를 짧게 자르고 앞머리를 단정하게 뒤로 빗어 넘기고 있었다. 당시 남자아이들 사이에서 유행하는 헤어스타일이었다. 그녀는 5월 첫 번째 월요일에 자기한테 찾아온 경찰관들에게 그 모든 것을 사실대로 알려 주었다. 그러고 나서는 지방 검찰청 사무관한테도 앵무새처럼 똑같은 말을 되풀이해야 했다. 사촌의 이름과 주소지, 금요일 오후에 자신이 직접 목격한 것과 그에 대한 마을 사람들의 평판, 그리고 어느 밤 그녀가 몰래 사촌의 뒤를 쫓아 **마녀**의 집까지 가서 목격한 것, 또 그걸 보고는 곧바로 집으로 달려가 할머니를 깨워 사촌이 저지른 추접스러운 짓을 모두 이야기했지만 할머니한테 타박만 받았던 일, 그러니까 당신 손자가 얼마나 더럽고 터무니없는 인간인지 알려 주려고 했지만, 그녀의 말을 전혀 믿으려 하지 않았던 할머니가 오히려 머릿속에 더럽고 추접스러운 생각만 가득 차서 그런 있지도 않은 말을 꾸며낸 데다 밤에 몰래 집을 빠져 나가기까지 했다면서 자기를 몰아세운 일, 그리고 그대로 그녀의 머리끄덩이를 잡고 부엌으로 끌고 간 할머니가 닭고기를 자를 때 쓰는 어마어마하게 큰 가위를 잡았을 때, 할머니가 자기의 목을 찌를 줄 알고 바닥에 피가 쏟아지는 꼴을 보지 않으려고 눈을 질끈 감았던 일, 가위의 날카로운 날이 머리칼에 닿으면서 서걱거리는 소리와 함께 그 동안 소중히 길러 온 머리카락이, 그녀가 자기 몸 가운데 가장 예뻐서 좋아하던 머리카락이 뭉텅이로 우수수 떨어져 내리던 일. 기왕 머리 이야기가 나왔으니 하는 말인데, 숱이 많고 곧게 펴진 그녀의 머리칼은 사촌 동생들에게 선망의 대상이었다. 텔레비전 연속극에 나오는 배우들처럼 부드럽고 윤이 짜르르 흐르는 예세니아의 머릿결은 보는 이의 감탄을 자아냈다. 반면 사촌 동생들은 억센 곱슬머리였고, 할머니는 자기 말마따나 아예 양털처럼 돌돌 말린 검은 머리카락을 가지고 있었다. 심지어 초록색 눈동자를 가지고 있어서 자기가 이탈리아인의 혈통을 이어받았다고 주장하던 발비 이

모도 예외는 아니었다. 그녀조차 집안에 내려오는 지저분한 머리카락의 저주에서 벗어나지 못했으니, 오로지 **도마뱀**만이, 집안에서 가장 못생기고 가장 까무잡잡한 피부를 가진 데다가 가장 깡마른 예세니아만이 마치 실크 커튼처럼 매끄럽게 어깨 위로 흘러내리며 찰랑거리는 우아한 머리카락을 가지고 있었다. 하지만 그날 밤, 할머니는 버르장머리를 단단히 가르쳐 주기 위해, 그리고 더 이상 밤에 남자들을 만나러 몰래 집을 빠져 나가지 못하도록 만들기 위해, 먹빛이 도는 푸른 벨벳이 폭포처럼 쏟아지는 듯한 그녀의 머리카락을 가위로 싹둑 잘라 버렸다. 예세니아는 정신병원에 갇힌 미친 여자처럼 한동안 멍한 얼굴로 앉아 있었다. 잠시 후, 그녀는 울면서 옷에 묻은 머리카락을 털어 내더니 집의 벽 근처와 부엌 창문 아래서 자라던 관목들을 빨랫줄로 있는 힘껏, 마치 그 껍질까지 죄다 벗겨 놓고야 말겠다는 듯이 내리치기 시작했다. 속이 시원해졌는지, 그녀는 더 이상 분노의 눈물도, 슬픔의 눈물도 흘리지 않았다. 대신 할머니가 손자의 처량한 신세를 한탄하며 흐느끼는 소리만 조용히 엿들을 뿐이었다. 할머니가 흐느낄 때마다, 신음 소리를 낼 때마다 차가운 비수가 그녀의 가슴 깊은 곳에 꽂히는 것만 같았다. 모든 게 다 저 망할 새끼 때문이야. 그녀는 생각했다. 할머니는 결국 저 빌어먹을 새끼 때문에 돌아가시고 말 거라고. 미우나 고우나 할머니는 예세니아에게 어머니나 다름이 없었다. 정작 네그라와 발비는 예세니아와 할머니를 까맣게 잊었는지, 전화는커녕 돈 한 푼 보내 주지 않았는데 말이다. 그러니까 이 잡놈은 차라리 죽는 편이 더 나았다. 예세니아는 그놈을 인정사정없이 밟아 뭉갤 각오가 되어 있었다. 그녀는 어둠이 깔린 마당에서 뜬눈으로 밤을 지새우기로 했다. 녀석이 평소처럼 한밤중에 살그머니 집에 들어오면, 빨래 통 아래에서 찾은 녹슨 마체테를 들고 덮칠 계획이었다. 구리 동전 냄새를 풍기는, 날이 무딘 칼로 녀석의 얼굴과 목을 내리치면서 이렇게 말할 생각이었다. 꼴좋다, 등신 같은 새끼야. 이제 좋은 시절은 다 갔어. 더 이상 우리 할머니를 가지고 놀 수 없을 테니까. 그렇게 놈의 숨통을 끊고 나서 마당 안쪽에 묻어 버리면 그만이었다. 만약 할머니가 그 사실을 알고 경찰에 신고한다면, 이제 할 일도 다 했고 저 빌어먹을 새끼한테서 할머니를 영원히 해방시켜 드렸으니까 기꺼이 수갑을 차고 끌려갈 생각이었다. 그런데 무슨 일인지 그날 밤 그 망할 자식은 끝내 집에 돌아오지 않았다. 그 다음날도, 그 주가 지나고 나서도, 그 달이 지나고 나서도 마찬가지였다. 옷가지나 물건을 가지러, 또 그러면서 오랜 세월 지극정성으로 보살펴 주신 데 대한 감사를 드리는 작별 인사를 하러 올 만도 한데, 그놈은 끝내 나타나지 않았다. 그러다 결국, 밥맛없는 구에라스 자매가 할머니한테 찾아가 일러바친 모양이었다. 그

애가 자기 엄마하고 같이 살고 있다고 말이다. 손주 녀석이
어릴 때부터 친자식처럼 길러 준 자기를 내팽개치고 그 갈
보 년과—아들이 무슨 짓을 해도 눈 감아 주기로 약속한
모양이었다—함께 살기로 했다는 소식은 할머니에게 적지
않은 충격이었다. 할머니는 보름 동안을 고통과 슬픔 속에
서 헤매던 끝에 결국 뇌졸중으로 쓰러져 하룻밤 사이에 몸
한쪽을 못 쓰게 되었다. 그리고 악운은 겹쳐, 그로부터 일
년 후에는 목욕탕에서 쓰러져 다시는 일어나지 못하는 신
세가 되고 말았다. 그런 와중에도, 혹시라도, 할머니는 애
지중지하던 손자가 살인을 하고 감방에 갇히게 될 거라는
소식을 누구한테 전해들을 수도 있었다. 만약 그 소식이 귀
에 들어가기만 한다면, 할머니는 마우릴리오 삼촌이 수감
되었을 때처럼 사식과 돈과 담배를 바리바리 싸들고 어떻
게든 면회를 가려고 할 터였다. 당장 예세니아를 불러 옷을
입혀 달라고 하고는 택시를 불러 비야 경찰서로 가자고 할
게 뻔했다. 마치 거기까지 가는 택시비가 엄청 싸기라도 한
것처럼, 그리고 당장이라도 걸을 수 있는 기력이 돌아오기
라도 한 것처럼. 하지만 가엾은 할머니는 벌써 이 년째 병상
에 드러누워만 있었던 탓에 등과 엉덩이에 욕창까지 생긴
상태였다. 그러니 할머니는 그놈이 살인자라는 사실을 알
아서는 안 되었다. 특히 그를 경찰에 밀고한 사람이, 그러
니까 5월 첫 번째 월요일에 경찰서에 찾아가 모든 것을 사

실대로 털어놓았을 뿐만 아니라 그의 이름과 주소까지 알려 준 사람이 예세니아라는 사실은 더더욱 알아서는 안 되었다. 그날 예세니아는 시장에 갔다가 잡화점 주인이 하는 말을 우연히 엿듣고는 당황해서 한동안 자리를 뜨지 못했었다. 그 순간, 그녀의 머릿속은 복잡한 생각들로 가득 찼다. 만약 경찰서에 가서 금요일 새벽과 정오에 본 것을 다 말하면 어떻게 될까? 만약 할머니가 이 사실을 알게 되면 뭐라고 하실까? 하지만 그 멍청한 새끼가 너무 밉단 말이야. 당장이라도 감옥에 처넣고 싶은 생각뿐이라고. 그 사이 바네사는 갑자기 무언가를 골똘히 생각하면서 초조해 하는 예세니아의 모습을 보고 너무 놀란 나머지, 멍청한 얼굴로 그녀를 바라보고 있었다. 어서 집으로 가. 예세니아가 그 아이에게 명령하듯 말했다. 지금 당장 달려가서 네 엄마하고 이모들한테 집밖으로 절대 나오지 말라고 해. 그리고 아무도 집 안에 들여보내지 말라고 해, 아무도 말이야. 알아들었니? 특히 정신 나간 구에라스 자매는 더더욱 안 된다고 해. 걔네들은 무슨 수로 마을에서 일어나는 일을 죄다 아는 걸까? 머리에 안테나라도 달린 걸까? 아니면 재수 없는 그년들도 혹시 마녀 끼를 가지고 있는 게 아닐까? 어쩌다 그것들은 내 사촌에 관해 무슨 소식을 듣기만 하면 할머니에게 쪼르르 달려가 미주알고주알 다 일러바칠 생각을 하게 된 걸까? 그런 말을 들을 때마다 할머니의 기분이 언짧아진다는 걸 뻔히 알면서 말이다. 어떻게 그 돌대가리 년들은 조금도 망설이지 않고 그 잡놈이 마녀를 죽인 혐의로 감옥에 갇혀 있다고 할머니에게 말할 수 있었던 걸까? 하지만 그년들이 제 아무리 소식에 밝다고 해도 사촌 녀석을 밀고한 사람이 자기라는 사실까지 알 길은 없었을 것이다. 알아 낼 방도가 없잖아? 그렇다면 그날 할머니는 자기가 그 녀석을 경찰에 넘겼다는 걸 어떻게 아셨던 걸까? 할머니는 예세니아가 자기를 살펴보기 위해 몸을 숙였을 때, 눈물이 그렁그렁하던 그 아이의 눈만 보고서도 어렵지 않게 눈치 챌 수 있었다. 또한 예세니아가 평소보다 늦게 자기 방에 들어온 걸로도 알 수 있었다. 빌어먹을 경찰 놈들이 그 아이를 지방 검찰청으로 데려가서 목격한 것을 다시 한 번 진술하게 했을 테고, 또 멍청한 사무관이 그녀의 진술을 컴퓨터로 옮긴 다음 서명을 받느라 시간을 한참 잡아먹었던 것이다. 실제로 밤이 이슥해서야 라 마토사로 돌아올 수 있었던 예세니아는 집 안의 불이 모두 켜져 있는 것을 보고서는 무슨 끔찍한 일이 벌어졌음을 직감했다. 그녀는 안으로 뛰어 들어가 할머니 방으로 곧장 갔다. 할머니는 침대에서 몸을 잔뜩 웅크린 채, 비명을 지르다 얼어붙은 듯이 입을 벌리고 휘둥그레진 눈으로 천장을 쳐다보고 있었다. 그때 볼라가 잔뜩 화난 표정을 지으며 무슨 일이 있었는지 알려 주었다. 할머니는 그날 저녁 집에 불쑥 찾아온 구에라스 자매로부터 마을에 떠도는 소문, 그러니까 경찰이 마녀를 살해한 뒤 농수로에 시신을 유기한 혐의로 사촌을 붙잡아 갔다는 이야기를 듣고는 통곡을 하다가 한 시간 전쯤 다시 발작을 일으켰다는 것이었다. 그 말을 들은 예세니아는 당장 볼라의 귀싸대기를 올려붙이고 왜 그년들을 막지 못했냐고 따지고 싶은 마음뿐이었다. 왜 그 망할 년들을 집 안에 들여 보낸 거야? 내가 다들 집에 들어가서 나오지 말라고, 또 아무도 집 안에 들여보내지 말라고, 특히 구에라스네는 절대 안 된다고 바네사한테 신신당부를 했는데 이게 무슨 일이냐고. 그런데 바로 그 순간, 예세니아는 할머니 침대 주변에 시무룩한 표정으로 둘러 서 있는 아이들을 하나씩 살펴보다 바네사가 없다는 사실을 알아차렸다. 예세니아가 빨리 집으로 가라고 했을 때, 그 망할 년은 그 틈을 이용해 남자 친구를 만나러 간 게 틀림없었다. 남자 친구라고 해야 덥수룩한 머리에 마약에 쩔어 살던 그놈은 바네사가 학교를 마칠 때쯤 그 주변을 어슬렁거리는 잡배일 뿐이었지만 말이다. 어쨌든, 결국 예세니아는 방에서 나와 길을 따라 구에라스네 집으로 갈 수밖에 없었다. 집 앞에 도착한 그녀는 주먹과 발로 문을 쾅쾅 두드리며 소리를 질렀다. 야, 이 개년들아. 오지랖도 엔간해야지. 아니 대체 무슨 생각으로 그따위 헛소문을 꼰질러서 할머니를 힘들게 만드는 거야. 꾸물거리지 말고 튀어나와서 어떻게 된 건지 다 털어

놔. 아니면 집에 가서 볼라를 실컷 두들겨 팰 거니까. 당장 집에 달려가서 아무도 들여보내지 말라고 하는 말조차 못 알아듣는 돌대가리 딸년을 낳은 죄로 말이야. 구에라스네 자매는 문을 열기는커녕 창밖으로 고개를 내밀지도 않았다. 예세니아에게 꼬박꼬박 말대답했다가는 경을 칠 게 뻔했기 때문이었다. 예세니아는 화가 나면 발길질로 벽을 무너뜨리고도 남을 인간이어서 자매는 성모 마리아 제단에 촛불을 켤 생각조차 하지 못했다. 고래고래 소리를 지르다 지친 예세니아는 결국 집으로 달려갔다. 그녀는 사촌과 조카들에게 둘러싸인 채, 의사를 부르러 비야로 간 피카피에 드라와 멍청한 바네사가 돌아오기만을 기다렸다. 특히 바네사가 문지방을 넘는 순간, 물에 적신 채찍으로 쳐 죽여버리겠다고 잔뜩 벼르고 있었다. 그때도 할머니는 가쁜 숨을 몰아 쉴 뿐, 아무 말도 하지 못했다. 예세니아는 할머니의 머리를 자기 무릎에 얹고 푸석푸석한 백발을 쓰다듬으면서 나직이 속삭였다. 할머니, 이제 괜찮아요. 아무 일 없을 테니까 걱정 마세요. 좀 있으면 의사가 와서 할머니를 낫게 해 줄 거라고요. 그때까지 조금만 더 버텨 보세요. 그리고 저나 할머니를 사랑하는 손녀들을 봐서라도 힘을 내셔야 해요. 애타던 그 순간에도 할머니는 천장에서 시선을 떼지 않았다. 목이 막혀 목소리가 제대로 나오지 않자, 할머니는 천장에서 시선을 떼더니 초점을 잃고 멍하게 풀어진 눈동자로 예세니아의 눈을 똑바로 쳐다보았다. 그녀가 무슨 짓을 했는지 다 알고 있다는 눈초리, 그녀의 속을 훤히 꿰고 있다는 눈빛이었다. 할머니는 그 녀석을 비야의 경찰에 밀고한 사람, 심지어 그를 체포하라고 주소까지 알려 준 사람이 바로 그녀라는 걸 다 알고 있는 듯했다. 예세니아는 분노로 이글이글 타오르는 할머니의 눈 속으로 점점 빨려 들어가는 것 같았다. 할머니는 그녀를 증오하면서 마음속으로 저주를 퍼붓고 있었다. 그제야 예세니아는 기어 들어가는 목소리로 용서를 구하고 다 할머니를 위해서 그런 거라고 하소연하려고 했지만, 이미 때가 늦었다. 할머니는 예세니아의 가장 아픈 데를 건드리고 말았다. 그녀는 장손녀의 품에 안긴 채 증오심에 몸을 떨며 죽어갔던 것이다.

IV

사실, 솔직히 말해, 하느님께 맹세코, 그는 아무것도 보지 못했다. 어머니—어머니, 고이 잠드소서—, 그리고 하늘을 두고 맹세하건대, 그는 아무것도 보지 못했다. 목발이 없어 트럭에서 내릴 수도 없던 터라, 그는 개 같은 놈들이 그녀를 어떻게 했는지조차 알지 못했다. 게다가 그 녀석은 그에게 시동을 끄지도, 먼저 차를 몰고 떠나지도 말고 운전석에 가만히 앉아 있으라고 했다. 그렇게 몇 분만 기다리면 함께 달아날 수 있을 거라고도 했다. 아무튼 문라는 그놈의 말을 그렇게 이해했고, 그 후로 어떻게 됐는지는 전혀 알 수가 없었다. 그는 무슨 일이 생겼는지 보려고 차에서 내리지도 않았고, 열린 문틈으로 집 안을 엿보기 위해 고개를 돌리지도 않았다. 솔직히 말해 백미러로 힐끗 보고 싶은 마음이 굴뚝같았지만, 간신히 유혹을 물리쳤다. 갑자기 하늘에 먹구름이 몰려와 어두컴컴해지고 강한 바람이 언덕으로 몰아치면서 사탕수수 밭을 휩쓸고 지나갈 때는 겁이 덜컥 나기도 했다. 금방이라도 비가 쏟아질 것 같더니, 결국 시커먼 구름에서 소리 없이 번쩍인 번개가 근처 나무 위로 떨어졌다. 그 나무는 아무 소리도 없이 순식간에 새까맣게 타 버리고 말았다. 그 순간 사방이 깊은 정적에 빠지면서 그는 잠시 귀머거리가 된 듯한 느낌마저 들었고, 그래서인지 머릿속에서 나는 날카롭게 윙윙거리는 소리 말고는 아무것도 들리지 않았다. 차에서 내렸다 돌아온 녀석들은 그가 제정신이 들도록 흔들어 깨워야 했다. 그제야 그는 자기가 귀먹지 않았음을, 그 두 놈이 자기에게 고함치고 있다는 사실을 깨달았다. 아 쫌, 밟아요. 어서 밟으라고요 아저씨. 시동은 걸려 있으니까 콱 밟으라고요. 당장 여기를 빠져 나가서 강으로 이어지는 길로 가야 해요. 그런 다음 바카스 해변을 돌아 공동묘지 방향으로 가다 비야로 들어가서 시내를 가로지르면 돼요. 대로를 따라가다 보면 신호등하고 공원이 나올 거고요. 맞아요, 거기 신호등은 하나밖에 없고요. 그러면 라 마토사 방향으로 이어지는 도로가 다시 나올 거예요. 문라는 그 길을 가는 내내 달콤한 상상에 빠져 있었다. 그래, 일을 다 마치고 집에 도착하자마자 술병을 들고 이불 속으로 기어들어가는 거야. 그러곤 정신을 잃을 때까지, 그러니까 모든 것을 다 잊어버릴 때까지 실컷 마셔야지. 차벨라가 벌써 며칠째 집에 돌아오지 않았다는 사실도, 또 우리가 흙길에서 전속력으로 밟는 동안 트럭의 헤드라이트가 주변의 어둠을 더 짙게 만들던 모습도 다 잊어버리는 거야. 도무지 이해할 수 없는 농담을 지껄이면서 자지러지는 저 개놈들의 웃음소리도 그냥 전부 잊어버리자고. 마침내 침대에 드러누웠을 때, 문라는 루이스미[25]의 약을 한 알 삼키

---

25 앞서 등장한 예세니아의 남자 사촌 '마우릴리오 카마르고 크루스'의 별명은 유명 가수의 이름을 딴 '루이스 미겔'이며, '루이스미'는 루이스 미겔의 애칭이다.

고 싶다는 생각이 들었다. 눈을 감고 잠을 청할 때마다 온몸이 떨리고 위가 쪼그라들었다. 침대가 사라져 버릴 것만 같았다. 마치 절벽 위에 매달린 채 금세라도 저 아래로 떨어질 것처럼. 그럴 때면 다시 눈을 뜨고 침대에서 뒤척거리다 잠을 청하곤 했지만, 갑자기 현기증이 나면서 눈앞이 아찔해졌다. 그는 차벨라에게 전화를 걸었지만 그녀의 전화기는 여전히 꺼져 있었다. 그렇게 뜬눈으로 밤을 지새우던 그는 마당을 건너가 루이스미에게 알약을 하나 달라고 부탁해 볼까도 생각했다. 그걸 먹으면 정말 정오까지 늘어지게 잘 수 있을지 직접 확인해 보고 싶었다. 하지만 목발 없이는 짙은 어둠이 깔린 마당을 지나 그 녀석의 방에 갈 수 없다는 것을 잘 알고 있었던 그는 모두 포기하고 침대에서 계속 뒤척거리다 어느 순간 선잠이 들었고, 멀리서 수탉의 울음소리가 들리고 창문으로 해가 떠오르기 시작할 무렵 잠에서 깨어났다. 그는 일어나고 싶지 않았지만, 방 안의 후덥지근한 공기와 몸에서 나는 악취와 침대에 남겨진 차벨라의 쓸쓸한 빈자리를 더는 견딜 수가 없었다. 마침내 그는 장롱과 벽을 붙잡고 간신히 일어난 뒤 마당으로 나가 소변을 보고 세수를 했다. 그러고 나자 지금이 몇시인지, 또 루이스미의 숨은 제대로 붙어 있는지 궁금해졌다. 문라는 마당에 서서 그놈의 좁은 방—녀석은 그곳을 자신의 작은 집이라고 불렀다—을 조심스레 바라보았다. 방바닥을 거의 다 차지하다시피 한 매트리스 위에 대자로 뻗은 녀석의 입은 헤 벌어져 있었고, 시퍼렇게 멍이 들고 잔뜩 부풀어 오른 눈꺼풀은 반쯤 뜨여 있었다. 전날 밤에 집어 삼킨 약의 양으로 봤을 때, 놈은 내일까지 일어나지 않을 듯했다. 실제로 루이스미는 일요일 밤이 되어서야 간신히 자리를 털고 일어났다. 문라는 그가 마당을 지나 큰길로 이어진 흙길을 따라 비칠거리며 걸어가는 모습을 지켜보았다. 거기서 어떻게든 돈을 구해서 더러운 알약을 사려는 게 틀림없었다. 뭐가 그리 좋다고 그런 추접스러운 약을 달고 사는지, 문라는 도무지 이해할 수가 없었다. 아무리 좋아도 그렇지, 어떻게 온종일 혀가 입천장에 들러붙어 말도 제대로 못하는 상태로, 신호도 안 들어오는 텔레비전처럼 멍하게 넋을 놓고 바보같이 살려는 걸까. 하다못해 술은 마시면 기분이라도 좋아지고, 못생긴 계집애들하고 좀 노는 것도 그럭저럭 괜찮잖아. 마리화나를 피워도 마찬가지고 말이야. 문라는 속으로 생각했다. 그도 루이스미가 한 움큼씩 입안에 털어 넣는 알약을 먹어 보았지만, 그땐 잠밖에 오지 않았었다. 한시라도 빨리 잠자리에 누워 곯아떨어지고 싶은 마음뿐이었다. 그 약을 먹고 나면 이상한 꿈을 꾸거나 아편을 피웠을 때처럼 환각 상태에 빠지기는커녕, 정신이 아득해지면서 곧장 깊은 잠에 빠져들었다. 그러다가 일어날 때는 갈증으로 입이 타들어가는 듯하고 머리가 빠개질 듯이 욱신거리는가 하면, 눈두덩이가 퉁퉁 부어 거의 뜨지도 못할 지경이 되었다. 게다가 어떻게 집에 왔는지, 왜 온몸이 흙투성이인데다 똥까지 지렸는지, 그리고 누구한테 얻어맞아 얼굴이 그 지경이 되었는지도 전혀 기억나지 않았다. 하지만 루이스미, 이 망할 새끼의 말로는 그 알약을 먹으면 기분이 좋아지고 평소보다 차분해져서, 불안한 마음이나 몸을 떨고 싶은 생각이 사라진다는 거였다. 심지어 손가락 마디나 목을 꺾어 우두둑거리는 소리를 낼 필요조차 없다고 했다. 그 새끼 말로는 자기가 어릴 때부터 목을 한쪽으로 꺾어 기분 나쁜 소리를 내는 버릇이 있었는데, 그 약을 먹은 다음부터 깨끗하게 사라졌다는 거였다. 실제로 놈은 그 약을 끊자마자 몸을 떨고 목을 꺾는 버릇이 되살아난 데다가, 벽이 움직이면서 자기 위로 덮칠 것 같고, 담배를 피워도 아무 맛도 느껴지지 않고, 가슴이 답답해지면서 숨을 쉴 수 없는 것 같은 불길한 느낌에 사로잡힌다고 말했다. 하지만 그건 그 새끼가 망할 놈의 약을 끊지 않으려고 주워섬긴 변명에 지나지 않았다. 놈은 노르마를 꼬셔서 자기 작은 집으로 데려올 때만큼은 잠시나마 약을 완전히 끊기도 했었다. 그 처음 며칠 동안 그는 맥주와 마리화나는 물론이고 알약도 입에 대지 않겠다고 거듭 다짐했지만, 3주 만에 다 없던 일이 됐다. 노르마가 그를 배신하고 경찰에 밀고하는 바람에, 놈은 자신이 저지르지도 않은 죄로 감옥신세를 져야 했던 것이다. 그의 죄라고는 가증스러운 그 배신자를 도와준 것뿐이었다. 선의로 한 행동이 골치 아픈 문제, 아니 아예 화근이 될 줄 누가 알았겠는가. 문라는 대가리에 피도 안 마른 나이에 언제나 착하고 순진한 척할 뿐만 아니라, 애교 넘치는 목소리로 오만 사람의 넋을 잃게 했던 노르마를 좋아한 적이 없었고, 애초에 믿은 적조차 없었다. 심지어 차벨라마저 그녀의 말에 껌뻑 죽을 줄 누가 상상이나 했겠는가. 차벨라는 자기 밑에서 일하는 계집애들의 속셈 따위 훤히 꿰고 있다고 자부하는 여자였다. 하지만 무슨 일인지 그런 그녀도 노르마의 사탕발림과 애교 앞에서는 맥을 추지 못했다. 그 계집애가 집에 온 지 이틀 만에 차벨라는 홀딱 넘어가고 말았다. 얼마나 착하고 싹싹한지 몰라. 그리고 집안일은 또 얼마나 잘 하는지 알아? 저런 딸이 하나 있으면 얼마나 좋을까. 그 계집애 이야기만 나오면 그놈의 '얼마나'를 어찌나 연발하던지 귀가 얼얼해질 정도였다. 얼빠진 여편네 같으니. 문라는 아내의 입에서 쏟아져 나오는 헛소리를 들을 때마다 역겨워져서 혀를 끌끌 차곤 했다. 스토브 앞에서 요리도 하고 설거지도 하면서 집 안을 이리저리 들쑤시고 다니는가 하면, 언제나 차벨라의 주변을 얼씬거리는 노르마를 볼 때마다 그는 부아가 치밀었다. 더구나 인디오 출신답게 발그스레한 뺨을 실룩이면서 입술에 거짓 미소를 짓고, 순진한 표정을 지으며 차벨라가 무슨 말을 하든지 고개를 끄덕이는 노르마를 볼 때마다 그의 속은 뒤집어졌다. 그 아이의 칭찬과 아양에 우쭐해진 문라의 아내는 자기 등골을 빼먹을 인간이 하나가 아니라 둘로 늘었다는 사실조차 까맣게 잊은 듯 보였다. 솔직히 문라가 보기에는 갑자기 화목해진 집안 분위기가 왠지 수상쩍기만 했다. 그래서 그로서는 그 아이가 대체 무슨 일을 꾸미고 있는지, 어디서 굴러먹던 아이인지, 루이스미 같은 놈이 뭐가 좋다고 같이 지내는 건지 궁금할 수밖에 없었다. 할머니 말마따나 타고난 짝이라는 게 있는 걸까? 제정신을 가진 여자라면 굶은 개처럼 생긴 놈과 마당 한 구석에 있는 지저분한 방에서 살고 싶은 마음이 들까? 문라가 보기에는 둘 사이에 무슨 꿍꿍이가 있는 게 분명했다. 하지만 그는 결국 입을 다물고 있기로 마음먹었다. 어차피 루이스미 저놈은 자기 내키는 대로 할 게 뻔한데, 괜히 남의 일에 이래라 저래라 떠들 이유가 없었기 때문이었다. 예를 들면 어느 날 오후, 루이스미가 찾아와 출혈로 고통스러워하는 노르마에게 줄 약을 사야 하니까 비야에 있는 약국까지 데려다 달라고 부탁했을 때, 문라는 그에게 경고하려고 했다. 문득 그는 이 계집애가 일부러 아픈 척을 해서 자기들의 돈과 휘발유를 날려 버리려 한다는 생각이 들었던 것이다. 그날 밤, 결국 그는 그 계집애한테 그렇게 어이없이 속지 말라며 루이스미를 몰아세우기도 했다. 원래 여자들은 한 달에 한 번씩 거기서 피를 흘리는 법이라고. 너 그걸 아직도 몰랐냐? 그러니 약을 먹을 필요도 없어. 정 필요하다면 비야까지 갈 것 없이 여기 라 마토사에 있는 콘차 부인의 가게에 가서 수건 몇 장만 사 와. 넌 얼마나 무식하면 그런 것도 모르냐? 하지만 그놈에게 문라의 말은 씨알도 먹히지 않았다. 이번에는 다르다고요. 지금 노르마가 아파 죽으려고 한다니까요. 몸이 무슨 불덩이 같아요. 하지만 문라는 모든 게 정상이라고, 아무 일도 없으니까 걱정할 것 없다고 가까스로 녀석을 설득시켰다. 떼를 쓰던 녀석도 결국 자기의 작은 집으로 돌아갔다. 문라는 멀찌감치서서 더러운 매트리스 위에 누워 있는 루이스미와 노르마의 모습을 지켜보았다. 루이스미는 마치 그녀가 죽음의 문턱에 있기라도 한 것처럼 비장한 표정으로 그녀를 꼭 안고 있었다. 연기 하나는 기막히게 잘 한다고, 문라는 생각했다. 하지만 한밤중에 결국 사달이 나고 말았다. 그날 새벽, 루이스미가 문을 열어달라고 현관문을 거의 걷어차다시피하는 바람에 문라는 깜짝 놀라 잠에서 깼다. 루이스미의 팔에 안긴 노르마의 살갗은 초록빛으로 변해 있었다. 얼굴은 백지장만큼이나 하얀 데다 귀신한테 홀리기라도 한 것처럼 눈이 반쯤 돌아가 있었고, 시뻘건 피가 허벅지를 타고 흘러내려 땅바닥에 뚝뚝 떨어졌다. 루이스미는 실성한 사람처럼 매트리스가 피로 얼룩져 있고, 노르마가 너무 많은 피를 흘렸다는 말만 반복했다. 제발 부탁이에요. 지금 당장 우리를 비야의 병원으로 데려다 주세요. 문라는 루이스미에게 병원에 데려다 주겠다고 했지만, 대신 피가 좌석에 묻지 않도록 노르마 밑에 천이나 담요 같은 걸 깔라고 했다. 루이스미는 그가 시킨 대로 했지만 너무 서두르다 어설프게 천을 까는 바람에 시트는 피로 얼룩지고 말았다. 상황이 너무 급박했던 탓에 문라는 그 녀석에게 따지거나 트럭 안을 깨끗이 치우라고 시킬 겨를이 없었다. 그렇게 한바탕 난리를 치면서 노르마를 병원에 데려다 놓은 그들은 밖의 화단에 걸터앉아 넋이 나간 듯 멍한 얼굴을 한 채 누군가 노르마의 상태를 알려주러 나오기만을 기다렸다. 정오가 되었는데도 아무 말도 없자 루이스미는 더 이상 견디지 못하고 어떻게 된 건지 알아보기 위해 병원 안으로 뛰어 들어갔다. 십오 분 후, 그 녀석은 죽상을 하고 나오더니 어떤 사회 복지사가 자기들을 경찰에 넘긴다고 했다면서 분통을 터뜨렸다. 루이스미는 라 마토사로 돌아오는 내내, 심지어 문라가 기분을 달래 주기 위해 데리고 간 사라후아나 주점—여기에 가면 사라의 못된 손녀가 언제나 미지근한 맥주를 내왔다—안에서조차 입을 굳게 다물었다. *No quiero que regreses nunca más*(난 당신이 두 번 다시 돌아오지 않았으면 해), 라디오에서 노랫가락이 흘러나왔다. *prefiero la derrota entre mis manos*(차라리 내 손으로 모든 것을 무너뜨리고 싶어), 라디오는 칸시온 란체라[26]만 나오는 방송국 주파수에 맞추어져 있었다. 문라는 저런 노래가 너무 싫었다. *si ayer tu nombre tanto pronuncié*(어제는 너의 이름을 수없이 불러보았지), 살사라도 좀 틀어주면 좋으련만, *hoy mírame rompiéndome los labios*(오늘 입술이 부르튼 내 모습을 봐).[27] 어쨌든 그 녀석은―무슨 생각을 하는지 누가 알겠는가― 여전히 심각한 표정을 짓고 있었고, 금방이라도 울음을 터뜨릴 것처럼 흐리멍덩한 눈에는 핏발이 서 있었다. 그 순간, 문라는 노르마가 이미 죽었을지도 모른다는 생각이 들었다. 아니면 생명이 위독하거나 돈이 아주 많이 들어가는 큰 수술을 해야 하는 상태일 수도 있었다. 하지만 녀석은 맥주 세 잔을 들이키고도 입을 열지 않았다. 그는 그날 내내 문라에게 아무 이야기도 해 주지 않았다. 심지어 문라는 녀석이 3주 동안 입에도 대지 않았던 그 개 같은 알약한 줄을 사려고 함께 비야로 가서 윌리를 찾으러 술집을 돌아다니기까지 했는데 말이다. 그런데 한꺼번에 몇 알이나

---

26 란체라Ranchera 혹은 칸시온 란체라Canción ranchera는 멕시코의 전통 음악 장르로, 할리스코주에서 시작된 마리아치 악단과 밀접히 관련되어 있다. 멕시코 혁명 시기에 시작된 것으로 알려져 있다.

27 이 노래는 멕시코의 가수이자 배우인 비센테 페르난데스 고메스 Vicente Fernández Gómez의 1989년도 곡 〈당신의 지긋지긋한 사랑 때문에Por ti maldito amor〉의 일부다. 첸테Chente, 혹은 '칸시온 란체라의 왕Rey de la canción ranchera'으로 불리는 비센테 페르난데스 고메스는 멕시코 대중문화의 우상과 같은 존재다.

삼켰는지, 루이스미는 곧장 약 기운에 취해 정신을 잃고 바
닥에 널브러졌다. 문라는 주변에 있던 청년들에게 녀석을
들어서 트럭에 태워 달라고 부탁하는 수밖에 없었다. 하지
만 라 마토사에 도착해서도 혼자 힘으로 그를 내릴 수도 없
고, 깨울 수도 없던 터라 그날 밤 녀석은 결국 트럭에서 잠
이 들었다. 다음 날 아침 눈을 뜬 문라는 그때가 몇 시인지
알 수 없었다. 배터리가 나가 휴대 전화가 꺼져 있었던 데다
가 차벨라도 아직 퇴근을 하지 않았기 때문이었다. 최근에
차벨라가 이삼 일 연속으로 집을 비우는 일이 잦아진 탓에
문라는 슬슬 불안해졌다. 물론 고객들과 수다를 떠느라 그
랬겠지만, 그 망할 여편네는 그럴 때 미리 알려 주는 법이
없었다. 그는 당장 휴대 전화를 전원에 연결한 다음 아내에
게 연락해서 남편을 이따위로 내팽개치다시피 하는 여자가
어디 있냐고 따지고 싶었지만, 전화 충전기를 찾으려고 침
대 옆으로 몸을 구부리는 순간 갑자기 구역질이 올라오면
서 머리가 핑그르르 돌았다. 그는 잠시 침대에 누워 있기로
했다. 침대 시트에는 아내의 향기가 짙게 배어 있었다. 마치
정신 나간 여편네가 새벽에 살그머니 들어와 향수를 뿌리
고는 다시 수다를 떨기 위해 거리로 나가기라도 했던 것처
럼, 혹은 그가 잠든 사이에 들어와 문간에 서서 그를 조용
히 지켜보기라도 한 것처럼. 문라는 아내가 자기한테 악다
구니를 퍼부으며 달려드는 것보다 저렇게 사나운 정적 속

에 잠긴 그림자로 어른거리는 쪽이 훨씬 더 무서웠다. 그래서 그는 전날 밤에 벌어진 일을 그녀에게 설명하기 시작했다. 여보, 저 망할 새끼가 새벽에 노르마를 품에 안고 왔더라고. 그런데 보니까 노르마가 피를 철철 흘리고 있는 거야. 아무래도 죽은 것 같더라고. 아, 망할 년이 진짜. 그런데 병원에서 우리를 경찰에 넘기려고 하더라니까. 하마터면 경찰에 끌려갈 뻔했다고. 뭐 그런 개 같은 놈들이 다 있나 몰라. 그런데 잠시 후, 문라는 자기가 혼자서 떠들고 있음을 깨달았다. 어두운 방에는 아무도 없었다. 차벨라인 줄 알았던 그림자도 이미 사라지고 없었다. 그는 휴대 전화를 충전기에 연결하고 전원이 들어올 때까지 기다렸다. 전화가 켜지는 순간, 문라는 그때까지 차벨라가 단 한 통의 문자 메시지도, 그 어떤 변명이나 욕설도 보내지 않았음을 확인했다. 뭐 이런 여편네가 다 있어. 화가 난 그는 그녀에게 전화를 걸었다. 다섯 번이나 통화 버튼을 눌렀지만, 다섯 번 모두 음성 사서함으로 연결되었다. 그는 바닥에 널려 있던 셔츠와 바지를 주섬주섬 챙겨 입고 목발을 찾기 위해 방 안을 다 뒤졌다. 하필 침대 밑에 들어가 있던 목발을 간신히 찾은 그는 루이스미가 아직 살아 있는지, 혹시 트럭 안에다 토해 놓지는 않았는지 보기 위해 밖으로 나갔다. 루이스미는 여전히 조수석에 웅크리고 있었다. 큰 입을 헤 벌린 채 눈을 반쯤 뜬 그는 머리를 유리창에 기대고 잔 탓에 머리카락이 눌려 있었다. 야, 인마. 그는 차 문을 열기 전에 루이스미를 깨우기 위해 손바닥으로 유리창을 치며 말했다. 차 안은 미친 듯이 더웠다. 옷은 땀으로 흠뻑 젖어 있고 이마에서 땀이 줄줄 흐르는데 저 멍청이는 어떻게 그 지독한 더위를 견딜 수 있었던 걸까? 야, 인마. 어디 가서 해장이라도 하자. 문라가 트럭의 시동을 걸며 말했다. 녀석은 그를 쳐다보지도 않고 고개만 끄덕였다. 문라는 그에게 가진 돈이 있는지 물어보지도 않았다. 녀석의 수중에 돈이 한 푼도 없다는 걸 잘 알고 있었기 때문이었다. 어쨌든 뜨뜻한 국물에 맥주 한 잔이면 머리가 빠개질 듯한 두통도 말끔히 사라질 것 같았다. 한편으로는 이 녀석이 전날 밤 노르마에게 무슨 일이 벌어졌는지 시원하게 털어놓아 주기를 바라기도 했다. 하지만 그는 녀석에게 맥주를 사 준 것을 금방 후회했다. 망할 놈이 사라후아나 술집에 간 것으로 착각했는지 맥주를 마구 주문했기 때문이었다. 사라후아나의 가게에서는 카구아마[28] 한 병에 30페소지만, 거기 루페 라 카레라 타코 가게에서는 보통 사이즈 맥주 한 병에 25페소나 받았으니 문라의 속이 뒤집어질 만도 했다. 물론 루페 라 카레라는 한번쯤 가 볼 만한 곳이긴 했다. 거기 가면 개고기로 만든 최고급 양 콩소메[29]를 먹을 수 있다는 사실을 모르는 사람은 아무도 없었다. 하지만 문라는 비록 육즙이 풍부하긴 해도 몇 개 남지 않은 이로 끈질기게 씹어야 했던 그 고기가

진짜 양고기든, 개고기든, 아니면 사람 고기든 아무 상관도
없었다. 중요한 건 신기에 가까운 솜씨로 만든 소스였다.
그 특제 소스가 들어간 콩소메는 맛도 좋지만, 무엇보다 치
료 효과가 뛰어나서 먹는 즉시 다시 인간으로 태어난 느낌
이 들게 했다. 심지어 그는 차벨라가 언제라도 집으로 돌아
올 거라는 희망에 부풀어 오르기까지 했다. 어쩌면 차벨라
는 손님들과 만나 수다를 떨고 있을 뿐인지도 몰랐고, 그렇
다면 괜히 혼자 오해해서 이 망할 놈의 여편네가 자기 곁을
떠나는 게 아니냐는 둥 난리를 피울 필요도 없었다. 그렇지
않을까? 그러자 그는 당장 차를 몰고 비야에 있는 콘차 도
라다에 가서 친구들을 만나 인사를 나눈 다음 하루를 즐기
고 싶어졌다. 반면 루이스미는 잔뜩 풀이 죽은 모습이었다.
의자에 앉은 그는 고개를 푹 숙이고 두 팔을 축 늘어뜨린
채 국물에는 입도 대지 않았고, 양파와 고수 조각이 군데군
데 널브러진 나무 테이블 위에는 숟가락이 그대로 놓여 있
었다. 야, 인마. 마침내 문라가 입을 열었다. 문라는 얼이 빠
진 것처럼 멍한 녀석의 모습을 볼 때마다 속에서 열불이 끓
어올랐다. 최근에 녀석은 공원이나 술집에서 패거리들과

---

28 카구아마Caguama는 멕시코 코로나 맥주 회사에서 판매하는 1리터
　들이(정확히는 940밀리리터) 맥주병을 가리킨다.

29 **consommé.** 야채나 고기를 삶아 낸 국물에 다시 살코기와 야채를 잘
　게 썰어 넣고 약한 불에 말갛게 끓인 수프

어울려 술을 마시려 하지도 않았고, 누구에게 말을 걸지도, 듣지도 않으려고 했다. 그저 자기 자신 속에만 틀어박힌 채 세상과 담을 쌓고 살려나 보았다. 문라는 녀석의 그런 꼴을 볼 때마다 귀싸대기라도 올려붙여 정신을 차리게 하고 싶었지만, 그래 봐야 아무 소용없다는 것을 너무나 잘 알고 있었다. 이 녀석도 이제 어느 정도 나이가 들었기 때문에 노르마 문제처럼 난처한 입장에 빠졌을 때 자기가 무슨 일을 해야 하는지 정도는 이미 잘 알고 있었다. 야, 인마. 그가 말했다. 그 계집애는 대체 어떻게 된 거야? 그 말을 듣자 루이스미는 어깨를 축 늘어뜨리고 테이블에 팔꿈치를 괴더니 덥수룩한 머리를 쥐어뜯기 시작했다. 하지만 이번에는 문라도 쉽사리 물러서지 않았다. 야, 이 새끼야. 대체 무슨 일이야? 어떻게 된 거냐고? 그러자 녀석은 제 엄마처럼 짐짓 슬픈 표정을 지으며―피는 못 속인다더니, 어떻게 하는 짓이 제 엄마랑 똑같은지―땅이 꺼질 듯이 깊은 한숨을 내쉬고는 고개를 설레설레 저었다. 그러고는 맥주병을 단숨에 비우더니 루페 라 카레라에게 손짓으로 한 병을 더 갖다 달라고 했다. 벌써 세 병째였다.―미친 새끼야, 여긴 한 병에 25페소나 한다고―녀석은 그녀가 병을 따고 물러날 때까지 기다리더니, 어제 노르마가 어떤지 알아보려고 응급실에 들어갔을 때 생겼던 일에 대해 문라에게 낱낱이 털어놓았다. 간호사들은 처음엔 아무것도 모른다는 듯이 시치미

를 뚝 떼더니, 결국 사방에 서류가 수북이 쌓여 있는 사무
실로 그를 데리고 갔다. 사무실에는 금발로 염색한 부인이
앉아 있었다. 사회 복지사라고 자신을 소개한 그 여자는 노
르마의 서류—출생증명서 및 그녀와 그가 법적으로 부부
관계임을 증명하는 혼인 관계 증명서—를 달라고 했다. 물
론 그에게 그런 증명서 따위가 있을 리 없었다. 그러자 그
망할 년은 미성년자 대상 성범죄 혐의로 그를 체포하기 위
해 경찰이 이미 출동했다고 알려 주었다. 노르마가 미성년
자라는 걸 병원에서 어떻게 알았을까. 귀신이 곡할 노릇이
었다. 아무튼 그녀는 열세 살밖에 되지 않았지만……. 녀석
의 말을 듣고 충격을 받은 문라는 맥주를 쭉 들이켜다 사
레가 들려 캑캑거리기 시작했다. 문라는 노르마가 그렇게
어린 줄은, 거의 어린아이에 불과할 줄은 꿈에도 몰랐다.
이런 씹할! 그렇게 살집이 있고 머리숱도 많은데 겨우 열세
살이라니. 맙소사! 상상도 못 했던 일이잖아. 이 미친 새끼
가 육갑하고 자빠졌네. 사레들린 기침이 멈추자 그는 쉰 목
소리로 간신히 말했다. 이 덜떨어진 새끼야, 열세 살짜리 계
집애랑 뭘 할 생각을 한 거야? 널 감옥에 처넣지 않은 것만
해도 천만다행으로 알아. 너도 알겠지만 그렇게 어린 계집
애랑은 결혼도 못 한다고, 이 멍청아. 하지만 녀석은 할 수
있다고, 안될 게 뭐 있냐고 뻑뻑 우겼다. 노르마는 더 이상
어린애가 아니라고요, 누구와 함께 살지 스스로 결정할 수

있을 만큼 다 컸다고요. 또 우리 할머니도 열세 살 때 네그라 고모의 아버지와 결혼했단 말이에요. 그러자 문라는 콧수염을 쥐어뜯으며 말했다. 쓸데없는 소리 좀 작작 해, 이 미친놈아. 그건 완전 옛날 얘기고, 지금은 법이 바뀌어서 어림도 없다니까 그러네. 이제는 네가 하고 싶다고 다 되는 게 아니야. 설령 부모한테서 허락을 받았다고 해도 그렇게 어린 계집애랑은 결혼을 할 수가 없다고. 정신 차려, 이 머저리 새끼야. 이제 다 끝난 일이니까 그 아이는 깨끗이 잊어버리라고. 계속 데리고 있어 봐야 문제만 일으킬 거니까. 사회 복지사에게 널 일러바친 것도 그 애가 틀림없어. 너를 엿먹이려고 말이야. 싹수가 노란 계집애들은 늘 그런 식이지. 문라가 그에게 말했다. 그 녀석은 듣는 둥 마는 둥 건성으로 고개를 주억거렸지만, 제대로 생각해 보지도 않고 그의 말을 죄다 부인했다. 안 돼요, 루이스미가 말했다. 이제 와서 걔를 버릴 수는 없잖아요. 우선 걔를 병원에서 빼낼 방법을 찾아야 한다고요. 무슨 일이 있어도 걔를 구해 내야 해요. 걔가 기댈 곳이라고는 나밖에 없으니까요. 가엾은 노르마를 실망시킬 수는 없어요. 게다가 조금 있으면 우리 아기가 태어날 텐데 어떻게 걔를 버리라는 말이에요. 지금은 뾰족한 수가 없지만, 걔를 병원에서 꺼내서 다시 함께 지낼 방법을 곧 찾게 될 거예요. 녀석이 더듬거리며 어처구니없는 이야기를 하는 동안, 문라는 말없이 그를 쳐다보면서 노르마의 허벅지로 흘러내리던 피와 트럭 시트에 남은 피 얼룩을 떠올렸다. 그러자 그 아이가 지금도 아이를 가지고 있는지, 정말로 임신을 하기는 한 건지, 혹시 회충 때문에 배가 그렇게 불룩한 건 아닌지 따위의 심각한 의문들이 피어올랐다. 망할 여자들 같으니. 남자들의 목을 조르고, 남자들을 좆되게 만들려고 그런 연극을 꾸미는 일을 마다할 여자는 세상에 아무도 없을 거야. 하지만 문라는 자신의 생각을 입 밖에 내지 않았다. 따지고 보면 그 문제가 더럽게 꼬이긴 했어도 어차피 자기와는 아무 상관도 없었던 것이다. 노르마와 루이스미는 물론,—의심스럽지만—뱃속의 아이도 그와는 아무 상관없는 문제였다. 하지만 루이스미는 혼자서 그런 난관을 헤쳐 나갈 만큼 영리하지도, 용감하지도 않았다. 어쩌면 문라가 나서서 그를 감싸 주고 보살펴 줘야 할 뿐만 아니라, 해야 할 일과 하지 말아야 할 일을 일일이 알려 주어야 할지도 몰랐다. 물론 전부터도 문라는 사심 없이 조언을 해 주었지만, 루이스미 녀석은 콧방귀만 뀔 뿐이었다. 녀석은 의붓아버지가 해 주는 말을 한 귀로 흘리고 언제나 자기 마음 내키는 대로만 살았으니, 그런 걸 보면 차벨라와 판박이였다. 멍청한 걸로 따지자면 박빙인 데다가 둘 다 망아지보다 고집이 세고, 빌어먹을, 시건방지기까지 하다니까. 저 둘한테는 함부로 말을 붙이지도 못한다고. 그래 봐야 공연히 싸움만 일어나니까. 그러기 전에 둘 중

하나가—대부분은 그게 나지만—비굴한 표정을 지으며 기분 나쁘게 해서 미안하다고 사과하면서 뒷걸음질 치는 수밖에 없다고. 작년에도 그런 일이 있었다. 그때 문라는 비야가르보사 시장 후보자의 홍보를 담당하는 일자리를 얻었고, 선거 운동을 할 사람을 데리고 올 때마다 정당, 그러니까 시 정부로부터 수고비를—무려 현금으로—받았다. 게다가 그는 정계의 주요 인사들과도 많은 친분을 쌓을 수 있었다. 평소 목에 힘을 주고 다닐 만한 사람들이 길에서 그를 알아보고 손을 흔들며 인사를 건넸는데, 그들은 동네 친구들처럼 그를 '문라'라고 부르는 대신 이사이아 씨라고 불러 주곤 했다. 그는 잠시 유명 인사가 되었다. 당시 비야가르보사 시장 후보로 나선 아돌포 페레스 프리에토 씨가 그와, 그러니까 문라와 같이 사진을 찍자고 청했을 정도였다. 그 무렵의 어느 날, 문라가 여느 때처럼 정당 로고가 박힌 티셔츠를 입고 페레스 프리에토의 이름이 새겨진 모자를 쓰고 있을 때, 누군가가 휠체어를 가지고 오더니—어디서 난 건지는 알 수 없었다—문라를 거기에 앉혔다. 프리에토가 미소를 지으며 그가 탄 휠체어를 미는 모습을 사진으로 담으려는 거였다. 나중에 그 사진은—문라는 자기 얼굴이 그렇게 크게 나온 사진을 한 번도 본 적이 없었다—고속도로변의 대형 광고판에 등장했다. 마타코쿠이테 방향에서 비야로 진입하는 길목에 있는 그 광고판에는 그의 사진과 함께 "한 번 한 약속은 반드시 지키는 페레스 프리에토!"
라는 문구가 적혀 있었다. 촬영이 끝나고 그 휠체어를 문라
에게 선사한 걸 보면, 그 말이 순 뻥이라고 할 수는 없었다.
하지만 문라는 마치 자신이 장애인, 아니 혼자 힘으로 거동
을 못하는 노인이 된 듯한 느낌을 주는 휠체어가 영 마뜩치
않았다. 사실 그는 목발을 짚지 않고도 멀쩡하게 잘 걸어
다닐 수 있었다. 이런 젠장! 난 보조 도구 따윈 필요 없다
고. 두 다리가 멀쩡한데 무슨 걱정이야. 물론 왼쪽 다리가
약간 굽긴 했지만 말이야. 안 그래? 사실 한쪽 다리가 다른
쪽보다 좀 짧은 데다, 안으로 굽어 있긴 하지. 하지만 그게
뭐가 문제야? 씹할! 아직 튼튼하고 힘도 좋고 몸에도 잘 붙
어 있는데 말이야. 그렇잖아? 그러니까 휠체어 따윈 전혀
필요 없어. 물론이지! 그렇게 그는 선물로 받은 휠체어를
팔아 버렸다. 그는 목발과 트럭만 있으면 원하는 곳은 어디
든지 갈 수 있었다. 아무튼 선거 운동원 일을 여섯 달밖에
못 한다는 게 못내 아쉬울 뿐이었다. 그 일은 수입도 짭짤
했던 데다 쉽기도 쉬웠다. 후보 유세가 있는 날이면 현장으
로 달려가 페레스 프리에토가 말할 때마다 박수갈채를 보
내고, 호루라기와 딱딱이로 소리를 내며 응원가를 부르기
만 하면 끝이었다. 페레스 프리에토, 페레스 프리에토, 라
라라.[30] 그렇게만 하면 당에서는 매일 200페소를 지급했고,
선거 운동원으로 일할 사람을 한 명 데려올 때마다 200페

소를 더 주었다. 게다가 매주 식료품도 후하게 주었고, 심지어 농기구와 건축 자재까지 주었다. 그래서 그는 차벨라를 설득해 선거 운동원으로 등록하는 것도 무척 쉬우리라 생각했던 듯하다. 왜냐하면, 놀랍게도 그는 태어나서 한 번도 투표라는 걸 해 본 적이 없었던 것이다. 당신은 엑스칼리부르에서 일하니까 당신 밑에서 일하는 여자애들하고 손님들만 잘 설득하면 입당 원서를 받기도 쉬울 거야. 그렇게만 되면 당신도 짭짤한 부수입을 올릴 수 있을 테니까 얼마나 좋아, 안 그래? 하지만 차벨라는 그 말을 듣자 기분이 상했다. 그녀는 문라가 조언을 해 준 게 아니라 '차벨라, 엿이나 먹어.' 라고 말한 것처럼 받아들였고, 머리끝까지 화가 치밀어 올라서는 거리 한복판에서 그에게 고함을 지르기 시작했다. 야, 이 돌대가리 인간아! 머리가 어떻게 된 거 아니야? 사람을 어떻게 보고 나더러, 아니, 내가 당신처럼 정당의 개들한테 손을 벌릴 거라고 생각한 거냐고. 아이고, 이 인간아, 문라야. 당신은 자존심도 배알도 없어? 이 덜 떨어진 인간아, 어떻게 당신은 보면 볼수록 한심스럽기만 한지 모르겠어. 정말로 내가 페레스 프리에토라는 작자의 뒤꽁무니나 쫓아다닐 만큼 한가하다고 생각했다면 차라리

---

30 이를 '치키티붐 알 라 빔봄바Chiquitibum a la Bimbombá'라고 하는데, 주로 운동 경기에서 부르는 응원가를 가리킨다.

나가 뒈져. 차벨라가 하필 콘차 도라다 주점 앞에서 악다구니를 쓰며 욕설을 뱉어 내자 그 앞을 지나가던 행인들은 킥킥거리며 웃었다. 하지만 문라는 사람들이 보는 앞에서 아내와 다투어 봐야 아무 이득도 없는 데다, 자기 얼굴에 먹칠하는 꼴에 불과하다는 사실을 알고 있었기 때문에 이를 악물고 참을 수밖에 없었다. 마치 안전핀을 뽑은 수류탄을 통째로 삼킨 듯한 기분이었다. 그래서 그는 아무 말도 하지 않는 대신, 선거 운동을 해서 정직하게 번 돈을 가지고는 아내에게 한턱내지도 않고 아무 선물도 사 주지 않으리라 거듭 다짐했다. 재수 없는 여편네 같으니. 멍청한 주제에 비싸게 굴기는. 좋아, 차벨라. 어디 한번 두고 보자고. 하지만 그는 루이스미마저 제 엄마처럼 자기 분수도 모르고 무모한 짓을 저지를 줄은 전혀 예상하지 못했었다. 아니나 다를까 그 녀석은 번듯한 일자리는커녕 변변한 밥거리도 없었고, 앞으로 무엇을 하고 살지에 대해서도 아무 생각이 없어서 차벨라는 녀석을 볼 때마다 타박을 주곤 했다. 하긴 수중에 돈 한 푼 없고, 열여덟 살이나 먹었으면서도 마당 옆의 단칸방에서 빌붙어 살면서 생활비는커녕 월세도 내지 않고 엄마 등골이나 빼먹고 사니 분통이 터질 만도 했다. 말이 나왔으니 말인데, 그 정도 나이가 들었으면 열심히 돈을 벌어다가 갖은 고생을 다 겪은 어머니를 편하게 모시는 게 마땅한 도리였다. 제정신이 박힌 아이였다면 마녀의 집에 처박혀 허송세월하지도 않았을 테고, 고속 도로변의 술집이나 비야의 공원에서 한심한 친구들과 함께 못된 짓을 해서 번 푼돈을 흥청망청 써 버리는 대신에 그걸 가지고 자기 엄마가 더 이상 일을 하지 않아도 되도록 만들었을 것이다. 그래서 문라는 녀석을 선거 운동에 끌어들이기로 마음먹었다. 자, 내 말을 잘 들어 봐, 그가 말했다. 너한테 딱 맞는 일이야. 눈 딱 감고 선거 때까지만 일해 보라고. 정 싫으면 페레스 프리에토 그 자식을 찍을 필요도 없어. 대신 유세가 열리면 꼭 나가서 눈도장을 찍고, 무슨 일이 일어나는지 잘 보고 있기만 하면 돼. 하지만 이 멍청한 녀석은 싫다는 듯 완강하게 고개를 저었다. 정치라는 건 쓰레기들이나 하는 짓이잖아요. 게다가 난 3페소씩 받고 고양이처럼 살금살금 기어 다니기 싫다고요. 그런 짓을 하느니 정유 회사가 약속한 일자리를 얻을 때까지 참고 기다리는 편이 나을 거예요. 물론 정유 회사에서 일자리를 얻는다면 녀석의 입장으로서는 엄청난 행운이었다. 그것도 팔로가초[31] 유전에서 일하게 된다니, 정말이지 꿈같은 이야기였다. 미련한 녀석이 그런 기회를 어떻게 얻었는지는 알 수 없었지만 말이다. 기술직인데, 녀석이 말했다, 정유 공장 노조가 베푸는 특전도 전부 받게 될 거라고요. 그 말을 듣고 놀란 문라는 녀석에게 정신 차리고 현실을 직시하라고 타일렀다. 야 인마, 그런 일은 없을 테니까 꿈 깨. 정유 회사는 오래 전부터 가까운 인척이나 노조 지도부에서 추천한 인물이 아니면 고용한 적이 없어. 네가 유정油井이나 석유 화학에 대해서 아는 게 있냐, 아니면 고등학교를 마치기나 했냐. 더군다나 계집애처럼 삐쩍 말라가지고 몸무게도 네가 옮겨야 할 드럼통의 절반도 안 나가잖아. 거기서 일자리를 주겠다고 약속한 건 널 골탕 먹이려고 꾸민 거라고. 그러니까 그런 허황된 꿈일랑 얼른 버리는 게 좋아. 문라가 그렇게 을러도 보고 달래도 보았지만 아무 소용이 없었다. 사실 이 모든 사단은 녀석을 회사에 꽂아 주겠다고 꼬드긴 기술자 친구라는 놈 때문이었다. 그런 놈의 말을 그대로 믿고 헛바람만 잔뜩 들게 되면 결국 비싼 대가를 치르고야 말 것이었다. 기술자라는 놈이 약속을 지킬 때까지 저렇게 꼼짝도 않고 기다리다가는 차벨라의 고객이 제안했던 것처럼 좋은 기회를 번번이 놓치게 될 테니까 말이다. 차벨라의 말에 의하면 그 손님은 여러 대의 트레일러트럭을 보유한 사람이었는데, 어느 날 그녀가 일자리를 찾지 못해 매일 빈둥거리고 놀기만 하는 아들놈 때문에 얼마나 속상한지 모르겠다고 한탄을 늘어놓자 넌지시 아들의 일자리를 제안했다는 거였다. 그 신사는 곧 국경 지역으로 떠나야 하는데, 마침 조수가 없어서 고민하던 중이라고 했단다. 그럼 아드님더러 내일, 그러니

---

31 Palogacho. 베라크루스에 있는 마을

까 새벽에 나와 보라고 전해 주세요. 그 일자리가 마음에
들지, 또 자기 적성에 맞는지 본인이 직접 확인하는 게 좋
을 테니까요. 본인만 좋다면 조만간 운전면허를 따게 해서
제 운전기사로 일할 수 있도록 하겠습니다. 그날 아침, 차
벨라는 잔뜩 들뜬 표정을 하고 집에 돌아왔다. 이제 게으름
뱅이 녀석이 일을 하면 그녀도 한시름 덜 수 있을 터였다.
하지만 제 엄마―가엾은 차벨라―의 마음속을 아는지 모
르는지, 그 망할 녀석은 그런 일은 절대 할 수 없다며 머리
를 절레절레 흔들었다. 난 남의 조수 노릇이나 하기는 싫어
요. 난 트레일러 운전기사 따위 안 할 거라고요. 그런 일을
하느니 차라리 기술자 친구가 회사에 들어오라고 할 때까
지 기다리는 게 낫다고요. 이 망할 놈아, 정신 좀 차려! 차
벨라는 녀석을 잡고 흔들며 울부짖었다. 얼마나 심하게 잡
아당기고 때렸는지 녀석의 티셔츠가 찢어질 정도였다. 네
애비처럼 그렇게 게을러터져서 어디에 쓰겠어. 네 애비나
넌 아무 짝에도 쓸모없는 인간이란 말이야. 남의 등골이나
빼먹고 사느니 차라리 죽는 게 낫지. 분위기가 갈수록 험악
해지자 문라는 녀석이 제 엄마한테 폭력을 쓰지 않을까 심
히 걱정스러웠다. 녀석의 눈에 광기가 일었고, 자기를 방어
하려는 듯 주먹을 치켜드는 모습이 예사롭지 않았지만 다
행히 아무 일도 일어나지 않았다. 정말이지 문라는 모자 사
이의 싸움에 끼어들고 싶지 않았다. 문라는 두 사람이 마음

껏 핏대를 올려가면서 싸우도록 내버려 두는 쪽이 상책이라는 것을 오래 전에 경험으로 터득했다. 아무 이유도 없이 먹이가 갈가리 찢어질 때까지 서로 놓지 않으려고 사납게 싸우는 두 마리 개처럼 말이다. 아무 생각 없이 저기 끼어들었다가는 저 멍청이들한테 물릴 수도 있었다. 안 돼. 절대 그럴 순 없어. 언제나 자기들 내키는 대로 하고 살았으니까, 죽든 살든 그냥 내버려 둬야지. 저 망나니 같은 놈한테 트레일러 운전기사가 돈을 얼마나 많이 버는지, 또 이곳저곳 돌아다니며 좋은 구경을 얼마나 많이 할 수 있는지, 예쁜 여자를 만날 기회는 또 얼마나 많은지, 한 군데에 오래 머물지 않고 방방곡곡을 떠돌며 얼마나 즐겁게 보낼 수 있는지, 푹푹 찌는 날씨에 갑갑한 시골 마을에 갇혀 지내지 않으니 얼마나 좋은지 설명해 봐야 입만 아플 것 같았다. 운전사가 되느니 하늘에서 정유 회사 일자리가 떨어질 때까지 기다릴 거라고 끝까지 우긴다면, 아무리 번지르르한 말로 구슬려도 넘어가지 않을 듯했다. 문라는 저 녀석이 정말로 일자리를 거저 얻을 거라고 믿을 만큼, 그러니까 정체 모를 인간이 한 약속을 저렇게 맹목적으로 믿을 만큼 멍청한 줄은 미처 몰랐다. 도대체 저놈의 친구라는 그 기술자는 대체 누구란 말인가? 바보가 아닌 다음에야 그렇게 끗발 좋은 인간이 뭐가 아쉬워서 자기 가족도 아닌 저런 망나니를 도와준단 말인가? 문라는 기술자라는 친구가 그런 호의를 베푸는 대가로 무엇을 요구했는지, 아니면 그렇게 큰 은혜를 녀석이 어떻게 갚을 생각인지 여러 번 물어보고 싶었지만, 녀석이 어떻게 대답할지 뻔히 알고 있었기 때문에 아예 모르는 체 하기로 했다. 빌어먹을! 될 대로 되라지. 저놈이 어떻게 되든 나하고 무슨 상관이야. 나도 할 만큼 했다고. 만약 그 속임수에 넘어가면 저놈도 끝장이야. 기술자라는 친구의 말이 새빨간 거짓말이라는 걸 인정하지 않으면 인생 종 치는 거라고. 더군다나 그 친구라는 놈은 몇 달 전부터 루이스미가 전화를 걸어도 받지도 않는다면서. 그런데도 산타클로스와 동방박사 같은 게 진짜 있다고 믿겠다면야 그걸 억지로 막을 수는 없지. 결국 누구든 인생을 살면서 자기가 원하는 걸 할 수 있는 만큼 하게 마련이니까. 그렇지 않나? 그런데 나는 뭐하러 저놈의 일에 참견하려고 하는 거지? 그럴 이유가 전혀 없잖아? 씹할, 그러니까 저 새끼가 하고 싶은 대로 하게 내버려 두자고. 녀석도 이젠 컸으니까, 세상이 텔레비전 연속극이나 동화 같지 않다는 것쯤은 알고 있을 거야. 정유 회사에 일자리를 얻을 거라는 생각이 얼마나 허황된 망상인지 녀석도 조만간 깨닫게 되겠지. 마찬가지로, 노르마하고의 관계 역시 완전히 끝났다는 걸 받아들일 수밖에 없을 거야. 그 계집애는 이제 병원과 당국의 골칫거리가 되겠지. 루이스미가 해야 할 일은 빈둥거리고 노는 대신에 진짜 여자를 만나는 거야. 빌어먹을 노르마처럼 골치 아픈 어린애 말고 제대로 된 여자 말이지. 문라가 보기에 노르마는 상황이 불리해지니까 곧바로 자기 남편을 사자 우리에 던져 버린 배신자나 다름없었다. 이 멍청아, 이건 소꿉놀이나 할 만한 나이의 계집애가 꾸민 악랄한 흉계라고. 지금부터라도 정신 차리고 제대로 된 여자를 구해 봐. 너를 제대로 돌볼 줄도 알고, 차벨라처럼 일도 할 줄 아는 여자를 말이야. 그러자 루이스미는 루페 라 카레라 가게 한복판에서 눈물이 그렁그렁한 눈으로 거의 소리를 지르다시피 하면서 대답했다. 난 절대 노르마 곁을 떠나지 않을 거예요. 걔랑 헤어지느니 차라리 죽어 버릴 거라고요. 큰소리가 나자 불판에서 고기를 굽던 루페 라 카레라마저도 고개를 들더니 못마땅한 표정을 지으며 녀석에게로 시선을 돌렸다. 허, 그것 참. 문라는 당황한 듯 중얼거렸다. 문라가 줄곧 관찰해 본 결과, 이놈은 자기 인생에 대해서는 눈곱만큼도 신경 쓰지 않았다. 그저 약 빠는 거랑 시시껄렁한 놈들과 어울려 돌아다니는 것 말고는 아무 관심도 없는 놈이었다. 허, 그것 참. 같은 말을 되풀이하던 그는 갑자기 무슨 생각이 떠오른 듯 손가락으로 녀석을 가리켰다. 내가 보기에는 말이야, 그가 말했다. 그러자 루이스미는 움찔하며 경계하는 눈빛을 띠었다. 왜요? 그가 소리를 질렀다. 아저씨가 보기에 어떤데요? 내가 보기에는 말이다, 아무래도 노르마가 너한테 사랑의 묘약을 먹인 것 같은데. 말도 안 되는 소리 작작해요. 루이스미가 투덜거렸다. 아무것도 모르는 체 하지 말라고. 문라가 그를 조롱하듯 말했다. 내가 무슨 말을 하는지 다 알고 있잖아. 여자들이 널 붙잡고 싶을 때 어떻게 하는지 잘 알 텐데. 여자들은 네가 한눈팔았을 때 음료수나 수프에 돼지 피를 집어넣는다고. 아니면 네가 잠들었을 때 발뒤꿈치에다 피를 한 방울 떨어뜨리기도 하지. 그렇게만 하면 넌 그 여자한테 홀리게 되는 거라고. 네가 노르마한테 빠진 것처럼. 무슨 말인지 알겠어? 하긴 그보다 훨씬 더 심한 계집애들도 있어. 그런 애들은 천사의 나팔[32]이라는 꽃을 따려고 산으로 간다고. 그건 장마철에 땅바닥 가까이에서 피는 나팔 모양의 꽃이야. 그 꽃으로 차를 달이는데, 그걸 마시면 바보처럼 멍청해지면서 그 여자가 시키는 대로 하다가 결국에는 노예처럼 그 발밑에 무릎을 꿇게 된다고. 아무것도 모르는 사이에 말이야. 내가 무슨 말을 하는지 알면서 모르는 척 하지 마. 지금도 너네 엄마는 엑스칼리부르에서 일하는 여자들이 손님들한테 주술을 걸고 다닌다며 여기저기 떠들고 다니잖냐. 그 사람들의 돈을 뜯으려고, 아니면 자기들을 아내로 맞이해서 살림을 차리게 만들려고 말이지. 녀석은 마침내 문라의 말에 어느 정도 관심을 가지고 듣기 시작했지만, 듣고 나서는 고개를 절레절레 저으며 아니라고 했다. 노르마는 그런 애가 아니에요. 그런 짓을 할 줄도 모르고요. 문라는 세상 물정을 모르는 녀석을 속으로 비웃었다. 이 세상 계집애들은 다 똑같아, 이 멍청아. 여자들은 원래 교활하기 짝이 없어서 너를 곁에 붙잡아 두기 위해서라면 수단과 방법을 가리지 않는다고. 그의 말이 계속되자, 결국 루이스미는 기분이 상한 나머지 시무룩한 표정으로 침묵을 지켰다. 그 이후로는 문라가 무슨 말을 해도 그는 침묵에서 벗어나지 않았다. 심지어는 사라후아나의 술집으로 자리를 옮겨 그곳 특유의 미지근한 맥주를 한 병 더 사 주었는데도 아무 소용이 없었다. 여담이지만, 사라후아나 술집의 맥주가 늘 그 모양인 것은 냉장고가 워낙 오래되었기 때문이었다. 아마 사라후아나가 비야 사육제의 여왕으로 뽑혔을 때, 그러니까 뱀이 네 발로 걸어 다녔을 때 이후로 한 번도 냉장고를 바꾸지 않은 듯했다. 애기야. 문라는 사라의 손녀딸을 볼 때마다 이 말을 수없이 되풀이했다. 웬만하면 좀 일찍 얼음을 깨서 거기다 맥주를 넣어 두는 게 어떻겠니? 그렇게 하면 여기 와서 시원한 맥주를 마실 수 있을 것 아니냐. 그러나 문라를 잘 알고 있던 그녀는 혀를 끌끌 차더니 허리에 손을 얹고 엉덩이를 흔들어 대며 쏘아붙였다. 사람이 자기 분수를 알아야지, 꿈도 야무지기는. 싫으면 당장 꺼지라고. 그러자

---

32 **toloache.** 흰독말풀속의 일종으로 땅을 향해 피는 꽃을 '천사의 나팔', 하늘을 향해 피는 꽃을 '악마의 나팔'이라고 부른다.

문라는 팔로 엿이나 먹으라는 자세를 취했다. 하지만 그 둘은 이런 대화를 전혀 불쾌하게 여기지 않았다. 아무리 그래 봐야 문라는 아무 일도 없었다는 듯이 다시 이 술집에 올 터였다. 그럴 수밖에 없었다. 그녀가 그에게 무슨 주술을 걸어서가 아니라, 그 술집이 그의 집에서 가장 가까웠기 때문이었다. 길을 따라 가면 오백 미터 거리여서, 술집에서 트럭을 타고 조금만 직진하면 금방 집 앞에 도착할 수 있었다. 고속 도로를 탈 필요도, 다시 교통사고를 당할 위험도 없었다. 문라는 2004년에, 정확히 말해 2004년 2월 16일에 교통사고로 한쪽 다리를 날려 버릴 뻔했으니, 그 일을 어떻게 잊을 수 있겠는가! 산 페드로 근방에서 헤드라이트도 켜지 않은 채 유턴을 하던 트럭 때문이었다. 망할 새끼! 그때 문라는 너무 취해 있어서 앞에 트럭이 있는지도 몰랐고, 결국 정면으로 충돌하는 바람에 다리뼈가 박살나고 말았다. 의사들은 다리를 절단해야 된다고 했지만 그는 미친 듯이 반대했다. 그것만큼은 절대 안 됩니다. 이 다리가 조금 휘어져도, 뼛조각이 조금 없어져도 상관없다고요. 어차피 이건 내 다리잖아요. 내 허락 없이는 절대 못 자를 테니까, 그리들 아쇼. 하지만 의사들도 쉽게 물러서지 않았다. 그럴 순 없어요. 그 다리는 이제 아무짝에도 쓸모가 없단 말입니다. 게다가 이 상태로 두면 감염될 위험이 너무 크다고요. 그래도 고집을 버리지 않았던 문라는 수술 전날 차벨라의 도움을 받아 병원에서 달아났다. 다행히 감염은커녕 다리를 못 쓰게 되는 불상사도 일어나지 않자, 망할 돌팔이 의사들은 거짓말을 한 사람들처럼 머쓱해지고 말았다. 그저 다리가 안으로 약간 굽었을 뿐이라고. 다리가 발에서 휘어져 올라가는 것처럼 보이긴 하지만, 걷는 데는 전혀 지장이 없어. 심지어 목발 없이도 잘 걸을 수 있다고. 안 그래? 게다가 휠체어 신세를 질 필요도 없고 말이야. 그렇잖아? 더군다나 나한테는 트럭도 있으니까 걱정할 것 없어. 그 트럭은 마타코쿠이테에 사는 어떤 남자한테서 산 것으로, 그 남자가 텍사스에서 손수 몰고 왔다는 물건이었다. 그 남자는 아주 헐값—대략 삼만 페소—으로 트럭을 내놓았는데, 그 금액은 문라가 사고를 일으킨 트럭 운송회사로부터 보상금조로 받은 액수의 절반도 되지 않는 가격이었다. 아무튼 그 트럭은 기대했던 것보다 훨씬 괜찮아서, 고속 도로로 나갈 때면 창문을 다 열어젖힌 채 사방으로 탁 트인 경치를 구경하면서 시속 100킬로미터의 속도로 쌩쌩 달릴 수 있었다. 게다가 아무런 사고도 당하지 않았던 것처럼 멀끔했다. 심지어 그 차를 운전할 때의 문라 역시 해안 세관에 수출 요청서를 전달하기 위해 오토바이를 타고 해안을 달리던 시절로 돌아간 듯했다. 그 당시만 해도 그는 미친 듯이 살사를 추다가 동이 틀 때면 차벨라의 팔을 붙잡아 와락 껴안고는 입을 열지 못하도록 키스를 퍼부었고, 벽으로 밀어

붙였고, 그러고는 그녀의 온몸이 녹아내릴 때까지 애무를 하던 생 수컷이었다. 망할 놈의 여편네 같으니, 도대체 어디에 처박혀 있기에 코빼기도 안 보이는 거야? 왜 연락도 안 하는 거지? 만약 그녀가 이렇게 말한다면, 어떤 손님이 엑스칼리부르에서 사흘이나 머물렀다고 말한다면, 그건 순뻥일 게 분명했다. 그럴 만한 손님은 아무도 없을 테니까. 거기서 일하는 여자는 그렇게 많지 않았고, 그중에 손님을 사흘이나 잡아둘 만큼 열심히 일하는 이들은 더더욱 없었다. 아니면 혹시 그에게 알리지도 않고 어느 놈팡이하고 같이 푸에르토[33]로 달아난 건 아닐까? 그 망할 여편네는 전에도 그런 적이 있었다. 작년 크리스마스에도 그녀는 과달라하라[34]에 가 있었다. 빌어먹을 여편네 같으니. 그녀는 일 때문에 거기 갔다고 했다. 일은 일이니까, 라는 말은 그녀의 입버릇이었다. 그녀의 말이라면 문라는 언제나 액면 그대로 믿어 주었다. 하지만 이번에는 왠지 낌새가 심상치 않았다. 아무리 봐도 그 망할 여편네는 바라바스라는 이름의 놈팡이와 파라디소 모텔 방구석에 처박힌 채, 위스키를 퍼마시고 진공청소기처럼 약을 빤 다음에 놈의 물건을 탐욕스럽게 빨고 있을 것 같았다. 그가 그녀의 휴대 전화 번호를 누를 때마다 '지금 고객님의 휴대 전화가 꺼져 있어 전화를 받을 수 없습니다' 아니면 '서비스 지역이 아닙니다'라는 안내 음성이 흘러나오는 것도 그런 이유 때문일 것 같았다.

이미 어둠이 내린 데다 술에 거나하게 취한 터라, 문라는 당장 트럭을 타고 파라디소 모텔 주차장에 가서 바라바스라는 놈의 로보 밴[35]이 있는지 확인해 보고 싶었다. 바라바스가 어디를 가든 늘 그의 뒤를 따라다니는 대여섯 명의 깡패들—커다란 모자를 쓰고, 주걱턱에 살기 띤 눈매를 가진 놈들—에게 붙잡혀 봉변을 당하는 한이 있더라도 말이다. 그런 생각을 하다가 정신이 번쩍 들었을 때, 그는 이미 트럭을 타고 집에 가고 있는 중이었다. 빌어먹을 차벨라, 갈 테면 가라지. 그는 속으로 분노를 터뜨렸다. 집에 도착했을 때 차에서 내리다 하마터면 굴러 떨어질 뻔한 그는 옷도 벗지 않은 채 잠자리에 들었다. 그는 잔뜩 구겨진 채 차벨라의 브래지어와 헤어핀이 나뒹구는 침대 시트 위로 푹 고꾸라져서는 곧장 곯아 떨어졌다가 악몽을 꾸었고, 결국 날이 밝자마자 잠에서 깼다. 꿈속에서 그는 마을의 거리를 돌아다니며 만나는 사람들 모두에게 말을 걸고 싶어 하는 유령이었지만, 사람들은 그에게 관심을 갖기는커녕 자기 주변에 그가 있는지조차 알아차리지 못했다. 사람의 눈에 보이

---

33 여기서 푸에르토는 할리스코주에 위치한 휴양 도시 푸에르토 바야르타Puerto Vallarta를 가리킨다.

34 **Guadalajara.** 멕시코 중서부의 할리스코주에 있는 도시다.

35 포드 자동차의 F-150 시리즈 밴은 멕시코에서 포드 로보Ford Lobo라는 이름으로 판매되었다.

지 않는 유령이었던 그를 볼 수 있었던 것은 어린아이들뿐이었다. 그런데 그가 입만 열어도 꼬마들이 겁에 질려 울음을 터뜨리는 바람에 문라는 울적해지고 말았다. 그 순간 갑자기 거리가 사라지고, 그는 허허벌판을 걸었다. 언덕과 숲, 초원과 밭, 그리고 버려진 목장을 가로질러 가던 그의 눈앞에 난데없이 마을 하나가 나타났다. 마을의 거리를 따라 돌아다니던 그는 우연히 잘 아는 집, 미르세아 할머니의 집 앞에 이르렀다. 항상 열려 있는 주방으로 들어가 거실을 살짝 엿보았더니 할머니가 평소처럼 흔들의자에 앉아 있었다. 할머니는 20년 전처럼 아직 살아 계신 듯했다. 결국 꿈속에서는 그가 죽은 사람이었고, 반대로 할머니는 살아 있었던 것이다. 할머니 역시 그를 볼 수는 없었지만, 마치 그가 멀리 떨어져 있는 것처럼 희미하게나마 듣고 느낄 수는 있었다. 그 순간, 그는 할머니에게 드릴 무슨 중요한 말이 떠올랐지만 입이 떨어지지 않아 조바심을 냈다. 잠에서 깰 때는 전혀 기억나지 않았지만 꿈속에서는 정말로 다급한 말이었다. 무슨 수를 써서라도 할머니에게 알려 드려야 하는 급한 문제였지만, 그는 죽은 자들의 언어, 할머니가 전혀 알아들을 수 없는 언어로만 말했기 때문에 자신의 생각을 제대로 전달할 수 없었다. 심지어 발악하듯 소리를 질러도 소용이 없었다. 할머니는 정말 성녀 같으신 분으로, 늘 따뜻하고 자상해서 한줄기 햇살처럼 빛나셨다. 할머니, 부디 편히 쉬소서. 아무튼 그의 할머니, 미르세아 바우티스타 부인이 그에게 온화한 미소를 지어 보이며 말했다. 진정하거라, 애야. 아무 걱정할 필요 없어. 천국에 가려면 언제나 착하고 차분한 아이가 되어야 하는 법이란다. 그 말을 하는 할머니의 목소리가 어찌나 차분하고 평온하던지, 문라는 잠에서 깬 뒤에도 기분이 울적했다. 물론 그는 자기가 아내와 함께 쓰는 방의 침대에 누워 있다는 사실, 그리고 방 안이 찌는 듯이 더웠음에도 등이 땀에 흠뻑 젖은 탓에 추위를 느끼고 있다는 사실을 분명히 자각하고 있었지만, 어째서인지 미르세아 할머니가 언제나 손에 바르던 크림의 향기가 그의 코에 점점 스며들었다. 그는 계속 자고 싶었지만 숨이 막힐 듯 답답한 공기와 시간이 갈수록 심해지는 두통 때문에 침대에서 벌떡 일어났고, 속옷까지 다 벗고는 목발을 짚고 방에서 나와 화장실로 갔다. 그리고 일을 본 뒤에는 곧장 마당으로 나와 깨끗한 물을 받아 놓은 통 옆에서 잽싸게 몸을 씻었다. 막 비누칠을 하고 물로 헹굴 무렵, 그 녀석이 맨발에 셔츠도 입지 않은 꼴로, 땅바닥에서 뒹굴었는지 흙먼지를 뒤집어 쓴 채 그의 앞을 지나쳤다. 그러고는 마당 뒤쪽, 그러니까 자기가 살던 작은 집 뒤쪽으로 비틀거리며 걸어갔다. 녀석이 거기서 뭘 하는지, 문라의 눈에는 보이지 않았다. 그런데 문라가 비눗물을 다 헹구고 집에 들어가서 몸을 닦고 깨끗한 속옷으로 갈아입은 다음, 다시 마당에 나와 무슨 일인지 보러 갈 때까지도 녀석은 자기 집 뒤쪽에 그대로 서 있었다. 녀석은 옆에 문라가 와 있는 줄도 모르고 땅에 난 구멍을 뚫어지게 보고 있었다. 깊이가 50센티미터 정도 되는 구덩이였다. 문라가 마침내 입을 열었다. 거 뭐야? 화들짝 놀란 녀석은 고개를 홱 돌리며 겁에 질린 표정으로 그를 바라보았다. 마치 못된 짓을 하다가 걸리기라도 한 듯 얼빠진 얼굴이었다. 하지만 곧 정신이 들었는지 녀석은 겨우 입을 열었다. 아무것도 아니에요. 문라는 구덩이를 힐끔 쳐다보고는 녀석의 손을 빤히 바라보았다. 팔꿈치까지 흙이 묻어 있었고, 손톱 사이에도 흙이 새까맣게 끼어 있었다. 녀석이 손으로 그 구덩이를 판 게 틀림없었다. 이 새끼가 대체 뭘 파낸 거지? 문라는 문득 의심이 들었다. 아직도 기억에 선명하게 남아 있는 그 꿈 때문에 그런 생각이 들었는지도 몰랐다. 하지만 막상 그가 떠올린 건 아주 오래 전, 어렸을 때의 일이었다. 구티에레스 데 라 토레에 있던 미르세아 할머니 집에서 엄마와 함께 살 때였다. 나이 많은 부인이 살던 옆집에서 수도관 공사를 시작했는데, 인부들이 앞마당을 파다 주구呪具[36]—할머니는 그걸 그렇게 불렀다—를 발견했다. 안에 큼지막한 두꺼비 한 마리가 떠 있는 커다란 마요네즈 병이었다. 죽어서 이미 반쯤 부패된 두꺼비는 마늘 두 알과 풀 몇 다발, 그리고—무엇에 쓰는 건지 아무도 모르는—잡동사니들과 함께 탁한 액체 위를 둥둥 떠다니고 있었다. 그때 어머니가 그의 눈을 가리고 황급히 자리를 뜨는 바람에 문라는 그 물건을 제대로 보지 못했다. 하지만 문라는 그날 밤부터 누군가가 바늘로 머리를 콕콕 찌르는 듯한 통증을 느끼기 시작했다. 할머니는 알바아카[37] 가지로 그의 온몸을 쓸어내린 다음, 계란을 그의 이마를 대고 문질렀다. 나중에 그 계란을 깨뜨리자 안이 온통 썩어 있었다. 할머니의 설명에 따르면 인부들이 땅에서 파낸 물건은 사악한 마음을 가진 누군가가 이웃 사람들에게 주술을 걸기 위해 거기 묻어 둔 것이라고 했다. 그러면 막강한 저주의 힘을 등에 업은 두꺼비가 그것을 묻어 놓은 땅을 밟은 불운한 사람의 몸속으로 들어간다는 거였다. 그 두꺼비가 일단 몸속으로 들어가기만 하면 그 주술에 걸린 사람의 장기를 먹어 치우고 그 사람이 죽을 때까지 온갖 더러운 것들로 안을 채운다고도 했다. 그 당시 문라는 대여섯 살밖에 되지 않은 꼬맹이였어서 일이 어떻게 되었는지 정확히 기억나지는 않았지만, 그날로부터 몇 달 뒤 그 옆집 아저씨가 원인도 모르는 병으로 갑자기 세상을 떠났다는 사실을 전해 듣게 되었다. 들리는 말로는 간과 관련된 병인

---

36 **trabajo de brujería.** 주구는 주술에 쓰이는 물질적 요소를 가리키는데, 인간으로부터 모든 도구에 이르기까지 그 종류가 다양하다.

37 **albahaca.** 박하와 비슷한 향기를 내는 식물. 향신료나 방향제의 원료로 사용된다.

듯했다. 어린 문라도 한동안 두통에 시달렸지만, 그때마다 할머니가 알바아카 나뭇가지로 온몸을 쓸어내리고 알코올로 관자놀이를 문질러 주고 나면 씻은 듯이 나았다. 하지만 놀거나 심부름을 가다가 그 물건이 묻힌 땅을 다시 밟았을 수도 있었고, 어쩌다 그런 생각이 떠오를 때면 어린 문라는 잠을 이루지 못했다. 정말 그랬다면 끔찍하게 생긴 그 짐승이 이미 몸속에 들어와 뇌를 파먹고 있을 테고, 자기는 머지않아 죽게 될 거였다. 물론 시간이 흐르면서 그처럼 터무니없는 두려움은 서서히 잊혀 갔다. 사실 루이스미가 손톱으로 파낸 구덩이를 보기 전까지, 문라는 그때의 일을 까맣게 잊어버리고 있었다. 그 구덩이를 본 순간, 문라는 아직 꿈속을 헤매고 있는 듯한 느낌에 사로잡혔다. 어쩌면 죽고 나서 연옥을 떠돌던 그 기이한 꿈속에 여전히 갇혀 있는지도 몰랐다. 이게 무슨 구덩이냐고, 그는 루이스미에게 다시 물었다. 그렇게 물었던 건 루이스미가 무슨 대답을 할지 궁금해서가 아니라—문라는 그 주구를 넣기 위해 파 놓은 구덩이라고 확신했다. 그것 말고 다른 이유는 있을 수가 없었다—녀석이 지금 자기 말을 들을 수 있는지, 그러니까 자기가 아직도 그 끔찍한 꿈속에 갇혀 허우적거리는 중인지 확인하고 싶어서였다. 그런데 루이스미는 마치 모르는 사람 대하듯 제자리에 가만 선 채 멍한 표정으로 그를 바라보고 있었다. 문라는 자기가 여전히 꿈속을 헤매는 건 아닌지, 혹시 죽은 건 아닌지 확인하려고 손을 들어 올려 자기 귀를 꼬집어 보았다. 그러고 나니까 기분이 좀 나아지는 것 같았다. 태워 버려. 그는 녀석에게 명령조로 말했다. 저 안에 뭐가 들어 있든지 무조건 태워 버리라고. 루이스미가 근처 야자나무 밑동을 손으로 가리켰다. 거기에는 시커멓게 탄 깡통이 있었다. 알약 때문에 혀가 굳은 그의 말투는 어눌했지만 목소리는 날카로웠다. 그래요. 벌써 다 태웠어요. 저 깡통 안에 있는 것들이요. 방금 재를 강에 버리고 오는 길이에요. 그의 말에 따르면 그날 밤 이른 시간에 자기 방 뒤쪽에서 이상한 소리가 났다고 했다. 무슨 일인지 보려고 밖에 나갔더니 흰 개가, 늑대처럼 커다란 개 한 마리가 구덩이가 있는 자리를 마구 파헤치고 있더란다. 그렇게 해서 그는 그 물건을 찾아낸 것이었다. 문라는 자기가 더 이상 그 이상한 꿈속에 갇혀 있지 않고, 저 구덩이 속에도 주술에 걸린 두꺼비가 없었다는 사실이 분명해지자 다소 마음이 놓였다. 하지만 주술에서 나온 어두운 기운이 여전히 공기 중에 떠돌고 있는 것 같은 느낌이 들어 한 걸음 뒤로 물러섰다. 이런 일에 늘 예민하게 반응하던 그는 갑자기 관자놀이가 욱신거리는 느낌이 들었다. 그런 건 맨손으로 만지는 게 아니야. 그가 녀석에게 말했다. 지금 당장 깨끗하게 씻어, 어서. 사악한 기운이 완전히 사라질 때까지 어서 여기를 떠야 돼. 그가 재촉했다. 나중에 후회하는 것보다 조심하는 편이 낫잖아. 마침 문라도 차벨라가 파라디소 모텔에서 바라바스라는 놈의 품에 안겨 있는지 확인하려고 급히 나가려던 참이었다. 그래서 그는 자기가 집에 들어가서 옷을 마저 입고 트럭 열쇠와 휴대 전화, 그리고 남은 돈을 가지고 올 동안에 어서 준비를 마치라고 녀석에게 말했다. 하지만 길가로 나온 문라는 녀석이 자기 말을 한 귀로 흘려들었음을 알아차렸다. 자기 말로는 준비를 다 하고 트럭까지 왔다고 했지만, 아직도 녀석의 팔에는 흙이 잔뜩 묻어 있었고, 몸에서는 염소 같은 악취가 나는 데다 신발도 신지 않은 채였다. 심지어 얼굴마저 숯검정 범벅이어서 문라는 그냥 두고 볼 수가 없었다. 그런 꼴을 하고 어디를 간다는 거야. 야, 이 망할 놈아. 냄새가 지독해서 옆에 가지도 못하겠어. 어서 가서 겨드랑만이라도 좀 씻고 와. 녀석은 곧장 물통으로 가더니 무슨 말이 대가리를 박듯이 자기 커다란 머리를 깨끗한 물속에 집어넣었다. 그러곤 검댕이가 대부분 벗겨질 때까지 머리를 물속에 계속 담갔다. 그리고 나서 문라는 루이스미에게 자기 티셔츠를 한 벌 빌려주었다. 루이스미에게는 깨끗한 옷이 한 벌도 없었던 것이다. 하지만 잠시 이 집에서 나가 돌아다녀야 하니까 어쩔 수 없지. 더구나 차벨라를 찾으러 가야 하고. 문라는 속으로 투덜거렸다. 하지만 그 전에 먼저 사라후아나의 술집에 가서 클라마토[38]를 넣은 맥주를 마셔야 되겠어. 그러나 찾아간 술집의 문은 닫혀 있었다.

잠시 후, 사라의 손녀가 잠옷 바람으로 나오더니 아직 문을 안 열었다며 쌀쌀맞게 말했다. 누구 엿 먹이려고 이러는 거예요? 아직 아침 9시도 안 됐다고요. 술주정뱅이들 진짜 짜증 나 죽겠네. 그들은 하는 수 없이 고속 도로를 건너 엘 메테데로에 갔다. 무료 안주로 나오는 게살 엠파나다[39]는 딱딱하고 기름기가 많았지만, 차가운 맥주를 마시고 음악을 들으면서 어지럽던 문라의 마음은 차츰 가라앉았다. 시끄러운 음악 소리 덕분에 아무 생각도 이어 갈 수 없었기 때문이었다. 술을 마시자 취기가 오른 루이스미는 문라에게 몸을 기대고 간간이 울먹이면서 스피커 소리보다 더 큰 목소리로 한탄을 늘어놓기 시작했다. 요즘은 정말 살맛이 안 나네요. 왜 나한테 이런 개 같은 일들이 계속 일어나는지 모르겠어요. 평소에 문라에게 자기 속마음을 절대로 보여주지 않던 녀석이 그런 말을 하다니, 정말 뜻밖의 일이었다. 아무튼 그 망할 놈은 시큼한 입 냄새를 풍기며 그의 귀에 대고 훌쩍거렸다. 정말이지 힘들어 죽겠다고요. 되는 일이 하나도 없는데, 거기에 노르마 일까지 덮치니까 사는 게 사는 것 같지가 않다고요. 그 새끼들은 분명히 저한테서 가엾

---

38 **clamato.** 토마토 주스로 만든 음료수로, 라임과 함께 맥주에 섞어 마신다.

39 **empanada.** 만두의 일종으로, 고기와 생선과 야채 등을 밀가루 반죽에 채워 넣어 오븐에 찐 음식이다.

은 노르마를 빼앗을 거예요. 노르마가 지금 어떤지, 걔하고 뱃속의 애가 앞으로 어떻게 될지, 어디로 그들을 데려갈지, 그 둘을 다시 만날 수 있는 날이 올지, 그런 건 하나도 알려 주지도 않고 말이에요. 게다가 정유 회사의 일자리 말인데, 몇 달 전부터 코빼기도 안 보이고 연락을 해도 안 받는 그 기술자 새끼만 생각하면 피가 거꾸로 솟는 것 같아요. 이 모든 일이 돈 문제 때문에 마녀와 싸운 직후에 생겼어요. 올해 초에 그 미친 여편네가 나를 도둑놈으로 몰더라고요. 내가 자기 돈을 훔쳐 썼다잖아요. 근데 그건 사실이 아니거 든요. 어떤 놈이 그때 내가 갖고 있던 마녀의 돈을 훔쳐 갔 던가, 아니면 내가 어딘가에서 정신없이 놀다가 잃어버렸을 수는 있지만요. 어쨌든 나는 절대 그 돈을 안 썼거든요. 하 지만 마녀는 내 말을 하나도 안 믿었어요. 당장 짐을 싸서 꺼지라고 하더라고요. 지금도 그 여자는 나하고 노르마 사 이를 갈라놓으려고 주술을 쓰고 있을 게 틀림없어요. 문라 는 초조한 눈빛으로 휴대 전화 화면을 힐끔거리다가 이따 금씩 무대로 고개를 돌리곤 했다. 그건 거기서 서로 뺨을 맞대고 춤을 추는 나이 든 여자들한테 관심이 있어서가 아 니라, 녀석의 입에서 나온 마녀라는 말을 듣자마자 불안해 지면서 신경이 곤두섰기 때문이었다. 더구나 루이스미는 마 을 남자애들이 그 망할 마녀와 무슨 흉측한 짓을 꾸미고 있 다는 등의 이야기라면 문라가 질색한다는 사실을 이미 잘 알고 있었다. 내가 굳이 그런 것까지 알아야 될 필요가 있을까? 안 그래도 머릿속이 복잡한데 그런 쓸데없는 일로 골치 썩일 까닭이 있을까? 그래서 그는 차벨라에게 입버릇처럼 말해 왔었다. 여보. 당신 손님들이 하나같이 그렇게 고상하고 점잖은 사람들이라니, 얼마나 다행스러운 일이야. 하지만 굳이 집에서 그런 이야기를 듣고 싶지는 않아. 그러니까 내게 미주알고주알 이야기할 필요는 없어. 난 말이야, 그 사람들의 이름이 뭐고 어디 출신인지, 거시기가 굵은지 아니면 가는지, 또 굽었는지 아니면 색깔이 여러 가지인지 알고 싶지 않다고. 차벨라는 직장에서 떠도는 소문은 물론, 자기가 놈팡이들을 가지고 놀았던 이야기, 그리고 엑스칼리부르에서 일하는 여자들과 싸운 이야기를 속속들이 들려주려고 했다. 하지만 문라는 그런 시시껄렁한 이야기라면 딱 질색이었다. 그는 그저 조용히 지내고 싶었다. 물론 그녀는 자기가 원하는 행동은 무엇이든 할 수 있었다. 거기에 대해서는 나도 아무 불만 없어. 그렇지만 차벨라, 제발 나한테 그런 걸 굳이 이야기해 주지는 말라고. 그는 그녀의 뒤를 쫓아다니며 귀에 못이 박히도록 강조해야 했다. 반면 그의 의붓아들은 내성적이라서 굳이 그런 잔소리를 할 필요가 없었다. 그런데 그날따라 이상하게도 뭐가 그리 불안한지 녀석은 입을 다물지 않았다. 화제를 바꾸기 위해, 그리고 머릿속에 떠오르기 시작한 이미지에서 벗어나기 위해,

문라는 자리에서 벌떡 일어나서는 벨이 울리기라도 한 것
처럼 전화기를 귀에 갖다 대면서 루이스미에게 말했다. 잠
깐만 기다려. 시끄러워서 전화가 잘 들리지 않는다는 듯,
그는 곧장 목발을 짚고 엘 메테데로 밖으로 나가 트럭에
몸을 기댄 채 아내에게 전화를 걸었다. 여전히 연결이 되지
않았다. 망할 여편네. 바라바스라는 놈이랑 있는 게 분명
해. 생각하기도 싫지만, 정말 그렇다면 지금 이 순간에 두
연놈은 파라디소 모텔이나 고속 도로변의 으슥한 곳, 아니
면 그 놈의 밴 안에서 붙어먹고 있겠지. 개새끼. 하긴 그 여
편네도 그 새끼하고 전혀 다를 게 없어. 대체 무슨 꿍꿍이
속으로 그러는 거지? 이 문라를 모자란 인간으로 여기고
무시하는 건가? 아무것도 모르는 호구 새끼라고 말이야.
그래서 사흘 만에 기어 들어온 다음에 일하느라 그렇게 됐
다고 대충 씨불여도 그냥 넘어갈 거라고 생각한 걸까? 재
고 자시고 할 것도 없이 트럭에 올라탄 문라는 액셀을 있는
힘껏 밟고 파라디소 모텔까지 10킬로미터를 달려갔다. 그
런데 호텔은 텅 비어 있었다. 근처 노동자들이 보름치 급여
를 받고 처음 맞는 주말인데 여기에 사람의 그림자조차 안
보이다니, 정말 이상한 일이었다. 하지만 그는 대체 무슨 일
이 있었는지 누군가에게 물어보지도 않고 곧장 차를 몰고
수 킬로미터를 달려 마타코쿠이테 입구로 갔다. 거기에는
—멕시코 특유의 핑크색으로 칠해 놓은 콘크리트 건물인—

엑스칼리부르 젠틀맨스 클럽이 우뚝 서 있었지만, 북부에서 온 그 개자식의 유명한 밴은 눈을 씻고 찾아봐도 없었다. 더군다나 바라바스 주변에서 늘 커다란 모자를 쓰고 어슬렁거리는 개망나니들도 그날따라 한 놈도 보이지 않았다. 정말 아무것도 없었다. 상점들의 철제 셔터도—비록 자물쇠는 채워져 있지 않았지만—모두 내려져 있었다. 순간, 문라는 자기도 모르게 안도의 한숨을 내쉬었다. 솔직히, 한창 몸이 달아올라 있을 차벨라의 머리끄덩이를 잡고 집으로 끌고 갈 배짱이 자기한테 있다고 보기는 어려웠다. 괜히 그랬다가는 그녀가 손톱으로 그의 눈알을 뽑아 버리거나 발길질로 불알을 터뜨려 버릴 수도 있었고, 그 개자식이 데리고 다니는 무장 폭력배들과 맞서야 할 일이 생길 수도 있었다. 문라는 한 번도 멈추지 않고 차를 몰고 가다 유턴을 한 뒤 주유소에 차를 세웠다. 그러고는 주머니에서 휴대 전화를 꺼내 자기 아내한테 보내는 것이라고는 믿기 어려울 정도로 비정하고 모질며 증오심과 적의로 가득 찬 문자 메시지를 쓰기 시작했다. 정말 그 자리에서 똥오줌을 지리고, 여태 그를 그런 식으로 대했다는 걸 땅을 치고 후회하면서 오열하게 만들 정도로 가혹한 메시지였다. 하지만 그 메시지를 보내려던 찰나, 전화가 그의 손에서 부르르 떨리기 시작했다. 깜짝 놀란 그는 하마터면 전화를 트럭 바닥에 떨어뜨릴 뻔했다. 차벨라한테서 온 전화일지 모른다는 생각이

잠시 들었지만, 실은 그 망할 의붓아들 놈이 보낸 메시지였
다. 한잔 더 빨러 가여. 문라는 곧장 답장을 보냈다. 거기
어디야. 그러자 녀석은 비야 공원에 있다는 답장을 보내 왔
다. 문라는 계기판의 연료계를 힐끔 보면서 일단 라 마토사
로 돌아가기로 했다. 콘차 부인한테 외상으로 맥주 1리터
를 얻어다가 침대에 누워 마시면서 차벨라가 오기를 기다
리는 게 좋겠어. 정신을 잃거나 죽을 때까지 실컷 퍼마시는
거야. 물론 죽기 전에 정신을 잃겠지만. 바로 그때 다시 전
화가 울렸다. 또 녀석이었다. 어디서 돈이 좀 생겼는데, 일
할 곳으로 자기를 데려다 주면 휘발유 값을 내겠다는 거였
다. 나중에 증인은 그 말을 자기 의붓아들이 술을 더 마시
고 싶어서 돈을 구할 수 있는 곳에 데려다 달라 한 것으로
이해했다고 주장했다. 결국 증인은 그의 청을 받아들였다
고 했다. 그래서 그는 지붕이 덮여 있는 루미나[40] 트럭—청
회색 계열의 1991년 모델이었고, RGX511이라는 텍사스
주 번호판을 달고 있었다—을 타고 약속된 장소로, 구체적
으로 말하자면 비야 시청 맞은편의 벤치로 갔다. 거기서 그
는 의붓아들을 만났는데, 거기에는 두 남자가 더 있었다.
그중 하나는 윌리라는 별명으로 잘 알려져 있었다. 비야 시
장에서 비디오 장사를 하던 그의 나이는 대략 35세에서 40
세 사이였고, 길게 기른 검은 머리에 드문드문 새치가 있었
다. 그날도 평소처럼 록 밴드 티셔츠를 입고, 흔히 말발굽

구두라 불리던 검은색 전투화를 신고 있었다. 그 자리에 같이 있던 다른 청년은 브란도라는 이름으로 불린다는 것 말고는 자세히 알려진 게 없었다. 그나마 그 이름이 본명인지 별명인지도 확실치 않았다. 열여덟 살 정도의 나이에 호리호리한 몸과 검은색 눈, 짧게 잘라서 고슴도치처럼 뾰족뾰족한 검은 머리와 옅은 갈색의 피부를 가진 그는 커피색 반바지와 치차리토[41]의 등번호가 새겨진 맨체스터 유나이티드 유니폼을 입고 있었다. 마지막으로 증인의 의붓아들이 있었다. 그의 인상착의에 대해서는 이미 설명한 바 있다. 증인은 앞서 말한 공공장소에서 이 세 사람과 함께 두 시간가량 보내면서, 브란도라는 별명을 가진 청년이 큰 플라스틱 통에 넣어 가져온 주류, 즉 럼주에 오렌지 맛이 나는 음료를 섞은 술을 수 리터나 마시고 마리화나도 나누어 피웠다. 그리고 그들, 즉 루이스미와 브란도와 윌리는 그보다 앞선 오후 2시경에 증인이 그 상표나 종류를 알지 못하는 향정신성 알약을 함께 복용하기도 했다. 의붓아들이 증인에게 전화를 걸어 부탁을 들어줄 수 있겠냐고 물었던 것도 바로 그 무렵이었다. 그때 전 그놈한테 휘발유가 다 떨어졌

---

40 **Lumina.** 미국의 제너럴 모터스의 쉐보레에서 생산한 소형 트럭

41 **Chicharito.** 멕시코 출신의 축구 스타로, 전성기에는 2010년에서 2015년까지 잉글랜드의 맨체스터 유나이티드에서 활약했다. 본명은 하비에르 에르난데스 발카사르Javier Hernández Balcázar다.

다고 했습니다. 그래서 사정이 급하면 우선 돈부터 내놓으라고 했죠. 막상 그 장소로 가 보니까, 돈을 가진 사람이 브란도였다는 걸 알게 됐습니다. 브란도라는 친구가 저한테 50페소 지폐 한 장을 건네면서 이렇게 말하더군요. 우리를 라 마토사에 데려다 주세요. 그래서 제가 그에게 말했죠. 거기까지 가려면 100페소 정도는 받아야 된다고요. 그러니까 브란도가 그렇게 하자고 하더군요. 우선 50페소를 받고, 나머지는 나중에 도착하면 준다고요. 저는 그렇게 하자고 했습니다. 그렇게 같이 차를 타고 떠났어요. 윌리만 빼고요. 그는 인사불성이 돼서 공원 벤치에 뻗어가지고 우리가 트럭을 타고 주유소로 가는 것도 못 봤습니다. 저는 주유소에서 휘발유를 50페소어치 넣은 다음, 브란도가 가자는 대로 간선 도로를 따라 라 마토사를 향해 차를 몰았습니다. 그러다 오른쪽으로 차를 꺾어 제당 공장으로 이어지는 길을 따라갔죠. 그제야 저 녀석들이 마녀라는 별명을 가진 사람의 집으로 가려고 한다는 것을 깨달았습니다. 기분이 무척 언짢았어요. 평소에도 그 근처에는 왠지 가기가 꺼려졌거든요. 그 집에서 수상쩍은 일들이 일어난다는 말도 들렸고요. 하지만 저는 녀석들이 그 사람한테 돈을 타내러 간다고 생각했기 때문에 아무 내색도 하지 않았습니다. 제 생각이 맞는다면 그리 오래 있을 것 같지도 않았고요. 잠깐 앉아 있다가 나올 거라고 여겼죠. 브란도의 말마따나, 트럭에서 기다리다가 그들이 나오면 함께 어디 가서 술이나 퍼마실 생각이었습니다. 브란도는 마녀의 집에서 이십 미터 정도 떨어진 곳에 있는 말뚝 옆에다 차를 세워 놓으라고 하더군요. 그러더니, 오래 걸리지 않을 테니까 차 안에서 꼼짝도 말라고 했어요. 잠시라도 차에서 내리거나 트럭의 옆문을 닫을 생각일랑은 하지 말라고도 했고요. 그런데 루이스미는 한마디도 하지 않더라고요. 그날따라 녀석은 굉장히 불안한 눈치였어요. 아니, 두 녀석 모두 얼굴에 초조한 빛이 역력했죠. 술에 취해 있는 것 같지도 않았고요. 왠지 이상한 생각이 들었지만, 아무 말도 하지 않았습니다. 그들이 차에서 내린 뒤에도 문라는 둘 중 하나가 자기 목발을 가져가 버렸다는 사실을 전혀 모르고 있었다. 그는 백미러를 통해 두 녀석이 집 정면을 돌아가 주방문으로 들어가는 것을 보았다. 증인도 8년 전에 딱 한 번 그 문으로 저 집에 들어간 적이 있었는데, 그 집에 들어간 건 그때가 처음이자 마지막이었다. 아직 사고가 나기 전, 문라가 여전히 오토바이를 타고 돌아다니던 시절의 어느 날, 차벨라는 그의 영혼을 정화한답시고 그를 그 집에 데리고 갔고, 문라는 먼저 열린 문틈으로 집 안을 들여다보았다. 한마디로 그 안은 엉망진창이었다. 사방에 쓰레기가 널려 있었고, 주방에서 풍겨 오는 썩은 음식의 악취가 코를 찔렀고, 복도로 이어지는 맞은편 벽은 손톱으로 할퀴고 구멍을 낸 포르노 사진들과 스프레이 페인트로 그림을 그려 놓은 천 조각들, 그리고 무슨 뜻인지 도통 알 수 없는 신비주의적인 기호 따위로 뒤덮여 있었다. 그 동네 출신이 아닌 그로서는 그 모든 것이 수상쩍어 보였다. 문라의 고향은 구티에레스 데 라 토레였기 때문에, 동네 토박이 가운데 그 누구도 마녀라는 자가 실은 남자라는 사실을 그에게 알려 주지 않았다. 마녀는 그 당시 마흔에서 마흔다섯 살 정도 되는 남자로, 언제나 검은색 여성복을 입었고, 길게 기른 손톱에는 검은색 매니큐어를 발라 섬뜩한 느낌을 주었다. 평소에는 베일로 얼굴을 가리고 다녔지만, 목소리를 듣고 손만 보아도 그가 여장 남자라는 사실을 금세 알아차릴 수 있었다. 마녀의 모습을 언뜻 본 문라는 영혼을 정화하는 짓 따윈 안 해도 된다며, 갑자기 생각이 바뀌었다며 차벨라에게 사정사정했다. 저 망할 년이 내 몸에 손을 얹기만 해도 소름이 끼칠 거야. 그 말을 들은 차벨라는 노발대발했고, 나중에 문라가 사고를 당한 뒤에는 그가 그때 몸과 마음을 정화하지 않으려고 해서 그렇게 된 거라고 입방아를 찧고 다녔다. 자만하다가 하느님한테서 벌을 받았다는 얘기였다. 하지만 문라는 그날 기분이 상한 마녀가 자기에게 저주를 내렸을지도 모른다고 생각했다. 아무튼 그가 그 집의 주방 입구를 알게 된 것도 바로 그 일 때문이었다. 저는 개인적으로 그 사람하고 아무 관계도 없어요. 이미 말씀드렸다시피, 그 여자의 행동거지하고 생김새를 보고 역겨운 생각이 들었을 뿐입니다. 하지만 그 사람을 해칠 생각은 한 번도 해 본 적이 없어요. 저는 아무것도 못 봤다고요. 이미 말씀드렸잖아요. 아무것도요. 더구나 그때 집 안에서 무슨 일이 벌어졌는지, 그 새끼들이 그 여자한테 무슨 짓을 했는지는 아예 모르고 있었고요. 전 그놈들이 그 여자를 죽이는 걸 보지도 못했습니다. 제 꼴을 한 번 보시라고요, 경찰관 나리. 저는 제대로 걷지도 못해요. 2004년 2월에 이렇게 병신이 됐거든요. 돈이라뇨? 무슨 돈을 말씀하시는지 모르겠습니다. 제가 하늘을 두고 맹세하는데, 그 개 같은 새끼들이 무슨 흉계를 꾸미고 있었는지, 저한테는 일언반구도 없었습니다. 저는 그냥 휘발유 값으로 50페소만 받았을 뿐인데요. 도착하면 주겠다고 약속한 나머지 돈은 구경도 못했단 말입니다. 전 녀석들이 금방 안 나오기에 마녀와 실랑이를 벌이는 줄로만 알았죠. 그 자식들이 그 여자를 죽일 생각이었는지 어떻게 알았겠습니까. 저는 녀석이 시킨 대로 트럭에서 내리지도 않았고, 그 새끼들이 나올 때까지 운전석에서 꼼짝 않고 기다리기만 했습니다. 그놈들이 그 안에서 뭘 하느라 그렇게 꾸물대는지 답답해 죽는 줄 알았고요. 점점 불안해하던 문라는 루이스미가 고함치는 소리를 듣자 당장 거기서 줄행랑을 치려고 했다. 뒤를 돌아보니 두 녀석이 정신을 잃고 축 늘어진 사람을 질질 끌다시피 하면서 미닫이문을 나서고 있었다.

그들은 그 사람을 번쩍 들어 올려 트럭 안에 태우더니 바닥에 내동댕이쳤다. 그의 의붓아들과 다른 녀석이 소리쳤다. 당장 출발해요. 어서 가자니까요. 문라가 액셀 페달을 끝까지 밟자, 트럭은 큰소리와 함께 제당 공장 쪽으로 무섭게 달리기 시작했다. 하지만 놈들은 그에게 강 쪽으로 직진하는 대신 다른 길을 통해 공장 뒤에 있는 밭 쪽으로 가자고 했다. 거기라면 문라도 잘 아는 곳이었다. 그는 저녁에 루이스미나 다른 친구들과 어울려 농수로 옆의 나무 그늘 아래 앉아 시원한 것을 마시거나, 노을빛으로 물든 드넓은 벌판을 바라보며 마리화나를 피우기 위해 그곳으로 가곤 했었다. 트럭의 라디오가 고장 난 탓에 누군가가 휴대 전화의 볼륨을 최대한 높여 음악을 틀었다. 그때까지는 모든 일이 순조로웠다. 그런데 굽잇길을 돌 무렵, 마녀가 숨이 막히는지 헐떡거리며 신음 소리를 내자 녀석들은 조용히 하라고 소리를 지르며 마녀를 발로 차고 짓밟기 시작했다. 트럭이 수로 주변에 도착하자 녀석들이 문라에게 소리쳤다. 여기 세워요. 차를 세우라고요. 문라가 놈들이 시키는 대로 차를 세우자 그 녀석들은 트럭에서 마녀를 내렸다. 아니, 마녀의 머리채와 옷자락을 잡고 질질 끌고 나오더니 땅바닥에 내동댕이쳐 버렸다. 문라는 그녀의 머리가 온통 헝클어진 채 축축하게 젖어 있다는 걸 알아차렸다. 자세히 보니 땀이 아니라 피에 흠뻑 젖어 있었다. 트럭 바닥도 검붉은 피로 범벅이 되어 있었는데, 그는 그 당시만 해도 그게 무엇인지 알아차리지 못했을 뿐더러, 알아볼 생각조차 하지 못했다. 문라는 밭에 줄지어 서 있는 키 작은 사탕수수 줄기에 시선을 고정시킨 채 두 손을 가랑이 사이에 끼워 넣고 운전석에 앉아 있었다. 바싹 마른 채 장마철이 오기만 기다리던 사탕수수 줄기들은 강둑과 저 너머 푸르스름한 빛을 띤 언덕을 향해 길게 이어져 있었다. 솔직히 말해서, 정말이에요, 저도 그 장면을 두 눈으로 똑똑히 보고 싶었어요. 그 두 놈이 장난삼아 마녀를 발가벗기고 농수로에 던져 버릴 게 분명했으니까요. 전에도 갱단 놈들이 장난으로 그렇게 하는 걸 본 적이 있거든요. 와, 그러더니 저들끼리 낄낄거리고 웃지 뭡니까. 하지만 어째서인지 그는 고개를 돌리기는커녕 온몸이 마비된 것처럼 뻣뻣하게 굳어 버렸다. 심지어 백미러를 볼 엄두도 내지 못했다. 혼자가 아니라는 느낌, 트럭 안에 누군가 타고 있는 듯한 느낌이 들었다. 트럭 뒷자리에서 문라가 앉아 있는 운전석 쪽으로 누군가 기어 오는 것 같았다. 심지어 그 사람, 아니면 그 어떤 물건의 무게에 짓눌린 좌석의 스프링이 삐걱거리는 소리도 나는 것 같았다. 그때, 얼마 전에 꾼 꿈이 기억난 문라는 미르세아 할머니를 떠올렸다. 누군가가 악마를 입에 올릴 때마다 할머니는 언제나 기도를 드리곤 하셨다. 내가 주님께 아뢰오니, 당신은 저의 주님, 저의 행복 당신밖에 없나이다. 문라는 나직한 목소리로 중얼거렸다. 하느님, 저를 지켜 주소서, 당신께 피신하나이다. 바로 그 순간, 축축한 습기를 머금은 돌풍이 갑자기 트럭 유리창에 몰아쳤다. 금방이라도 비를 쏟아낼 듯한 바람이 거세게 불어오자 풀포기들은 모두 바닥에 납작 엎드렸고, 저 멀리 하늘에서는 거대한 먹구름이 태양을 가리더니 번개가 소리 없이 근처 언덕을 내리쳤다. 거기 서 있던 말라붙은 나무는 부러지는 소리조차 내지 않고 쪼개지면서 눈 깜짝할 사이에 재로 변했다. 문라는 그 두 놈이 자기의 귀에 대고 고함을 지르면서 몸을 흔들어 댈 때까지 잠시 아무 소리도 듣지 못했다. 정신 차리고 어서 시동 걸어요. 하지만 그는 여전히 얼이 빠져 있었고, 놈들은 차에 이미 시동이 걸려 있다는 것조차 알아차리지 못했다. 핸드 브레이크 풀고 빨리 출발하라고요. 그가 흙길에 시선을 고정시킨 채 운전하는 동안 두 놈은 뒷자리에서 웃고 떠들었고, 심지어는 주먹으로 서로를 툭툭 치는 소리도 들렸다. 하지만 그는 그들이 무슨 말을 하는지 알아듣지 못했다. 그가 정신을 차렸을 땐 이미 사방이 짙은 어둠 속에 잠겨 있었다. 그들이 탄 트럭은 바카스 광장을 지나고 간선 도로를 따라 비야로 들어가 마침내 시청 공원에 이르렀다. 그 시각의 공원은 산책을 하거나 벤치에 앉아 음료수를 마시는 사람들로 바글거렸다. 어느 고등학교의 고적대 소년들이 월요일 노동절에 있을 시가행진의 예행연습을 하고 있었다. 소란스럽게 떠들던 두 녀석이 마침내 잠잠해지자 세상은 다시 평온을 되찾은 듯했다. 공원에서 몇 블록을 더 지나가니 브란도가 다음 길모퉁이에서 자기를 내려 달라고 했다. 문라는 차를 세웠고, 브란도는 차에서 내리더니 어디론가 급하게 달려가기 시작했다. 문라는 그 녀석이 맨체스터 유나이티드 유니폼 대신 검은색 티셔츠를 입고 있다는 것을 그제야 알아차렸다. 그때 루이스미가 앞자리로 넘어오더니 콧노래를 흥얼거리기 시작했다. 녀석은 자기 방에 혼자 있을 때면 아무도 안 듣는 줄 알고 저렇게 노래를 흥얼거리곤 했다. 라마토사로 차를 모는 동안, 문라는 오늘 있었던 일이 모두 저 두 얼간이들이 벌인 장난질일 뿐이었으리라고 생각했다. 아마 저놈들은 마녀의 약을 올리면서 성가시게 굴려고 했던 것 같았다. 아니면 겁을 좀 주려고 했던 건지도 모른다. 그때쯤 그 사람이 이미 죽었는지, 아니면 농수로에 빠진 채 서서히 죽어가고 있었는지 제가 무슨 수로 알았겠습니까. 전 녀석들이 마녀에게 무슨 짓을 했는지도 모릅니다. 전 저놈들한테 이용당했을 뿐이라고요. 천하의 호로새끼들. 전 그놈들이 차에 태워 주면 돈을 준다고 해서 거기까지 데려다 준 것밖에 없어요. 놈들이 무슨 짓을 꾸미고 있었는지 전혀 몰랐단 말입니다. 정 궁금하면 그 새끼들한테 그 돈에 대해서 물어보세요. 그 집에 들어간 것도 그놈들이고, 거기서 뭘 했는지는 몰라도 한참 동안 있었던 것도 그

놈들이니까요. 우리 동네 사람들이라면 루이스미와 마녀가 오랫동안 애인 사이였다가 돈 문제로 사이가 틀어졌다는 것을 다 압니다. 루이스미한테 물어보세요. 브란도한테도 한번 물어보시라고요. 그 새끼는 공원에서 세 블록 떨어진 곳에 살고 있어요. 로케 씨가 운영하는 슬롯머신 가게 바로 앞에 하얀 대문이 달린 노란색 집이니까, 찾아가서 물어보세요. 그 돈을 어떻게 했는지, 저한테 주기로 약속한 50페소는 어디 있는지 말입니다. 그날 마음이 완전히 흐트러져 버린 문라는 잠자리에 들기 전까지 녀석이 추가로 주기로 한 50페소를 까맣게 잊고 있었다. 그날 밤, 그는 잠을 자려고 눈을 감을 때마다 끝 모를 심연 속으로 빠져드는 듯한 두려움에 휩싸이는 바람에 밤새 땀에 젖은 시트 위에서 뒤척거리기만 했다. 뜬눈으로 밤을 새우기는 싫었지만, 차벨라에 대한 생각이 머리를 떠나지 않았다. 그는 그녀에게 계속 전화를 걸어 보았지만 모두 음성 사서함으로 곧장 넘어가고 말았다. 심지어 새벽녘에는 그놈한테 가서 그 좆같은 알약을 좀 달라고 할까도 싶었지만, 어두컴컴한 마당을 건너갈 엄두가 나지 않았다. 어차피 그때쯤이면 녀석이 알약을 죄다 입에 털어 넣어서 하나도 남지 않았을 게 뻔했다. 그놈은 요새 약을 너무 많이 먹어서 깨워도 일어나지도 않을 거야. 문라는 그런 생각을 하면서 곧장 깊은 잠에 빠져들었다.

기적이야. 내 아들은 정말 기적이라고, 핑크색 가운을 입은 여자가 말했다. 내 아들은 하느님께서 존재하신다는 산 증거야. 또 성 유다께서 세상 모든 과업을, 심지어 불가능한 일들조차 다 이뤄내신다는 증거이기도 하지. 그녀는 고개를 숙여 자기 왼쪽 젖꼭지를 빨고 있는 갓난아이를 바라보면서 환한 미소를 지었다. 1년 동안 열심히 드린 기도의 결실이 나타난 거라고. 단 하루도 빠짐없이 1년 내내 말이야. 심지어 몸이 아파 자리에서 일어나지도 못할 때도, 그리고 슬픔에 빠져 죽을 것만 같았을 때도, 아무튼 그런 날에도 나는 성 유다께 간절히 기도를 드렸지. 내 아들을 살려 달라고, 내 자궁이 아이를 계속 품을 수 있게 해 달라고, 다른 이들한테 생기기도 하는 비극적인 일이 제발 내게는 일어나지 않게 해 달라고 말이야. 그래선 나는 뱃속의 아이가 무사히 세상에 나올 때까지 항상 조심하고, 비타민도 꼭 챙겨 먹었는데, 그런데도 우연히 화장실에 갔다가 속옷에 묻은 피를 보게 되면 그 자리에 주저앉아 통곡을 했어. 심지어 꿈에서도 뻘건 피가 나오더라니까. 내가 피 속에 빠져 죽는 꿈이었어. 아무튼 지난 몇 년 동안은 그런 일로 화장실에 달려갈 때마다 또 유산했다는 걸 알게 됐었으니까. 그런 일이 여덟 번 연속으로 일어났어. 최근 3년 동안 여덟 번이나 말이야. 주님 앞에서 맹세하건대, 절대 거짓말이 아니야. 심지어 의사도 핀잔을 주더라니까. 당신의 자궁에서는 태아가 자랄 수 없을 거예요. 당신 몸에는 이런저런 게 부족하니까요. 일단 수술을 해야 할 것 같아요. 물론 결과가 어떻게 나올지는 모르죠. 지금으로서는 임신을 안 하는 게 가장 좋을 겁니다. 이제 단념하세요. 그게 당신이 택할 수 있는 최선의 방법이에요. 그 늙은 할망구가 나한테 막말을 씹어뱉더라고. 모르긴 해도 그 여자는 남편도, 자식들도 없는 석녀일 거 같던데. 하여간 내 자궁의 건강 상태가 좋지 않으니까 차라리 아이를 입양하는 게 어떻겠냐고 하더라고. 망할 늙다리 주제에. 우리 남편이 희망을 버린 건 다 그년 때문이야. 우리가 알던 사람들, 그러다가 우리 언니 절친의 친구들한테서 성 유다에게 기도를 드려 보는 게 어떻겠냐는 이야기를 들었을 때 있잖아. 그때는 머지않아 남편이 나한테 이혼을 요구하리라는 걸 직감하던 때였거든. 딱 그때 그 사람들이 내게 커다란 유다 성상을 갖다주더니 축복 기도를 올리라는 거야. 우선 성상 주변을 나뭇가지로 장식하고 백단白檀 기름 램프를 켜 놓은 다음, 매일 지극정성으로 기도를 드리라고 하더라고. 그 말을 듣고 나니까 한번 해 봐도 손해 볼 건 없겠다 싶었어. 그런데, 얘. 그 사람들이 시킨 대로 했더니, 마침내 성 유다께서 기적을 행하셔서 내게 작은 천사를 보내 주셨지 뭐니. 앙헬 데 헤수스 타데오를 말이야. 하느님과 이 기적을 행하신 성인께 감사하는 마음에서 그 이름을 붙였어.[42] 이 아이가 바로 그 증거야, 정말이야. 이건 정말 기적이라고. 그때 태어난 지 여섯 시간 된 앙헬 데 헤수스 타데오는 병실 안이 너무 덥고 답답했는지 허공에다 주먹을 흔들며 보채기 시작했다. 바로 옆 병상에 누워 있던 노르마는 그 아기의 울음소리를 듣자 왠지 섬뜩해지면서 머리카락이 쭈뼛 서는 것 같았다. 까끌까끌한 붕대로 손목을 침대 난간에 묶어 놓지 않았더라면—붕대에 살갗이 쓸려 손목이 벌겋게 부어 있었다—노르마는 그 아기의 울음소리와 병실 안 여자들이 소곤거리는 소리를 듣지 않으려고 두 손으로 귀를 막았을 거였다. 침대에 묶여 있지 않았더라면, 그녀는 거기서 뛰쳐나가 이 병원에서, 그리고 생각하기도 싫은 이 동네에서 최대한 멀리 떨어진 곳으로 달아났을 거였다. 발은 맨발에, 등과 엉덩이가 훤히 드러나는 가운 같은 것만 걸치고 있고, 그 안에는 붓기가 빠지지 않은 맨몸뿐이었지만, 노르마는 그 여자들로부터, 그들의 얼굴에 새까맣게 앉은 기미와 배에 길게 뻗은 임신선과 신음 소리로부터, 개구리 같은 입술로 그들의 거무스름한 젖꼭지를 빠는 갓난아이들로부터, 무엇보다 숨이 막힐 듯이 답답한 병실의 냄새로부터 달아나고 싶었다. 젖과 땀이 뒤섞인 고약한 냄새, 노르마 자신의 살갗에 달라붙은

---

42 '성 유다'는 예수의 12사도 중 한 명인 유다 타데오(또는 타데오)를 일컫는다. 예수를 밀고한 유다 이스카리옷과는 별개의 인물로, 실패한 자와 절망에 빠진 자들의 수호성인이다.

듯한 그 달차근하면서도 시큼한 냄새. 그 냄새를 맡은 그녀
는 시우다드 델 바예의 방에 처박힌 채 매일 오후마다 파트
리시오를 팔에 안고 흔들면서—아기의 숨이 막히지 않도록
—이리저리 서성거리던 자신의 모습을 떠올렸다. 그때 그녀
는 아이의 몸 안이 따뜻해지도록 손바닥으로 그의 작은 가
슴을 부드럽게 문질러 주었다. 그럴 때마다 어린 동생의 입
에서는 쌕쌕거리는 소리가 났고, 노르마는 그 어린 파트리
시오의 폐가 썩어가고 있을지도 모른다는 생각이 들었다.
가엾은 것 같으니. 하필이면 왜 1월에 태어났을까. 시우다
드 델 바예의 추위가 얼마나 매서운데. 심지어 당시 그녀의
가족은 버스 종점에서 엎어지면 코 닿을 거리에 있는 단칸
방에 살았는데, 시멘트벽에 칸막이도 없던 그 작은 방은 하
필 5층짜리 건물에 가려 하루 종일 빛이 한 점도 들어오지
않았다. 겨울이면 다섯 식구가 자기 옷을 이불 삼아 펼쳐
덮고는 좁은 침대—방 안에는 그 침대밖에 없었다—에서
다 같이 끼어 자야 했다. 그런데도 방이 얼마나 춥던지, 아
침에 일어나면 입에서 나오는 하얀 입김을 볼 수 있었다.
아기 바구니는 전구 바로 아래에 매달아 놓았는데, 어린 파
트리시오를 조금이라도 더 따뜻하게 해 주려고 일부러 하
루 종일 불을 켜 두었다. 게다가 그렇게 매달아 놓으면—어
머니가 늘 걱정했던 것처럼—아기가 다른 사람한테 깔리거
나 질식할 일도 없었다. 노르마는 파트리시오의 숨소리가

거칠다는 것을 전부터 알아차렸고, 마치 호루라기를 삼킨 것처럼 아이의 목구멍에서 휘파람 소리가 난다고 엄마한테 말해 주기도 했었다. 목구멍이 막힌 것처럼 답답했는지, 어린 아기는 방 안의 차가운 공기 속에서 조막만 한 손을 마구 휘두르며 그 호루라기를 밖으로 꺼내려는 듯 기침을 하고 숨을 헐떡였지만 아무것도 나아지지 않았다. 그럴 때마다 노르마는 동생을 달래기 위해 자장가를 부르면서 바구니를 흔들어 주었고, 심지어는 동생의 목구멍에 무엇이 걸려 있는지 보려고 작은 입 안에 손가락을 집어넣기도 했다. 노르마는 그 목구멍 안에 초록색 구슬처럼 단단하게 굳은 가래가 달라붙어 있을 거라고 상상했지만, 실제로는 아무것도 보이지 않았다. 그녀의 엄마도 이 문제를 알고 있었다. 노르마가 다 말해 줬었던 것이다. 침대 위에 매어 놓은 바구니 속에 담긴 파트리시오가 추위에 파랗게 질리고 뻣뻣하게 얼어붙은 채 잠에서 깬 그날 아침, 엄마가 노르마에게 고함을 지르거나 등짝을 때리거나 아무 짝에도 쓸모없는 년이라고 욕설을 퍼붓지 않았던 것도 어쩌면 그 때문이었는지 모른다. 그 사이 나머지 아이들은 영문도 모른 채 상자 속의 정어리처럼 따닥따닥 붙어서 자고 있었다. 노르마와 어머니는 매트리스의 양쪽 끝에, 그리고 세 남매는 그 사이에 끼어 있었다. 쟤들이 몸부림치다가 시멘트 바닥에 떨어지기라도 하면 머리가 깨질 것 아니니. 그러니 너하고 내가 끝에서 자야 돼. 노르마는 엄마가 그렇게 말할 때마다 체념한 듯 고개만 끄덕였다. 결국 그녀는 다시 잠들 수 없을 만큼 소변이 마려울 때조차 화장실에 가기는커녕 밤새도록 침대 끄트머리에서 꼼짝도 하지 못했다. 그녀는 이불 삼아 펴 놓은 옷가지 아래에 꼼짝 않고 누운 채, 괄약근을 조이고 숨을 참으면서 동생들이 코를 골고 한숨을 내쉬는 소리와 어머니의 숨소리를 분간하려고 애를 썼다. 엄마가 숨을 쉬고 있는지, 여전히 심장이 뛰고 있는지, 혹시 가엾은 파트리시오처럼 추위에 온몸이 얼어붙은 건 아닌지 확인하고 싶었던 노르마는 동생들 위로 팔을 뻗어 엄마의 가슴에 손을 대고 싶은 마음이 간절했다. 산발을 한 여자들과 자꾸 보채는 아기들, 끝없이 수다를 떠는 가족들에 둘러싸인 채 병실 침대에 누워 있던 그녀는 그때처럼 소변을 참으려고 애썼고, 허벅지에 힘을 주면서 이를 꽉 깨물고 복근을 바짝 죄었지만, 결국 따뜻한 오줌이 가늘고 고통스러운 줄기를 이루며 밖으로 흘러나오고 말았다. 노르마는 수치심에 눈을 질끈 감았다. 축축하게 젖은 침대 시트와 가운에 지게 될 거무죽죽한 얼룩을 보고 싶지 않았다. 또 주변 병상에 있는 여자들이 역겨운 냄새에 코를 감싸 쥐는 모습도, 사회 복지사의 지시에 따라 손목에 묶인 끈을 풀어 주지 않은 채 옷을 갈아입혀 주는 간호사의 못마땅한 표정도 보고 싶지 않았다. 그들은 경찰이 도착하거나 노르마가 모든 것을 사실대로 털어놓을 때까지 그녀를 거기에 죄수처럼 묶어 둘 계획이었다. 수술에 들어가기 전에 마취제를 투여하는 틈을 이용해 사회 복지사가 노르마에게서 정보를 얻어내려고 했지만 아무 성과도 얻지 못했던 것이다. 그녀의 이름과 정확한 나이가 어떻게 되는지, 그녀가 무엇을 복용했는지, 그리고 그걸 준 사람이 누군지, 뱃속의 태아를 어디다 버렸는지, 왜 그런 짓을 했는지, 노르마는 묵묵부답이었다. 어리석게 굴지 말고 어서 네 애인의 이름을 대라고. 네게 그런 몹쓸 짓을 한 놈이 어디 사는지 말해. 그래야 경찰이 그 자식을 체포할 게 아니야. 그들이 소리를 지르며 윽박질러도 노르마는 끝내 한 마디도 하지 않았다. 그 망할 놈이 너를 여기 병원에 내팽개치고 줄행랑을 쳤다고. 그런데도 너는 화도 안 나니? 아니면 그놈이 죗값을 치르지 않기를 바라는 거야? 그 모든 상황이 악몽이 아니라 실제로 눈앞에서 벌어지고 있다는 것을 그제야 깨닫기 시작한 노르마는 입을 꽉 다물고 머리를 세차게 흔들었다. 심지어 간호사들이 응급실 복도에서 자기 차례를 기다리고 있는 사람들 앞에서 옷을 벗길 때조차, 대머리 의사가 다리 사이로 고개를 드밀고 그녀의 성기 속으로 손가락을 넣고 휘젓기 시작할 때조차 그녀는 단 한 마디도 하지 않았다. 사실 그때 그녀는 그게 자기 성기인지조차 알아차리지 못했다. 늑골 아래쪽으로 아무 느낌도 없었던 탓이기도 했지만, 마침내 고개를 들어 초점을 맞추자 자기의 것하고 너무 다르게 생긴, 음모를 다 밀어 벌건 살이 드러난 음부가 보였기 때문이었다. 노르마는 저 아래에 있는 살이, 마치 시장에 내놓은 죽은 닭의 껍질처럼 누렇고 우툴두툴한 저 살이 진짜로 자기 것이라는 사실을 믿을 수가 없었다. 그때부터 그들은 그녀가 움직이지 못하도록 침대에 단단히 묶어 두기로 했다. 그녀의 몸속에 겸자를 넣는 동안 다치지 않도록 하려는 생각인 듯했다. 하지만 노르마는 그보다는 자기가 달아나지 못하도록 손을 묶어 놓았다는 것을 잘 알고 있었다. 비록 자기가 벌거벗고 있다 할지라도, 또 복도 끝의 열린 문 사이로 불어오는 산들바람 때문에 몸이 덜덜 떨리고 이가 딱딱 부딪친다고 해도, 그녀는 당장 그 방에서 뛰쳐나가고 싶었다. 사실 그 바람은 더울 정도로 따뜻하고 습했지만, 열이 40도까지 올라간 그녀에게는 시우다드 델 바예를 둘러싼 산에서 밤마다 불어 내려오는 바람만큼이나 시원하게 느껴졌다. 몇 해 전, 페페는 노르마와 동생들, 그리고 어머니를 데리고 소나무와 밤나무로 뒤덮인 푸르스름한 산에 올라갔었다. 시우다드 델 바예에 그토록 오래 살았으면서 어떻게 그 숲에 한 번도 안 가 본 거야? 그럼 지금까지 정말 놀라운 것을, 영광스러운 대자연이 보여 주는 장관을 놓치고 있었다는 거잖아. 페페가 익살맞게 말했다. 눈! 우린 눈을 보러 갈 테야. 그녀의 어린 동생들은 신이 났는지 숲속의 커

다란 나무 사이로 구불구불하게 이어진 길을 따라 올라가
면서 콧노래를 불렀고, 발아래 펼쳐진 도시의 전경과 바로
코앞에 있는 것 같은 구름, 그리고 바닥의 이끼와 소나무
잎 위로 하얗게 내린 서리를 보면서 길을 걷던 노르마의 입
에서는 절로 감탄이 흘러나왔다. 처음에는 동생들과 함께
신나게 뛰어 올라가던 그녀는 느닷없이 그날 새벽 집에서
옷을 입다가 깜박하고 양말을 신지 않았다는 사실을 떠올
렸다. 결국 숲 바닥의 물기가 찢어진 신발 밑바닥을 통해
스며들면서 노르마의 발은 가엾은 아기 파트리시오처럼 꽁
꽁 얼어붙었다. 발의 통증이 견딜 수 없을 정도로 심해지자,
페페는 산행을 중단하고 그녀를 업은 채 산길을 따라 버스
정류장까지 내려와 버스를 타고 시내로 돌아왔다. 그 바람
에 그들은 산 정상을 밟지도 못하고 발걸음을 돌려야만 했
다. 꿈에 그리던 눈 구경은커녕, 텔레비전에 나오는 것처럼
눈싸움을 하지도, 눈사람을 만들어 보지도 못한 어린 동생
들은 낙담한 표정으로 징징거렸다. 이게 다 저 멍청하고 어
리석은 계집애 때문이야. 엄마가 나서며 말했다. 중요한 순
간에 항상 노르마가 일을 다 망쳐놓는다니까. 노르마는 집
으로 가는 내내 숨죽여 울었다. 페페는 노르마의 기분을 달
래 주기 위해 농담을 늘어놓았다. 엄마가 화나면 어떤 줄
잘 알잖아. 하지만 엄마는 가는 내내 잔뜩 찌푸린 얼굴에
입을 앙다문 채 못마땅한 눈초리로 노르마를 쏘아보았다.

병원에서 노르마를 침대에 묶어 놓은 이유를 알게 된 간호사들이 짓던 표정과 똑같았다. 병원에 입원하던 그날 밤, 사회 복지사가 그녀를 째려볼 때의 바로 그 눈빛. 그 여자들은 엉덩이를 닦아 줄 줄도 모르는지, 손을 옆구리에 얹은 채 그냥 가 버리곤 했다. 의사한테 말해서 마취제를 놓지 말고 네 몸속을 긁어내라고 해야겠어. 그러고 나면 정신이 번쩍 들걸. 그건 그렇고 이 비싼 병원비를 어떻게 내려는 거지? 누가 너 같은 걸 돌봐 주려고 하겠어? 누군지는 모르겠지만, 널 여기에 데려다 놓기가 무섭게 꽁무니를 빼고 달아나던데. 너 따윈 안중에도 없다는 듯이 뒤도 안 돌아보고 줄행랑을 치기 시작하더라니까. 그런데도 넌 바보같이 그를 감싸려고만 하고 있어. 누가 널 이 꼴로 만들었지? 그놈의 이름을 대지 않으면 넌 범인 은닉죄로 감옥에 가게 될 테니까 알아서 해. 미련하게 굴지 마, 이 계집애야. 복도 끝의 열린 문 사이로 불어오는 차가운 바람 때문에 정신을 잃기 직전이던 노르마는 그 말을 들으며 눈을 질끈 감고 입을 꽉 다물었다. 그러자 미소 짓는 루이스미의 얼굴과 헝클어진 머리, 원래는 갈색이지만 햇볕을 받으면 붉은 빛을 띠는 그 머리카락이 눈앞에 생생히 떠올랐다. 공원에서 그가 처음 다가왔을 때 가장 먼저 눈에 띄었던 게 그의 머리카락이었다. 가엾은 루이스미. 그는 노르마가 무슨 짓을 저질렀는지, 마녀가 뭘 했는지, 그리고 차벨라가 노르마를 어떻게 꼬드겼는지 까맣게 모르고 있었다. 애당초 마녀는 펄펄 뛰며 안 된다고 했지만, 차벨라가 그녀를 찾아가서 빌다시피 했다. 봐봐, 이 가엾은 아이를 좀 도와줘야겠어. 얼마나 불쌍한 년인지 보고도 모르겠어? 치사하게 굴지 말고, 우리 마녀님께서 좀 나서 주시라고. 지금 자존심 세울 때가 아니라니까 그러네. 그 동안 나나 우리 아이들을 얼마나 도와줬다고 그렇게 유세를 부려? 그게 그렇게 힘든 일이야? 얼마주면 되겠어? 하지만 지저분한 부엌에서 잡동사니를 이리저리 옮기느라 분주하던 마녀는 차벨라를 거들떠보지도 않은 채 고개를 내저을 뿐이었다. 말이 부엌이지, 그곳은 골방이나 다름없었다. 천장은 낮은 데다 벽에 붙은 선반에는 먼지가 뽀얗게 앉은 유리병과 부적들, 그리고 눈을 시커멓게 칠해 놓은 성인들의 판화 인쇄물과 자기 성기를 벌려 보여 주는 풍만한 여인들의 사진 스크랩 따위가 가득 들어차 있었다. 자, 그러지 말고, 우리 마녀님. 우리 아들놈도 우리가 하자는 대로 하기로 했다니까. 얘, 안 그러니? 그녀가 노르마에게 불쑥 물었다. 노르마는 잠시 아무 말도 하지 않았지만, 탁자 아래에서 차벨라가 정강이를 걷어차자 연방 고개를 끄덕였다. 그때 마녀가 자기의 눈을 똑바로 쳐다보자 노르마는 등골이 선뜩하고 오싹해졌지만, 간신히 그녀의 얼굴을 마주 볼 수 있었다. 그 순간 마녀는 노르마의 눈에서 무엇을 읽어 냈을까? 한동안 난로 안에서 이글거리던 불덩이들을 부지깽이로 뒤적이던 마녀는 천천히 입을 열었다. 좋아. 그럼 그렇게 해. 노르마에게 그 유명한 물약을 만들어 주지. 마녀가 약초 한 다발과 더러운 통에서 꺼낸 가루와 함께 알코올을 듬뿍 집어넣어 만든 그 물약은 뻑뻑하고 짠 맛이 났고 무척이나 뜨거웠다. 그녀는 완성된 약을 유리병에 부어 노르마 앞에 놓았다. 그 옆에는 굵은 소금이 담긴 접시 위에 썩은 사과 하나가 놓여 있었고, 사과에는 긴 칼이 꽂혀 있었고, 그 주변에는 죽은 꽃잎들이 흩어져 있었다. 어떤 돈도 받으려 하지 않았던 마녀는 차벨라가 어느 틈에 벌써 식탁 위에 올려놓은 200페소짜리 지폐를 못마땅한 표정으로 내려다보았다. 그 모습을 본 노르마는 자기들이 떠나자마자 마녀가 그 지폐를 불태워 버릴 거라는 생각이 들었다. 마녀로부터 물약이 든 병을 건네받은 그들은 곧바로 집을 나섰다. 문을 나서고 나서야 노르마는 가슴을 쓸어내렸다. 그런데 차벨라의 집으로 돌아가기 위해 큰 길로 나서려던 찰나, 부엌의 반쯤 열린 문 사이로 고개를 내밀고 고함을 지르는 마녀의 목소리가 들렸다. 예나 다름없이 걸걸하면서도 쩌렁쩌렁한, 기이한 목소리였다. 몸을 돌린 노르마는 마녀가 다시 베일로 얼굴을 가렸음에도 자신을 바라보며 말하고 있다는 걸 알 수 있었다. 그걸 다 마셔야 돼! 그녀가 소리쳤다. 속이 메슥거리겠지만, 꾹 참고 한번에 다 마셔! 약을 마시면 속이 갈가리 찢어지는 느낌이

들 거야. 하지만 참아야……! 그렇다고 떨지는 마! 이를 악물고 버텨야 해. 적어도……! ……그리고 그걸 땅에 잘 묻어 줘! 그때 차벨라가 그녀의 손목을 잡아끌고 갔다. 얼마나 세게 잡았는지 손목에 손톱자국이 남을 정도였다. 저 미친년은 내가 초짜인 줄 아는 모양이지. 차벨라는 마녀의 말을 못 들은 척 걸음을 재촉하면서 투덜거렸다. 잠깐 기다려봐……! 마녀가 마지막으로 애원하듯 말했다. 하지만 그녀의 목소리는 이제 멀리서 희미하게만 들릴 뿐이었다. 노르마는 그 주술사가 자기한테 무슨 말을 하려고 하는지 더 이상 알아들을 수 없었다. 노르마는 자기 손을 부여잡은 차벨라의 발걸음을 쫓아가면서 다른 손에 쥔 유리병이 땅에 떨어져 박살나지 않도록 힘껏 쥐어야 했고, 그러느라 숨을 헐떡거렸다. 망할 놈의 마녀 같으니. 차벨라는 여전히 중얼거렸다. 저년도 이제 점점 정신이 흐려지나 보네. 저 혼자 잘났다고 떠벌리긴. 날 세상천지도 모르는 어린애 취급을 하다니, 씹할. 네 뱃속에 애가 들어선 걸 제일 먼저 알아차린 게 나잖아. 안 그래? 저번에 내 앞에서 옷을 입어 본 적 있지? 네가 하도 누더기 같은 옷을 걸치고 있어서 내가 준 그 옷 말이야. 기억나니? 아무튼 그때 네 배에 난 줄이 슬쩍 눈에 띄더구나. 귀신은 속여도 내 눈은 못 속인다고. 노르마도 그날을 잘 기억하고 있었다. 루이스미가 그녀를 집으로 데려간 지 3주도 지나지 않았을 때였다. 다시 말해, 그날은 하필 전구가 나가는 바람에 보이는 거라고는 웃을 때 반짝이는 이밖에 없을 만큼 캄캄한 루이스미의 방에서 커버도 없는 매트리스 위에 누운 채 날밤을 지새워 가며 있는 말 없는 말을 다 섞은 이야기를 서로에게 속삭였던 첫날밤 이후 3주가 지났을 무렵이었다. 따지고 보면 그 당시만 해도 서로를 잘 몰랐던 데다, 상대의 말 중에 무엇이 사실이고 무엇이 아닌지 구분할 수 없었던 그녀는 자기도 거짓말을 할 수밖에 없었다. 그날 밤, 둘은 결국 살을 섞었다. 아무튼 관계를 가진 건 사실이었다. 루이스미에게 진 빚을 갚고 싶었던 노르마는 그가 자기를 덮쳐 주기를 밤새 기다렸지만, 혹시라도 그가 살짝 부풀어 오른 자기 배나 침에서 느껴지는 맛을 통해 임신 사실을 바로 알아차릴까 봐 두렵기도 했다. 다행히 그날 밤 루이스미는 그녀에게 키스를 하지 않았고, 그녀의 몸을 만질 때도 수줍은 듯 손가락 끝으로 간신히 애무하기만 했다. 그래서 노르마는 그의 손가락을 땀 냄새를 맡고 살짝 열어 둔 방 문틈으로 날아들어와 몸 위를 떠다니는 벌레들의 날개로 착각하기도 했다. 그들은 더위를 견디기 위해 천천히 옷을 벗었다. 특히 노르마는 그 뜨거운 열기가 자기 몸 안에서, 루이스미가 어루만지려고 손을 뻗는 순간 자신의 비밀을 드러나게 만들 불룩한 배에서 뿜어져 나오는 것만 같았다. 다행히도 그는 그녀의 배를 만지려고 하지 않았다. 그날 밤 그는 그저 노르마 곁에 누워 있기만 했을 뿐, 아무것도 하지 않았다. 심지어 초조하게 불안 속에 떨면서 기다리던 그녀가 떨리는 손으로 루이스미의 성기를 어루만지기 시작했을 때에도 그는 한숨만 내쉬었다. 그 순간, 그녀는 오래 전에 구스타보와 마놀로를 목욕시키면서 장난삼아 그 아이들의 고추를 잡아당겼던 순간을 떠올렸다. 손으로 주물럭거릴수록 작은 고추가 점점 더 커지고 단단해지는 모습을 보면서 그녀는 웃음을 터뜨리곤 했다. 그녀가 성기를 만지작거리는 동안 루이스미도 어린 동생들처럼 가만히 있었다. 하지만 그녀가 뼈만 남은 그의 허벅지 위에 걸터앉아 앞뒤로, 그리고 위아래로 빠르게 몸을 움직이기 시작했는데도, 그는 끙 앓는 소리만 낼 뿐이었다. 그렇게 해 주면 페페는 흥분했었는데, 루이스미는 갈수록 냉담해지는 것 같았다. 그의 입에서는 단 한 순간도 쾌감에 젖은 신음 소리가 새어 나오지 않았다. 심지어 그는 그녀의 가슴을 만지지도, 엉덩이를 쥐지도 않았다. 아무튼 그는 아무것도 하지 않고, 입을 꾹 다문 채 가만히 있을 뿐이었다. 방 안이 너무 어두워서 그의 얼굴이 제대로 보이지는 않았지만, 그가 자기 아래에서 잠이 들었을지도 모른다는 생각이 든 그녀는 너무 무안해진 나머지 눈가에 눈물이 팽 돌았다. 그녀는 그에게서 떨어져 나와 다시 매트리스에 누웠다. 괜히 혼자 용쓴 탓에 온몸이 땀으로 흠뻑 젖어 있었다. 옆으로 돌아누운 그녀는 루이스미가 문 대신 입구에 걸쳐 놓은 판자 위 틈으로 얼핏 드러난, 벨벳처럼 부드러운 밤하늘을 쳐다보았다. 잠이 들려던 순간, 등 뒤에서 루이스미가 몸을 꼼지락거렸다. 잠시 후, 그는 쭈뼛거리며 아무것도 입지 않은 그녀의 엉덩이에 손을 갖다 대더니, 마른 입술로 어깨뼈 가운데에 키스를 했다. 온몸에 전율을 느낀 노르마는 다시 한 번 손으로 그의 몸을 더듬기 시작했다. 하지만 이번에는 그가 적극적으로 움직였다. 그는 그녀의 등에서 입술을 떼지 않은 채 그녀의 몸속으로 쑥 들어왔다. 그런데 그는 조금 전과는 다른 구멍을 공략했고, 그러면서도 놀라우리만큼 쉽게 성공했다. 그녀의 몸에서 페페가 자기의 것이라고 감히 주장하지 못했던 유일한 구멍으로 말이다. 노르마는 루이스미의 행동이 너무 역겨웠고, 또 미칠 듯이 아플 것 같아 무서웠지만, 정작 루이스미가 움직이기 시작하자 되려 기분이 좋아졌다. 어쩌면 그건 루이스미가 몸으로 그녀를 짓누르지 않으려고 애쓴 덕분이거나, 페페와 전혀 다른 방식으로 몸을 움직였기 때문이었는지도 몰랐다. 실제로 루이스미는 아주 특이한 리듬으로 그녀의 몸속에 들어왔다 나가기를 반복했다. 얼마 지나지 않아 그녀의 입에서 자기도 모르게 쾌락에 젖은 신음 소리가 새어 나왔다. 그런데 그녀의 가느다란 신음 소리를 들은 루이스미는 다시 온몸이 얼어붙은 것처럼 꼼짝도 하지 않았다. 그를 절정에 순간에 이르게 하고, 그가 자기의 몸속에 깊숙이 들어오는 것을 느끼면서 단번에 모든 걸 마무리하고 싶었던 노르마는 어떻게든 행위를 지속시키려 했다. 하지만 미친 듯이 몸을 흔들어 대고, 자신의 육체가 허용하는 한 최대한 그와 한 몸이 되려고 애쓰던—끝나지 않을 것만 같던—긴 시간이 지나자, 루이스미는 아무 말 없이 노르마의 엉덩이에 손을 얹더니, 말없이 양해를 구하듯 아주 조심스럽게, 하지만 축 늘어진 채 그녀의 몸에서 빠져나왔다. 정확히 몇 시 무렵인지는 알 수 없었지만, 노르마는 가까스로 잠이 들었다. 그러다 소변을 너무 오래 참아서 터질 것 같던 방광에 찌르는 듯한 통증이 느껴졌고, 그 바람에 눈을 뜬 그녀는 이미 날이 밝았음을 알아차렸다. 그녀는 화장실이 어디 있는지 물어보려고 루이스미의 어깨를 흔들어 깨웠지만 아무 반응도 없었다. 그는 매트리스 위에서 새우처럼 몸을 웅크리고만 있었다. 까무잡잡한 그의 피부 아래로 등뼈 마디가 앙상하게 드러났다. 너무 여윈 탓인지, 노르마는 그가 자기보다 더 어릴지도 모른다는 생각이 들었다. 갈비뼈가 앙상하게 드러난 옆구리, 다리 사이에 무성하게 자란 털의 숲, 웅크린 달팽이처럼 작고 가는 성기, 뼈만 앙상한 팔, 그리고 꿈속에서 젖을 빠는지 엄지손가락을 물고 있는 두툼한 입술. 노르마는 매트리스 위에 앉아 어제 입었던 옷을 다시 몸에 걸치면서 그를 힐끗 보았다. 옆에서 부스럭거리는 소리에 루이스미가 깼을지도 모른다고 생각했지만, 그는 여전히 손가락을 입에 문 채 자고 있었다. 그녀는 자리에서 일어나 문 대신 세워 놓은 판자를 옆으로 치우고는 마당 깊숙한 곳에 가서 쭈그리고 앉아 소변을 누기 시작했다. 용변을 마친 그녀는 오줌 방울이 허벅지를 타고 흘러내리지 않도록 엉덩이를 세차게 흔들며 털었다. 그녀는 일어나 옷을 내린 뒤 마당 맞은편에 있는 시멘트 집을 쳐다보았다. 그런데 놀랍게도 긴 곱슬머리 여자가 그 집의 열린 창문 뒤에 서서 그녀에게 손짓하고 있었다. 혹시 마당에 다른 이가 있는지 확인하기 위해 노르마는 주변을 빙 둘러보았다. 그 여자가 오라고 손짓한 사람은 바로 그녀였다. 애, 더럽게 어디다 오줌을 누고 그래. 노르마가 창가에 갔을 때 그 여자는 다짜고짜 그렇게 말했다. 짙은 와인 색으로 입술을 칠한 그 여자는 노르마에게 미소를 던졌다. 어깨를 훤히 드러낸 그녀의 풀어헤친 머리는 아침 습기를 머금은 채 잔뜩 부풀어 있어서, 마치 분을 칠해 뽀얘진 얼굴—물론 화장으로 가려지지 않은 주름살이 검은 홈처럼 깊게 패어 있었다—주위를 둘러싸고 있는 적갈색 후광처럼 보였다. 루이스미의 엄마가 분명해. 노르마는 그와 닮은 저 여자의 머리카락을 보면서 생각했다. 그녀는 갑자기 수치심으로 얼굴이 달아오르는 것을 느꼈다. 여자는 담배에 불을 붙였다. 이 안에 화장실 있어. 여자는 노르마의 머리 위로 담배 연기를 길게 내뿜으면서 말했다. 그녀는 빨갛게 타오르는 담배 끝으로 집 안을 가리켰다. 화장실 쓸 일 있으면 언제든 들어와. 물지 않을 테니까 걱정할 것 없어. 노르마는 조용히 고개를 끄덕였다. 그러나 광대처럼 새빨갛게 칠한 여자의 입술 뒤에서 드러난, 조금 누렇기는 해도 두 줄로 고르게 난 이를 바라본 그녀는 속으로 적지 않게 놀랐다. 나는 차벨라라고 해. 여자가 말했다. 넌 누구니? 노르마예요. 그녀는 잠시 신중하게 생각하는 척한 뒤 대답했다. 노르마. 그 여자는 그녀의 이름을 몇 번 되뇌었다. 노르마…… 자세히 보니까 클라리타하고 똑같이 생겼네. 내 막내 여동생인데, 본 지 한참 됐지. 그런데 어쩌면 이렇게 닮았을까. 보아하니 너도 클라리타 그년만큼이나 남자를 밝힐 것 같은데. 어때, 내 말이 틀려? 저 망할 녀석하고 붙어먹으려고 온 걸 보면 말이지. 그렇지? 담배 끝으로 루이스미가 자고 있는 허름한 방을 가리키던 여자는 검은색 눈썹연필로 얇게 그린 눈썹을 치켜 올리며 말했다. 노르마는 입술을 꽉 깨물었지만 다시 얼굴이 붉어지는 것을 막지는 못했다. 그때 차벨라는 그녀의 침묵 속에 숨은 뜻을 알아차리고는 째지는 소리로 웃음을 터뜨렸다. 그러곤 아침의 뿌연 대기를 뚫고 고속 도로까지 퍼질 만큼 큰 목소리로 호통을 치기 시작했다. 이 빌어먹을 놈아, 너 정말 해도 너무하잖냐! 이렇게 어린 여자애를 어쩌자고! 그러더니 다시 노르마를 돌아보며 미소를 지었다. 온화하다기보다 멋적은 듯 어색한 미소였다. 애, 넌 보면 볼수록 클라리타를 닮았구나. 그런데 우선 목욕부터 해야겠어. 몸에서 썩은 생선 냄새가 난다고. 게다가 지금 걸치고 있는 옷도 너무 더럽고 말이야. 내가 가진 옷은 이게 전부예요. 노르마가 기어 들어가는 목소리로 대답했다. 그러자 차벨라는 화가 나서 눈을 희번덕거렸다. 그녀는 마지막한 모금을 깊숙이 빨아들이더니 꽁초를 끄지도 않고 마당에 휙 던져 버렸다. 차벨라는 어깨를 살짝 흔들면서 노르마에게 안으로 들어오라고 했지만, 노르마는 어떻게 해야 할지 몰라 잠시 망설였다. 거기서 멍청하게 서 있지 말고 어서 들어오라니까. 고함 소리와 함께 창가에서 차벨라의 모습이 사라졌다. 노르마는 집을 한 바퀴 빙 돌아서 열린 문으로 들어갔다. 안으로 들어가자 거실 겸 주방 겸 식당으로 쓰이는 듯한 큰 방이 나타났다. 벽은 초록색 계열의 여러 색조로 칠해져 있었고, 안에서는 담뱃재와 술, 그리고 찌든 기름 냄새가 코를 찔렀다. 방 한가운데에는 어떤 남자가 다리를 쩍 벌리고 배 위에 두 손을 포갠 채 구부정한 자세로 의자에 앉아 있었다. 가느다란 회색 콧수염을 기르고 선글라스를 낀 그 남자는 볼륨을 최대로 줄인 채 텔레비전 퀴즈 프로그램을 보고 있었다. 문간에 서서 머뭇거리던 노르마는 그를 방해하지 않기 위해 빠르게 텔레비전 앞을 지나가면서 고개를 숙이고 속삭이듯 인사를 건넸다. 남자는 잠시후 입을 벌리더니 드르렁드르렁 코를 골기 시작했다. 길게 이어지면서도 쩌렁쩌렁 울리는 소리였다. 노르마는 그제야 그 남자가 이미 완전히 곯아떨어져 있었다는 걸 알아차렸다. 노르마는 담배 냄새와 잠시도 입을 다물지 못하는 차벨라의 걸걸한 목소리를 따라 짧은 복도를 걸어가다 열린 문을 하나 발견했다. 그녀는 문틈으로 고개를 살짝 드밀었다. 여긴 내 방이야. 차벨라가 그녀에게 손을 흔들었다. 마음에 들어? 하지만 노르마가 미처 대답하기도 전에 그녀는 계속 말을 이어 나갔다. 방 색깔은 내가 직접 고른 거야. 게이샤의 방처럼 꾸미고 싶었거든. 여기 내가 거의 안 입는 옷이 몇 벌 있어. 그런 옷을 추려서 엑스칼리부르에서 일하는 여자애들한테 줄까도 생각해 봤는데, 걔들은 도무지 고마워할 줄 모르거든. 그 망할 것들은 기회만 있으면 기어오르려고 한다니까. 노르마는 붉고 검게 칠한 벽, 한때는 하얀색이었겠지만 습기와 니코틴으로 인해 누렇게 변해 버린 인견人絹 커튼, 방 안을 거의 다 차지하다시피 할 만큼 큰 침대, 그리고 무엇보다 그 침대 위에 지저분하게 쌓여 있는 옷가지와 구두, 크림통과 화장품, 옷걸이와 브래지어를 쭉 둘러보았다. 애, 이것 한번 입어 봐. 차벨라가 그녀에게 명령하듯 말했다. 그녀는 파란색 물방울무늬가 새겨진 빨간 라이크라 옷 한 벌을 손에 들고 있었다. 자, 어서 들어오라니까. 물지 않는다고 했을 텐데. 애, 거기 그렇게 멍하니 서 있지만 말고 들어오라고. 참, 이름이 뭐라고 했더라. 노르마가 입을 열려 했지만 차벨라는 여전히 말을 멈추지 않았다. 세상살이가 그렇게 만만한 게 아니야. 그녀가 거드름을 피우며 말했다. 정신 똑바로 차리지 않으면 험한 꼴 당하기 십상이지. 그러니까 저 망할 놈한테 새 옷 한 벌 사 달라고 해. 그리고 절대 아무한테나 마음 주지 마. 원래 남자들이라는 게 다 그렇잖아. 남자 놈들은 천성이 워낙 게을러서 틈만 주면 여자들한테 빌붙어 살려고 하지. 그러니까 남자들이 무언가 쓸모 있는 일을 하도록 만들려면 쉴 새 없이 다그쳐야 해. 넌 저 멍청이한테 시시콜콜한 것까지 다 일러 줘야 한다고. 그러지 않으면 저 녀석은 마약 사는 데 돈을 다 써 버릴 거야. 잠시라도 방심하면 너도 모르는 사이에 저놈 뒤치다꺼리하느라 넌더리가 날 테니까 알아서 해, 클라리타. 저 애가 어떤 앤지 잘 아니까 하는 이야기야. 난 저 빌어먹을 놈의 눈만 봐도 무슨 수작을 꾸미고 있는지 훤히 안다니까. 잘났든 못났든 내 몸으로 낳은 자식이니까 말이야. 그러니까 내 말 흘려듣지 말고 강하게 나가라고. 우선 저놈한테 가서 옷 한 벌 사 달라고 하고, 용돈도 달라고 해. 또 비야로 데리고 나가 산책도 하자고 해. 모름지기 남자들은 꽉 잡고 살아야 허튼수작을 안 부린다고. 노르마는 고개를 끄덕이면서 터져 나오려는 웃음을 감추기 위해 손으로 입을 가려야 했다. 차벨라가 하던 말을 잠시 멈추자 거실에서 잠든 남자의 코 고는 소리가 요란하게 들렸다. 클라리타, 난 네가 웃는 것 다 봤어. 멍청한 것 같으니. 차벨라는 누런 이를 드러내며 웃으면서도 퉁명스럽게 말했다. 넌 못 믿겠지만, 저 인간도 한때는 정말 근사하게 생긴 상남자였지. 하지만 사고를 당하는 바람에 저렇게 찜짝 취급을 당하고 있어. 그놈들이 내 남편을 저 꼴로 만들어 놓았다고, 클라리타. 늘 술에 절어 있는 양반이라 이제 폐인이나 다름없어. 퇴근해서 녹초가 되어 집에 돌아와도 커피 한 잔 타 줄 줄도 모른다니까. 이럴 줄 알았으면 아예 집에서 쫓아냈어야 했어. 안 그러니? 저 인간 대신 젊은 남자를, 그것도 정말 멋진 남자를 데리고 올 걸 그랬어. 지금도 나 좋다는 남자들이 줄을 섰다니까. 보다시피 이제는 나이가 들어 예전 같진 않아도, 비야에 나가기만 하면 다들 힐끔거리며 나를 쳐다보느라 바쁘다고. 내가 손가락만 까딱해도, 줄지어 선 남자들은 누가 나를 차지할지, 누가 내 사랑을 얻을 건지를 놓고 서로 싸움을 벌일 거야……. 얘, 클라리타. 거기서 그렇게 멍하니 서 있지만 말고 어서 안으로 들어오라니까. 노르마는 손에 옷을 든 채 방 가운데로 걸어 들어갔다. 그녀는 차벨라의 입에서 따발총처럼 쏟아지는 수다와 쉴 새 없이 뿜어져 나오는 담배 연기 때문에 정신이 얼얼할 지경이었다. 담배를 이 사이에 끼워 문 차벨라는 바닥에 있는 물건을 주워다 침대 위에 올려놓거나 침대 위에 수북이 쌓여 있는 옷가지를 무심하게 바닥으로 내팽개치는 동안 한 번도 기침을 하거나 캑캑거리지 않았다. 클라리타, 네 생각은 어떠니? 저 절름발이 등신을 당장 내쫓아 버릴까, 아니면 지금처럼 계속 돌봐 줄까? 어찌 됐든 여긴 내 집이라고. 씹 할! 이 집을 세우려고 난 발에 땀 난 개마냥 열심히 일했단 말이야. 저 멍청이가 이 집 짓는 데 손가락 하나 까딱했는 지 아니? 차벨라는 손바닥을 위로 한 채 양팔을 들어 올리 더니 좌우로 빙빙 돌렸다. 마치 방 안의 가구와 잡다한 물 건들, 벽과 커튼, 집터와 집 전체, 심지어 마을 전체까지 다 가리키려는 듯했다. 그 순간 어떤 대답을 해야 할지 몰랐던 노르마는 입술을 꽉 깨물었지만, 다행스럽게도 차벨라는 그녀가 대답할 틈도 주지 않고 계속 침을 튀기며 말을 이었 다. 그러니까 클라리타, 항상 정신 똑바로 차리고 있어야 해. 게다가 넌 아직 어리잖니. 저기 있는 저 멍청이 같은 놈 보다 훨씬 좋은 남자를 만날 수도 있어. 심한 말을 해서 미 안하구나. 하지만 다 너를 위해서 하는 말이니까 너무 고깝 게 듣지는 마. 저 녀석이 어디가 그렇게 마음에 드는지 모 르겠다만, 진지하게 말하는 건데, 조금만 더 참고 기다리다 보면 더 좋은 남자를 만날 수 있을 거야. 너나 나나 잘 알다 시피, 저놈은 평생을 놀고먹을 게 뻔해. 그래서 하는 말인 데, 버스비는 내가 빌려줄 테니까 네 고향이든, 아니면 바로 전에 살던 데든 어서 그리로 돌아가. 내가 없는 불알을 걸 고 장담하는데, 넌 라 마토사 출신이 아니잖아……. 그렇지 않니? 그렇다고 비야에서 온 것도 아닌 것 같고……. 아, 제발 클라리타! 왜 거기서 남자 거시기처럼 뻣뻣하게 서 있기만 하니? 애, 누더기 같은 그 옷부터 좀 벗어. 설마 창피해서 그러는 거니? 나한테 없는 게 너한테 달려 있을 리도 없잖아. 자, 어서 갈아입으라니까! 차벨라의 성화를 이기지 못한 노르마는 입고 있던 무명옷을 벗어 바닥에 놓고, 곧바로 루이스미의 어머니가 준 옷을 입었다. 옷감이 워낙 부드럽고 신축성이 좋아서 그녀의 몸에 잘 맞았다. 그녀는 검은 벽 ― 검게 칠한 벽은 그곳밖에 없었다 ― 에 걸려 있는 거울을 보다가 예전보다 더 불룩해진 배를 보고 화들짝 놀랐다. 클라리타, 이 어리석은 계집애야. 차벨라가 그녀의 등 뒤에서 말했다. 아이를 가졌다는 걸 왜 여태 말하지 않은 거지? 노르마의 어깨 위로 루이스미 어머니의 얼굴이 비쳤다. 그녀는 새빨갛게 칠한 입술을 씰룩대며 웃었다. 어디 한 번 보자고. 옷을 걷어 올려 봐. 그녀가 단호한 목소리로 말했다. 그녀가 가까이 다가오자 겁에 질린 노르마는 옷자락을 들어올리기 위해 살짝 몸을 숙였다. 차벨라는 노르마의 털이 많은 다리와 훤히 드러난 성기를 외면한 채 오로지 둥글게 나온 배만 뚫어지게 바라보았다. 그러고는 형광 녹색 매니큐어를 칠한 손톱으로 음모부터 배꼽에 이르기까지, 노르마의 배 한가운데에 생겨난 자줏빛 선을 더듬어 올라갔다. 노르마는 간지럽다기보다 오히려 눈앞이 핑 돌면서 몸

서리가 쳐졌다. 임신선이네. 차벨라가 말했다. 노르마는 들고 있던 치마를 내리고 창문으로 고개를 돌려 저 멀리 산들바람에 흔들리는 야자나무의 행렬을 빤히 쳐다보았다. 너무 민망해서 차벨라의 얼굴을 똑바로 쳐다볼 수도 없었고, 그녀가 다시 피워 문 담배 연기를 들이마시고 싶지도 않았다. 루이스미의 애야? 그 여자가 물었다. 아뇨. 노르마가 대답했다. 그럼 네가 이렇다는 걸 저 놈도 알고 있어? 노르마는 어깨를 으쓱하더니 이내 고개를 저었다. 아뇨. 그녀는 같은 말을 되풀이했다. 그녀는 거울 속에 비친 차벨라의 얼굴을 바라보았다. 차벨라는 생각에 잠긴 듯한 얼굴로 눈을 가늘게 뜨고 노르마의 불룩한 배를 뜯어보았다. 그러고는 팔짱을 끼고, 담뱃재를 신경질적으로 허공에 떨기 시작했다. 좋아. 입가로 담배 연기를 길게 뿜어낸 차벨라는 마침내 입을 열었다. 그럼 당분간 저 애한테는 비밀로 하자. 알았어? 노르마는 거울에 비친 그녀를 바라보았다. 네가 아이를 원치 않는 것 같아서 하는 말이야. 내 말이 틀렸니? 노르마는 갑자기 귀가 달아오르는 것을 느꼈고, 두 뺨까지 붉게 물들었다. 네가 정말 아이를 원치 않는다면 너를 도와줄 사람을 소개시켜 주마. 이 정도 문제들이라면 거뜬히 해결하고도 남을 여자거든. 사람이 약간 맛이 가긴 했지만. 가엾은 여편네야. 솔직히 조금 무섭기는 해도, 알고 보면 참 좋은 사람이거든. 만나 보면 알겠지만, 돈 한 푼 받지 않고 우리를 도와줄 거야. 넌 잘 모르겠지만, 나나 엑스칼리부르 아가씨들이 곤경에 처했을 때 그 여자가 얼마나 많이 도와 줬는지 몰라. 그러니까 네가 정 아이를 원치 않으면 그 여자한테 가서 도와 달라고 하자고. 아니면 혹시 너 애 낳고 싶니? 어떻게 하든, 네가 빨리 결정해야 돼. 그렇게 마음만 졸인다고 그 배가 도로 가라앉지는 않을 테니까. 노르마는 거울 속에 비친 차벨라의 눈을 똑바로 쳐다볼 수 없었다. 그래서 그녀는 하는 수 없이 자신의 몸을 물끄러미 바라보았다. 예전에 비해 배가 눈에 띄게 불러 있었다. 게다가 이제는 가슴마저도 축 처져서, 잘은 몰라도 예전보다 하나 아니면 두 단계 더 큰 브래지어가 필요할 것 같았다. 일주일 전, 하나밖에 없던 브래지어를 벗어 던진 그녀는 집에서 도망치기로 결심했던 순간에도 그 브래지어를 안 차고 있었다. 커진 가슴에 비해 너무 작아졌기 때문이었다. 그때 그녀에게 맞는 옷은 무명 원피스, 방금 차벨라가 인상을 찌푸리며 두 손가락으로 집어 든 저 옷뿐이었다. 시우다드 델 바예에서 도망치기로 결심했던 날, 노르마는 발가락이 나오는 샌들을 신고 무명 원피스 위에 스웨터를 끼어 입었다. 하지만 버스가 해안 쪽으로 다가가면서 날씨가 푹푹 찌기 시작하자 스웨터는 아무런 쓸모가 없어졌다. 노르마는 그 스웨터를 어디서 잃어버렸는지조차 기억나지 않았다. 버스 운전사가 어서 내리라고 그녀를 깨웠을 때 서두르다 버스 좌석에 두고 내렸거나, 아니면 트럭에 탄 남자들이 자기를 뒤쫓기 시작했을 때 숨으려고 들어간 갈대밭에 놔두고 왔을 수도 있었다. 차벨라가 잠시 침묵에 잠겨 있는 사이, 노르마는 입을 열고 사실대로 다 털어놓으려고 했다. 조금도 숨김없이 모두 말하려던 순간, 갑자기 마당에서 자기 이름을 부르는 소리가 들리자 그녀는 마음을 바꾸었다. 창문 밖에서 루이스미가 부르는 소리였다. 속옷 바람에다가 부스스한 머리를 하고 나타난 루이스미는 한낮의 햇빛에 눈이 부셨는지―아니면 화가 나서였을까?―실눈을 뜨고 있었다. 거기서 뭐 하는 거야? 마침내 방 안에 깔린 어둠 속에서 노르마의 모습을 알아보자마자 그가 소리쳤다. 네가 무슨 상관인데 끼어 들고 난리야, 이 얼간아! 차벨라는 다시 담배를 피워 물면서 그에게 고함을 질렀다. 루이스미는 살기 돋친 눈으로 어머니를 노려보았다. 그러고는 얼굴을 잔뜩 찌푸린 채 입술을 삐쭉 내밀더니 몸을 돌려 자기 방―비스듬히 기울어져 언제 무너질지 모르는 허름한 방이지만, 그는 그곳을 작은 집이라고 불렀다―으로 들어가 버렸다. 노르마는 그를 뒤쫓아 가기로 마음먹었다. 그녀는 차벨라에게 옷을 선물해 줘서 고맙다는 말을 남기고는 텔레비전을 켜 둔 채 잠든 남자가 있는 거실에서 뛰어 나갔다. 저 여자하고 말을 섞지 않으면 좋겠어. 노르마가 작은 집에 들어서자마자 루이스미가 말했다. 저 여자하고 말도 하지 말고, 저 집에도 가지 말라고. 내 말 알아들었어? 그는 목소리를 높이지는 않았지만, 손가락 자국이 선명하게 남을 정도로 그녀의 팔을 꽉 잡았다. 그리고 오줌이 마려우면 저 뒤쪽으로 가. 그가 계속해서 말했다. 어떤 일이 있어도 저기는 가지 말라고. 다른 건 몰라도 네가 저 여자 밑에서 매춘부가 되는 꼴은 보기 싫으니까. 무슨 말인지 알겠어? 노르마는 알았다고, 무슨 말인지 이해했다고 대답했다. 심지어는 용서해 달라고 빌기까지 했다. 물론 자기가 뭘 잘못했는지도 몰랐지만 말이다. 그러나 그 후로, 루이스미가 매트리스 위에서 코를 골며 잠든 동안―오후까지 잘 때도 있었다―양철 지붕을 얹은 오두막집의 찜통 같은 더위를 견디지 못한 노르마는 살그머니 일어나서는 마당을 가로질러 시멘트 집으로 가곤 했다. 항상 열려 있는 부엌문으로 집에 들어간 그녀는 찬장에 있는 것이라면 무엇이든 꺼내다가 차벨라의 남편인 문라가 깨기 전에 부지런히 음식을 만들었다. 커피, 달걀 프라이, 프리홀레스 레프리토스[43]나 잘 익은 바나나를 넣은 쌀 요리, 혹은 칠라킬[44] 등등. 요리가 끝날 때쯤이면 수면 부족과 담배 연기 때문에 시뻘개진 눈에다 헝클어진 머리를 하고 퇴근한 차벨라가 또각또각 하이힐 굽 소리를 내며 집 안으로 들어섰다. 차벨라는 식탁 가득 차려진 음식을 보며 얼굴 가득히 미소를 지었다. 오, 천사 같은 클라리타. 나보다 집안일을 훨씬 잘하네. 어머나! 저 계란 좀 봐. 너무 맛있겠다. 저기서 시도 때도 없이 쳐 자기만 하는 저 배은망덕한 놈 대신 너 같은 딸이 있었다면 얼마나 좋을까. 저녁 식사를 마치고 나면 차벨라는 마지막으로 담배를 한 대 피우고는 방으로 들어가 침대 발치에 둔 선풍기를 가장 세게 틀고 잠자리에 들었다. 그러면 노르마는 접시에 음식을 산더미처럼 수북이 담은 채 마당을 건너가서는 루이스미를 깨워 억지로라도 몇 술 떠먹게 했다. 가엾은 루이스미는 얼마나 말랐던지, 노르마가 그의 팔뚝을 한 손으로 쥘 수 있을 정도였다. 또 그가 숨을 멈추지 않더라도 그의 갈비뼈가 몇 개인지 셀 수도 있었다. 여위 건 그렇다 치더라도, 솔직히 그는 너무 못생겼다. 뺨에는 여드름이 두툴두툴나 있고, 이는 들쑥날쑥한 데다, 라 마토사의 모든 남자들과 마찬가지로 흑인 특유의 펑퍼짐한 코와 억세고 곱슬곱슬한 머리를 가지고 있었다. 그래서인지 노르마는 그가 행복해하는 모습을 볼 때마다 흐뭇하면서도 뭉클해졌다. 가령 그녀가 어쩌다 실없는 소리를 하면 그는 환한 미소를 짓곤 했다. 그럴 때마다 그의 두 눈은 잠시나마 기쁨에 넘쳐 반짝거렸고, 어깨에 짊어지고 있던 슬픔도 온데간데없이

---

43 firjoles refritos. 콩을 삶아 걸쭉한 죽처럼 변할 때까지 으깬 뒤에 불에 굽거나 튀겨 만든 것으로, 멕시코의 전통적인 주식이다.

44 chilaquil. 칠리소스를 넣고 끓여 만든 옥수수 오믈렛

사라져 버리곤 했다. 아주 짧게 나타났다가 사라지는 그 모습은 그의 첫인상을 닮아 있었다. 땡전 한 푼 없이 배고프고 목마른 자기의 처량한 신세를 한탄하며 비야 공원 벤치에서 서럽게 울고 있던 그녀에게 다가왔던 순간 말이다. 그날, 시우다드 델 바예에서 출발한 버스 운전사는 어느 외딴 주유소에서 어서 내리라고 그녀를 흔들어 깨웠다. 버스에서 내려 사방을 둘러보니 끝없이 이어진 사탕수수 밭 한복판이었다. 밭 사이로 난 좁은 고랑을 따라 주유소에서 마을 중심부까지 걸어간 그녀의 얼굴과 팔은 햇볕에 죄다 그을렸고, 발은 열이 나서 퉁퉁 부어올랐다. 루이스미가 다가와 왜 우느냐고 물었을 때, 노르마는 길 건너 공원 맞은편에 있는 작은 호텔에 들어가기로 거의 마음을 정했던 참이었다. 그 건물 외벽에는 핏빛처럼 붉은 에나멜로 호텔 마르베야라고 쓴 간판이 걸려 있었다. 그녀는 일단 그곳에 들어가서 안내 데스크에 있는 직원에게 전화 한 통만, 딱 한 통만 걸게 해 달라고 사정할 생각이었다. 그렇게만 해 준다면 그녀는 시우다드 델 바예에 있는 엄마에게 연락해서 자기가 지금 어디 있고 왜 가출했는지 말해 줄 생각이었다. 하지만 그렇게 자초지종을 낱낱이 털어놓는다고 해도 엄마는 소리를 꽥 지르고 전화를 끊어 버릴 게 분명했고, 만약 그렇게 된다면 노르마는 원래 계획을 밀어붙이는 수밖에 없었다. 다시 고속 도로 근처로 걸어가서 푸에르토까지 히치하이킹을 하는 거였다. 물론 운만 좀 따라 준다면 굳이 푸에르토까지 갈 필요가 없을 수도 있었다. 해안이 생각보다 가까운 곳에 있다면, 그 부근에도 몸을 던질 만한 절벽이 있을 테니까. 그런데 하필 그때 트럭에 탄 남자들이, 마을로 가는 내내 그녀를 뒤쫓아 오며 괴롭혔던 남자들이 공원 맞은편에 모습을 드러냈다. 그들을 본 노르마가 벤치에서 일어나 호텔로 뛰어가려던 순간, 갈색 머리의 비쩍 마른 남자아이가 미소를 지으며 광장을 가로질러 오더니 그녀의 곁에 앉았다. 오후 내내 공원의 가장 끝에 있는 벤치에 앉아 친구들과 마리화나를 피우면서 낄낄거리던 와중에도 노르마를 힐끗힐끗 쳐다보던 아이였다. 자리에 앉은 그는 그녀에게 물었다. 무슨 일이 있냐고, 왜 그렇게 서럽게 우냐고. 노르마는 그 아이의 눈을 바라보았다. 검은, 그것도 새까만 눈동자였지만, 왠지 귀여워 보였다. 우툴두툴한 뺨과 펑퍼짐한 코부터 두꺼운 입술에 이르기까지 나머지 부분은 볼품없이 생겼지만, 눈 위로 길게 이어진 눈썹 덕분에 몽상가같은 인상을 풍기고 있었다. 노르마는 그에게 거짓말을 하고 싶지는 않았지만, 그렇다고 사실을 있는 그대로 털어놓을 수도 없었다. 결국 거짓말을 적당히 섞어 말하기로 마음먹은 그녀가 마침내 입을 열었다. 사실 배가 너무 고프고 목도 마르고 해서 나도 모르게 울음이 나왔어. 주머니에 돈한 푼 없는데, 길을 잃었거든. 근데 큰 사고를 쳐 놔서 당장 집으로 돌아갈 수도 없어. 하지만 그녀는 그날 오후까지, 그러니까 돈이 더 없다고 하자 버스 운전사가 고속 도로변에 자기를 떨구고 가기 전까지는 푸에르토로 향하던 중이었다는 말은 하지 않았다. 그녀는 언젠가 엄마와 함께 거기에 간 적이 있었다. 그때는 아직 동생들이 아무도 태어나지 않았으니까, 아마도 노르마가 서너 살 때쯤이었을 터였다. 그런데 그때 나이를 계산해 보면 거기로 여행 갔을 때 엄마 뱃속에 마놀로가 들어 있었다는 얘긴데, 그때는 그런 줄 꿈에도 몰랐었다. 그녀가 기억하는 한, 어머니와 단둘이 함께한 시간은 푸에르토로 여행 갔을 때가 마지막이었다. 그때 어린 노르마와 엄마는 텐트에 앉아 멕시코만을 바라보았고, 매일 따뜻한 바닷물에서 헤엄을 쳤고, 태어나서 처음으로 튀긴 도미와 게살 엠파나다를 먹기도 했다. 그때부터 노르마는 이 두 가지 음식을 가장 좋아하게 되었다. 노르마는 옆에 앉은 아이에게 푸에르토에 도착해서 뭘 할 생각인지도 말하지 않았다. 그녀는 그 옛날 엄마와 함께 갔던 해변을 따라 도시 남쪽에 우뚝 솟은 절벽까지 걸어간 다음, 꼭대기에 있는 큰 바위로 올라가 저 아래에서 사납게 출렁이는 검은 바다로 몸을 던질 계획이었다. 그러면 자신의 삶과 몸속에서 자라고 있는 생명을 함께 끝장낼 수 있을 테니까. 그녀는 거기에 관해서는 아무 말도 하지 않았다. 그저 배가 너무 고프고 목도 마른데다가 피곤해서 죽을 것 같다고만 했다. 또 이 마을에는 아는 사람이 하나도 없고, 아까부터 수상한 남자들이 트럭을 타고 비야 시내까지 자기를 쫓아오는 바람에 무서워 죽을 뻔했다는 말도 덧붙였다. 그놈들 때문에 그녀는 고속 도로에서 벗어나 갈대밭에 몸을 숨겨야 했었다. 트럭 짐칸에 탄 남자들은 그녀가 개라도 되는 듯이 쭈쭈 소리를 내며 그녀를 불렀고, 트럭을 몰던 남자ㅡ금발에 커다란 카우보이모자를 쓰고 선글라스를 끼고 있었다ㅡ는, *me haré pasar por un hombre normal*(나는 보통 남자로 행세하면서 살 거야)[45], 노랫소리를 줄이며 노르마에게 당장 트럭에 올라타라고, *que pueda estar sin ti, que no se sienta mal*(당신 없이도 잘살 수 있고, 가슴 아프지 않을 그런 남자로 말이야), 말했기 때문이었다. 겁에 질린 그녀는 황급히 갈대밭 속으로 뛰어 들어가 갈대 사이에 웅크려 숨었고, 그녀를 찾다 지친 남자들은 결국 차를 타고 떠나버렸다. 그런데 그 남자들이 탄 트럭이 공원 맞은편에, 그러니까 교회 옆에 있는 주점 앞에 주차되어 있는 걸 본 순간, 노르마는 자기도 모르게 흐느껴 울었다. 노르마가 손가락으로 문제의 트럭을 가리키자 루이스미는 긴장된 미소를 짓더니 삐뚤삐뚤 난 이를 다 드러내 보이며 얼굴을 찌푸렸

---

45 이 노래는 멕시코의 가수 에스피노사 파스Espinoza Paz가 2012년에 발표한 〈보통 사람Hombre normal〉의 일부다.

다. 그러곤 두 손바닥으로 그녀의 손을 감싸 쥐며 저 남자들을 가리키지 말라고 속삭였다. 절대 손가락으로 저놈들을 가리키면 안 돼. 그리고 저놈들을 피해 달아난 건 정말 잘한 일이야. 모자를 쓴 저 금발 새끼는 진짜 악질 마약 팔이거든. 쿠코 바라바스라고 하는데, 여자아이들을 닥치는 대로 납치해서 죽이는 놈이라고. 잠시 후, 루이스미는 시선을 바닥에 고정시킨 채 치욕스러운 듯이 약간 떨리는 목소리로 그녀에게 말했다. 널 도와주고 싶지만 나도 돈이 없어. 하지만 잠시만 기다려 주면 조금이라도 긁어모아 올 수 있을 거야. 돈이 나면 저기 공원 앞으로 가서 같이 토르타[46]나 사 먹자. 그리고 노르마, 너만 괜찮다면, 우리 집으로 가서 자고 가도 돼. 난 비야가 아니라, 라 마토사라는 마을에 살거든. 여기서 3.5킬로미터 떨어진 데야. 물론 네가 원해야 하지만 말이야. 솔직히 내가 널 도와줄 수 있는 건 그것밖에 없어. 그래야 네 예쁜 두 눈이 눈물 때문에 미워지지 않을 것 같아서. 하지만 내키지 않으면, 못 들은 걸로 해. 난 괜찮으니까…… 아무튼 노르마는 어떤 일이 있어도 쿠코의 트럭을 타지 않겠다고 그에게 다짐해야 했다. 사실 마을 사람 중에서 그 금발 악질이 여자들한테 못된 짓을, 루이스미가 입에 올리기조차 싫어할 만큼 끔찍한 짓을 저지르고 다니는 천하의 개망나니라는 사실을 모르는 이는 아무도 없었다. 당장은 노르마가 그놈의 트럭에 타지 못하게 막아야 했지만, 루이스미가 보기에 가장 중요한 일은 따로 있었다. 노르마에게 지금 도움을 청한답시고 경찰을 찾아가면 안 된다는 사실을 이해시키는 것이었다. 금발과 같은 보스의 비호를 받고 있는 짭새 새끼들도 그들과 한패나 다름없었다. 노르마는 고마운 마음에 눈물을 글썽였다. 그녀는 갈증으로 메어 버린 목소리로, 네가 시킨 대로 하겠다고, 여기서 그대로 기다리고 있겠노라고 약속했다. 루이스미가 돈을 구하러 가자 노르마는 그 자리에 앉아 두 손을 무릎 위에 얹었다. 그리고 마치 기도하듯이 눈을 반쯤 감은 채 입술을 앙다물었다. 그녀는 머릿속에서 희미하게 울려 퍼지는 내면의 목소리를 외면하려고 애쓰고 있었다. 잘 알지도 못하는 남자를 왜 바보같이 믿으려고 하지? 말뿐인 약속하고 달콤한 말로 너를 꼬셔가지고 이용해 먹으려는 게 분명해. 원래 남자들은 다 그러니까. 안 그래? 말만 번지르르하고 약속은 하나도 지키지 않는 나쁜 놈들이 많은 게 사실이었다. 하지만 루이스미는 약속한 대로 돌아옴으로써 내면의 목소리가 틀렸음을 입증했다. 두어 시간이나 걸리긴 했지만, 어쨌든 다시 그녀에게 돌아온 거였다. 그 무렵 어둠이 내리기 시작한 공원에는 마약쟁이들 말고는 아무도 남아 있지 않았다. 그는 어딘가에서 구해 온 돈을 보여 주더니

46 torta. 멕시코 식 샌드위치

공원 앞에 있는 토르타 식당으로 그녀를 데리고 갔다. 토르타를 먹은 뒤, 그녀는 그의 손을 잡고 구불구불한 길을 따라 걸어갔다. 쥐 죽은 듯 조용하지만 먼지가 펄펄 날리는 그 길 위를 떼로 몰려다니던 잡종 개들은 경계하는 눈빛으로 그 둘을 노려보았다. 그들은 초록빛 열매가 주렁주렁 달린 망고나무 밭을 지나 강 위에 매달려 있는 다리를 건너갔다. 짙은 어둠에 잠긴 그 다리는 눈으로는 전혀 찾아낼 수 없었다. 그들은 마침내 풀밭 한복판으로 이어지는 흙길에 도착했다. 그곳에서는 바람이 풀잎을 스치는 소리가 났다. 밤이 이슥해지자 한 치 앞도 분간되지 않을 정도로 어두워서 노르마는 어디에 발을 디뎌야 할지조차 알 수 없었다. 길은 오르락내리락하고, 좁아졌다가 넓어지기를 반복했다. 그녀는 이런 칠흑 같은 어둠 속에서 루이스미가 어떻게 앞을 보는지 도저히 이해할 수 없었다. 마치 언제라도 길이 갈라지면서 둘이 함께 깊은 낭떠러지 아래로 떨어질 것만 같았다. 그래서 그녀는 루이스미의 손을 꼭 잡고, 너무 빨리 가지 말라고 시시때때로 애원했다. 날벌레들이 윙윙거리는 소리를 내며 달려드는 좁은 길을 가로지를 무렵, 루이스미는 그녀의 어깨에 팔을 두르고 조용히 노래를 부르기 시작했다. 그는 목소리가 정말 좋았다. 물론 아직 어린 티가 났지만, 생김새와 달리 남자다운 목소리였다. 그의 노래는 그들을 집어삼키는 듯한 어둠 속에서 불안해진 그녀의 마음을 달래 주었고, 심지어 물집이 생겨 걷기도 힘든 발의 통증까지 덜 느끼게 해 주었다. 하지만 무엇보다 그의 노래 덕분에 그녀는 당장 이 남자아이의 손아귀에서 벗어나 고속 도로로 돌아가서 수단과 방법을 가리지 말고 푸에르토로 간 뒤에 절벽 꼭대기에 올라가 바다로 몸을 던지라고, 그래서 산산이 부서지면서 모든 걸 끝장내라고 아우성치는 내면의 목소리를 잠재울 수 있었다. 그들은 무성히 자란 잡초로 둘러싸인 길을 따라 한참을 걸은 뒤에야 비로소 작은 마을에 이르렀다. 말이 마을이지, 광장이나 공원은커녕 성당조차 없는 그곳에는 쓸쓸한 전깃불에 비친 집 몇 채만 덩그러니 서 있었다. 움푹 파인 길을 따라 내려가자 현관 위에 알전구 하나가 매달려 있는 자그마한 벽돌집이 나타났다. 그런데 남자아이는 집 안으로 들어가거나 문을 두드리지 않고, 그녀를 그 뒤편으로 데리고 갔다. 거기에는 양철지붕을 얹은 작은 판잣집이 서 있었다. 그가 자기 손으로 세웠다고 큰소리친 그 집은 노르마에게 더할 나위 없이 좋은 안식처였다. 너무나 피곤했던 그녀는 루이스미가 권하기도 전에 매트리스 위에 벌렁 눕더니 자신의 이야기, 정확히 말하자면 그 이야기의 일부—털어놓아도 별로 부끄러울 게 없는 것들만—를 소곤소곤 털어놓기 시작했다. 그러자 그도 옆에 누워 그녀의 이야기를 들었지만, 그러면서도 그녀의 얼굴과 손 외에는 아무것도 만지려 하지 않았다. 하물며 그녀에게 똑바로 누워 다리를 벌리라든가, 아니면 무릎을 꿇고 앉아 자기의 거시기를 빨라든가 하는 말은 꺼내지도 않았다. 반면 페페는 잠자리를 할 때마다 늘 그랬다. 내 자지를 빨아 줘. 그는 그렇게 말하곤 했다. 어서 빨라니까. 세게. 집어삼킬 듯이 빨라고. 그래, 그렇게. 네 입 속에 깊숙이 집어넣어. 속으로 좋으면서 괜히 역겨운 척하지 말라고. 누가 그 속을 모를 줄 알아? 하지만 그건 사실이 아니었다. 그녀는 그런 짓을 하는 게 너무도 싫었다. 아무튼 그는 늘 그렇게 말했지만, 그녀는 그런 그에게 따지고 들지 않았다. 솔직히 그녀가 처음부터 그 짓을 싫어했던 건 아니었다. 오히려 처음에는 즐거웠다. 사실대로 말하자면 처음에는 페페가 꽤나 잘생겼다는 생각이 들기도 했다. 게다가 그녀는 엄마가 페페를 자기와 동생들의 양아버지로 삼아 함께 살려고 집에 데려왔을 때는 진심으로 기뻐했었다. 엄마가 그렇게 한 것은, 페페만 오면 모든 일이 술술 잘 풀렸기 때문이었다. 실제로 그가 집에 오기만 하면 동생들이 그녀를 덜 성가시게 굴었다. 엄마도 화장실에 틀어박힌 채 외로워서 죽고 싶다고 고래고래 소리를 지르지 않았고, 밤마다 아이들을 방에 가둬 두고 혼자 술을 마시러 나가지도 않았다. 하지만 노르마는 아직 루이스미에게 페페에 관한 이야기를 털어놓을 준비가 되어 있지 않았다. 이제 와서 그에 관한, 그리고 둘이서 함께 했던 짓들에 관한 기억을 떠올리기는 싫었다. 아마 루이스미에게 과거를 솔직하게 털어놓는다면 그는 자기한테 정나미가 뚝 떨어질 테고, 그녀를 도와준 것을 후회하면서 집에서 내쫓아 어둠 속으로 돌려보낼 수도 있었다. 그래서 노르마는 그냥 시우다드 델 바예에서 살던 이야기만 들려주었다. 엄마하고 엄마의 남편, 또 지긋지긋할 정도로 성가시게 굴던 어린 동생들. 동생들이 잘못해도 언제나 나만 들볶던 엄마. 그렇게 지지고 볶고 살던 그 동네는 얼마나 험하고 춥고 음침한 곳이었는지. 심지어 그녀는 남자 친구가 있었다는 거짓말을 지어내기도 했다. 같은 중학교에 다니던 애였어. 걔랑 사귄 건 1학년이 아니고 3학년 때였을 거야. 아주 잘생기기는 했는데, 맨날 머리를 길게 기르고 찢어진 청바지를 입고 다니던 반항아였거든. 그래서 우리 가족들이 나를 걔한테서 떼어 놓으려고 얼마나 난리를 부렸는지 몰라. 그녀는 실제로 키스해 본 남자가 자신의 양아버지이자 엄마의 남편인 페페뿐이라는 사실을 굳이 루이스미에게 고백하고 싶지는 않았다. 그녀가 열두 살, 그가 스물아홉 살이었을 때의 일이었다. 그날, 노르마와 페페는 담요를 덮은 채 소파에 웅크리고 앉아 텔레비전에서 하는 영화를 보고 있었다. 그러던 어느 순간, 페페가 아직 아무 남자하고도 키스를 못 해 본 애송이라며 그녀를 놀렸고, 노르마는 장난삼아 그의 두 뺨에 손을 얹고는 격렬한 키스를 퍼붓기 시작했다. 그녀의 입술이 그의 입술과, 또 그 무

렵 그가 어중간하게 길렀던 콧수염과 비벼지면서 끈적끈적
하고 질척거리는 소리가 났다. 노르마가 입술을 떼자 페페
는 큰 소리로 웃음을 터뜨리며 그녀의 성공을 축하해 주더
니 간지럼을 태웠다. 그러자 그녀의 동생들은 무슨 재미있
는 일이 있는 줄 알고 거기로 쪼르르 달려와 다 같이 그녀
의 몸을 간지럽히기 시작했다. 이렇게 페페는 틈날 때마다
그녀의 약을 올리면서 놀리기를 좋아했다. 그는 그녀가 어
디 앉으려고 하면 슬쩍 그 아래에 손을 갖다 놓았고, 그녀
가 앉는 순간 엉덩이를 꼬집었다. 그러면서 아무것도 모르
는 척 시치미를 뚝 떼곤 했다. 정말 짓궂긴 했지만 노르마
는 그런대로 즐거웠다. 적어도 처음에는 그랬다. 페페가 관
심을 가져 준 덕분에 자신도 중요한 사람이라는 느낌을 받
을 수 있었기 때문이었다. 만화 영화를 볼 때마다 페페는
늘 그녀의 곁에 앉으려 했고, 그러고 나면 그녀의 어깨에
팔을 둘렀고, 등과 어깨와 머리를 부드럽게 어루만졌다. 그
렇다고 그가 시도 때도 없이 그랬다는 건 아니었다. 노르마
의 엄마가 공장에 일하러 가고 동생들이 다른 아이들과 동
네 놀이터에 나가 놀 때만 그랬다. 그럴 때면 페페는 텔레
비전을 보면서 손으로 무슨 짓을 하는지 안 보이도록 언제
나 담요를 덮었다. 담요 아래에서 그의 손가락은 그녀의 살
위로 미끄러지듯이 움직이며 몸의 곡선을 따라 더듬어 갔
다. 그때까지 그녀의 몸을 어루만져 준 사람은 아무도 없었

다. 엄마조차도 그렇게 해 준 적이 없었다. 단둘이 오붓하게 지내던 그 시절에도, 혼자서 엄마의 사랑과 관심을 독차지하던 그 시절에도 사정은 다르지 않았다. 그가 간지럽혀도 사실 전혀 간지럽지 않았다. 오히려 속이 거북해지면서 온몸이 떨리고, 자기도 모르는 사이에 입에서 한숨이 새어 나오는 바람에 부끄러워 어쩔 줄 몰랐다. 그러다 신음 소리가 흘러나오려고 하면 혹시라도 동생들이 듣거나 엄마한테 들키지 않을까 두려워 이를 악물고 참아야만 했다. 더구나 그렇게 쉽게 흥분하는 모습을 보였다가 혹시라도 페페가 —그런 순간마다 그는 그녀에게 푹 빠졌던 듯했다. 거친 숨을 쉬면서 눈을 게슴츠레하게 떴으니까— 정이 떨어져서 더 이상 이런 짓을 해주지 않을까 봐 두려웠다. 그래서 그녀는 텔레비전 화면을 응시한 채 재미있는 장면이 나오면 살며시 미소 지을 뿐, 페페가 애무하는 동안 아무것도 느끼지 못하는 척했다. 그러다 보면 결국 그는 지겨움이나 피곤함을 느꼈는지 소파에서 일어나 화장실에 들어가 버렸다. 다시 소파로 돌아온 그는 손바닥을 노르마의 코에 대고는 오줌을 누고 난 뒤 손에 남은 냄새를 맡게 했다. 그러면 노르마는 더럽지만 재미있다고 깔깔거리며 웃곤 했다. 페페는 그저 장난을 쳤을 뿐이었다. 페페는 그녀에 대한 애정을 보여 주려고 했을 뿐이었다. 동생들보다 그녀를 훨씬 더 사랑한다는 것을 말이다. 그는 심지어 자신의 친아들, 그러니까 두어 달 전에 그와 엄마 사이에서 태어난 아들인 페피토보다 노르마를 더 사랑했다. 밤에 동생들이 모두 잠들었을 성싶으면, 노르마는 페페와 엄마가 무슨 이야기를 하는지 들으려고 귀를 쫑긋 세웠다. 특히 자신에 관한 이야기만 나오면 온 신경을 집중하고 엿들었다. 노르마가 얼마나 빨리 크는지 걱정스러워. 요즘 들어 자꾸 이상한 행동을 하더라니까. 당신이 그 계집애한테 너무 신경 쓰니까 내가 얼마나 화나는지 알기나 해? 엄마가 앙칼지게 쏘아붙여도 페페는 천연덕스럽게 잘도 받아넘겼다. 바보 같은 소리 좀 작작하라고. 노르마가 얼마나 안됐어. 한 번도 아버지한테 사랑을 받아 본 적이 없잖아. 나라도 나서서 애정 표현을 해 주는 게 좋을 것 같더라고. 노르마는 어떤 면에서는 솔직하고 순수했던 페페의 '애정 표현'을 어떻게 받아들여야 할지 약간 혼란스러웠지만, 어쨌든 그에게 마음이 끌린 건 사실이었다. 아무튼 노르마는 사춘기가 됐잖아. 호르몬 분비도 왕성해졌을 거고 말이야. 가엾은 것, 아마 그 애는 내가 뭔가 색다른 방식으로 자기를 사랑하고 있다고 생각하는지도 모르지. 마음속에서 일기 시작하는 불안한 감정을 제대로 표현하기에 아직 너무 어리니까. 페페는 일단 입을 열기만 하면 청산유수였다. 그런 그가 초등학교도 제대로 마치지 못했다는 게 믿어지지 않을 정도였다. 무엇을 물어봐도 척척 대답하는 데다가 남들이 모르는 단어를 능수능란하게 구사하던 그는 마치 법학이나 언론학을 공부한 사람, 아니면 교사, 아니면 최소한 대학 나온 사람 정도는 돼 보였다. 그럴 때마다 엄마는 넋이 나간 채 멍하니 그의 말을 듣고만 있었다. 다음 날 아침, 엄마는 직장에 출근하기 전에 노르마에게 잔소리를 퍼붓더니 이따가 동생들을 학교에 데려다주고 나서 점심을 지어 놓으라고 했다. 노르마, 넌 더 이상 어린애가 아니야. 이제 곧 어엿한 처녀가 될 테니까, 나이에 걸맞게 처신해라. 그러니까 이제부터 크고 작은 집안일은 네가 다 알아서 하고, 동생들에게 좋은 본보기가 되도록 노력해. 만약 테레나 다른 못된 년들하고 어울려 저 아래로 놀러 다니다 걸리는 날에는 가만 두지 않을 거야. 그리고 남자 놈들이랑 당구장에 들어가는 걸 봤다는 소리가 들리면 다리몽둥이를 분질러 버릴 테니까 그리 알고 있어. 넌 내가 세상 돌아가는 것도 모르는 바보천치인 줄 알겠지만, 그런 것쯤은 다 들어서 알고 있다고. 그런 곳에는 쉽게 자기 몸을 허락하는 헤픈 계집애들을 꼬셔서 어떻게 해 보려고 눈이 뒤집힌 새끼들이 우글거린다 이 말이야. 그런 놈들은 일요일 일곱[47]을 만들어 놓고 나 몰라라 하면서 도망가 버린다니까. 한마디로 몸 버리고 신세 망치는 꼴이 되기 딱

---

47 **domingo siete.** '부적절한 짓을 저지르다', 혹은 '결혼하지 않은 여자가 실수로 임신하다'는 뜻으로, 전래 동화에서 비롯된 관용어다. 여기서는 후자의 경우에 해당한다.

좋다고. 엄마의 말을 듣던 노르마가 고개를 저으며 말했다.
아니야, 엄마. 난 그런 데 절대 안 가니까 걱정하지 마. 어딜
가든 난 곧장 집으로 돌아오잖아. 그날 오후, 집에 혼자 남
은 노르마는 엄마가 했던 말을 되짚어 보았다. 그런데 그중
에서 일요일 일곱이라는 말은 아무리 생각해도 그 뜻을 알
수 없었고, 더구나 그 말이 동네 친구들이나 길모퉁이 당구
장, 그리고 몸을 더듬는 짓하고 무슨 관련이 있는지도 알
길이 없었다. 그러자 노르마는 슬슬 걱정이 되기 시작했다.
그 무렵 페페는 억지로 노르마의 몸속에 가운데 손가락을
집어넣으려고 기를 쓰고 있었던 것이다. 그럴 때마다 그곳
이 화끈거리고 쓰라렸던 노르마는 결국 아랫배에 찌르는
듯한 통증을 느끼곤 했다. 그녀의 걱정은 시간이 흐를수록
점점 커져서 나중에는 잠을 설칠 정도가 되었다. 그러던 어
느 날 오후, 배가 경련하듯 아파 와서 학교 여자 화장실로
뛰어 들어간 그녀는 변기에 앉자마자 자신의 양말이 검붉
은 피로 얼룩져 있는 것을 알아차렸다. 그 무렵 페페가 손
가락으로 쑤시던 구멍에서 흘러나온 피였다. 이게 바로 그
거야. 그녀는 온몸을 죄어 오는 공포를 느꼈다. 엄마한테
귀 따갑게 들은 말이 결국 내 눈앞에서 벌어졌어! 이제 그
일요일 일곱이 내 신세하고 우리 가족의 인생을 모두 망쳐
버릴 거야. 페페가 내 가랑이 사이로 손가락을 집어넣게 해
서 벌을 받은 거라고. 어디 그뿐이야? 내가 뭘 하는지 아무

도 보지도 듣지도 못하는 밤에, 옆에 누운 동생들이 세상모르고 잠든 사이에, 그리고 엄마와 페페가 뭘 하느라 그런지 침대 스프링이 계속 삐걱삐걱 소리를 내는 동안, 나 혼자 몰래 손으로 거기를 비비적거리다 결국 천벌을 받은 거야. 그때 난 페페, 페페의 그 손가락, 그리고 그의 혓바닥을 떠올리면서 그 짓을 했어. 고민 끝에 그녀는 그 피에 대해서 아무한테도 말하지 않기로 마음먹었다. 특히 엄마가 그 모든 사정을 알아차릴까 봐 무서웠기 때문이었다. 자기가 밤마다 무슨 짓을 했는지, 또 엄마가 일하러 간 뒤에 페페가 자기한테 무슨 짓을 했는지, 모두 말이다. 노르마는 집에서 쫓겨날까 봐 두려웠다. 사내들과 헤프게 놀아나다가 결국 일요일 일곱에 걸린 계집애들이 어떤 꼴을 당하는지 입버릇처럼 말하던 엄마였다. 그런 년들은 길바닥으로 쫓겨나 이 세상이 얼마나 험한 곳인지 직접 겪어 봐야 된다고. 돌봐 줄 사람이 아무도 없겠지만 어쩌겠어. 따지고 보면 남자들한테 헤프게 굴어서 그렇게 된 거니까, 다 자기들 탓이지. 자기 몸 하나 제대로 간수하지 못하고, 얼마나 만만하게 보였으면 그런 꼴을 당했겠냐고. 아무리 남자들이 짐승 같아도 여자들이 허락하지 않으면 아무 짓도 못하는 법이야. 그랬다. 노르마는 양아버지에게 너무 많은 것을 허락했다. 지나칠 정도로. 그런데 진짜 심각한 부분은 그에게 더 많은 걸 허락하고 싶다는 점이었다. 그가 원하는 것이면 무엇이

든 다 들어주고 싶었으니까. 아니, 그 이상이었다. 양아버지
가 자기의 귀에 대고 속삭이는 말, 학교의 개구쟁이 녀석들
이 화장실 벽에다 써놓은 낙서, 나이 많은 아저씨들이 거리
를 지나다 그녀를 보고 수군거리는 말, 솔직히 말해 그녀는
그들이—페페든, 학교의 남자아이들이든, 아저씨들이든,
그 누구든 간에—원하는 게 있다면 모두 들어주고 싶었다.
벌써 몇 달째 노르마는 새벽녘에, 엄마의 자명종 시계가 울
리기 전에, 시우다드 델 바예를 지나가는 첫 트럭들이 아침
의 차디찬 잿빛 공기를 스모그로 채우기 전에 깨어나서는
베개로 입을 막고 소리 죽여 울었다. 이렇게 텅 빈 듯한 괴
로움을 느끼지도, 생각하지도 않을 수만 있다면 무슨 짓이
든 할 수 있을 것 같았다. 마음속 깊은 곳에서 소리 없이 터
져 나오는 눈물. 그녀 자신도 이해하지 못한 부끄러움 때문
에 남에게 절대 보이지 않은 눈물. 하긴 그 나이가 되면 다
시 어린 시절로 돌아간 것처럼 아무 이유 없이 눈물이 나는
법이었다. 어머니도 그녀의 심상치 않은 기미를 눈치 챘는
지 늘 입버릇처럼 같은 말만 했다. 넌 더 이상 어린애가 아
니야. 이제 곧 어엿한 처녀가 될 테니까, 좀 도도하게 굴 줄
도 알아야 돼. 그리고 동생들에게 좋은 본보기가 되도록 노
력하고. 오후에 네가 학교 간 동안 7층에 사는 루시타 부인
에게 페피토를 맡기느라 돈이 얼마나 많이 드는지 알아?
그 돈이 아깝지 않도록 학교에서 농땡이 부릴 생각하지 마.

노르마, 네가 공부를 계속해서 출세할 수 있도록 나와 페페가 얼마나 애를 쓰는지 알아주면 좋겠어. 그리고 무엇보다 이 엄마를 거울삼아 살아야 해. 그러니까 내 말은, 이 엄마가 살면서 저지른 실수를 잘 기억했다가, 되풀이하지 않도록 조심하라는 뜻이야. 하지만 노르마는 오랜 시간이 지나서야 엄마의 실수가 무엇인지 알아 낼 수 있었다. 엄마가 저지른 실수는 바로 노르마와 동생들이었다. 특히 그 다섯, 아니 어려서 세상을 떠난 파트리시오까지 쳐서 여섯 아이 중 가장 큰 실수는 장녀인 노르마였다. 어떤 경우에도 자신이 아이들의 아버지라는 사실을 받아들이지 않았던 남자를 필사적으로 붙잡기 위해 잇따라 여섯 번이나 저지른 실수. 노르마에게 있어서 남자들이란 그림자에 지나지 않았다. 맨다리가 훤히 드러나는 스타킹과 하이힐ㅡ엄마는 노르마가 그 구두에 손도 못 대게 했다ㅡ을 신고 밤에 술 마시러 나간 엄마를 품에 안아 주는 그림자들. 너 이렇게 못된 짓만 골라서 할 거야? 엄마는 자기 구두를 신고 또각대는 소리를 내며 돌아다니거나 벽에 걸린 거울 조각 앞에서 나탈리아와 함께 놀면서 얼굴에 화장품을 바르려고 하는 노르마의 모습을 볼 때마다 깜짝 놀라 소리 질렀다. 넌 왜 그렇게 남자한테 잘 보이려고 용을 쓰는 거니? 왜? 그놈들이 네 몸을 주물럭거려 주기라도 바라니? 넌 내가 하는 말을 맨날 한쪽 귀로 듣고 한쪽 귀로 흘리지. 그렇지? 노르마, 넌 내가 저지른 실수를 보고도 배우는 게 전혀 없는 모양이다. 어서 가서 얼굴 씻고, 이거 당장 벗어. 혹시라도 길거리에 그러고 나갔다 걸리는 날에는 죽을 줄 알아. 내 옷을 입고 립스틱을 발랐다는 소리가 동네 여자들 입에서 나오면 가만히 안 둘 테니까 그리 알아. 노르마는 고개를 끄덕이면서 엄마에게 한 번만 용서해 달라고 했다. 그런 엄마한테서 안 쫓겨나기 위해, 그리고 끔찍한 악몽이 눈앞의 현실로 변하는 것을 막기 위해, 그녀는 화장실에 숨어서 몰래 피로 얼룩진 양말을 빨았다. 그러던 어느 날, 노르마는 여태껏 자기가 잘못 알고 있었음을 깨달았다. 일요일 일곱은 속옷에 묻은 피가 아니라, 그 피가 더 이상 나오지 않을 때 몸에서 일어나는 변화를 가리키는 말이었다. 어느 날, 학교에서 돌아오던 길에 노르마는 표지가 뜯겨 나간 작은 책을 발견했다. 모든 연령의 아동을 위한 동화책이라는 제목이 붙어 있었다. 아무 데나 펼치자 흑백으로 된 삽화가 눈길을 끌었다. 박쥐의 날개를 가진 마녀 무리가 곱사등을 한 작은 남자의 등에 난 혹을 칼로 잘라내려고 하자, 그 남자가 겁에 질려 울고 있는 그림이었다. 무척 기묘한 그 그림에 빠진 노르마는 금방이라도 비를 쏟아 낼 듯 몰려오는 먹구름도 아랑곳하지 않고 버스 정류장에 앉아 책을 읽기 시작했다. 심지어 그녀는 어서 집에 가서 엄마가 공장에서 돌아오기 전에 설거지를 마치고 동생들에게 밥을 먹여야 한다는 사실조차 신경 쓰지 않았다. 일단 집에 가면 책을 볼 시간이 없었고, 설령 시간이 난다 해도 책을 볼 처지가 아니었다. 야단법석을 떠는 동생들과 시끄러운 소리를 내는 텔레비전, 언제나 고함만 지르는 엄마와 익살스러운 이야기를 하며 너스레를 떠는 페페, 그리고 낮에 학교 가기 전에 점심밥을 짓느라 사용한 솥과 냄비를 씻은 뒤에도 산더미처럼 남은 잡일들. 그녀는 코트의 후드를 머리에 뒤집어쓴 채로 양반다리를 하고 앉아서 『두 명의 곱사등이 이야기』라는 제목의 책을 처음부터 끝까지 다 읽었다. 집 근처의 어두컴컴하고 음산한 숲에 들어갔다가 길을 잃어버린 어떤 곱사등이를 다룬 이야기였다. 그 숲은 평소 마녀들이 마법을 부리거나 저주를 걸기 위해 모이는 장소로 알려져 있었기 때문에, 어둠 속을 우왕좌왕 헤매고도 집으로 가는 길을 찾지 못한 작은 남자는 잔뜩 겁에 질려 있었다. 이윽고 날이 어두워지자, 누군가 야영을 하는지 저 멀리서 모닥불의 불빛이 어른거렸다. 이제 살았구나 하는 생각에 그는 불빛이 나는 쪽으로 달려가기 시작했다. 그가 도착한 공터에는 어마어마하게 큰 모닥불이 활활 타오르고 있었다. 그런데 놀랍게도 그곳은 마녀들의 잔치터였다. 손이 있어야 할 자리에 발톱이 나 있고, 박쥐의 날개가 달려 있어 보기에도 무시무시한 늙은 마녀들이 거대한 불길 주변을 돌며 노래와 더불어 춤을 추고 있었다. 음산하기 이를 데 없는 장면이었다.

월요일과 화요일과 수요일, 셋. 월요일과 화요일과 수요일, 셋. 월요일과 화요일과 수요일, 셋. 마녀들은 하르퓌이아[48] 처럼 끔찍한 소리를 내며 시끄럽게 웃더니, 이내 보름달을 향해 울부짖었다. 마녀들의 눈에 띄지 않은 채 모닥불 부근의 엄청나게 큰 바위 뒤에 간신히 몸을 숨긴 곱사등이는 무슨 후렴처럼 반복되는 그 노래를 숨죽이며 듣고 있었다. 그런데 어느 순간, 갑자기 그는 주체할 수 없는 충동에 사로잡히고 말았다. 마녀들이 다시 월요일과 화요일과 수요일, 셋, 노래를 부르는 순간, 곱사등이는 자기도 모르게 심호흡을 하고 숨어 있던 바위 위로 뛰어 올라가서 목청껏 소리를 질렀다. 목요일과 금요일과 토요일, 여섯! 그의 목소리가 공터에 쩌렁쩌렁 울렸다. 그 소리를 듣고 깜짝 놀란 마녀들은 자신들의 괴물 같은 얼굴에 무시무시한 그림자를 드리우던 모닥불 주변에 모여 선 채 온몸이 굳은 듯 꼼짝도 하지 않았다. 잠시 후, 마녀들은 숲속으로 달려가 나무들 사이를 뱅뱅 맴돌기 시작하더니 방금 전 그 말을 한 인간을 반드시 찾아내야 한다고 날카로운 목소리로 외쳤다. 가엾은 곱사등이는 다시 바위 뒤로 기어 들어가 몸을 잔뜩 웅크린 채, 자신을 기다리고 있을 운명을 생각하며 벌벌 떨었다. 마침내 그는 마녀들에게 발각되고 말았다. 그런데 예상과 달리, 마녀들은 그를 해치지도, 두꺼비나 지렁이로 둔갑시키지도, 그렇다고 그를 잡아먹지도 않았다. 대신 마녀들은 그를 단단히 붙잡고는 피 한 방울 나지 않고 아프지도 않게 혹을 잘라 낼 수 있는 커다란 마법의 칼을 부르는 주문을 외우기 시작했다. 매번 똑같은 가사를 부르는 바람에 지루해하던 마녀들은 노래를 더 흥겹게 만들어 준 작은 남자에게 보답을 한 것이었다. 자신의 등에 난 혹이 없어진 것을 안 곱사등이는 너무나 기쁘고 행복하고 만족스러웠다. 이제 등이 완전히 평평해져서 예전처럼 구부정하게 몸을 움츠리고 걸을 필요가 없었던 것이다. 마녀들은 그의 등에서 혹을 떼어 냈을 뿐만 아니라, 금 조각이 가득 든 항아리도 선물로 주면서 노래를 더 재미있게 고쳐 준 데 대해 깊은 감사의 뜻을 전했다. 중단되었던 잔치를 다시 벌이기 전에, 마녀들은 마법에 걸린 숲에서 나가는 길을 알려 주었다. 작은 남자는 그길로 곧장 집으로 달려가, 역시 곱사등이던 이웃 남자에게 방금 겪은 일을 모두 말해 주면서 곧게 펴진 등과 마녀들에게서 받은 보물을 보여 주었다. 평소 인색하고 용렬하기 짝이 없던 이웃 남자는 그 말을 듣고 질투심이 일었다. 난 저 사람보다 더 똑똑하고 사람들로부터 신망도 높으니까 더 많은 상을 받을 자격이 있다고. 하나부터 열까지 내가 저 친구보다 못할 게 뭐야. 그건 그렇고, 금을 저렇

---

48 고대 그리스 신화에 나오는 날개 달린 정령으로, 새처럼 생겼지만 그 얼굴 또는 상반신은 인간 여자의 모습을 하고 있다. 사람을 잡아먹는 악한 존재로 알려져 있다.

게 듬뿍 주는 걸 보면 그 마녀들은 정말 바보들인가 봐. 다음 금요일이 되자, 샘이 많은 곱사등이 남자는 이웃 남자가 알려 준 대로 똑같이 해 봐야겠다고 마음먹었다. 해가 질 무렵, 그는 멍청한 마녀들이 벌이는 잔치판을 찾기 위해 숲으로 뛰어 들어갔다. 그러고는 어두운 숲에서 몇 시간 동안 헤맨 끝에 역시 길을 잃고 말았다. 두려움과 절망에 빠진 그가 어느 나무 아래에 앉아 울음을 터뜨리려던 찰나, 저 멀리에서, 숲에서 가장 울창하고 어두운 곳에서 활활 타오르는 모닥불이 언뜻 눈에 띄었다. 자세히 보니 마녀들이 불주위에 빙 둘러서서 노래하며 춤을 추고 있었다. 월요일과 화요일과 수요일, 셋. 목요일과 금요일과 토요일, 여섯. 월요일과 화요일과 수요일, 셋. 목요일과 금요일과 토요일, 여섯. 질투심 많은 남자는 마녀들이 있는 곳으로 달려가 커다란 바위 뒤에 몸을 숨겼다. 월요일과 화요일과 수요일, 셋. 목요일과 금요일과 토요일, 여섯. 월요일과 화요일과 수요일, 셋. 마녀들이 이렇게 노래를 부르는 순간, 자기가 이웃보다 더 똑똑하다고 믿었지만 실제로는 별로 영리하지 못했던 남자는 입을 있는 대로 크게 벌리고 숨을 깊이 들이마신 다음, 두 손을 모아 입에 대고 목청껏 소리쳤다. 일요일, 일곱! 그의 고함 소리가 숲을 쩌렁쩌렁 울리자, 마녀들은 너무 놀란 나머지 춤을 추다 말고 온몸이 굳은 듯 그 자리에서 꼼짝도 하지 않았다. 멍청한 곱사등이는 그제야 바위 뒤에서 기어 나와 두 팔을 벌리며 그들 앞에 나타났다. 그러면 저들이 다가와 등에서 혹을 떼어 내 주고 이웃이 받은 것보다 더 많은 금이 담긴 항아리를 줄 거라고 생각했던 것이다. 하지만 마녀들은 선물을 주기는커녕 불같이 화를 내며 손톱으로 자기들의 가슴을 움켜쥐더니 살점을 뜯어냈다. 그러더니 미친 짐승들처럼 으르렁거리며 뺨을 할퀴고 무시무시하게 생긴 머리통 위를 덮은 뻣뻣한 머리카락을 쥐어뜯기 시작했다. 일요일이라고 말한 멍청이가 누구야! 어떤 망할 놈이 감히 우리 노래를 망쳤냐고! 바로 그때, 그들은 그 못된 남자를 발견했다. 그곳으로 달려간 마녀들은 주문을 외워 첫 번째 남자에게서 떼어 낸 혹을 다시 나타나게 한 다음, 무분별하게 굴고 탐욕을 부린 데 대한 벌로 그 혹을 남자의 배에 갖다 붙였다. 이어서 마녀들은 금이 듬뿍 담긴 항아리 대신에 사마귀가 가득 들어 있는 항아리를 꺼냈다. 그러자 거기서 사마귀들이 튀어나와 어리석은 남자의 몸에 달라붙었다. 결국 이 어리석은 남자는 혹을 하나가 아닌 두 개나 단 채로, 게다가 얼굴과 온몸은 사마귀로 뒤덮인 채로 마을로 돌아올 수밖에 없었다. 책의 설명에 따르면 이 모든 게 다 일요일 일곱 때문이었다. 마지막 삽화에서 샘 많은 남자는 혹을 두 개나 붙이고 있었다. 하나는 등에 붙어 그의 허리를 구부정하게 만들었고, 다른 하나는 배에 붙은 탓에 임신한 것처럼 보였다. 노르마는 그제야 비로

소 불길한 느낌을 주던 일요일 일곱이라는 말의 정체를 깨달았다. 일요일 일곱은 매달 한 번씩 속옷을 더럽히던 피가 아니라 그 피가 더 이상 나오지 않을 때 일어나는 일인 게 분명했다. 밤이 되면 어디에 홀린 듯이 살색 스타킹과 하이힐을 신고 나간 엄마에게 일어나던 일 말이다. 하루가 다르게 부풀어 오르던 배가 급기야 기괴한 모습으로 변하고, 결국 거기서 아기를, 그러니까 새 동생을 쑥 밀어내던 일. 그건 엄마에게, 아니, 다른 누구보다 노르마에게 새로운 문제를 안겨다 줄 실수였다. 잠 못 이루는 밤, 피로에 지친 몸, 냄새나는 기저귀, 토해 놓은 아기 옷, 끝나지 않을 것처럼 쉴 새 없이 들려오는 아기의 울음소리. 먹을 것을 달라고 칭얼거리는 또 하나의 입. 완전히 녹초가 된 채로, 막내 동생만큼이나 허기진 상태로 일터에서 퇴근한 엄마가 짜증을 부리며 집으로 돌아올 때까지 지켜보고 보살펴야 하는 또 하나의 몸. 하나하나 가르쳐야 하는 또 하나의 몸. 사실은 엄마 역시 그런 몸 중의 하나였다. 온종일 재봉틀 앞에서 같은 동작으로 일했던 엄마의 발에는 굳은살이 박였고, 다리의 근육은 다 뭉쳐 있었다. 노르마는 그런 엄마의 발과 다리에 베이비오일을 바르고는 마사지해 주었고, 그 시간 동안 엄마는 먹이고 어루만지고 달래야 하는 또 하나의 어린애가 되었다. 하지만 노르마가 가장 힘들어했던 부분은 따로 있었다. 바로 엄마가 하는 말을 전부 다 들어 주어야 한다는 거였다. 노르마는 엄마의 고민거리와 불평불만과 하소연과 언제나 똑같은 훈계와 잔소리를 꾹 참고 들어야 했고, 그러고 나서는 고개를 끄덕여 동감의 뜻을 표해야 했고, 입가에 미소를 지으며 엄마의 눈을 바라보면서 이마에 입을 맞춰 줘야 했고, 엄마가 울 경우에는 등을 토닥토닥 두드려 줘야 했다. 그래도 엄마의 마음을 홀가분하게 만들어 주고 가슴을 짓누르는 걱정거리를 조금이라도 덜어 주는 쪽이 나았다. 그러면 나중에 화장실에 틀어박힌 채 죽고 싶다고 고함을 치지도 않을 테고, 낯선 남자들의 애정과 애무를 찾아 밖으로 나가서는 술에 취해 돌아다니지도 않을 테고, 거기서 만난 개자식들 때문에 마음의 상처를 입는 일도 없어질 터였다. 그런 인간들은 밤하늘에서 달과 별을 따서 갖다 바치겠다는 둥 온갖 달콤한 말로 꼬시지만, 결정적인 순간에는 언제 그랬냐는 듯이 헌신짝처럼 내팽개쳐 버리거든. 노르마, 바보 천치처럼 절대로 그런 말에 넘어가면 안 돼. 남자들의 말은 쉽게 믿는 게 아니야. 그놈들한테서 애정 같은 건 바라지도 마. 그런 망할 놈들한테는 아무것도 기대하면 안 돼. 노르마, 넌 그런 놈들보다 훨씬 더 영리하고 빈틈이 없어야 해. 또 무엇보다 도도하게 굴어야 돼. 원래 남자들이란 네가 허용하는 만큼 달려들기 마련이니까. 그러니까 정신 똑바로 차리고 남자들보다 더 머리를 잘 쓸 줄 알아야 하는 거야. 좋은 남자, 정직하고 약속을 잘 지키

고 부지런한 남자를 만날 때까지 몸 간수나 제대로 하면
돼. 그러니까 폐폐처럼, 일요일 일곱을 만들어 놓고도 너를
버리지 않을 좋은 남자를 만날 때까지 기다릴 줄 알아야
해. 노르마는 고개를 끄덕이며 알겠다고, 엄마 말대로 하겠
다고 대답했다. 엄마, 난 어떤 남자의 말도 믿지 않을 거야.
난 그 망할 놈들이 여자들의 신세를 망치려고 추잡스러운
짓을 하고 비열하게 굴면 절대 넘어가지 않을 거라고. 새벽
녘에 침대에 누운 채 소리 죽여 흐느낄 때마다, 노르마는
자기 안에 사악하고 썩어 문드러지고 추잡한 무언가가 도
사리고 있다고 확신했다. 안 그러고서야 폐폐와 그렇고 그
런 짓을 하면서 짜릿한 기분을 느낄 수 있을 리가 없었다.
동틀 녘, 엄마가 출근한 직후에 공장 야간 근무를 마치고
집에 돌아온 폐폐는 부엌으로 곧장 들어와 이런저런 일을
하고 있던 노르마의 손을 붙들고는 엄마와 함께 쓰던 커다
란 침대 발치로 끌고 갔다. 그는 아직 씻지도 않은 그녀의
옷을 벗겼고, 기대감과 추위로 온몸을 부르르 떨면서 그녀
를 차가운 시트 위에 눕혔고, 자신의 벌거벗은 몸을 그녀의
몸에 포갰다. 그는 근육질의 가슴으로 그녀의 몸을 세게 누
르면서 굶주린 늑대처럼 사납게 키스를 퍼부었다. 그럴 때
마다 노르마는 황홀하면서도 역겨운 기분이 들었다. 그런
순간을 잘 넘기는 비결은 생각하지 않는 것이었다. 그가 자
기의 가슴을 꽉 잡거나 젖꼭지를 빠는 동안 아무 생각도 하

지 않기. 그가 침을 바른 성기로 그녀의 구멍을 크게—둘이 함께 담요를 덮고 텔레비전을 보면서 그가 손가락을 놀렸을 때보다 더 넓게—만드는 동안에도 아무 생각하지 않기. 페페가 이렇게 하기 전에는, 그곳에는 화장실 변기에 앉았을 때 오줌이 흘러나오는 주름진 살갗과 똥이 나오는 구멍밖에 없었다. 페페가 무슨 수로 거기다가 구멍 하나를 더 냈는지는 도저히 알 도리가 없었다. 심지어 그 구멍은 페페의 굵은 손가락과 혀끝 덕분에 시간이 흐를수록 점점 넓어져, 급기야는 양아버지의 성기가 끝까지 다 들어갈 정도가 되었다. 저 깊숙한 곳까지, 그가 입버릇처럼 말했듯이, 안쪽 벽에 닿을 때까지. 원래부터 그랬던 것처럼, 노르마라면 마땅히 그래야 되는 것처럼, 그녀 자신이 그 시절 마음속으로 간절히 원했던 것처럼. 따지고 보면 그녀가 그에게 키스를 했다는 것은 그 모든 일을 시작한 사람이 바로 그녀였다는 증거였다. 사실 간절하게 애원하는 눈빛으로 그를 유혹한 것은 바로 그녀였다. 그의 정액을 받고 싶어 안달이 나서, 마치 어디에 홀린 사람처럼, 딱딱해진 그의 성기를 필사적으로 빨아들이려는 듯 침대에서 몸을 꼬며 요동을 치던 것도 바로 그녀였다. 그래서인지 그는 그녀의 몸속에 들어가면 채 일 분도 버티지 못했다. 그렇지만 그의 품에 안긴 그녀의 몸은 풍만했고, 긴장이 남아 있을 때조차 부드러웠다. 노르마는 어려서부터 유달리 성숙해서 주위 사람들의 시선을 끌었다. 그래서인지 사람들은 노르마가 나중에 크면 색을 엄청 밝힐 거라고 수군거리곤 했다. 걸을 때 엉덩이를 흔드는 모양새라든지 페페를 쳐다보는 눈빛을 보면 충분히 짐작할 수 있었다. 그녀는 페페의 곁에 들러붙어서는 한시도 떨어지지 않고 애정 공세를 퍼붓는가 하면, 그가 운동이나 샤워를 하려고 옷을 벗을 때면 음흉한 미소를 지으며 그의 알몸을 엿보았다. 그건 어린아이의 미소가 아니라, 언젠가, 아니 조만간 그의 것이 될 어느 육감적인 여인의 미소였다. 물론 그렇게 되려면 우선 그녀를 연습시키는 것이 급선무였다. 그녀에게 차근차근 가르쳐 스스로 깨닫게 해 주고, 또 가급적 상처가 나지 않게끔 그런 일에 조금씩 익숙해지도록 만들어야 했다. 그는 그렇게 무지막지한 인간이 아니었고, 그래서 무지막지한 짓은 하지 않았다. 그는 오로지 그녀가 원하는 것만 해 주려고 했다. 부드러운 애무와 페팅, 손으로 매일 주물러서 나날이 커져 가던 가슴, 몇 번 빨기만 해도 통통하게 부풀어 오르는 젖꼭지, 작은 종처럼 생긴 클리토리스를 문지르고 나면 축축하게 젖는 허벅지, 그가 입으로 빨기 좋아하던 굴 모양의 음순. 그러다 흥분이 고조되면 그의 성기는 아무런 통증을 일으키지 않고 그녀의 몸속으로 미끄러지듯이 들어갔다. 하지만 이렇게 해 달라고 안달한 것은 바로 노르마였고, 그녀의 육체였다. 노르마, 네가 해 달라고 하지 않았다면, 내 자지는 그렇게 다 들어가지도 않았을 거야. 안 그래? 더구나 애당초 네가 이런 짓을 하고 싶지 않았다면, 거기가 그렇게 축축하게 젖지도 않았겠지. 양아버지가 그녀의 귀에 대고 속삭이는 동안, 노르마는 입술을 깨물며 온힘을 다해 격렬한 리듬에 맞춰 엉덩이를 움직였다. 자기가 엉덩이를 더 크게 흔들수록 페페가 몸속으로 더 빠르게 들어왔기 때문이었다. 그러다 보면 어느 순간 그의 겨드랑이 사이에서 가만 웅크리게 될 때가 있었다. 그녀를 껴안고 흔들던 그가 잠시 피스톤 운동을 멈추고 그녀의 이마에 키스할 때였다. 노르마가 언제나 간절하게 기다리던 순간이었다. 그녀는 그의 알몸을 꼭 껴안은 채 눈을 감고, 이 순간이 결코 오래 가지 않을 거라는 사실을 잠시나마 잊을 수 있었다. 또 이렇게 격렬한 포옹을 꿈꾸고 지금 이 상태로 영원히 머물기를 바라는 사악하고 끔찍한 무언가가 자기 안에 도사리고 있다는 두려움도 지워 버릴 수 있었다. 하지만 그것은 자신과 어린 동생들을 위해 모든 것을 바친 엄마를 향한 배신이었다. 노르마는 엄마가 어떤 남자, 그러니까 아이들에게 새로운 아버지 노릇을 해 줄 남자와 행복하게 살아갈 수 있는 마지막 기회를 빼앗아 버린 자신이 너무도 혐오스럽고 미워서 견딜 수가 없었다. 노르마는 토요일 밤마다 엄마 방의 침대 스프링이 삐걱거리는 소리를 들으면서 역겨움과 즐거움, 그리고 부끄러움과 괴로움에 휩싸인 채 혼란스러워했다. 어떻게 된 거지?

어쩌다 임신까지 하게 된 거냐고? 그녀는 모든 행위를 주도한 페페가 그런 문제도 다 알아서 해결해 줄 거라고 생각했다. 가령 페페는 그녀의 생리 주기를 계산해서 언제 생리가 시작되는지 훤히 꿰고 있을 정도였다. 그래서 언제 하면 되고 언제 하면 안 되는지도 잘 알고 있는 것 같았다. 심지어 원할 때마다 그녀의 몸속으로 들어올 수 있도록 한동안 그녀에게 작은 알약을 주기도 했다. 하지만 혹시라도 노르마의 엄마가 그 알약을 찾아낼까 봐 두려웠는지 얼마 뒤부터는 주지 않았다. 대체 언제 임신을 했는지, 노르마는 짐작조차 할 수 없었다. 그걸 알아차린 뒤부터 삶은 이전보다 더 우울하고 섬뜩해졌다. 엄마에게 커피를 끓여 주고 공장에 가져갈 도시락을 싸려면 새벽 5시에 일어나야 했는데, 날이 갈수록 눈을 뜨기조차 어려워졌다. 학교에 가서는 늘 졸음이 몰려와 하품을 했고, 추워서 온몸이 벌벌 떨렸다. 아무리 형편없는 음식이라도 게걸스럽게 먹어치웠지만 하루 종일 배가 고팠다. 그녀가 가장 먹고 싶었던 것은 달차근하거나 짭짤한 맛이 나는, 오븐에서 노릇노릇하게 갓 구워 낸 빵이었다. 하지만 오래되어 딱딱해지고 곰팡이가 슨 빵이라도 괜찮았다. 아무튼 빵이라면 하루 종일 먹어도 괜찮을 것 같았다. 반면에 다른 음식, 예를 들어 삶은 토마토 같은 건 냄새만 맡아도 올라올 것 같았다. 그리고 버스 옆자리에 앉은 사람들의 몸에서 나는 기름 냄새도, 또 동생들

특히 구스타보에게서 풍기는 시큼한 냄새도 마찬가지였다. 구스타보는 그 나이에도 아직 똥꼬를 제대로 닦지 못하는 바람에 가는 곳마다 땀내와 구린내를 풍겼고, 그런 주제에 밤만 되면 노르마 곁에서 자겠다고 우기는 바람에 노르마는 잠을 잘 수 없을 지경이었다. 그녀는 녀석이 엉덩이를 제대로 닦을 때까지 침대에서 쫓아내고는 머리끄덩이를 붙잡고 두들겨 패고 싶었다. 이 더러운 돼지 새끼야, 언젠가 너네를 전부 하나씩 길바닥에 내다 버릴 거야. 그러면 길을 잃고 헤매다 결국 나쁜 사람이 널 데려가겠지. 유괴범들이 데려가도록 너희를 모두 내쫓아 버릴 거야. 그러면 너네가 내 속을 뒤집는 일도 없어지겠지. 시우다드 델 바예로 오기 전에, 어두컴컴한 방에서 엄마와 단둘이 살던 시절처럼 말이야. 그 시절, 매일 집세를 내던 그 방에서는 요리를 할 수도 없어서 식빵과 바나나, 연유로 버텨야 했다. 그런데도 나날이 몸이 불어만 갔던 엄마는 싸구려 가죽 샌들의 끈을 묶으려고 몸을 구부리지도 못할 지경에 이르곤 했다. 그 무렵의 어느 새벽, 추위에 잠이 깬 노르마는 침대에 아무도 없다는 사실을 알아차렸다. 알고 보니 엄마는 어린 그녀를 방 안에 가두어 놓고 아무 말도 없이 어디론가 떠나 버린 거였다. 겁에 질린 노르마가 몇 시간이고 계속 울었지만—그동안 마치 며칠이 지난 것 같았다—엄마는 돌아오지 않았다. 이틀이 지난 후에야 창백하고 초췌한 몰골을 하고 나타난 엄마는 품에 포대기를 안고 있었다. 그녀의 동생인 마놀로였다. 얼굴에 주름이 자글자글한 요정처럼 생긴 녀석은 엄마의 가슴에서 한시도 떨어지지 않으려고 칭얼거렸고, 그래서인지 엄마가 일자리를 알아보려고 나간 사이에 노르마가 안아 주면 잠시도 쉬지 않고 울었다. 그런데 그게 끝이 아니었다. 마놀로 다음에는 나탈리아가, 나탈리아 다음에는 구스타보가, 그리고 그다음에는 파트리시오, 그 가엾은 놈이 태어났다. 사글셋방은 새로 구할 때마다 이전 것보다 더 춥고 눅눅했다. 게다가 엄마가 코트를 만드는 의류 공장에 취직한 이후로 노르마는 엄마의 얼굴조차 구경하기 힘들어졌다. 먹고 살기 위해 애쓰던 엄마는 종종 맞교대 없이 계속 일하곤 했다. 노르마는 엄마가 보고 싶었지만, 어리광을 부리면 안 된다는 것도 잘 알고 있었다. 퇴근해서 집에 돌아온 엄마에게 울거나 말 안 듣는 동생들 때문에 속상해 죽겠다고 투덜거리면, 엄마는 곧장 표정이 어두워지면서 급하게 신발을 신고 자기에게 술을 사 줄 사람을 찾으러 나가곤 했다. 이제 더 이상 엄마를 슬프게 만들지 않으려고, 노르마는 아무 말도 하지 않았다. 엄마를 도와야 했다. 노르마 없이 혼자서 빽빽 소리를 질러 대는 저 녀석들에게 둘러싸인다면 엄마는 미쳐 버릴 게 분명했다. 노르마와 단둘이 있을 때면 엄마는 입버릇처럼 미칠 것 같다는 말만 했다. 실제로 노르마가 없었다면, 노르마가 곁을 지켜 주지 않았다면, 노르마의 도움이 없었다면, 그녀는 단 하루도 살 수 없었을 것이다. 그래서인지 그녀는 오히려 노르마에게 자주 화풀이를 했다. 아무리 좋은 이야기를 해 줘도 애가 멍청해서 한 귀로 듣고 한 귀로 흘려버린다고 트집을 잡으면서 말이다. 그래서 노르마가 학교에서 조금이라도 늦게 돌아오면 불같이 화를 냈던 것이다. 이런 씹어 먹을 것아! 노르마, 네가 있어야 할 곳은 바로 여기, 집이란 말이야. 이때까지 어디를 어슬렁거리다 온 거야? 왜 이렇게 늦게 왔어? 어떻게 길거리에서 책을 읽을 생각을 다 하니? 노르마, 넌 내가 바보 천치인 줄 아니? 네가 어떤 남자애하고 놀러 다니는 걸 모를 줄 알아? 어린 동생들을 저렇게 내팽개쳐 두다니 부끄럽지도 않아? 계속 시험에 낙제나 하면서 어떻게 얼굴을 들고 다니는 거니? 눈 밑이 시커먼 것 좀 봐. 배는 또 왜 고래마냥 불룩한 거니? 고래야 뭐야. 뱃속에 회충이 바글바글하는 모양이지. 돼지 같은 년. 동생들한테 줄 빵을 다 훔쳐 먹었겠지. 그럼 저 아이들한테 간식으로 뭘 주려고 그래? 진짜 너같이 뻔뻔한 아이는 처음 봤어. 뭐 이런 년이 다 있어? 그러자 페페가 말하기를, 여보, 그렇게 화만 내지 말고 차근차근 말해 봐. 대체 왜 그러는 거야? 이년 때문에 미쳐 버리겠다고. 저렇게 겁 없이 남자 놈들이랑 놀다가 일요일 일곱에 걸리기라도 하면 어쩌려고 그래? 정말 그렇게 되면 어쩌지? 여보, 별일도 아닌 것 가지고 왜 그래? 세상 돌아가는 게 다 그렇지 뭐. 그렇게 혼자 열을 낼 일이 아니라고. 그래서 우리가 가족을 이루고 사는 거잖아. 서로 믿고 의지하면서 이 험한 세상을 헤쳐 나가려고 말이야. 그렇지 않아? 그러면서 페페는 엄마가 안 보는 사이에 노르마에게 슬쩍 윙크했다. 앞으로 노르마에게 아이가 생기면, 내 성을 붙여 주고 우리가 평생 돌봐 줄 거야. 그렇지? 그러자 엄마가 말하기를, 만에 하나 멍청한 중학생들하고 어울려 다니다 걸리는 날에는 집에서 쫓겨날 줄 알아. 알아들었어? 너 그렇게 놀러 다니라고, 페페랑 내가 그렇게 뼈 빠지게 일하는 게 아니란 말이야. 노르마는 말대꾸를 하지 않으려고 입술과 혀를 번갈아 깨물었다. 엄마에게 진실을, 그녀의 침대에서 페페와 자기가 무슨 짓을 하는지 말하느니 당장 혀를 뽑아 버리는 편이 좋을 것 같았다. 사실대로 말했다가는 엄마의 인생을 완전히 부숴 버릴 게 분명했다. 하지만 한편으로는 엄마가 자기의 말을 하나도 믿지 않을까 봐 두렵기도 했다. 만약 내가 엄마한테 모든 사실을 털어놓는다 해도, 페페가 그 모든 게 새빨간 거짓말이라고 엄마를 끈질기게 설득한다면 어떻게 될까? 설령 엄마가 내 말을 믿어 준다고 해도, 죽으나 사나 그와 함께 살기로 결심하고 나를 인정사정없이 쫓아내 버리면 어쩌지? 그렇다면 차라리 지금 떠나는 게, 사실이 밝혀지기 전에 달아나는 게 상책일 수도 있었다. 집으로부터, 5월인데도 새벽마다 뼛속까지 파고드는 추위로부터, 이 지긋지긋한 시우다드 델 바예로부터 도망쳐. 그래. 푸에르토로, 엄마와 단둘이 휴가를 즐기던 그 시간으로 돌아가는 게 좋겠어. 그 절벽에 올라가서 바다에 몸을 던지면 내 뱃속에서 자라고 있는 아이고 뭐고 다 끝날 테니까. 그렇게 되면 엄마는 절대로 나를 찾지 못할 거야. 아마 엄마는 내가 어떤 놈팡이랑 눈이 맞아 도망쳤다고 생각하면서 배신감에 치를 떨겠지. 그러면 힘들게 나를 찾으려 하지도 않고, 밤마다 나를 떠올리며 울지도 않고, '얼마나 착한 아이였는데, 나를 얼마나 많이 도와주었는데, 그 아이가 없으니 집 안이 텅 빈 것 같아'라고 말하면서 발을 동동 구르지도 않겠지. 지금 당장, 엄마한테 필요 없는 인간이 되기 전에 떠나는 게 좋겠어. 엄마한테 버림받느니 차라리 죽는 게 나으니까. 그렇게, 그녀는 차벨라에게 알겠다며 고개를 끄덕이는 순간까지 오게 된 것이었다. 그녀가 라 마토사에 온 지도 벌써 3주나 지났을 때였다. 루이스미도 그즈음에는 애정 어린 눈빛으로 불룩해진 그녀의 배를 바라보곤 했다. 그녀는 그에게 이것저것 털어놓고 싶었지만 그럴 용기가 나지 않았다. 루이스미와는 그렇게 거의 아무 말도 하지 않고 지냈다. 언제나 해가 중천에 떠서 방 안이 찜통처럼 덥혀지고 나서야 굼적굼적 일어난 루이스미는 노르마가 어떤 음식을 차려 줘도 군소리 한 번 없이 다 먹고 멱을 감으러 강에 갔다. 그는 어차피 차벨라가 준 돈으로 만든 음식이라는 것을 잘 알고 있었기 때문에 반찬 투정을 하지 않았고, 그렇다고 요리 솜씨가 일품이라는 둥 칭찬을 늘어놓지도 않았다. 루이스미는 노르마에게 한 푼도 준 적이 없었다. 심지어 예전에 엄마가 매일 공장에 일하러 가기 전에 쥐여 주었던 생활비 같은 것조차 없었다. 아무튼 그는 그녀에게 비바람을 막아 주는 지붕 외에는 아무것도 주지 않았다. 어쩌다 새벽녘에 가끔, 그것도 그녀가 원할 경우에만 축 늘어진 성기를 꺼낼 뿐이었다. 노르마는 그의 몸 위로 올라가 고개를 숙인 다음, 반쯤 벌린 그의 입에, 언제나 역겨운 맥주 냄새와 다른 이의 침 냄새를 풍기는 그 입에 키스를 했다. 자신의 욕망 때문이라기보다는 그가 베풀어 준 호의에 보답하기 위해서였다. 그는 그녀의 입술을 거부하지는 않았지만, 그녀의 배에 달콤하고 부드러운 키스를 하는 것 말고는 그녀의 몸 구석구석을 입으로 더듬으려고 하지 않았다. 루이스미는 그녀의 뱃속에서 자라고 있는 아이를 어떻게 생각했을까? 혹시 자기 아이라고 믿는 건 아닐까? 물론 농간을 부려 자기를 유혹했다는 남자 친구 이야기를 얼렁뚱땅 흘려 두기는 했지만 말이다. 대낮에 막 일어난 그는 너저분한 머리를 하고 입을 반쯤 벌린 채 매트리스 위에 가만 앉아 있곤 했다. 그때, 사정없이 내리쬐는 햇볕으로 쩍쩍 갈라진 마당 흙바닥과 근처 나무에 앉아 시끄럽게 울어 대는 새들을 멍하니 바라보기만 하던 그때, 그는 무슨 생각을 하고 있었을까? 그나저나 어쩌면 저렇게 못생겼을까. 노르마는 그를 볼 때마다 그런 생각이 들었다. 얼굴은 그래도 마음 하나는 참 고와서 쉽게 호감이 가지만, 선뜻 다가서거나 속마음을 이해하기는 어려워. 그런데 그는 왜 노르마를 비롯해 자기 이야기를 들어주는 사람들한테 굳이 자기가 비야에 있는 창고의 경비원이라고 말하는 걸까? 노르마는 그가 제복을 입은 모습을 한 번도 본 적이 없었고, 그가 마을에서 나가는 시간과 돌아오는 시간 역시 일정하지 않았던 데다 일반적인 근무 시간과 맞지도 않았다. 그는 언제나 술 냄새를 풍기면서 집에 돌아왔는데, 왜 수중에 돈은 한 푼도 없었던 걸까? 심지어 그녀에게 줄 새 옷이나 쓸모없는 선물―가령 셀로판지에 싸인 시든 장미, 색칠한 종이부채, 모조 보석이 달린 머리띠, 축하 행사에서 나눠 주는 사은품, 아내가 아닌 젊은 애인에게 줄 법한 경품 따위―까지도 종종 들고 왔으면서 말이다. 그는 왜 노르마를 만난 게 자신의 인생에서 가장 큰 행운이라고 입버릇처럼 말했던 걸까? 제대로 만져 보지도, 말을 걸지도 않으면서 그녀가 이 세상에서 가장 순수하고 특별하고 진실한 사람이라고 말한 이유는 뭐였을까? 그리고 노르마는 그런 말들을 들으면서도 왜 자신을 향한 그의 사랑이 바람만 조금 불어도 순식간에 날아가 버릴 것처럼 덧없게 느껴졌던 걸까? 하는 짓이 지 애비만큼이나 멍청하다니까. 차벨라는 차갑게 식은 음식을 포크로 휘저으면서 말했다. 그래도 참고 살면서 저런 멍청이를 낳은 내가 더 바보 천지지 뭐. 그래, 맞아. 난 정말 멍청한 년이야. 마우릴리오의 사탕발림과 내 마음을 촉촉하게 적시던 그의 노래, 그리고 무엇보다 그 자지에 넘어가 버렸으니까. 내가 그를 처음 만난 건 열네 살 때였어. 우리 가족이 비야에 막 도착했을 무렵이었지. 난 저 너머 레몬 농장에서 죽어라 일만 하는데, 애비라는 양반은 맨날 술이나 먹고 투계 도박하느라 돈을 홀랑 말아먹었거든. 그렇게 살다가, 유정 지구하고 푸에르토를 잇는 새 고속 도로를 건설할 거라는 소식이 들리더라고. 사람들 말로는 그 일대가 노다지판이 될 거라는 거야. 새로운 일자리가 쏟아져 나온다는 거지. 그런데 난 레몬 따는 것 빼고는 할 줄 아는 게 하나도 없었어. 하지만 언제까지 이렇게 살 수는 없다는 생각이 들더라고. 그래서 혼자서 무작정 여기로 왔지. 내가 여기 도착해서 얼마나 놀랐는지 아니? 이런 씹할! 뭐 이런 개 같은 동네가 다 있나 싶더라니까. 여기에 비하면 마타데피타는 정말 양반이었어. 아무튼 여기저기 기웃거렸지만, 일자리를 준 곳은 티나 부인의 선술집밖에 없었어. 눈곱만치도 재수 없는 여편네. 멍청한 짓만 골라 하는데, 거기다 또 얼마나 짠순이였는지 몰라. 월급을 받으려면 그 망할 년한테 거의 빌다시피 했다니까. 그런 주제에 내가 팁을 훔쳐 갔다고 난리를 치는 거야.

팁이라니? 파리 한 마리도 못 앉을 만큼 좁아터진 술집에서 누가 팁을 주겠냐고. 아, 그런데도 그 쌍년은 자기가 아주 부유하고 정숙한 여자인 줄 알더라니까. 마치 지가 낳은 애들이 성령으로 잉태되기라도 한 것처럼 말이야. 좆같잖아! 그년은 자기보다 먼저 고속 도로변에 자리를 차지한 포도주 노점상이나 노가다꾼들하고 붙어먹어 번 돈으로 그 땅하고 판잣집을 산 건데, 그렇게 추잡스러운 년이 이제 시치미를 딱 떼고 요조숙녀인 척하니까 정말 못 봐 주겠잖아. 그런데 그 두 딸년은 또 얼마나 헤픈지 에미보다 한 술 더 뜨더라니까. 그럼 그 손녀들은 또 어떻겠어, 말도 마. 걔들은 항상 나한테 못되게 굴더라고. 아무튼 그 집안 계집들은 하나같이 다 그랬어. 내가 그 술집에 일하러 간 첫날부터 나를 괄시하는 거야. 내가 마우릴리오하고 만나는 걸 알게 된 다음부터는 더 심해지더라고. 심지어 내가 무슨무슨 병을 퍼뜨려서 운송 회사 운전사들이 줄초상을 치렀다면서 헛소문을 퍼뜨리기까지 했어. 물론 그 망할 년들이 질투가 나서 있지도 않은 이야기를 꾸며 낸 거지. 그런데도 마우릴리오는 내 편을 안 드는 거야. 배알도 없는 인간 같으니! 눈에 뭐가 씌어도 분수가 있지, 어쩌자고 그런 인간한테 넘어가 애까지 낳았는지 도저히 믿기지가 않아. 이래 봬도 내가 처녀 적에 얼마나 몸매가 늘씬하게 잘 빠졌었는지 아니? 언제 기회가 되면 그때 내 사진을 보여 줄게. 내가 도로변에

서서 다리를 드러내기만 해도 차들이 죄다 설 정도였다니까. 그때 작정하고 수도로 갔더라면, 텔레비전에 출연했거나, 아니면 적어도 잡지에 사진이라도 실렸을 거야. 주변 사람들이 당장 가라고 얼마나 부추겼는지 몰라. 그 무렵에는 정말 예쁘고 섹시했으니까. 그걸 말이라고 해? 애를 갖기 전까지는 내가 원하는 만큼 벌었지. 일부러 관심 없는 척 새침하게 굴어도 손님들이 나를 보려고 쉬지 않고 몰려들었으니까. 블라우스 단추 몇 개를 끄르거나 엉덩이를 살짝만 보여 줘도 난리가 났었지. 그런 내가 마우릴리오와 사랑에 빠진 건 일생일대의 실수였어. 그건 내 인생이 망했다고 알려 주는 신호탄 같은 거였어. 난 그 인간한테 돈 한 푼 받은 적이 없다고. 알겠어? 그냥 그 인간은 나를 자기 좋을 대로 주무른 거야. 나중에 사람들은 내가 그에게 떠밀리다시피 해서 억지로 일하게 된 거라고 수군거리더라고. 하지만 그건 새빨간 거짓말이야. 사실 그는 너무 멍청해서 그런 생각을 할 위인도 못 돼. 뭔가 해 보려는 의지가 전혀 없었거든. 그래서 난 스스로 몸을 팔기 시작했는데, 나한테 딱 맞는 것 같더라고. 클라리타, 넌 내가 무슨 말을 하는지 잘 알 거야. 겉으로 세상 물정을 모르는 숙맥처럼 보이려고 하겠지만, 응큼한 짓거리를 좋아하지 않았더라면 지금 같은 곤경에 빠지지도 않았을 거니까. 능구렁이 같은 것. 너, 혹시 어렸을 때부터 아랫도리가 근질거리지 않디? 같이 한판 뜨던 남자 친구들 없었니? 나는 공터에서 그 짓을 하는 커플들을 엿보려고 아빠 몰래 집을 빠져 나오곤 했어. 그러곤 집에 오는 길에 남자애들을 꼬셔서 방금 봤던 것을 똑같이 따라 했지. 그 아이들을 먼 데로 데려가서 덤불 속에 몸을 숨기고, 팬티를 내리고 가랑이를 벌리고 그 짓을 한 거지. 남자애들이 딱딱해진 자지를 세우고 내 위에 올라타면 너무흥분돼서 온몸이 찌릿찌릿했어. 처음 몇 번 그러고 나니까 남자애들이 나하고 한번 하려고 줄을 서더라니까. 그런데 말이야, 그건 저 아래에 털이 나기도 전의 일이라고. 여튼 그렇게 살다가 그 망할 놈의 아이를 덜컥 임신하고 만 거야. 너무 흥분하는 바람에. 그때만 해도 마우릴리오하고 섹스할 때가 가장 좋았으니까. 이상하게도 다른 남자들이랑 할 때는 그렇지 않았어. 그렇게 흥분이 안 되더라고. 마우릴리오하고 할 때만 그랬다니까. 쾌감은 오래 가지 못하는 법이야, 클라리타. 같이 산 지 6개월쯤 됐을 때, 그 멍청한 인간이 마타코쿠이테에서 온 어떤 망나니를 죽이고 감옥에 들어가는 바람에 졸지에 홀몸 신세가 됐지 뭐야. 굶어 죽지 않으려면 일단 몸이라도 팔아야겠더라고. 그래야 마우릴리오에게 영치금이라도 넣어 주고, 또 거기서, 그러니까 감옥에 면회 가서 그 양반하고 떡을 칠 수 있었으니까. 믿기지 않겠지만, 그 즈음에 난 돈을 꽤 벌었어. 물론 그 망할 놈의 마우릴리오가 너무 보고 싶기는 했지만, 어쨌든 아무도 나

를 괴롭히고 시간을 빼앗지 않아서 그 어느 때보다 자유로
웠거든. 그래서 밤낮 가리지 않고 일만 했어. 아무리 못생기
고 뚱뚱한 놈들이라도, 불러만 주면 바로 달려갔지. 누구든
돈만 많이 주면, 해 달라는 대로 다 해 줬어. 아무튼, 그때
나는 늘 마음속으로 중얼거렸어. 남자들은 하나같이 다 그
렇다고, 다 똑같은 놈들이라고. 남자들이 원하는 건 딱 한
가지야. 자기 자지를 꺼내 보여 주면 여자가 놀라 자빠지기
를 바라는 거지. 오, 하느님 맙소사! 아저씨 건 정말 엄청나
게 크네요. 빨아 보니까 맛도 너무 좋아요. 내 소중한 곳이
다치지 않도록 천천히 넣어 주세요. 이러면서 말이야. 물론
남자들도 속으로는 그게 다 사탕발림이라는 걸 알고 있긴
해. 안 그래? 이 세상 남자들은 누구 할 것 없이 다 똑같으
니까. 물론 남자들 사이에도 차이는 있긴 해. 당연한 거 아
니겠니? 그러니까 넌 뭐가 어떻게 다른지 구별할 줄 알아야
해. 가령 어린 사내 녀석들은 자지를 네 거기에 살짝 갖다
대지만, 냄새나고 뚱뚱한 트럭 운전사들은 거의 다 무슨 절
구 찧듯이 쿵쿵 박기 바쁘다고. 이름도 모르는 놈들이 말이
지. 그렇잖아? 처음에는 그런 게 가장 힘들어. 우선은 그런
놈들을 능숙하게 다루는 법을 익혀야 해. 그 새끼들의 비위
를 살살 맞춰 주고, 술주정뱅이들이 행패를 부려도 참을 줄
알아야 하고. 조금만 지나면 다 잘하게 될 테니까 너무 걱
정할 필요는 없어. 솔직히 말하면, 그런 상황에서도 넌 몸으

로 즐거움을 느끼게 될 거야. 나이가 들수록 겁이 사라질 거고. 그게 가장 좋은 점이지. 하여간 몸을 팔아서 한몫 잡으려면, 그러니까 진짜로 돈을 벌려면, 무엇보다 엉덩이가 끝내줘야 돼. 물론 네 엉덩이가 예쁘지 않아도 걱정할 건 없어. 그게 오히려 더 좋을 수도 있어. 다른 년들의 엉덩이를 쓰는 게 훨씬 더 좋거든. 옛날의 너처럼 탱탱한 살집을 뽐내며 걸어다니는 애들 있잖아. 진짜 돈은 그런 데서 나오는 거야. 엉덩이. 내가 한물갔다는 소리를 듣지 않는 것도 바로 이 엉덩이 덕분이고 말이야. 넌 내가 어떻게 이런 탱탱한 몸매를 유지한다고 생각하니? 보통 여자들 같았으면 나는 이미 주름이 자글자글한 할매가 됐겠지. 하지만 보라고. 이 엉덩이를 한번 보란 말이야. 지금도 탱탱하잖니. 그리고 여길 봐. 배에는 임신선도 없다고. 처녀들처럼 아직 배를 한 손으로 잡을 수도 있다니까. 난 요즘은 마음에 드는 저 남자하고만 같이 자. 그리고 아직 남편을 먹여 살릴 만큼 벌고 있고. 네 눈에는 절름발이에 맛이 간 놈으로밖에 안 보이겠지만, 클라리타, 저이는 네가 상상도 못 할 정도로 혓바닥을 잘 놀린단 말이야. 그래서 우리 둘이 있을 때면 그 양반이 자기 재주를 맘껏 발휘하지. 일단 내가 그의 얼굴 위에 자리를 잡고 앉으면, 적어도 다섯 번 연속으로 절정을 느낄 때까지는 절대 일어서지 않는다고. 이 세상에서 문라만이 할 수 있는 대단한 재주야. 그를 쫓아내지 않는 것도 바로 그 때문이고. 내가 저 쓸모없는 절름발이를 오랫동안 데리고 사는 건 바로 그거 때문이란 말이야. 지금은 저 모양이지만, 젊었을 땐 얼마나 미남이었는지 넌 모를 거다. 그 망할 트럭 운전사가 저 꼴로 만들어 놓기 전에는 오토바이를 타면 얼마나 늠름했는지 몰라. 노르마는 텔레비전 앞의 안락의자에 앉은 채 검지 손톱으로 목에 난 커다란 여드름을 짜는 문라를 슬쩍 쳐다보았다. 그러다 문득 차벨라의 허벅지 사이에 낀 저 남자의 얼굴이 떠오르자 온몸에 오싹 전율이 일었다. 적어도 페페는 미남이었다. 적어도 페페는 팔에 힘을 주면 셔츠의 이음매가 터질 정도로 굵은 팔뚝을 가지고 있었다. 페페는 매일 아침 눈을 뜨자마자 팔 굽혀 펴기와 앉았다 일어서기와 윗몸 일으키기를 각각 백 번씩 할 수 있었다. 게다가 그는 체력도 엄청 좋았다. 예전에 노르마가 깜박 잊고 양말을 신고 오지 않아 발이 꽁꽁 얼었을 때, 그는 그녀를 업고 시우다드 델 바예를 둘러싼 언덕까지 수 킬로미터에 이르는 산길을 한 번도 쉬지 않고 내려갔다. 아이고, 말도 마. 차벨라의 이야기가 이어졌다. 문라 저 인간이 내 인생에 나타났을 때, 난 이미 모든 걸 알고 있었어. 그래서 그를 보자마자 난 다짜고짜 나랑 같이 살고 싶으면 정관부터 손보고 오라고 했던 거야. 솔직히 아이를 더 낳고 싶지는 않았거든. 난 예상치 않게 생긴 아이를 기를 마음의 준비가 전혀 되어 있지 않았으니까. 저기 있는 빌어먹을 놈이 태어났을 때, 난 엄청난 충격을 받았어. 그렇다고 저놈을 낳을 때 심한 산고를 겪었다는 건 아니야. 정말 심각한 문제가 일어난 건 출산하고 나서부터였으니까. 그 당시엔 내내 기분이 더러워 견딜 수가 없을 지경이었어. 그렇다고 일을 나갈 수도 없는 처지고. 마우릴리오는 감옥에 있지, 나는 온몸이 쑤셔 옴짝달싹 못 하지, 그런데 집 안에는 쌀 한 톨 없지, 이러다 굶어 죽겠다 싶더라고. 이제 와서 생각해 보면 정신이 번쩍 든 게 바로 그때였던 것 같아. 그동안 내가 얼마나 바보짓을 했는지 알겠더라고. 그래서 나는 혼잣말로 이렇게 중얼거렸지. 바로 그거야. 이제부터 마우릴리오를 무시해 버리는 거야. 다시는 그를 면회하러 교도소에 가지도, 돈 한 푼 주지도 않을 거라고. 그 잘난 그 양반 엄마더러 마우릴리오와 이 애를 먹여 살리라고 하면 돼. 그런데 막상 그렇게 하자니 망설여지더라고. 사실 그때까지만 해도 마우릴리오한테 미련이 남아 있었거든. 난 그 사람하고 할 때만 흥분을 느낄 수 있었으니까. 다른 손님들한테서는 그런 걸 전혀 못 느꼈어. 그냥 돈을 벌기 위해서 숨이 넘어갈 듯 흥분한 척했을 뿐이야. 하지만 마우릴리오하고 할 때는 느낌이 백팔십도 달라졌지. 너, 그 인간 물건이 얼마나 컸는지 아니? 이 팔뚝만 하다니까. 진짜야, 얘. 물론 워낙 어벙한 인간이라 여자하고 어떻게 하는지도 모르더라고. 하긴 그런 문제가 뭐 그리 대수겠어. 우선 그를 침대로 밀친 다음, 그 위에 올라타서 물건이 안 보일 때까지 내 몸속에 깊숙이 집어넣기만 하면 그만이니까. 그러고 나서 회전목마를 탈 때처럼 미친 듯이 움직였지. 아까도 말했지만, 그때만 해도 나 역시 아무것도 모르는 바보 천치였어. 남자하고 진짜로 즐길 때는 자궁이 따뜻해져서 정액이 자궁벽에 달라붙기 쉽다는 걸 전혀 몰랐다고. 난 아무것도 몰랐어. 열다섯 살밖에 안 된 계집애가 알아야 얼마나 알았겠니. 아이가 들어선 것도 까맣게 모르고 있었지. 아이를 지우려고 했지만 이미 너무 늦었다더구나. 난 정말 아이를 낳고 싶지 않았어. 그건 방 안에 틀어박혀 있는 저 녀석도 잘 알고 있단다. 그러니까 그런 일은 차라리 속 시원하게 털어놔야 돼. 혼자서 그렇게 속만 끓이고 있어 봤자 무슨 수가 있겠니. 솔직하고 분명하게 다 말하는 게 좋아. 그래야 다들 네 처지를 이해할 수 있으니까. 아이를 낳는다는 건 보통 어려운 일이 아니야. 정말 개 같은 일이라고. 말이 자식이지 실제로는 네 목숨과 피를 다 빨아먹는 거머리나 기생충 같은 건데 어떻게 좋게 말하겠니. 더군다나 먹을 거 안 먹고 입을 거 안 입고 뼈 빠지게 고생해서 길러 봐야 고마워하지도 않는다고. 클라리타, 내가 무슨 말을 하는지 너도 잘 알 거야. 너네 엄마가 무슨 저주에 걸린 것처럼 아이들을 줄줄이 낳는 모습을 지켜봤을 테니까. 그게 다 너희 엄마가 정에 굶주려서 그랬던 거야. 너도 아니라고는 못 하겠지. 너네 엄마가 몸이 달아서, 또 멍청해서 그랬던 거라고. 혹시나 남자들이 자기를 도와줄지도 모른다고 생각했던 거거든. 그런데 막상 일이 터지면 죽도록 고생하는 건 여자들이지. 죽을힘을 다 써서 애 낳아야지, 또 돌봐 줘야지, 먹이고 입혀야지, 다 여자들 몫이잖아. 그 사이에 그 잘난 남편들은 휑하니 나갔다가 지들 마음 내킬 때나 돌아온다고. 네가 아이를 낳으면 저 망할 놈의 루이스미가 정말 변할 거라고 생각하니? 천만에! 난 저 자식을 잘 알아. 모르긴 해도 너한테 다른 생각 말고 아이를 낳으라고 그랬겠지. 자기가 아버지 노릇을 하면서 먹여 살려 준다고 말이야. 또 무슨 허튼소리를 얼마나 많이 했을지 내가 어떻게 알겠니? 안 그래? 하지만 애기야, 내가 하는 말을 차근차근 들어. 너무 고깝게 듣지 말고. 난 저 애가 어떤지 누구보다 더 잘 아니까 말이야. 내 몸으로 낳은 자식인데 그걸 모르겠어? 내 입으로 말하기는 좀 그렇지만, 저놈은 제 애비를 빼다 박았어. 그러니 앞으로 절대 바뀔 리도 없고, 약속을 지킬 리도 없다고. 저 빌어먹을 놈의 머릿속에는 항상 약 생각밖에 없다니까. 약하고 오입질, 딱 두 가지뿐이라고. 물론 너한테는 절대 아니라고, 이미 다 끊었다고 할지도 몰라. 그리고 앞으로는 맥주 딱 두 잔만 마시겠다고 약속을, 아니 맹세까지 할지도 모르지. 하지만 저놈이 다시 술과 약에 입을 대고, 틈날 때마다 고속 도로변의 매음굴에 기어들어가

는 건 시간문제야. 씹할. 차라리 코카인이나 좀 들이마시면
적어도 정신이라도 바짝 들어 있을 텐데. 하지만 저놈은 멍
하게 정신 놓고 빈둥거리는 걸 좋아하거든. 클라리타, 넌
바보가 아니니까, 내 말이 사실이라는 걸 알 거야. 만약에
어떤 약아빠진 놈이 너를 속여서 이렇게 만들었다고 해도,
그건 네 잘못이 아니야. 하지만 저 골방에서 처자는 놈이
무슨 말을 하고 무슨 약속을 하든, 앞으로 진짜로 바뀔 거
라고 생각하지는 마. 저놈이 요즘 어떤 일에 휘말렸는지 내
가 모르는 줄 아니? 넌 언젠가 저놈의 자식이 나쁜 버릇에
서 손을 떼고 네가 하자는 대로 다 해 줄 것 같아? 내가 너
한테 해 줄 조언은 이것뿐이야. 널 내 친구한테 데려가고
싶은데, 그렇게 하자꾸나. 일이 다 잘 풀리도록 나도 열심
히 도와줄 테니까, 응? 그렇게만 하면 뱃속에 든 아이를 꼭
낳지 않더라도 앞으로 뭘 하고 싶은지 잘 생각할 수 있을
거야. 클라리타, 넌 아직 젊어. 아니, 젊다기보다 너무 어려
서, 살면서 원하는 게 뭔지조차 알기 힘들다고. 너를 볼 때
마다 젊은 시절의 나를 보는 것 같아서 이런 생각이 들더구
나. 내 뱃속에 든 아이를 제때 지울 수 있도록 도와줄 사람
만 있었더라면 얼마나 좋았을까. 나를 마녀에게 데려다줄
사람만 있었어도 내 인생이 달라졌을 텐데 말이야. 너도 보
면 알겠지만, 마녀는 돈을 준다고 해도 한사코 사양할 사
람이라고. 하긴 워낙 돈이 많으니 굳이 그런 푼돈을 받을

필요도 없겠지. 거지 소굴처럼 지저분한 곳에서 누더기를 걸치고 살아도, 돈이 얼마나 많은지 모른단다. 찾아가기만 하면 당장 너를 도와줄 테니까 두고 봐. 이야기는 내가 다 해 줄 테니까, 넌 잠자코 있기만 하면 돼. 봐봐, 이 가엾은 아이를 좀 도와줘야겠어. 얼마나 불쌍한 년인지 보고도 모르겠어? 얘, 네가 몇 살인지 어서 말씀 드려. 그러자 노르마가 말했다. 열세 살이에요. 봤지? 치사하게 굴지 말고, 우리 마녀님께서 좀 나서 주시라고. 지금 자존심 세울 때가 아니라니까 그러네. 자, 그러지 말고. 우리 아들놈도 우리가 하자는 대로 하기로 했다니까. 보고도 모르겠어? 그대로 내버려 두었다가는 얘들 둘 다 굶어 죽을 게 뻔하잖아. 더군다나 뱃속에 든 이 아이는 루이스미의 씨도 아니라고. 어서 말씀드리지 않고 뭐 해, 클라리타. 시우다드 델 바예의 그 썩어빠질 놈한테 어떻게 당했는지 죄다 털어놓으라고. 그리고 아무 문제도 없으니까, 어서 그 아이를 지워 달라고 하라니까. 하지만 냄새나고 지저분한 부엌에서 그들에게 등을 돌린 채 잡동사니를 이리저리 옮기느라 분주하던 마녀는 갑자기 고개를 돌리더니 노르마를 빤히 쳐다보았다. 베일 뒤에 가려진 그녀의 눈동자가 반짝거렸다. 한동안 침묵을 지키던 마녀가 마침내 무겁게 입을 열었다. 다른 걸 하기 전에 우선 이 애의 몸을 좀 살펴봐야겠어. 태아가 어느 정도 성장했는지 만져 봐야 아니까. 마녀는 곧장 노르마를 식탁 위에 똑바로 눕히더니 옷을 걷어 올렸다. 그러고는 손으로 노르마의 배를 꽤나 거칠게, 거의 화가 난 듯이, 아니면 조바심이 난 듯이 만지기 시작했다. 그녀의 배를 이리저리 만진 마녀는 무겁게 입을 열었다. 어려울 것 같은데. 너무 늦었어. 그러자 차벨라가 말했다. 아이 씹할! 돈은 달라는 대로 줄 테니까, 잔말 말고 그 애나 꺼내 달라고. 마녀가 말했다. 돈 때문에 그러는 게 아니야. 문제는 저 아이라고. 그러자 차벨라가 말했다. 당신한테 이걸 해 달라고 부탁한 건 바로 루이스미야. 그놈이 얼마나 자존심이 센지 당신도 잘 알잖아. 그래서 그놈의 체면 때문에 대신 나를 여기 보낸 거라니까. 저번에 당신하고 싸우는 바람에 직접 찾아와서 이런 부탁하기가 껄끄러웠던 모양이야. 둘이서 이야기를 나누는 사이, 노르마는 치마를 가슴께까지 올린 채 식탁 위에 꼼짝 않고 누워 있었다. 그녀의 머리 옆에는 날카로운 칼이 꽂힌 썩은 사과 하나가 놓여 있었다. 그녀가 마침내 고개를 살짝 들어 올리자, 무언가를 찾아 부엌 안을 부산하게 돌아다니면서 냄비를 옮기고 약병과 유리병의 뚜껑을 따는 마녀의 모습이 보였다. 마녀는 그러면서 날카롭고도 걸걸한 목소리로 기도문인지 아니면 악마의 주문인지 모를, 아무튼 이상한 말을 중얼거렸다. 그 사이 차벨라가 쉴 새 없이 담배를 피워 대는 바람에 부엌 안은 연기로 가득 차 숨을 쉴 수 없을 정도였다. 게다가 차벨라는 마녀에게 새로 사귄 애인인 쿠코 바라바스라는 자에 대해 계속 떠벌렸다. 예전에 루이스미가 노르마에게 경고했던 바로 그놈, 노르마가 비야에 처음 도착한 날 오후에 검은색 트럭을 몰고 그녀의 뒤를 쫓아왔던 그놈이었다. 그날, 노르마는 버스 운전사에게 자기가 낸 돈으로 갈 수 있는 데까지 데려가 달라고 부탁하고 잠이 들었다. 운전사는 그녀를 외딴 곳에 있는 주유소에 내려 주었고, 그녀는 이제 뭘 해야 할지, 어디로 가야 할지, 심지어 푸에르토로 가려면 어느 방향으로 가야 하는지도 모른 채로 의자에 몇 시간 동안이나 멍하니 앉아 있었다. 그녀는 몇 분마다 버스 정류장 앞을 지나가던 트럭 운전사에게 태워 달라고 했지만, 대부분은 의심의 눈초리로 쏘아보면서 그냥 지나쳐 갔다. 그녀는 혹시라도 그들이 자기한테 몹쓸 짓을 하지나 않을지 무서웠지만, 다른 한편으로는 그런 문제로 마음을 졸이고 싶지는 않았다. 이제 머지않아 절벽으로 가서 몸을 던져 뱃속에 든 아기와 함께 물에 빠져 죽을 텐데 그따위가 뭐 그리 대수겠는가. 노르마는 자기 뱃속에 든 것이 자그마한 아기가 아니라 씹다 버린 껌처럼 형체도 없는 분홍색의 살덩어리라는 생각이 들었다. 그래서인지 가는 길에 무슨 봉변을 당하든 아무 상관도 없을 것 같았다. 그렇게 고속 도로변 정류장에 앉아 몇 시간째 자기 자신과 싸우던 그녀 앞에 검은색 트럭 한 대가 멈추어 섰다. 금발의 남자가 차에 탄 채 미소를 지으며 그녀를 바라보는 가운데, 차창 밖으로 노래가 흘러나오고 있었다. *me haré pasar por un hombre normal*(나는 보통 남자로 행세하면서 살 거야), *que pueda estar sin ti, que no se sienta mal*(당신 없이도 잘살 수 있고, 가슴 아프지 않을 그런 남자로 말이야), *y voy a sonreír*(그리고 나는 조용히 미소 지을 거야). 그 노래는 차벨라와 둘이서 어둠을 헤치며 집으로 돌아가던 도중에 차벨라의 휴대 전화에서 흘러나오던 노래와 똑같았다. 시시각각으로 짙어지면서 주변의 색깔을 모두 집어 삼키고, 나무의 수관과 밭에 늘어선 사탕수수 줄기들을 비롯한 밤의 저 모든 배경을 단단한 돌덩어리로 둔갑시켜 버리는 어둠을—저 멀리 마을의 집 대문에 걸린 전구들만이 작은 루비처럼 반짝였다—헤쳐 나가던 그때 말이다. 차벨라가 갑자기 손목을 홱 잡아끌자, 노르마는 반대편 손으로 자신의 생명을 구할 약, 그러니까 자신의 유일한 희망이 든 병을 움켜쥔 채 그녀를 쫓아가기 위해 안간힘을 썼다. 하지만 노르마는 언제라도 발밑의 땅이 갈라지면서 천 길 낭떠러지 아래로 떨어지거나, 아니면 약병이 깨져서 안에 든 약이 바싹 마른 흙 위로 쏟아질 것만 같아 겁이 났다. 아니면 머리카락이 듬성듬성하고 얼굴에 주름이 자글자글한 숲속의 악령 차네케[49]들이 동화에서처럼 어둠을 뚫고 나타나서는 자기들에게 주문을 걸어서 미치게 만들 수도 있었고, 어쩌면 어두운 이 길을 영원히 빙빙 맴돌게 만들 수도 있었다. 밝은 빛깔의 눈을 가진 쏙독새들의 꽥꽥거리는 소리와 매미들의 극성스러운 울음소리에 영영 파묻히는 것이다. 그때 차벨라의 휴대 전화에서 노랫소리가 흘러나왔다. *me haré pasar por un hombre normal*(나는 보통 남자로 행세하면서 살 거야), 그 노래를 듣고 하마터면 노르마는 비명을 지를 뻔했다. *que pueda estar sin ti, que no se sienta mal*(당신 없이도 잘살 수 있고, 가슴 아프지 않을 그런 남자로 말이야), 그래서 그녀는 차벨라의 뒤에 바짝 달라붙었다. 차벨라는 그녀의 손을 놓더니 주머니를 뒤져 전화를 꺼내 받으며 아양을 떨었다. 아, 자기구나. 잘 지냈어? 내 생각에도…… 물론이지. 알았어. 지금 바로…… 아니, 그건 안 돼. 이제 거의 다 왔어. 그러니까…… 아냐, 걱정할 것 없어. 한 십오 분 정도, 알았어. 그녀는 한숨을 쉬며 전화를 끊더니 갑자기 노르마에게 고함을 질렀다. 서둘러 가자. 얘, 좀 더 빨리 걸으란 말이야. 그놈들이 오기 전에 우리가 먼저 도착해야 한다고. 아무래도 그 일은 너 혼자 해야 할 것 같구나. 그래도 너무 걱정 안 해도 돼. 그 여자가 준 것만 마시면 그걸로 끝이니까. 내일 아침이면 너는 새로 태어나는 거나 마찬가지야. 너도 알겠지만, 난 그 짓을 십만 번

---

49 chaneque. 멕시코 신화에 등장하는 환상적인 존재로, 어린아이 같은 모습을 하고 있다. 숲속에 살면서 야생 동물과 나무를 보살피는가 하면, 사람들을 놀라게 한다고 전해진다.

도 넘게 했어. 그래도 이렇게 멀쩡하잖아. 별일 아니니까 신경 쓸 것 없어. 하지만 서둘러! 애, 빨리 가자고! 거기서 꾸물대는 바람에 너무 늦었단 말이야. 아직 씻지도 못했는데 이를 어쩌지. 아휴 진짜! 꾸물거리지 말고 어서 서둘러, 클라리타! 노르마는 어둠 속에서 차벨라를 쫓아가려고 애를 썼지만, 그녀의 목소리는 점점 더 멀어져 가는 것만 같았다. 아무튼 서두르지 않으면, 한 방울도 남기지 않고 모두 마셔야 하는 역겨운 약이 든 약병만을 손에 쥔 채 이 어두운 밤길에 혼자 남겨질 수도 있었다. 마녀의 말이 옳았다. 노르마는 더러운 물약을 마시자마자 속에서 왈칵 올라오는 구역질을 참기가 너무 힘들었다. 하지만 그보다 훨씬 더 힘들었던 건 통증이 심해지면서 터져 나오려는 비명을 참는 거였다. 누군가가 밖에서 그녀의 내장을 끄집어내서는 그게 갈가리 찢어질 때까지 계속 잡아끄는 것 같았다. 어디서 그런 힘이 났는지는 모르지만, 그녀는 매트리스에서 내려와 간신히 마당으로 기어 나왔다. 그러고는 작은 집을 등지고 앉은 채 손가락과 손톱, 그리고 땅에서 파낸 돌멩이로 마당에 구덩이를 파기 시작했다. 그녀는 힘겹게 파낸 구덩이 속으로 들어가 쭈그리고 앉았다. 날카로운 칼로 성기를 째는 듯한 통증이 느껴졌지만, 아랫배에 힘을 주자 안에서 무언가 터지는 느낌이 들었다. 그녀는 자기 안에 아무것도 남아 있지 않은지 확인하려고 거기에 손가락을 집어넣었다. 다시 구덩이를 덮고 피 묻은 손으로 땅을 평평하게 다진 그녀는 커버도 씌우지 않은 매트리스 위로 간신히 기어가서 그 위에 웅크리고 앉았다. 그녀는 그렇게 통증이 지나가기만을, 그리고 술에 거나하게 취해서 집으로 돌아온 루이스미가 아무것도 모른 채 자기를 뒤에서 껴안아 주기만을 기다렸다. 하지만 하혈이 계속되었고, 온몸이 불덩이처럼 뜨거웠다. 그 다음날 정오 무렵, 방 안이 너무 더워 견딜 수가 없었던 노르마는 자리에서 일어나려다 털썩 주저앉고 말았다. 그녀는 남은 힘을 다해 루이스미에게 외마디 소리를 질렀다. 아파, 아파 죽겠어. 물, 물. 루이스미가 갖다준 물병에 담긴 물로 입술을 축인 노르마는 몇 모금 마시더니 정신을 잃었고, 작은 집 뒷마당에 판 구덩이가 나오는 꿈을 꾸었다. 그 구덩이에서 살아 있는 작은 물고기가 튀어 나오더니 허공을 가르며 헤엄치면서 그녀의 뒤를 졸졸 쫓아다니는 꿈이었다. 그녀의 치마 밑으로 가려고, 다시 그녀의 몸속으로 들어가려고. 노르마는 공포에 질려 비명을 질렀지만 입에서는 아무 소리도 나지 않았다. 한참 뒤 다시 정신을 차려 보니 작은 집의 매트리스가 아니라 병원의 들것 위에 다리를 벌린 채 누워 있었다. 어떤 대머리가 그녀의 가랑이 사이를 들여다보고 있었다. 피는 잠시도 멎지 않고 계속 흘러나왔다. 노르마는 자기 몸속에 피가 얼마나 남았는지, 사회복지사의 곱지 않은 눈초리를 받으며 앞으로 얼마나 더 버틸 수 있을지 가늠할 수 없었다. 사회 복지사가 묻는 말이 메아리처럼 울려 퍼졌다. 얘, 넌 누구지? 이름이 뭐야? 대체 뭘 먹은 거야? 너 그거 어디다 두었니? 너 혼자 그걸 어떻게 한 거야? 그러더니 더 이상 아무것도 묻지 않았다. 이내 잠잠해지면서 시커먼 정적이 흘렀다. 정적을 찢는 고함 소리들, 그녀를 부르는, 그녀의 이름을 잇달아 외치는 신생아들의 울음소리가 간간이 들렸다. 정신을 차리고 보니, 알몸 위에 거친 천으로 만든 병원 가운만 걸친 채 침대 난간에 붕대로 손이 묶여 있었다. 벌겋게 부어오른 손목의 살갗이 아렸다. 노르마는 여자들의 수다와 너무 더워 보채는 아기들의 땀에서 나는 시큼한 젖 냄새로 어지러운 그곳에서 한시라도 빨리 달아나고 싶었다. 그녀는 당장 손목에 감긴 붕대를 끊고, 무슨 수를 써서라도 그 병원에서, 욱신거리는 자신의 육신에게서, 그 개 같은 침대에 묶인 채 피와 공포와 오줌으로 퉁퉁 부어오른 살덩어리에게서 달아나고 싶을 뿐이었다. 그 순간, 가슴이 찌르는 듯이 아파 왔다. 손으로 살살 만지면 통증도 가라앉을 텐데, 그럴 수조차 없었다. 그녀는 땀에 젖어 얼굴에 눌어붙은 머리카락을 추어올리고 싶었다. 그리고 근질근질 가려운 배를 벅벅 긁고, 팔뚝에 꽂아 놓은 플라스틱 튜브를 뽑아 버리고 싶었다. 그녀는 붕대를 있는 힘껏 잡아 당겨 끊어 버리고, 모두가 증오의 눈빛으로 자기를 쳐다보고 있는 곳에서, 자기가 무슨 짓을 했는지 다들 알고 있는 듯한 그곳에서 달아나고 싶었다. 그녀는 두 손을 꽉 잡아 비틀면서 목이 찢어지게 고함을 지르고 싶었다. 오줌처럼 잠시도 참을 수 없는 원시적인 비명을. 엄마, 엄마. 그녀는 아기들의 울음소리에 맞춰 목이 터져라 소리를 질렀다. 집에 가고 싶어, 엄마. 엄마한테 너무 못되게 굴어서 미안해. 제발 한 번만 용서해 줘.

VI

엄마아아아아아아아아아. 그 남자가 비명을 질렀다. 제발 날
용서해 줘, 엄마. 날 용서해 달라고, 엄마. 그 남자는 트럭에
깔리고도 살아남아 기어가는 개처럼 울부짖었다. 엄마아아
아아아아아아아아아아아, 엄마아아아아아아아아아아. 한편,
브란도는 자기 자리, 그러니까 감방 벽과 변기 사이에 있는
작은 틈—리고리토의 부하들이 그를 감방에 처넣은 뒤로
얻을 수 있었던 유일한 공간—에서 웅크린 채, 얼굴에 묘한
미소를 띠며 생각에 잠겨 있었다. 어쩌면 지금 소리를 지른
건 루이스미일지도 몰라. 모든 것을 집어삼키는 슬픔에 빠
져 허우적거리며 울부짖는 저게 루이스미일지도 모른다고.
저놈들이 어떻게든 실토를 받아 내려고 인정사정없이 몽둥
이로 두들겨 패는 동안 뱃속에 있는 것을 다 토하면서 비명
을 지르는 거겠지. 돈. 그들은 그 돈이 어디 있는지, 그 돈을
어떻게 했고 어디에 숨겼는지 알고 싶어 했다. 얼굴만 봐도
구역질 나는 리고리토를 비롯한 개 같은 형사들의 관심사
는 오로지 그것뿐이었다. 그들은 피를 토할 때까지 브란도
를 두들겨 팬 뒤, 불쌍한 술주정뱅이들의 오줌과 똥과 땀
냄새로 찌들어 있는 감방 안에 처넣어 버렸다. 그 안에 먼저
갇혀 있던 자들은 벽에 기대 웅크린 채 코를 골거나 자기들
끼리 뭔가를 소곤거리며 웃었고, 담배를 피우며 사나운 눈
빛으로 그를 노려보기도 했다. 브란도는 철창 안에 발을 디
디자마자 갑자기 달려드는 세 놈으로부터 자기를 방어해

야 했다. 그들은 주먹으로 그의 가슴을 때리더니 당장 운동
화를 벗으라고 으름장을 놓았다. 그래서 뭐? 너 이 새끼, 우
리를 가지고 놀려는 거야? 우두머리가 말했다. 그는 아까
부터 고래고래 소리를 질러 댔지만, 브란도의 얼굴을 만지
는 그의 손은 덜덜 떨리고 있었다. 그는 검은 피부에 피골이
상접할 정도로 말라 있었고, 턱수염을 길렀고, 이가 여러 개
없었고, 셔츠라기보다 넝마나 다름없는 옷을 걸치고 있었
다. 그렇게 야윈 몸에서 어떻게 그런 소리가 나오는지는 모
르겠지만, 그자가 말할 때마다 목소리가 쩌렁쩌렁 울렸다.
야, 이 새끼야. 좋은 말로 할 때 내놓을래, 아니면 뒈지게 맞
고 줄래? 경찰들에게 흠씬 두들겨 맞아 몸을 제대로 가누
지도 못하던 브란도는 하는 수 없이 아디다스 운동화를 벗
어 수염을 기른 불한당에게 넘겨주었다. 그는 눈 깜짝할 사
이에 신발을 신더니, 감방 바닥에서 끙끙 앓는 소리를 내며
자고 있던 주정뱅이들의 배를 걷어차면서 승리의 춤을 추
기 시작했다. 아까부터 트럭에 깔린 개처럼 미친 듯이 울부
짖던 자는 잠시도 비명을 멈추지 않았다. 그가 내지르는 비
명소리는 감방의 벽에 부딪히면서 사방으로 울려 퍼졌지
만, 브란도와 함께 있던 죄수들이 맞고함을 칠 때마다 그
고함 소리에 파묻히곤 했다. 이 병신 새끼야, 좀 조용히 하
라고! 좆같은 살인마 새끼야, 입 좀 닥쳐! 저 새끼는 제 엄
마를 죽인 놈이야. 마약에 취해 난동을 부리다가 엄마 대갈

통을 깼다더라고. 완전 또라이 새끼잖아. 그러고도 입만 열면 자기가 아니라 악마가 그랬다는 거야! 아이고 그러세요! 저런 새끼는 좀 터져야 정신을 차리지. 이 개새끼야, 좀 조용히 해라! 그 사이 브란도는 오줌이 흥건하게 고인 구석에 숨어 들어가 두 팔로 배를 감싸 안고 엉덩이를 벽에 바싹 붙인 채 웅크리고 있었다. 그런 자세로 웅크리고 있어야만 퉁퉁 부은 그의 내장이 피로 가득 찬 복부 밖으로 빠져나오지 않고 제자리에 붙어 있을 것 같았다. 그는 눈을 감고 있었음에도 감방의 우두머리가 주위를 어슬렁거리고 있는 것을 느낄 수 있었다. 저 미친놈의 살갗에서 풍겨 나오는 지독한 악취도 느낄 수 있었다. 야, 인마. 야……. 하지만 브란도는 손으로 귀를 막고 넌더리를 치며 머리를 흔들었다. 이미 그는 마지막으로 남아 있던 값진 물건을 저놈에게 바친 터였다. 대체 저놈은 나한테 뭘 더 바라는 걸까? 혹시 똥 묻은 팬티도 뺏을 셈인가? 아니면 피와 오줌이 튄 반바지? 그는 이미 저놈에게 테니스화를 바친 대신 이 구석 자리의 권리를 얻은 것이나 마찬가지였다. 그렇다면 몇 분 동안만이라도 상처의 고통을 달래며 혼자 조용히 흐느껴 울 권리가 있지 않을까? 비명을 지르던 남자는 복도 끝 어디에선가 여전히 흐느끼고 있었다. 형사들이 애정을 담아 '쪽방'이라고 부르던 작은 감방에서 나는 소리가 분명했다. 난 아니야, 엄마. 난 아니라고. 그는 고래고래 악을 쓰며 울부짖었다. 엄마, 그건 악마가 한 짓이야. 창문으로 들어온 그림자 말이야. 그때 난 자고 있었다니까, 엄마. 그건 악마의 그림자였어. 그러자 고주망태로 취해 있거나 죽도록 두들겨 맞지 않은 죄수들은 다시 휘파람을 불며 입에 담지 못할 욕설과 조롱을 퍼부어 댔고, 결국에는 그에게 시비를 걸기 시작했다. 심지어 몇몇은 감방 문을 지키던 교도관에게 다가가 묻기도 했다. 악을 쓰는 저 새끼를 우리한테 잠시 빌려주면 안 되겠수? 그렇게만 해 준다면, 저 망할 살인자 새끼가 비명을 지르면서 오줌을 질질 쌀 때까지 우리가 단단히 교육을 시켜 줄 건데. 야 이 호로새끼야! 아무리 그래도 어떻게 니 엄마를 죽일 수 있냐? 여기 있는 잘난 형사님들이 너 같은 놈을 곱게 내버려 두다니, 이게 말이 되는 소리야? 개놈의 새끼! 리고리토, 어디 있어? 또 그 양반 똘마니들은 어디에 처박혀 있기에 코빼기도 안 보이는 거야? 이왕이면 오줌 받아 놓은 통 좀 갖고 와. 저런 새끼는 오줌 속에 대가리를 처박아야 정신을 차리니까. 그리고 전선하고 배터리도 갖고 오라고. 당장 저놈의 불알을 튀겨 버릴 거니까! 하지만 리고리토 서장은 비야에 한 대밖에 없는 순찰차에 자기 심복들을 태우고 어디론가 사라진 뒤였다. 경찰서 뒤편에 있는 작은 방에서 브란도의 자백을 받아내자마자 마녀의 집으로 달려간 것이다. 돈은 어디 있어? 얼굴만 봐도 구역질이 나는 리고리토가 브란도에게 소리를 질렀다.

당장 불어. 그러지 않으면 쥐새끼처럼 물에 빠뜨려 죽여 버릴 거니까, 알겠냐 이 개새끼야. 당장 말하지 않으면 네 자지를 잘라서 똥구멍에 쑤셔 버릴 거야. 멍청한 새끼야, 알았어? 그들은 브란도에게 욕설과 협박을 퍼부어 가며 돈의 행방을 알아내려고 했다. 하지만 그는 똑같은 말만 되풀이했다. 집 안에는 아무것도 없었다니까요. 눈을 씻고 봐도 돈이 될 만한 물건이라고는 하나도 없었어요. 그건 다 사람들이 지어낸 거짓말이에요. 헛소문이라고요. 그 집에서 때가 꼬질꼬질하게 묻은 지폐 200페소와 거실 바닥 여기저기 떨어져 있던 동전 말고는 아무것도 찾지 못했던 브란도는 분노와 실망감에 휩싸여 어쩔 줄 몰라 했었다. 그는 그 장면을 떠올리다 결국 그 개자식들 앞에서 울음을 터뜨리고 말았다. 동네에 떠도는 소문처럼 현금 다발이나 금은보화로 가득 찬 궤짝 같은 건 없더라고요. 집 안은 쓰레기 천지였어요. 습기가 차서 곰팡이가 슬고 썩은 물건하고 종이 쪼가리하고 누더기 같은 쓰레기하고 도마뱀 똥하고 굶어 죽은 바퀴벌레밖에 없었다고요. 심지어 그 호모 새끼가 파티를 열 때 쓰던 스피커와 전축도 박살이 나서 온 바닥에 흩어져 있었고요. 아무래도 그 새끼가 갑자기 히스테리를 일으켜서 전축을 들고 2층으로 올라가 난간 아래로 집어 던진 것 같더라고요. 아무것도 없었어요. 정말 아무것도 없더라고요. 그가 형사들에게 말했다. 마침내 그들은 그의 허리와 엉덩이를 때리던 나무 몽둥이를―몽둥이가 얼마나 무겁던지 리고리토와 부하들은 번갈아서 그를 때려야만 했다―내려놓고 전선과 배터리를 보여 주었다. 전기 고문을 하겠다는 표시였다. 그들이 오줌 싼 반바지를 벗기고 천장에 매달린 파이프에 그의 손을 묶자, 브란도는 닫혀 있던 방에 대해 말할 수밖에 없었다. 마녀의 집 2층에 올라가면 항상 열쇠로 잠겨 있는 문이 하나 있었다. 그날 오후, 브란도와 루이스미는 그 문을 열기 위해 있는 힘껏 발로 차기도 하고 지렛대도 이용해 봤지만 모두 허사였다. 리고리토가 피복을 벗긴 전선을 불알에 갖다 대려고 하자, 브란도는 살인을 저지르고 시신을 농수로에 던져 버린 그날 밤 늦게 다시 마녀의 집을 찾아갔다고 자백할 수밖에 없었다. 루이스미하고 문라 몰래 나 혼자서 다시 그 집을 뒤져 볼 생각이었어요. 씹할! 어떻게 아무것도 없을 수가 있죠? 그래서 1층을 다 둘러보고 계단을 올라가서 위층에 있는 방을 다시 뒤져본 다음, 잠긴 문을 마체테로 부숴 버릴 생각도 했어요. 거기, 그 방 안에 분명 무언가 값나가는 게 있을 거라고 확신했거든요. 그렇지 않고서야 아무도 못 들어오게, 아무도 못 올라오게 문을 꼭 잠가 놓을 리가 없잖아요. 그가 그렇게 모든 것을 털어놓고 난 뒤에야, 수치와 분노와 욱신거리는 온몸 때문에 울고 난 뒤에야 망할 놈의 형사들은 흡족한 표정을 지었다. 그러고는 그를 끌고 나가 감방 안에 처넣더니 순찰차를 타고 어디론가 급히 가 버렸다. 소문으로만 떠돌던 돈을 찾으러 마녀의 집으로 간 게 틀림없었다. 필요하다면 총을 쏴서라도 문을 부술 인간들이었다. 하지만 브란도는 불길한 예감이 들었다. 아무리 리고리토라고 해도 아무것도 찾지 못한 채 빈손으로 경찰서에 돌아올 게 뻔했고, 그 화풀이로 브란도의 성기와 귀를 자른 다음 어두운 독방에 처넣을 수도 있었기 때문이었다. 그러면 그는 세워 놓은 관이나 다름없는 그 좁은 감방 안에서 피를 철철 흘리면서 죽을 수도 있었다. 아니면 눈깔이 뒤집혀서 자기 엄마를 죽였다는 그 미친놈과 함께 악명 높은 '쪽방'에서 즐거운 시간을 보내게 될 수도 있었다. 사실 리고리토 서장은 마녀의 죽음 따위에는 아무 관심도 없었다. 그 멍청이의 유일한 관심사는 금의 행방이었다. 금이라니요, 무슨 금이요? 브란도가 소리를 질렀지만, 돌아오는 것은 몽둥이질뿐이었다. 퍽. 그의 주먹이 브란도의 위장 깊숙이 꽂혔다. 어디에 숨겼는지 어서 말해. 빡. 리고리토는 브란도가 모른다는 말을 하기도 전에 다시 그의 등을 내리치더니 마치 그의 마음속을 훤히 들여다보고 있다는 듯 실실 웃으며 말했다. 내가 마음만 먹으면 밤을 새우고서라도 너 같은 살인자 새끼 입을 열게 할 수 있거든. 이런 일쯤이야 나한테는 거저먹기라고. 그러니까 괜히 헛짓거리 하지 말고 어서 불어. 돈 어디 있어? 어디다 숨겨 뒀냐고? 브란도는 너무 얻어맞아서 내

장이 다 터지고 엉덩이 살도 다 찢어진 것 같았다. 그 개자
식들은 그의 얼굴은 하나도 건드리지 않을 만큼 치밀했다.
그래야 내일 기자들이 몰려와 사진을 찍을 때도 브란도에
게서 무리하게 자백을 얻어내기 위해 가혹 행위를 했다는
소리가 나오지 않을 테니까 말이다. 그의 얼굴이 내일 아침
타블로이드 신문 1면에 도배되어 나오면 그의 어머니도 모
든 사실을 알게 될 터였다. 하지만 이미 이웃집 여자가 그녀
에게 달려가서는 형사들이 로케 씨네 가게 바로 앞에서 그
녀의 아들을 잡아 순찰차에 태우고 갔다는 소식을 알려 주
었을 것 같았다. 빌어먹을 리고리토는 아예 그를 호모 살해
집단의 우두머리라고 못을 박았다. 아무튼 구라 하나만큼
은 도가 튼 새끼였다. 그들이 죽인 게 하필 호모였을 뿐이
지, 브란도가 의도적으로 호모를 죽이려던 건 절대 아니었
다. 솔직히 말하자면, 물론 마녀는 그런 일을 당해도 싼 인
간이긴 했다. 추접스러운 호모인데다 파렴치하고 악독한
짓을 일삼는 자였기 때문이다. 그런 더러운 호모 새끼가 죽
었다고 해서 슬퍼하거나 그리워할 사람은 아무도 없었다.
물론 브란도도 자신이 저지른 짓을 후회하거나 뉘우치지
않았다. 그럴 이유가 없었으니까. 왜냐하면, 첫째로, 칼로
마녀를 찌른 건 그가 아니었다. 그는 단지 마녀에게 겁을
주려고 손을 좀 봐 준 것뿐이었다. 그렇지 않은가? 그것도
딱 두 번, 둘이서 그 집 안에 막 들어갔을 때와 나중에 마녀

를 문라의 트럭에 실었을 때, 딱 두 번 그랬을 뿐이었다. 그
년을 죽인 사람은 루이스미였다. 게다가 그런 불상사가 일
어난 것도 죄다 루이스미 때문이었다. 그 여자 목을 칼로
찌른 건 루이스미였다고요. 그는 리고리토에게 털어놓았
다. 브란도는 그 칼의 손잡이 끝부분을 쥐고 농수로에 던져
버렸을 뿐이었다. 하지만 경찰서장은 이런 사실에 대해서
는 전혀 알고 싶어 하지 않았다. 그는 오로지 돈, 그 좆같은
돈의 행방에만 관심이 있었다. 집 안에 돈은 없었다고, 정말
아무것도 없었다고, 모두 새빨간 거짓말이라고 브란도가
아무리 말을 해도 리고리토한테는 씨알도 안 먹혔다. 그때
브란도가 후회한 건 딱 한 가지였다. 그냥 좀 더 배짱을 부
려서 모두 다, 그러니까 망할 놈의 루이스미는 물론, 내친
김에 말만 번지르르한 절름발이 문라까지 죽이고는 진절머
리 나는 이 마을을, 호모들이 득실거리는 이 땅을 떴어야
했는데. 차라리 다 끌고 나와 한데 모아서 불에 태워 죽일
걸 그랬어요. 그는 경찰들에게 말했다. 이 마을에 사는 호
모 새끼들을 모두 잡아다 태워 죽였어야 했다고요. 으악!
피 좀 봐! 몽둥이로 배를 심하게 얻어맞아서 방광이 늘어졌
는지, 바지에 오줌을 지린 그는 간신히 걸을 수 있었다. 발
을 질질 끌며 걷는 내내 입안에서는 쇠맛이 났다. 형사들은
더러운 놈들이 바글거리는 감방 안으로 그를 던져 넣었다.
마치 사나운 짐승들에게 던져진 먹이 꼴이었다. 야, 이 새끼

봐라. 꼴에 새 운동화를 신고 있네. 어, 이것 좀 봐. 메이커 신발이잖아. 짝퉁이 아니라 진짜야. 루이스미에게서 슬쩍했던 2천 페소 중 상당 부분이 그 운동화를 사는 데 들어갔었다. 더구나 그 2천 페소는 마녀가 루이스미에게 라 상하에 가서 코카인을 사 오라고 준 돈이었다. 그런데 그 멍청한 새끼는 약을 얼마나 많이 빨았는지, 가는 도중에 브란도가 돈을 슬쩍 훔쳤는데도 전혀 알아차리지 못했다. 그 다음 날, 루이스미가 약은커녕 돈까지 잃어버린 채 빈손으로 돌아오자 마녀는 불같이 화를 냈다. 그녀는 루이스미가 자기를 속여 돈을 가로채려는 줄 알고 당장 그를 집에서 내쫓아 버렸다. 평소에도 그런 일이 자주 있었기 때문에 그녀로서는 화가 날만도 했다. 네 상판떼기는 두 번 다시 보고 싶지 않으니까 어서 꺼져. 마녀는 화가 날 때마다 늘 그랬듯 여자처럼 히스테리를 일으키며 그에게 소리를 질렀다. 잠시 후, 빌어먹을 그 호모가 바닥에 발을 동동 구르는 사이, 루이스미는 자기가 남의 돈이나 훔치는 도둑놈인 줄 아냐고, 자기는 아무것도 훔치지 않았다고, 어떤 놈이 그 돈을 슬쩍해 갔든지, 아니면 그때 제정신이 아니었다 보니 자기도 모르게 돈을 어디에 흘려 버렸을 수도 있다면서 꽥꽥 소리를 질러 댔다. 그렇게 한 편의 드라마를 찍던 두 사람 중 누구도 브란도를 의심하지 않았다. 그로부터 일주일 뒤, 사육제가 끝나던 날, 브란도는 그 돈을 들고 비야의 프린시파도

백화점에 가서 빨간 선이 그어진 흰색 아디다스 운동화를 샀다. 일단 신어 보니 끝내주게 멋있었다. 대체 누구 좆을 빨아 주고 얻은 거야? 그의 새 운동화를 본 친구들이 짓궂은 질문을 던질 때마다 그는 심드렁히 대꾸했다. 아, 이거? 우리 아버지한테 선물 받은 거거든. 그러나 그 아버지라는 자가 자기 가족을 만나러 이 마을을 찾아온 건 아주 오래전의 일이었고, 브란도와 엄마는 그가 송금해 주는 쥐꼬리만 한 돈으로 간신히 생계를 꾸려 가고 있었다. 그는 새 운동화가 어디서 났는지 굳이 엄마에게 설명할 필요도 없었다. 그의 엄마는 워낙 둔해서 브란도가 새 운동화를 샀는지조차 알아차리지 못했던 것이다. 그가 이전에 신던 구두는 엄마가 시장에서 사 온 거였는데, 유행이 지난 데다 워낙 싸구려라서 산 지 이틀 만에 구멍이 나고 가죽이 벗겨질 정도였다. 가난뱅이 티가 줄줄 흐르는 그 구두는 엄마의 단골 가게에서 난 물건이었다. 단골 가게라고 해야 허름하기 짝이 없는 곳이었지만, 아무튼 엄마는 그런 데에서 쓰지도 못할 허접한 물건들, 가령 플라스틱 천사상, 〈최후의 만찬〉 포스터, 그리고 양치기 도자기 인형과 동물 봉제 인형 따위를 사 와서 집 안을 가득 채웠다. 결국, 나중에는 소파에 앉을 수도 없을 지경이 되었다. 앉으려고 해도 먼지가 허옇게 쌓인 지저분한 물건들이 소파를 다 차지한 바람에 엉덩이를 둘 데가 없었던 것이다. 그래서 엄마가 오후에 동네 할망구들과 함께 묵주 기도를 올리기 위해 성당에 갈 때마다, 브란도는 소파 위에 쌓여 있는 봉제 인형을 하나씩 골라 속을 다 꺼내고는 마당으로 가져가 기름을 부은 뒤 불에 태워 버리곤 했다. 털이 활활 타오르는 인형들을 바라보면서, 그는 그것들이 뼈와 살을 가진 진짜 동물이기를, 가죽이 타는 고통을 이기지 못하고 비명을 지르는 토끼나 새끼 곰, 아니면 몽롱한 눈을 가진 고양이이기를 바랐다. 그를 이렇게 삐뚤어진 인간으로 만든 건 바로 엄청나게 둔하고 잘 속는 엄마였다. 따지고 보면 집에서 매일 콩만 처먹는 것도 다 엄마 탓이었다. 비록 얼마 안 되는 돈이긴 했지만, 엄마는 늘 아버지가 보내 주는 돈의 상당 부분을 신학교에 기부해 버렸던 것이다. 브란도는 엄마가 온종일 성당에 처박혀 그 망할 놈의 카스토 신부한테 알랑거리는 꼴이 너무 보기 싫었다. 그 신부는 집에 밥을 먹으러 오기만 하면 그를 못 잡아먹어서 안달이었다. 넌 왜 미사 보러 안 오냐? 이제 고해 성사는 안 드릴 참이냐? 넌 왜 그렇게 못된 놈들하고만 어울려 다니는 거냐? 브란도, 넌 어떻게 해야 사탄의 상징, 악마와 시체, 그리고 주님께 불경스러운 문구로 가득 찬 셔츠를 벗을 테냐? 그런 음악은 이제 쓰레기통에 버리는 게 어떻겠니? 그런 음악을 들으면, 넌 결국 악의 세계에, 파멸과 광기의 늪에 빠질 수밖에 없을 게다. 그런 식으로 가엾은 엄마를 괴롭히는 게 부끄럽지도 않아? 그러니까 금요일에는 몹쓸 친구들과 어울려 공원에서 술이나 마시지 말고, 미사를 드리러 가는 게 어떻겠니? 그날에는 여기 계신 카스토 신부님이 교구 내의 사악한 인간들을 위해서, 주술을 믿은 탓에 어둠의 힘과 지상을 떠도는 마귀와 유령의 손아귀에서 벗어나지 못하는 불쌍한 사람들을 위해서 미사를 올리신단다. 그래, 그건 네 엄마 말이 옳아. 그런 악령들은 누가 자기를 받아 줄지 보려고 언제나 산 사람 주위를 얼쩡거리거든. 주로 불경한 생각을 가진 사람들, 주술 의식을 행하는 이들, 또 미신에 사로잡힌 사람들이 그 대상이란다. 불행하게도 우리 마을은 그런 사람들로 넘쳐나지. 그건 이곳에 유독 아프리카의 후손들이 많아서이기도 하고, 인디오들이 가진 우상 숭배 풍습, 가난과 빈곤, 그리고 무지가 판치고 있기 때문이기도 해. 그런 미사라면 브란도도 잘 알고 있었다. 아들이 잡귀에 씌었다고 확신했던 그의 어머니가 어릴 때부터 그를 거기에 데려갔기 때문이었다. 그 미사는 너무 길었던 데다가 얼마나 지루한지 온몸이 뒤틀릴 정도였다. 특히나 카스토 신부가 미사 내내 라틴어로 기도문을 중얼거리는 바람에 브란도는 그가 대체 무슨 말을 하는지 하나도 알아들을 수 없었다. 하지만 참고 버티다 보면 재미난 구경거리가 생기기도 했다. 카스토 신부가 성수를 뿌리면서 사람들의 머리 위에 손을 얹을 때면, 앞쪽 신도석에서 몸을 뒤틀거나 흰자위만 보일 정도로 눈이 뒤집어지는 사람들이 꼭 있었기 때문이었다. 정신을 잃고 쓰러지는 할머니들도 있었고, 처음 듣는 언어로 고래고래 소리를 지르는 여자들도 있었다. 그들의 말에 따르면, 그건 성령이 충만해지면서 저절로 터져 나오는 방언이었다. 그 무렵 열두 살도 채 되지 않았던 브란도는 왜 엄마가 자기를 그런 데에 데려가는지, 어쩌다 자기 아들이 귀신에 씌었다고 확신하게 됐는지 도저히 알 수가 없었다. 게다가 브란도는 저 앞에 앉은 할머니들처럼 미사 도중에 소리를 지르거나 방역차가 뿌린 연막을 들이마신 지네들처럼 고통스럽게 온몸을 비틀고 싶지도 않았다. 하지만 엄마가 브란도에게 들려준 바에 따르면, 그는 한동안 자면서 무슨 말을 지껄이거나 울기도 하고, 자다가 벌떡 일어나 몽유병자처럼 집 안을 이리저리 돌아다니다가 눈에 보이지 않는 무언가에게 말을 걸거나 혼자 웃었다는 거였다. 그게 만약 악마에게 씌어서 그러는 게 아니라면, 이 애는 어쩌다 이렇게 갑자기 엄마 말도 안 듣고 삐뚤어지게 된 걸까? 그녀가 주머니에서 손 빼라, 만지지 말아야 할 곳에 손대지 마라, 화장실에서 추잡한 짓 하지 말고 당장 나오라고 하면, 이 애는 왜 엄마와 눈도 마주치지 않으려고 할까? 네가 죄짓는 모습을 하느님께서 보고 계시는데, 부끄럽지도 않니? 브란도, 하느님께서는 모든 걸 보고 계신단다. 특히나 네가 하느님께 들키고 싶지 않은 짓, 화장실 문을 잠그고 들어앉아 바닥에 내 잡지를 펴놓고 하는 짓, 잠 못 이루는 밤에 너 혼자 하게 된 짓, 설마 공원을 어슬렁거리면서 너를 꼬드겨 술이나 먹는 네 못된 친구들이 이런 짓들까지 가르쳐 준 건 아니겠지, 아무튼 그분은 그런 짓들까지 모두 보고 계신단다. 야, 너 오늘 딸딸이 몇 번 쳤는데? 이 새끼, 하도 자주 하니까 손바닥에서 털이 나잖아. 봤어? 야, 니 손 한번 보라고 새끼야! 그러자 브란도는 자기 손바닥을 물끄러미 내려다보았다. 그래도 이 새끼가 아니라고 하지는 않네? 괜히 또 허세 피우죠? 사실 니 좆은 잘 서지도 않을 건데, 안 그래? 거기서 술을 마시면서 담배를 피우던 남자들—그들 중 몇몇은 그보다 나이를 갑절이나 더 먹었다—에게 둘러싸인 브란도는 얼굴이 빨개진 채 그들의 말을 바로 되받아쳤다. 뭔 소리야. 시도 때도 없이 서는데. 정 못 믿겠거든 너네 엄마한테 물어보시고. 그러자 남자들은 우스워 죽겠다는 듯이 박장대소했다. 그렇게, 브란도는 공원에서 가장 후미진 벤치에서 어울려 놀던 패거리들의 일원이 된 것 같아 가슴이 뿌듯해졌다. 하지만 그 망나니들은 브란도를 만나기만 하면 이름이 호모 같다거나 고추가 작다고, 또 열두 살이나 먹었으면서 그 누구의 몸속에도 정액을 싸지른 적이 없다면서 그를 놀려 댔다. 이 덜 떨어진 새끼야! 야 인마, 난 네 나이 때 이미 학교 선생들까지 따먹었다고. 헛소리 좀 작작 해, 윌리! 가타라타가 소리쳤지만 윌리는 아랑곳하지 않았다. 이 망할 새끼가 지금

나랑 장난하나. 너, 그날 기억 안 나? 6학년 때 보레가 그 새끼가 선생한테 요힘빈[50]을 먹인 날 말이야. 그걸 먹고 실성한 사람처럼 굴더니 바닥에 쓰러져 발작했잖아. 아무튼 그년이 가슴 하나는 죽여줬는데 진짜. 근데 그날 뒤로는 떡치는 건 둘째 치고 그년을 본 사람도 없었어. 그 뒤로 아예 학교로 돌아오지 않았으니까. 그건 그렇고, 6학년 때 우리가 진짜로 따먹은 놈이 하나 있었잖아. 아, 이제 기억난다! 넬손이야. 무탄테가 말했다. 맞아. 그 자식이 넬손이었지. 그 호모 새끼는 지금쯤 어디서 뭘 하고 있을까? 들리는 말로는 마타코쿠이테로 가서 미용실을 차렸다던데. 그리고 이제는 더 이상 넬손이 아니라, 에벨린 크리스탈로 이름을 바꿨대. 그 호모 새끼, 엉덩이 하나는 정말 끝내줬는데. 야 인마, 기억나? 그 새끼, 우리가 자기를 지켜보고 있는 줄 빤히 알면서도 시치미를 딱 떼고 엉덩이를 실룩실룩 흔들면서 우리 앞을 지나다녔잖아. 사실 우리가 그놈을 따먹을 때만 해도 걔는 아직 애새끼였는데, 하지만 우린 굶주린 늑대처럼 탐욕스러운 눈빛으로 그 엉덩이를 쳐다봤지. 아주 질릴 정도로 말이야. 그러다가 그 새끼를 철길 쪽으로 데리고 가서 차례대로 그 엉덩이를 쑤셨고. 너네도 기억나냐? 그때

---

50 요힘베 나무의 껍질에서 추출한 알칼로이드 성분이다. 최음제의 일종으로도 알려져 있으나 과학적으로는 검증되지 않았다.

그 호모 새끼는 얼마나 좋았는지 기뻐서 질질 짜기까지 했잖아. 우리 자지를 전부 보고 너무 좋아서 정신을 못 차린 거지! 브란도, 솔직히 말해 봐. 넌 그 누구의 몸속에도 그걸 넣어 본 적이 없지? 와, 씹할! 그럼 남창 새끼하고 한 적도 없다는 거야? 정말이야? 돼지나 양 새끼하고도 안 해 봤어? 그 망나니들은 배를 잡고 웃었다. 브란도는 손톱을 물어뜯으며 씩 웃기만 했다. 열두 살이나 열세 살 때는커녕, 열네 살이 된 그때까지도 그는 한 번도 여자아이와 해 본 적이 없었기 때문이었다. 기껏해야 화장실 바닥에 엄마의 반짝거리는 잡지를 펴놓고 딸딸이를 쳐 본 게 다였다. 그러고 나면 정액이 튀어 얼룩진 잡지를 엄마 몰래 쓰레기통에 버려야 했다. 공원에서 노닥거리던 놈팡이들은 그에게 자위를 많이 할수록 성기가 커질 거라고 했지만, 그건 다 개소리였다. 사실 브란도는 자기 성기의 길이, 아니 그보다는 굵기 때문에 늘 속을 태우고 있었다. 그는 자기 성기가 너무 가늘고 시커먼데다가 밑동이 자줏빛을 띠고 있어서 마음에 걸렸다. 솔직히 말해서, 자기가 보기에도 너무 작은 것 같았다. 특히 엄마 잡지에 나오는 비키니 차림의 여자들이 지겨워질 때마다 윌리한테 돈을 주고 샀던 포르노 영화에 나오는 남자들의 괴물 같은 성기와 비교하면 자기 것은 정말 좆만하기 짝이 없었다. 윌리가 일하던 가게는 비야의 낡고 허름한 동네 뒤쪽 깊숙한 곳에 있는 공중 화장실 옆에

있었다. 그가 해적판 비디오들을 숨겨 놓은 그곳은 겉으로
는 술을 파는 가게였지만, 그의 본업은 포르노 영화와 귀리
통 속에 숨겨 놓은 프리롤[51] 마리화나를 파는 것이었다. 브
란도가 처음 포르노 영화를 사러 온 날, 윌리는 배꼽을 잡
고 웃었다. 야 이 새끼야. 이제 네 손바닥에서 털이 자랄 테
니까 두고 보라고. 윌리가 그에게 말했다. 이러니 얼굴에 여
드름이 잔뜩 돋았지. 너 말이야, 딸딸이를 너무 많이 쳐서
그렇게 비쩍 마른 거라고. 그러자 브란도가 발끈했다. 그게
당신하고 무슨 상관인데? 그는 윌리의 조롱에 화가 머리끝
까지 났지만, 그를 따라 뒷방으로 가려면 참는 수밖에 없었
다. 일단 뒷방으로 가서 반짝이는 종이에 흐릿하게 인쇄된
영화 표지를 훑어보면서 영화를 고르고, 윌리가 건네는 마
리화나를 두어 모금 빤 다음, 집으로 달려가 거실에 있는
비디오 플레이어에 그 영화를 넣고 볼 생각이었다. 엄마가
미사에 가거나 묵주 기도를 드리러 간 동안에는 영화를 실
컷 즐길 수 있었다. 엄마가 집에 돌아오려면 적어도 몇 시간
은 걸릴 테니까, 그때까지 마음에 드는 장면이 나오면 몇
번이고 돌려보면서 텔레비전 앞에서 자위를 할 수도 있었
다. 그가 특히 마음에 들어 한 장면은 덩치가 어마어마한

---

51 사용자의 편의를 위해 미리 궐련 형태로 말아 놓은 마리화나를 가리
킨다.

흑인이 자동차 보닛 위에서 가슴이 풍만한 금발 여자와 섹스하는 장면과 두 여자가 커다란 딜도를 이용해 서로의 엉덩이를 격렬하게 비비는 장면, 그리고 침대에 묶인 중국 계집애가 두 남자와 동시에 섹스를 하면서 악령에 씐 사람들이 카스토 신부의 미사 때 그랬던 것처럼 눈이 뒤집어진 채 흐느껴 우는 장면이었다. 하지만 그런 부분도 워낙 많이 보다 보니 금방 싫증이 나고 지겨워졌다. 그러던 어느 날, 그는 우연히─윌리의 실수인지, 아니면 멕시코시티에서 이 해적판 비디오를 만든 놈들의 실수였는지 모르겠지만─ 자신의 삶을 송두리째 바꿔 놓을 그 장면을 처음으로 보았다. 그의 성적 환상에 커다란 전환점을 가져다준 중대한 사건이었다. 서로 다른 두 영화 사이에 살짝 끼어 있었던 그 영상에는 아주 호리호리한 몸매의 여자아이가 실오라기 하나 걸치지 않은 채 등장했다. 단발에 소년 같은 얼굴을 한 그 아이의 어깨에는 옅은 빛깔의 주근깨가 깨알처럼 박혀 있고, 가슴은 작았지만 끝이 뾰족하게 솟아 있었다. 그런데 그 아이와 함께 커다란 검은 개도 등장했다. 그레이트데인 교배종으로 앞발에 양말을 신고 있었던 그 개는 침을 질질 흘리면서 그 여자아이를 쫓아다니느라 방 안을 쉬지 않고 뛰어다녔다. 마침내 아이를 가구 쪽으로 몰아넣은 그 짐승은 시커먼 주둥이를 아이의 가랑이 사이로 집어넣더니 분홍색 혀로 역시 분홍색인 그녀의 그곳을 핥기 시작했다. 마지막 장면에서 아이는 백치 같은 미소를 흘리면서 브란도가 전혀 알아들을 수 없는 말로 시커먼 개를 나무라는 척했다. 그 영상은 2분 후에 끝났다. 마지막 장면에서 아이가 안락의자에 털썩 주저앉자, 개는 그녀 위에 올라타 우스꽝스러운 노란색 양말을 신은 앞발로 아이의 어깨를 눌렀다. 그러자 아이는 딱딱하게 발기된 짐승의 성기에 얼굴을 가까이 갖다 대고 앵두처럼 빨간 입술을 벌려 성기의 끝을 빨려고 했다. 그 순간, 돌연 영상이 끊어지더니 1초 동안 퍼런 화면만 나타났다. 잠시 후, 가슴을 성형한 금발 여자가 남자의 성기를 빠는 장면이 나오자 브란도는 실망감을 감추지 못하고 끙 앓는 소리를 냈다. 혹시 그 여자아이와 개가 나오는 장면이 이어지는지 보려고 서둘러 빨리 감기를 눌러 봤지만 허사였다. 그 장면, 그 2분을 몇 시간 동안 반복해 보면서 만족하는 수밖에 없었다. 하지만 그는 개가 어떻게 여자아이와 섹스를 하는지 꼭 보고 싶었다. 그 계집아이가 짐승의 자지를 빤 다음, 뒤로 돌아 엎드리면 시커먼 개가 올라타 그 아이의 핑크빛 보지 속에 끈적끈적한 정액이 가득 찰 때까지 무자비하게 박아 댈 것이다. 그러고 나면 신음 소리를 흘리며 역겨운 짐승을 밀어내려고 하는 계집아이의 창백한 허벅지 위로 미지근한 정액이 쭈르르 흘러내릴 거였다. 상상 속의 그 장면은 그때부터 몇 달 동안 브란도의 뇌리를 잠시도 떠나지 않았다. 아주 난감한 상황이

나 장소에서도, 브란도의 자지는 그 장면만 떠올리면 자기
도 모르게 빳빳해졌다. 그는 학교에서 여자아이가 바닥에
떨어진 연필을 주우려고 몸을 숙이는 모습만 보고서도 금
세 엉뚱한 상상에 빠져들었는데, 그건 바로 시커먼 개로 둔
갑한 자기가 그 여자아이에게 올라타 발로 누른 다음, 날
카로운 이빨로 팬티를 물어뜯고 시커먼 자지를 무자비하게
그 아이의 몸속에 박는 장면이었다. 어쩌다 한밤중에 잠에
서 깨어나면 그 영상을 떨쳐 버리기 위해 자위를 할 때도 있
었다. 그런다고 그 장면이 머릿속에서 아예 사라지지는 않
았지만, 그렇다고 그 시간에 거실에서 비디오를 틀 수도 없
었다. 엄마가 언제나 자기 방의 문을 열어 둔 채 자기 때문
이었다. 그럴 때마다 그는 몰래 뒷마당으로 빠져 나가 옥상
으로 올라간 다음, 이웃집 창문에 달린 쇠창살을 사다리 삼
아 내려와 거리로 나갔다. 그러고는 늘 반복되는 원시적인
의식이 열리는 곳이 어디인지 알려 주는 신호 — 조용히 짖
는 소리와 가느다란 신음 소리 — 를 찾아 텅 빈 거리를 쏘다
녔다. 주로 살펴본 곳은 로케 씨네 가게 뒤쪽의 좁은 골목
길이나 성당 맞은편 화단 사이, 아니면 마을 외곽으로 이어
지는 벌판의 후미진 곳이었다. 그런 곳에 가면, 거룩한 정적
속에서 교미를 하려고 모인 주인 없는 개들의 희미한 그림
자가 엉켜 있는 걸 볼 수 있었다. 놈들은 혀를 빼물고 날카
로운 송곳니와 빳빳해진 성기를 드러낸 채 서로의 서열을

확인했고, 그러면서 발정이 나 헐떡거리는 암캐 주변을 어슬렁거렸다. 그런데 암캐는 어떻게 첫 번째 짝을 고를까? 브란도의 눈에 녀석들은 모두 훤칠하고 늠름해 보였다. 다들 잘생기고, 자기와는 다르게 자신에 차 있는 모습이었다. 그는 녀석들을 놀라게 하거나 자극하지 않기 위해 적당한 거리를 두고 그들을 지켜보았고, 그러면서 오른손을 이용해서 멀리서나마 난교 모임에 참여했다. 그렇게 혈관을 뜨겁게 태우던 그 독액을 마지막 한 방울까지 모두 땅에다 쏟아 내고 나면, 그는 다시 집으로 돌아가 이불 속으로 기어들어갔다. 불알에 가득 차 있던 독소를 모두 없애고 나면 마음이 평온해지고 숭고한 공허감이 밀려오면서 온몸이 나른해지고 졸음이 몰려왔는데, 어쩌면 그건 그의 몸속에 악마가 도사리고 있다는 명백한 증거일 수도 있었다. 카스토 신부는 악령에 사로잡힌 이들의 얼굴에는 반드시 어떤 흔적이 나타나기 마련이라고 했다. 브란도는 거울에 비친 자기 얼굴에서 그런 흔적을 찾아내려고 애를 썼지만, 그 어떤 것도 눈에 띄지 않았다. 심지어 어두운 밤에 세면대 앞에 서서 거울에 비친 자기 얼굴을 오랫동안 찬찬히 살펴보기까지 했지만, 자기 안에 사탄이나 악마가 도사리고 있다는 증거는 어디에도 보이지 않았다. 거울에 비친 것은 기미가 낀 얼굴과 통통하게 살이 오른 볼, 그리고 평소처럼 언짢은 눈빛을 비롯해 별다른 특색이 없는 것들뿐이었다. 그는 자기 눈에서 악의에 찬 빛이 번득이기를 바랐을 것이다. 눈동자 깊숙한 곳에서 붉게 타오르는 불빛이 보이거나, 이마 위로 한 쌍의 뿔이 솟아날 조짐이라도 있었거나, 아니면 갑자기 뾰족한 송곳니라도 길게 자라났더라면 얼마나 좋았을까. 씹할. 그런 거 뭐라도 있었으면 이런 멍청한 얼굴보단 나았을 건데. 비쩍 말라서 비실비실한 이 꼬라지 좀 보라고. 하긴 도둑고양이처럼 밤마다 몰래 기어나가니 그럴 수밖에. 게다가 갈수록 그런 일이 점점 잦아져서 걱정이야. 하긴, 요즘에는 마리화나도 꾸준히 피우기 시작했으니까 살이 찔 수가 없지. 예전에는 토요일에 윌리네 가게에 갈 때만 피웠지만, 이제는 집에서 딸딸이치기 전에도 피우고, 또 공원에서 놈팡이들을 만날 때도 피워 대니까. 그 무렵 브란도는 학교를 마치고 나면 윌리, 무탄테, 루이스미를 비롯한 멍청이들과 어울려 럼주를 마시면서 마리화나를 피우거나 본드를 빨았고, 돈이 생기면 코카인을 흡입하면서 시간을 때우곤 했다. 그러던 어느 날, 문라가 그들을 파블로 형제들이 사는 동네인 라 샹하까지 태워 주기로 했다. 그렇게 마타코쿠이테 근방에 도착한 그들은 터무니없이 싼 가격에 파는 코카인을 샀지만, 콧속이 아리고 얼얼해지는 게 싫었던 브란도는 차라리 담배나 마리화나를 한 모금 더 빨았으면 했다. 그는 폐를 가득 채우면서 감각을 기분 좋게 마비시키는 마리화나의 달차근한 연기를 좋아했는데, 그 연기에서 특

히 마음에 들어했던 건 비닐 탄내였다. 반대로 그는 코카인
에 취하면 아무것도 느끼지 못했고, 심지어 그 여자아이와
개의 영상을 봐도 전혀 흥분되지 않았다. 원래 그는 화면
속에서 여자아이와 개가 쫓고 쫓기는 장면을 보면서 몇 시
간이고 자위를 할 수 있었다. 소년 같은 얼굴에 주근깨가
가뭇가뭇한 예쁜이, 그리고 여태 본 것과는 전혀 다르게 생
긴 핑크빛 음부. 물론 그가 열다섯, 아니 열여섯 살이 될 때
까지 여자의 성기에 자기 그것을 집어넣은 적은 딱 두 번뿐
이었지만―그나마 흥분도 되지 않았다―어쨌든 그 아이처
럼 핑크빛을 띤 보지는 본 적이 없었다. 이게 다 마약 때문
이야. 코카인, 맞아, 코카인 때문에 이렇게 된 게 틀림없어.
그걸 들이마시면 온몸이 나른해지면서 정신이 멍해지니까.
그리고 그 새끼들. 뒤에서 나를 비웃던 그 새끼들 때문이
야. 특히 그때 그 망할 년 때문이잖아. 그년하고 하려고 했
는데 물건이 안 서는 바람에 집어넣지도 못했으니까. 진짜
쪽팔렸다고! 하지만 그날 문제가 생겼던 건 순전히 코카인
과 술 때문이었다. 게다가 그는 그 전날에 한숨도 자지 못
했던 것이다. 그날 밤 그는 처음으로 그 망나니 패거리들과
수다를 떨면서 밤을 새웠고, 그러면서 처음으로 엄마의 명
령과 비야 사육제에 관한 카스토 신부의 경고를 무시했다.
신부에 의하면, 사육제는 진정한 의미의 축제라기보다 이
교도적인 타락의 늪에 빠진 행사였고, 마을의 젊은이들이

간음과 악행을 저지르게 만드는 광란의 도가니였다. 하지만 엄마와 함께 집 안에 갇혀 지내는 게 지겨웠던 브란도는 저 멀리서 들려오는 축제 행렬의 음악 소리와 밤새 길바닥에서 술 마시고 흥겹게 춤추며 왁자지껄하게 떠드는 소리, 귀를 찢는 듯한 폭죽 소리, 심야의 싸움판에서 술병이 깨지는 소리, 술에 취해 울부짖는—그러다 토할 때는 잠잠해졌다—소리, 그리고 매년 성당 옆에 설치되던 놀이 기구가 작동할 때 나오는 익숙한 노랫소리를 엿듣곤 했다. 브란도는 사육제가 끝나고서야 그 금속 괴물들을 볼 수 있었다. 그때 그 괴물들은 이미 해체돼 아스팔트 바닥에 널려 있었고, 거기에 달려 있던 전구와 네온등은 재의 수요일에 드리운 아침 햇살을 받아 우중충한 빛을 띠었다. 그날 아침, 엄마는 미사를 드리기 위해 그를 끌고 성당에 갔다. 길거리에는 쓰레기와 맥주 깡통, 빈 술병 따위가 여기저기 널려 있었고, 누더기를 걸친 농부 가족이 색종이 조각으로 뒤덮인 보도 위에서 세상모르고 코를 골며 자고 있었다. 브란도는 사육제가 열리기 며칠 전부터 온 마을을 휩쓸던 열광과 흥분과 삐까번쩍한 조명과 불꽃놀이가 어떻게 정신을 잃고 토사물 웅덩이에 쓰러져 있는 망나니들로 가득한 개판으로 변해버리는지 늘 궁금했다. 열여섯 살이 된 브란도는 엄마 몰래 사육제에 가기로 마음먹었고, 그 사실을 안 엄마는 막돼먹은 망나니라고 욕을 하면서 울고불고 야단을 피웠다. 심지

어 아버지한테 다 일러바칠 거라고 윽박지르기까지 했지
만, 브란도는 어이가 없어 헛웃음만 지었다. 이미 집안에서
위세와 영향력을 잃은 지 오래된 아버지를 들먹여 봐야 소
용이 있을 리 없었다. 애초에 그 남자는 이 동네에 들르기
는커녕 전화 한 통 주지 않은 지 오래였는데 말이다. 브란
도가 어이없는 웃음을 지은 건 그토록 멍청하고 둔해 빠진
엄마 때문이었다. 아버지가 딴살림을 차렸다는 것을 모르
는 사람은 비야가르보사에서 엄마밖에 없었을 터였다. 그
의 아버지는 이미 팔롱가초에서 다른 여자와 살림을 차렸
고, 어린 자식들도 있었다. 그럼에도 브란도 모자에게 굶어
죽지 않을 만큼 돈을 보내 주는 것은 순전히 동정심 때문이
었다. 하지만 엄마는 어리석게도 현실을 애써 외면한 채 하
루 종일 성당에만 틀어박혀 있었다. 열심히 기도하고 빌면
하느님의 뜻에 의해 모든 것이 예전으로 돌아갈 수 있으리
라고 믿는 눈치였다. 실제로 그녀는 브란도가 마치 자폐증
에 걸린 것처럼 말없고 온순한 아이로 되돌아갈 것이라고
믿었다. 어쩌다 예전처럼 고분고분해진 브란도가 마치 어
린 신랑이라도 된 듯이 엄마의 팔짱을 끼고 거리로 나가면,
공원의 놈팡이들은 멀리서 그를 조롱하며 야유를 퍼부었
다. 어이, 마마보이 브란디![52] 아직도 엄마가 네 밑을 닦아

52 **Brandi.** 브란도의 애칭이다.

주냐, 브란디? 아직도 네 엄마가 목욕시켜 주면서 때밀이 돌로 때 밀어 주셔? 그리고 어린 천사들의 꿈을 꾸면서 잠들도록 네 잠지를 잡아 당겨 주시고? 넌 언제까지 엄마 치마폭에 싸여 살 거냐고, 브란도? 계속 혼자서 딸딸이나 치는 게 창피하지도 않아? 계집애들하고 떡 한 번 못 쳐본 게 부끄럽지도 않아? 야 인마, 한판 시켜 줄 테니까 우리한테 오라고. 망나니들이 그에게 소리쳤다. 계집애랑 떡을 쳐 보라고. 지금 당장. 그날 밤, 브란도는 엄마가 깨기 전에 몰래 집을 나와 그들과 함께 사육제 행렬에 끼어들었다. 그로서는 처음 맞이하는 사육제였다. 브란도는 그때까지 친구들과 어울려 밤을 샌 적이 한 번도 없었고, 물론 정확히 말하면 밤이 아니라 그다음 날의 이른 새벽이긴 했지만, 아무튼 화려하게 꾸며 놓은 마차의 스피커에서 온갖 종류의 음악이 한꺼번에 흘러나오는 난장판 속을 망나니들과 함께 싸돌아다니며 밤을 새운 건 그때가 처음이었다. 브란도는 술에 취해 휘둥그레진 눈으로 주위를 두리번거리며 가두 행렬 도우미들의 맨살과 도로에 구름처럼 몰린 군중의 낯선 얼굴들, 그리고 어디서 나왔는지 기괴한 가면을 쓰고 불쑥 나타나서는 정신이 팔린 어른들의 머리에 밀가루와 색종이 조각이 든 달걀을 던지는 꼬마들을 멍하니 바라보았다. 연기가 자욱한 2월의 밤공기는 맥주 거품과 타코 노점의 기름, 맛있는 튀김, 마리화나와 쓰레기, 벤치에 갈겨 놓은 오줌과 배설물, 주변에 북적거리는 몸들이 내뿜는 땀 따위의 냄새로 채워져 있었다. 비야의 광장에는 군중들이 옥좌에 앉은 여왕 주변으로 몰려드는 것을 막기 위해 수도에서 급파된 경찰들이 북적였고—물론 이들이 할 수 있는 일은 거의 없었다—, 옥좌에 앉은 어린 여자아이는 튤[53]과 은빛 비단을 휘감고 있어서 마치 옛날 공주처럼 보였다. 얼굴에 억지웃음을 띤 채 멍한 눈으로 허공을 바라보던 아이는 등 뒤의 스피커 벽에서 흘러나오는 라틴 리듬에 맞춰 가녀린 팔다리를 흔들었고, *A ella le gusta la gasolina*(그녀는 가솔린을 좋아하지), 한 손을 허리춤에 대고, 다른 손으로 왕관을 잡은 채, *dale más gasolina*(그녀에게 가솔린을 더 주라고), 뭔가에 굉장히 놀란 것 같으면서도 멍한 그 시선, *cómo le encanta la gasolina*(그녀가 가솔린을 얼마나 좋아하는지), 여자아이는 발아래에 모인 술주정뱅이들이 외치는 음탕한 말에 놀란 듯했는데, 그건 욕설이라기보다 욕정에 더 가까운 말이었으니, *dale más gasolina*(그녀에게 가솔린을 더 주라고).[54] 경찰이 조금 더 가까이 갈 수 있도록 해 준다면, 그

---

53 실크나 나일론으로 망사처럼 짠 천으로 베일이나 드레스 등을 만드는 데 쓰인다.

54 이 노래는 푸에르토리코 출신의 대디 양키Daddy Yankee가 2004년에 발표해 빌보드 라틴 앨범 차트에서 1위를 차지한 〈가솔린 Gasolina〉의 일부다.

들은 언제든지 날카로운 이빨로 여왕의 부드러운 살을 물어뜯고 집어 삼킬 준비가 되었다는 듯 눈을 희번덕거렸다. 브란도는 태어나서 그렇게 많이 웃어 본 적이 없었다. 얼마나 많이 웃었던지 나중에는 눈물을 흘리며 발작을 할 정도여서 바닥에 쓰러지지 않도록 벽과 친구들을 꽉 붙잡아야 했다. 맥주와 마리화나 때문에 얼굴이 홍당무처럼 빨개진 그를 그토록 웃게 만든 건 정신 나간 여자들, 그리고 유명한 비야가르보사 사육제를 즐기기 위해 전국 방방곡곡에서 몰려든 동성애자와 크로스드레서와 트랜스젠더 무리였다. 그들은 몸에 꽉 끼는 발레리나 의상을 입거나, 아니면 나비 날개가 달린 요정이나 관능적인 적십자 간호사, 치어리더, 근육질의 체조 선수, 게이 경찰, 뾰족 구두를 신은 배불뚝이 캣 우먼[55]으로 분장한 채 사람들에게 치근덕거리며 마을의 거리를 활보했다. 웨딩드레스를 차려 입은 여장 남자들은 좁은 골목길에서 미친 듯이 남자아이들을 쫓아다녔고, 엉덩이와 가슴이 엄청나게 커서 몸통이 피에로처럼 보이는 남색꾼들은 농부들의 입술에 키스를 하려고 달려들었다. 외계인처럼 머리에 안테나를 달거나 원시인처럼 몽둥이를 든 채 게이샤처럼 얼굴에 하얀 분을 덕지덕지 바른 호모들, 원숭이 변장을 하거나 스코틀랜드 전통 복장을 입거나 진정한 마초처럼 꾸미고 나온 호모들, 특히 마초 호모들은 얼핏 보통 남자와 다르지 않아 보였지만, 그들이 선글라스를 벗는 순간, 눈썹을 모두 밀어 민숭해진 이마와 무지 갯빛으로 반짝이는 눈꺼풀과 선정적인 눈빛이 훤히 드러났다. 또 함께 춤춰 주기만 하면 맥주를 사 주는 남장 여자들, 마음에 드는 남자를 독차지하기 위해 주먹다짐을 벌이는 호모들도 있었다. 구경꾼들이 둘러서서 왁자지껄하게 웃는 가운데, 그들은 서로의 가발과 머리 장식을 잡아채고 악다구니를 쓰며 땅바닥에 뒤엉켜 뒹굴었고, 땅바닥에는 벗겨진 의상과 장식이 나뒹굴었고, 피가 뿌려졌다. 소란으로 가득한 난장판에 정신이 팔린 나머지 시간 가는 줄도 몰랐던 브란도는 막 동이 튼 것을 알아차렸지만, 친구들은 축제를 계속 즐기려면 코카인을 사야 한다고 우기면서 문라에게 연락하더니 코카인을 사러 가게 라 상하까지 차를 태워 달라고 했고, 정신을 차려 보니 브란도는 이미 그의 트럭에 타고 있었다. 운전석을 힐끗 쳐다보니 절름발이 아저씨가 마타코쿠이테 방향으로 차를 몰고 있었다. 일이 이렇게 된 건 모두 마리화나와 술, 그리고 왁자지껄한 분위기 때문이었다. 브란도는 초록색 옷을 입은 여자애가 언제 그들 사이에 끼었는지, 그리고 언제 그들과 함께 그 트럭에 올라탔는지 전혀 기억나지 않았는데, 애초에 걔가 누구인지, 이름이

---

55 미국의 DC 코믹스 '배트맨' 시리즈에 등장하는 여성 악당으로, 주로 고양이 모양의 타이즈를 입고 있다.

뭔지 아는 사람은 아무도 없었다. 하지만 그 애는 별로 대수롭게 여기지 않는 눈치였다. 그보다 그 애는 몸이 얼마나 달떴는지, 술에 취해 몽롱한 채로도 어설프게 손을 휘저으며 친구들의 자지를 잡으려 했다. 제일 먼저 용기를 내서 그애의 옷을 벗기려 한 놈은 윌리였다. 그는 여자애의 가슴을 옷 밖으로 꺼내더니 마치 우유라도 짜려는 듯 거칠게 젖꼭지를 잡아당겼지만, 여자애는 그의 손길을 뿌리치기는커녕 오히려 신음 소리를 흘리며 빨리 박아 달라고 애원했다. 여기, 뒷자리에서 한 명씩 돌아가면서 박아 줘, 제발. 그러자 그 놈팡이들은 그 아이가 시키는 대로 했다. 처음은 제일 밝히는 윌리, 그 뒤를 이어 무탄테와 가타라타, 그리고 보레가와 카니토까지, 문라만 빼고 모두 그녀를 덮쳤다. 운전을 하던 문라는 못마땅한 표정을 지으며 백미러로 그들이 하는 짓을 다 지켜보고 있었다. 망할 새끼들, 시트를 정액 범벅으로 만들어 놓으려고. 루이스미도 거기에 가담하지 않았다. 그는 약기운에 취해서 뒷좌석 유리창에 머리를 기댄 채 곯아 떨어져 있었다. 반면 브란도는 흥미와 공포가 뒤섞인 표정으로 그 장면을 바라보았다. 털이 부숭부숭한 그 잿빛 보지에서 나는 냄새 때문에 속이 뒤집어지는 것 같았다. 원래 여자의 밑구녕에서는 저런 냄새가 나는 걸까? 그렇다면 그 영화에서 개하고 했던 여자아이의 여린 보지에서도 저런 냄새가 날까? 좆같네. 그는 유리창으로 고개를 홱 돌려 사탕수수 밭 위에 펼쳐진 푸르스름한 하늘을 쳐다보았다. 하지만 잠시 후, 친구들이 부르는 소리가 들렸다. 브란디. 오, 브란디. 이제 너만 남았어, 브란디. 야 인마, 뜸들이지 말고 어서 박으라고. 당장 하지 않고 뭐해, 이 새끼야. 윌리가 소리쳤다. 저년 깨기 전에 어서 하라니까. 아무리 봐도 그 계집애는 연이어 하다가 까무러친 것 같았다. 정확히 어떻게 된 건지 아는 사람은 없었고, 그저 모두들 큰소리로 웃으며 야유를 퍼부었다. 브란도, 이 새끼야. 어서 하라고. 당장 박으라니까. 전혀 내키지 않았지만 차마 거부할 수 없었던 브란도는 뒷자리로 넘어가 바지에서 거시기를 꺼냈고, 저런 변태 새끼들 앞에서 엉덩이를 까고 싶지 않다는 이유로 바지는 내리지 않은 채, 그녀의 들린 다리 사이에 무릎을 꿇고 앉아서 자지가 조금이라도 딱딱하게 서게 해 달라고―마지막으로 남아 있는 신앙을 모두 끌어 모아―마음속으로 빌었다. 거기에 집어넣는 척이라도 할 수 있게 해 달라고, 저 망할 새끼들 앞에서 개망신만 당하지 않게 해 달라고. 자지가 조금씩 부풀어 오르는 느낌이 들자, 그는 눈을 질끈 감고 비디오에 나온 여자아이와 개를 떠올리며 오른손으로 그녀의 몸을 몰래 잡아당기고는 끈적끈적한 그 구멍 속에 성기의 끝을 집어넣었는데, 그 순간 배에 따뜻한 물줄기가 튀는 것이 느껴졌다. 밑을 내려다보자 바지 앞부분과 셔츠 자락에 거무스름한 얼룩이 퍼져나가고 있었고, 구역질을 삼킨 그는 새된 비명을 지르며 트럭 옆문으로 나자빠졌다. 그 자리에 있던 놈들은 그런 꼴을 보고 잠시 입을 열지 못하다가 브란도의 가랑이와 돼지 같은 계집애가 계속 뿜어내는 오줌발을 가리키며 폭소를 터뜨렸다. 저 새끼한테 오줌을 갈겼어! 놈들이 미친 듯이 웃으며 소리쳤다. 저 새끼가 떡을 치는 사이에 저년이 오줌을 갈겼다니까! 뭐 저런 게 다 있어! 와, 저렇게 더러운 년은 태어나서 처음 보네! 그 순간 브란도가 그 여자애에게 달려들어 얼굴에 주먹질을 했지만, 배꼽을 잡고 웃느라 정신이 없었던 놈들은 아무도 말리지 않았다. 그나마 다행히, 문라가 파블로 형제의 구역에서 50미터 떨어진 곳에 트럭을 세웠다. 문라는 오줌 냄새 때문에 미칠 것 같다고 투덜거리면서 저 여자애를 당장 도로 밖에 내려놓으라고 으름장을 놓았다. 그렇게 하지 않으면 브란도가 계속 두들겨 패다가 자칫 저 애의 얼굴이 내려앉거나 이가 다 날아갈 수도 있고, 심지어 죽을 수도 있다는 거였다. 물론 자지와 옷에 더러운 오줌을 갈겨 놓았으니 화가 날 만도 했지만, 브란도는 무엇보다 저년 때문에 저 병신 같은 새끼들 앞에서 웃음거리가 됐다는 사실에 분통이 터졌다. 저 개망나니들은 앞으로 몇 년 동안이고 이 일을 가지고 브란도를 놀려먹고도 남을 놈들이었던 것이다. 분노가 목구멍까지 차올랐지만, 괜히 그런 티를 냈다가는 놈들로부터 더 심한 괴롭힘을 당할 게 뻔

했기 때문에 브란도는 이를 악물고 참았다. 브란도가 자기
보다 열 살이나 많은 레티시아를 애인으로 삼은 것도 어쩌
면 바로 이 사건 때문이었을 것이다. 놈들의 관심을 딴 데
로 돌리고, 그 사건을 모두의 뇌리에서 지워버리기 위해서
─물론 너무 오랫동안 자위를 해서 손이 지겨워진 탓도 있
지만─말이다. 아무튼 엉덩이가 유난히 큰 그 흑인 여자는
로케 씨의 가게에서 그와 마주칠 때마다 그에게 추파를 던
졌었다. 레티시아는 유부녀였다. 그녀의 남편은 매일 팔로
가초를 오가는 정유 회사의 직원이었고, 그 때문에 하루 종
일 혼자 집에 있어야 했던 그녀는 외롭고 지루한 나머지 담
배를 사러 갈 때마다 사람들을 붙잡고 별의별 이야기를 쏟
아 내곤 했다. 그러나 브란도는 그녀와 이야기를 나누지 않
았고, 가게에 들어설 때마다 자신을 쳐다보던 그녀의 시선
도 애써 무시했다. 마침 그때마다 로케 씨가 가게 앞 보도
에 갖다 놓은 게임기로 동네 꼬마 녀석과 게임을 하느라 정
신이 팔려 있었던 것이다. 그는 그녀에게 말을 걸지 않았지
만 노골적으로 그녀의 엉덩이를 쳐다보곤 했고, 물론 그의
음흉한 속내를 모를 리 없었던 그녀는 걸을 때마다 보란 듯
이 엉덩이를 요란스럽게 흔들었다. 채찍질당하고 깨물리고
벌받기 위해 이 세상에 태어난 듯한 탐스러운 엉덩이. 그러
던 어느 날, 그녀는 공원의 망나니들이 보는 앞에서 그에게
윙크를 하고 손짓을 했다. 브란도는 그녀를 따라 집으로 가

는 수밖에 없었다. 이 새끼, 정말 운 좋네. 그가 돌아오자 녀석들이 말했다. 그는 그들에게 의기양양한 목소리로 말했다. 그 여자가 문을 열더니 안으로 들어오라고 하더라고. 그러더니 아무 말도 하지 않고 곧장 뒤돌아서서 치마를 올리는 거야. 안에 아무것도 입지 않았다는 걸 보여 주려고 말이지. 그래서 그 자리에서 바로 했어. 그가 그들에게 말했다. 처음에는 현관 복도에 서서 하다가, 나중에는 거실 의자에 기대서 하고, 다음에는 2층 창가로 올라가서 혹시 남편이 빨리 퇴근하는지 보려고 커튼 사이로 바깥을 엿보면서 했다고. 그런데 그 여자는 남편하고 자는 곳이라면서 침대에서는 죽어도 못 하겠다고 했고, 자지를 빨아 달라는 브란도의 요청도 끝내 거부했는데, 정액 냄새를 맡으면 자꾸 구역질이 나서 평소에도 그런 짓은 안 한다는 거였다. 나도 네 거기서 나는 냄새 때문에 역겨워 죽겠다고 브란도는 속으로 투덜거렸지만, 그 말을 입 밖으로는 꺼내지 않았다. 아무튼 그는 선 채로 그녀의 뒤에서 하거나 의자에 그녀를 엎드리게 한 다음 뒤에서 할 때 짜릿한 쾌감을 느꼈고, 그때마다 그녀는 신음 소리를 내면서 머리를 잡아당겨 달라고, 엉덩이를 꽉 잡고 옆으로 벌려서 자지를 깊숙이 넣어 달라고, 더 세게 박아 달라고 울면서 애원했다. 사실 브란도는 어떻게 해도 오르가슴을 느낄 수는 없었지만, 그런 것까지 친구들에게 다 털어놓을 수는 없는 노릇이었다. 그리고 레티시아는 이를 전혀 눈치채지 못했거나, 아니면 애초에 신경조차 쓰지 않는 것 같았다. 그녀는 그저 자기가 브란도 덕분에 오르가슴에 도달해서 행복해할 뿐이었다. 넌 지금까지 내가 만났던 남자들 중에서 최고야. 그녀가 말했다. 마음이 너그럽기도 하지만, 섹스를 가장 오래 했으니까. 그녀는 브란도가 뒤에서 떡을 치는 동안 900번이나 오르가슴을 느꼈다고 했다. 물론 그는 갈수록 피곤해졌고, 지쳤고, 온몸이 땀으로 뒤범벅이 된 데다 지루해졌다. 그녀의 몸속에 들어갈 때 느꼈던 쾌감은 점점 혐오감으로 변했는데, 레티시아가 오르가슴에 도달할 때마다 악취가 심해져서 울컥 구역질이 솟았기 때문이었다. 그는 일부러 눈을 감고 개랑 놀던 여자아이와 산딸기 꿀 향기가 날 듯한 그 아이의 부드럽고 티 없는 분홍색 보지를 떠올려 봤지만 아무 소용이 없었고, 얼얼할 정도로 따끔거리는 레티시아의 보지와 거기서 나는 썩은 생선 냄새 때문에 발기가 풀리자마자 잽싸게 그녀의 몸에서 빠져 나와 화장실로 달려가 문을 잠갔다. 그러고는 미끌미끌한―하지만 속은 비어 있었다―콘돔을 빼서 변기 속에 던져 버리고 손과 자지, 불알을 비롯해 레티시아의 보지에 닿은 곳은 죄다 구석구석 깨끗이 씻기 시작했다. 하지만 그는 집에 돌아간 뒤에도 그 냄새가 몸에 밴 것 같은 느낌 때문에 자꾸 샤워를 해야만 했다. 물론 공원의 망나니들한테 그런 이야기는 하지 않았고, 대신 뒤에서 박을 때 그녀의 갈색 엉덩이가 자기 아랫배에 철썩 철썩 부딪칠 때의 느낌은 하나도 빠짐없이 자세하게 설명해 주었다. 그러면서 있지도 않은 거짓말을 꾸며내 그들에게 떠벌렸는데, 예를 들어 레티시아가 자기 자지를 어떻게 빨았는지, 포르노 영화에서 본 것처럼 그녀가 자기 얼굴과 가슴에 사정을 해 달라고 애원을 했다든지, 뭐 그런 이야기였다. 하지만 그는 그들에게 그녀를 차 버리고 싶다는 말을, 그리고 더 이상 그녀의 집에 가서 떡을 치고 싶지 않다는 말을 꺼내지는 않았다. 솔직히, 그는 그녀가 필요했다. 그녀의 출렁이는 엉덩이와 야릇한 신음 소리와 꽉 조여 주고 냄새나는 보지가 필요했다. 돼지 같은 년이 자지에 대고 오줌을 싼 일로 더 이상 놀림을 당하지 않으려면 그런 지저분한 이야깃거리를 계속 찾아서 그 새끼들을 즐겁게 해 주는 수밖에 없었다. 그 새끼들이 아직도 그 일을 우려먹는데 어떡하냐고, 개새끼들이! 하여간 움직이는 건 뭐든 붙잡아 떡을 쳤던 그 새끼들은 심지어 술이나 마약 살 돈을 얻으려고 호모 새끼들하고도 씹질을 하는 개망나니들이었다. 물론 가끔은 다른 이유 없이 그냥 질펀하게 놀기 위해서 그럴 때도 있었다. 예를 들면 사육제 때 떼를 지어 비야로 몰려오는 호모들하고 할 때처럼 말이다. 처음에 브란도는 놈들의 그런 짓거리를 미친 짓으로 여겼지만, 반박할 수 없을 만큼 논리 정연한 그들의 주장에 빠진 뒤로는 어느 정도 익숙해졌다. 야 인마, 설마 호모가 네 자지를 빨아 준 적이 한 번도 없는 건 아니겠지. 코카인 때문에 턱 관절이 뻣뻣해진 윌리가 이상한 목소리로 말했다. 넌 지금 얼마나 좋은 걸 놓치고 있는지 아예 모르고 있다고. 보레가가 끼어들며 말했다. 그 새끼들을 만나면 땡 잡는 거야. 입으로 해 주지, 그것도 모자라 네 엉덩이에 박아 주지, 또 나중에는 술도 한턱 낸다니까. 그러니까 너는 눈을 감고 어떤 년이 빨아 주고 있다는 생각만 하면 돼. 이번에는 무탄테가 말했다. 야! 너 정말 호모하고 한 번도 해 본 적 없어? 녀석들은 조롱하는 듯이 웃으며 그에게 묻곤 했다. 네 불알을 빨려고 무릎 꿇고 앉아서 개새끼처럼 낑낑거리는, 호리호리하면서도 단단한 몸을 가진 호모랑 말이야. 그 망나니들은 브란도를 만나기만 하면 어떻게든 머리를 짜내 골탕을 먹였다. 어쩌다 마음을 모질게 먹은 브란도가 그놈들을 향해 호모짓이나 하는 한심한 남창들이라고 놀리려 하면, 그놈들은 결국 그를 경험도 없는 불쌍한 쪼다로 만들어 버리고 말았다. 니가 얼마나 호구 같아 보였으면 그 더러운 년이 네 자지에 오줌을 다 쌌겠냐! 좆같은 새끼들. 물론 실제 호모들이 그들의 말처럼 다 그렇게 재미있고 멋지지만은 않았고, 브란도도 그 점을 잘 알고 있었다. 윌리를 비롯한 이 패거리 놈들—설마 얼간이 같은 루이스미마저 그럴 줄 누가 알았겠는가!—과 놀아난 대부분의 호모들은 젊은 육체와 싱싱한 자지를 찾아 목요일부터 토요일까지 비야의 주점으로 우르르 몰려 오는 늙어 빠진 배불뚝이들, 아니면 계집애처럼 몸을 배배 꼬는 놈들뿐이었다. 늙고 못생기고 반쯤 정신이 나간 인간들. 그 망할 놈의 마녀처럼 말이다. 라 마토사의 사탕수수 밭 한복판에 있는 소름끼치는 집에 틀어박힌 채 늘 여자 옷을 입고 지내는 마녀. 어렸을 적에 브란도는 그의 요상한 눈빛만 떠올려도 머리털이 곤두서곤 했다. 그건 마녀가 정말로 수상한 짓을 해서라기보다는 주변 사람들한테 들었던 이야기 때문이었다. 그 옛날, 브란도의 엄마도 거리에서 놀고 있는 아들을 보면 곧장 집으로 들어오라고 성화를 부렸는데, 그래도 그가 집에 들어가기 싫어 고개를 저으면 엄마는 고함을 질렀다. 당장 들어오지 않으면 마녀가 와서 널 잡아갈 거야. 그 무렵의 어느 날, 브란도는 아주 우연히, 또 우연치고는 공교롭게, 한 정신 나간 여자가 거리를 지나가는 모습을 발견했다. 머리끝에서 발끝까지 검은색으로 차려 입고 베일로 얼굴을 완전히 가린 채 이따금씩 비야에 나타나던 여자, 마을 사람들이 마녀라고 부르는 그 여자였다. 그때 브란도의 어머니는 그녀를 가리키며 아들에게 말했다. 너 봤니? 마녀가 널 잡으려고 여기로 오고 있잖아. 브란도가 고개를 드는 순간 기괴한 유령 같은 얼굴이 눈앞에 나타났고, 브란도는 황급히 집으로 달려가 잽싸게 침대 아래 숨었다. 그 일이 있은 후에 그가 다시 길거리에 나가서 놀기까지는 아주 오랜 시간이 걸렸으니, 그는 그 정도로 마녀를 무서워했었다. 물론 시간이 흐르면서 두려운 마음은 기억의 저편으로 사라졌지만, 친구들과 어울려 그 재수 없는 호모 년의 집으로 몰려가 광란의 파티를 열 때마다 그 두려움은 악몽처럼 되살아나곤 했다. 왜냐하면 **마녀**는 자기가 틀어박혀 사는 집에 놀러 온 패거리에게 맥주는 물론 여러 독주와 함께 마약까지 내놨던 것이다. 라 마토사의 사탕수수 밭 한복판, 제당 공장 바로 뒤에 있는 그 저택은 너무 흉물스러운데다 불쾌한 느낌마저 들어서 브란도의 눈에는 어설프게 묻어 놓은 죽은 거북이의 등껍질처럼 보였다. 잿빛을 띤 음침한 건물 측면에는 지저분한 부엌으로 이어지는 작은 문이 있었는데, 거기로 들어가 복도를 따라가면 군데군데 바닥이 갈라져 있고 쓰레기봉투가 사방에 널려 있는 커다란 거실과 2층으로 올라가는 계단이 나왔다. 하지만 계단 근처에서 기웃거리다 걸리면 호모가 불같이 화를 냈기 때문에 그 위로 올라가 본 사람은 아무도 없었다. 그리고 층계를 내려가면 **마녀**가 광란의 파티를 여는 일종의 지하실 같은 곳이 나왔는데, 거기에는 안락의자와 스피커는 물론, 마타코쿠이테의 나이트클럽에서나 볼 수 있는 사이키 조명도 있었다. 일단 그녀의 초대를 받고 그 지하 감옥 같은 곳에 들어가고 나면 그 빌어먹을 호모는 늘 어디론가 사라졌다. 그러다 한참 뒤, 그녀는 베일을 벗어 던지고, 짙은 화장에 심지어 반짝이가 달린 색색의 가발까지 쓴 채 다시 나타났다. 마녀는 그렇게 등장하기 전에 먼저 남자애들에게 술과 함께 밭에서 손수 기른 마리화나와 우기 동안 소똥 아래에서 자란 버섯을 따서 만든 시럽을 주었다. 마리화나와 마찬가지로 그 버섯 시럽도 남자애들을 흥분시켰고, 또 정신을 멍하게 만들고 어지럽혔다. 그렇게 모두 곤드레만드레 취하거나 환각에 사로잡혀—벽이 녹아 흘러내렸고, 갑자기 누군가의 얼굴이 문신으로 뒤덮였고, 마녀의 머리에는 뿔이 나고 어깻죽지에는 날개가 돋았고, 그녀의 살갗은 붉게 변했고 눈에서 노란 빛이 났다—입을 헤 벌리고, 일본 만화에 나오는 캐릭터들처럼 눈을 휘둥그렇게 뜬 채 헤롱거릴 때쯤이 되면 스피커에서 쿵쾅거리는 음악이 흘러나왔다. 그러면 마녀가 지하실 안쪽에 있는 거울로 둘러싸인 무대 위에 올라가 노래를 불렀는데, 말이 노래지, 고음이 제대로 올라가지 않는 그 목소리는 돼지 멱따는 소리 비슷한 괴성이었다. 브란도는 그 노래를 잘 알고 있었다. 어머니가 집안일하는 동안 지역 라디오 방송에서 자주 틀어 준 노래였다. 감상적이고 슬픈 가사를 담은 노래를 주로 틀어 주던 그 방송. *y la verdad es que estoy loca por ti, que tengo miedo de perderte alguna vez*(그리고 사실 나는 이미 너에게 푹 빠져 있어, 혹시라도 언젠가 너를 잃을까 봐 두려워)[56], 혹은 *seré tu amante o lo que tenga que ser, seré lo que me pidas tú*(나는 당신의 연인이든 뭐든 될 거야, 나는 당신이 시키는 것이라면 뭐든 될 거야)[57], 혹은 *detrás de mi ventana, se me va la vida, contigo pero sola*(내 유리창 뒤로 내 삶이 떠나가고 있어, 당신과 함께 있지만 나는 혼자야)[58] 같은 노래였다. 그 망할 마녀는 노래를 부를 때면 손에 마이크를 들고 멍한 눈빛으로 허공을 바라보다가, 옅은 미소를 지으면서 금방이라도 울음을 터뜨릴 것 같은 표정을 짓곤 했다. 마치 자기가 팬들에 둘러싸인 채 진짜 무대나 스타디움에 서 있는 줄로 착각하고 있는 듯했다. 브란도는 그 광경을 이해할 수 없었다. 같이 온 친구들과 자기 발로 걸어 들어온 또 다른 멍청이들, 그리고 근처 농장에서 일하는 녀석들과 어디서 왔는지 알 수 없는 계집애 같은 놈들이 죄다 가만히 서서 넋 나간 사람처럼 멍하니, 아니면 겁먹은 표정으로 그 여자를 쳐다만 보고 있었던 것이다. 빌어

---

56 멕시코의 가수 아나 가브리엘(Ana Gabriel: 1955~)의 〈사랑의 증거 Evidencias〉라는 곡으로, 1992년에 발표한 앨범 《실루엣Silueta》에 수록되어 있다.

57 미국의 싱어송라이터 제니 리베라(Jennie Rivera: 1969~2012)가 부른 〈당신의 품으로 돌아가게 해 줘Déjame volver contigo〉라는 곡의 일부다.

58 멕시코의 가수 유리(Yuri: 1964~)의 〈내 유리창 뒤로Detrás de mi ventana〉라는 곡으로, 1993년에 발표한 앨범 《새로운 시대Nueva era》에 수록되어 있다.

먹을 호모 년에게 야유를 퍼붓거나, 그 따위로 부를 거면 당장 닥치라고 소리치는 이는 아무도 없었다. 솔직히 브란도는 귀신이 나올 것처럼 으스스한 그 집에 가고 싶지 않았다. 코카인에 취해 흥분한 상태에서 굳이 햇빛 한 점 들지 않는 골방에 갇힌 채 엄마가 좋아하던 형편없는 노래나 듣고 싶지는 않았으니까. 편집증적인 망상에 사로잡힌 그는 눈을 감거나 졸기만 하면 그 자리에 모여 있던 놈들이 미리 짜고 자기의 옷을 벗긴 뒤 강간할지도 모른다고 생각했다. 사실 그 집에 갔다가 **마녀**가 사탕처럼 나눠 주는 알약을 먹고 나서 바보가 된 듯 멍해지거나 눈을 반쯤 감은 채 낄낄거리는 놈들이 꽤 많았다. 언젠가 한 번은 **마녀**가 빌어먹을 그 알약을 먹어 보라고 집요하게 권하는 바람에, 브란도는 하는 수 없이 그 약을 받아 삼키는 척해야만 했다. 하지만 곧바로 약을 뱉어 내고는 앉아 있던 의자 가장자리에 슬쩍 끼워 넣었다. 그는 그 자리에 가만 앉은 채, 알약을 먹은 놈들이 하나둘씩 의자 위에 털썩 주저앉거나 바닥에 쓰러지는 모습을 지켜보았다. 주변에 있는 녀석들은 약에 너무 취한 나머지, 현란한 조명 아래에서 아무렇게나 몸을 흔들고 있는, 마치 태엽 장치로 움직이는 커다란 인형이나 살아 움직이는 마네킹 같은 그 미친 변태에게 박수갈채를 보내지도 못했다. 하지만 진짜 개 같은 일은 그 후에 일어났다. 망할 놈의 호모 새끼가 노래랍시고 소리만 꽥꽥 지르다 지쳐 무대에서 내려오자, 그 다음으로 노래를 부르겠다고 마이크를 잡은 놈이 루이스미였던 것이다. 누가 그렇게 하라고 한 것도, 등을 떠민 것도 아닌데, 녀석은 마치 그날 밤 내내 그 순간만을 기다린 것처럼 마이크를 잡더니 눈을 반쯤 내리깔고 노래를 부르기 시작했다. 독한 럼주와 담배 때문에 쉰 목소리가 그의 입에서 흘러나왔다. 루이스미, 이 개새끼야! 너 지금 장난하는 거야? 저 자식이 그렇게 노래를 잘할 줄 누가 알았겠는가? 생쥐같이 생긴 말라깽이가, 게다가 약에 절어 사는 놈이 어떻게 저렇게 아름답고 깊은 목소리를, 놀라울 정도로 맑으면서도 남자다운 목소리를 낼 수 있을까? 그때까지 브란도는 루이스미라는 별명이 가수 루이스 미겔[59]의 목소리와 닮아서 붙은 거라는 사실을 전혀 모르고 있었다. 그는 그 별명이 녀석의 외모를 매몰차게 조롱한 것인 줄 알고 있었다. 햇볕에 탄 듯 곱슬곱슬한 머리에 삐뚤삐뚤하게 난 치아, 그리고 비쩍 마른 몸은 그 유명 가수의 수려한 외모와 정반대였기 때문에 그런 생각이 들 만도 했다. *No sé tú*(당신은 어떤지 모르겠지만), 녀석이 노래를 불렀다. *pero no dejo de pensar*(난 단 한 순간도 생각을 떨칠 수가 없어), 유리처럼 맑은 목소리로, *ni un minuto me*

---

59 루이스 미겔 가예고 바스테리(Luis Miguel Gallego Basteri: 1970~)는 감미로운 목소리와 감상적인 발라드로 세계적인 인기를 끈 멕시코의 가수다. 루이스미 Luismi는 루이스 미겔을 줄인 말이다.

logro despojar(단 1분도 당신에게서 벗어나지 못하겠어), 기타 줄처럼 파르르 떨리는 목소리, *de tus besos, tus abrazos, de lo bien que lo pasamos la otra vez*(당신의 키스와 포옹에서, 지난번에 우리가 즐겁게 보낸 시간에서).[60] 브란도는 감정이 북받치는 듯 목이 메면서 몸에 닭살이 돋았다. 그 순간 뱃속에 경련이 일자, 그는 아까 머금은 알약을 제때 뱉지 않아서 그런 건지도 모른다고, 어쩌면 지금 이 모든 게 환각 아니면 기괴한 악몽일지도 모른다고 생각했다. 어쩌면 싸구려 럼주를 너무 많이 퍼마시고 마리화나를 너무 많이 피워서, 아니면 이 으스스한 집에서 저 미친 여자와 너무 오래 같이 있어서 환각에 빠진 걸 수도 있었다. 그는 루이스미의 목소리를 듣고 얼마나 감동을 받았는지에 대해 누구에게도 털어놓지 않았다. 그놈의 노래를 들으려고 계속 **마녀**의 파티에 갔다는 걸 인정하느니 차라리 죽는 편이 나을 듯했다. 솔직히 말해 몇 년 동안 계속 그 집에 드나들었는데도, 그 미친 여자와 이야기를 나눌 때면 늘 머리끝이 쭈뼛해졌다. **마녀**는 그 인상부터 불쾌하고 으스스한 느낌을 주는 데다, 꼬챙이처럼 마른 팔다리를 움직일 때는 마치 방금 생명의 숨결을 받아서 줄이 끊어진 채로 움직이는 꼭두각시 인형처럼 부자연스럽고 뻣뻣했다. 만약 브란도가 자기 마음 내키는 대로 할 수 있었다면 그는 **마녀**에게 단 한 마디도 건네지 않았을 것이다. 애초에 그는 그 집에 자

기 발로 간 적이 없었고, 늘 패거리의 등쌀에 못 이겨 따라 간 것뿐이었다. 비록 언젠가 딱 한 번, 루이스미가 노래를 부르는 동안 지하실 안락의자에 앉아 **마녀**가 자지를 빨도록 내버려 둔 적은 있지만 말이다. 그때는 그냥 빨리 끝내도록 내버려 두는 수밖에 없었다. 괜히 밀쳐 냈다가는 그호모 새끼한테 당장 쫓겨날 게 뻔했기 때문이었다. 브란도는 그 야심한 시각에 혼자서 갈대밭을 지나 비야로 돌아가고 싶지 않았다. 그래서 때가 되면, *No sé tú*(당신은 어떤지 모르겠지만), 그는 자지를 밖으로 꺼내, *pero yo quisiera repetir*(다시 한 번 말하고 싶어), 호모 새끼가 자지를 빨도록 내버려 두었다, *el cansancio que me hiciste sentir*(당신으로 인해 느낀 피로감), 그는 눈을 지그시 감고 루이스미의 노래를 들었다, *con la noche que me diste*(당신이 내게 준 밤과 더불어), 하지만 그는 마녀가 무슨 짓을 하든 절대 거기에 휘말리지 않았다, *y el momento que con besos construiste*(그리고 당신이 키스로 만들어 낸 그 순간). 마녀가 징그러운 혀로 자지를 핥으면서 애무하는 동안, 그는 보레가와 무탄테한테서 이미 귀가 따갑게 들었던 조언을 따라 눈을 감고 다른 일을 떠올렸다. 하지만 그는 그녀가

---

60 루이스 미겔의 대표곡 〈당신은 어떤지 모르겠지만No sé tú〉의 일부로, 그의 여덟 번째 앨범 《로만세Romance》(1992)에 수록되어 있다.

얼굴에 손을 대거나 입술에 키스하는 것만큼은 절대 용납하지 않았다. 그래, 살다 보면 호모 새끼들한테 사랑을 받고 그 대가로 술 몇 잔 얻어먹을 수는 있었다. 잠깐 꾹 참고 그 새끼들의 엉덩이나 입에 더러운 짓 좀 해 주고 몇 푼 벌수도 있었다. 하지만 **마녀**와 뒤엉킨 채 온몸을 더듬거리면서 진한 키스를 나누는 루이스미처럼 더러운 짐승이 되는건 완전 다른 문제였다. 그 둘이 놀아나던 꼴을 보던 브란도는 자기가 그렇게까지 치를 떠는 이유를 알지 못했다. 그모습은 무탄테가 마녀와 떡을 치면서 온갖 똥지랄을 떠는것만큼 역겨운 장면은 아니었는데도 말이다. 어쩌면 그는, 저 깊은 무의식 속에서, 호모와 키스하는 일이야말로 자신의 남성성을 무너뜨리는 일이라고 생각하고 있는지도 몰랐다. 키스, 남들이 다 보는 앞에서 저 미친년이랑 키스할 생각을 하다니. 사실 브란도는 언제나 루이스미를 괜찮은 녀석으로, 수수하지만 사내다운 녀석으로 여기고 있었다. 루이스미는 브란도보다 한두 살밖에 더 먹지 않았지만, 하고싶은 게 있으면 아무한테도 말하지 않고 그냥 해 버리는 성미를 가진 놈이었다. 심지어 녀석은 자기가 매일 술에 취해집에 돌아갈 때마다 울고불고 난리를 치면서 가슴팍을 치는 그의 어머니, 신경질적인 데다 독실한 신자인 척하는 어머니한테도 절대 속을 드러내지 않았다. 루이스미는 갖고싶은 게 있으면 뭐든지 다 자기 손에 넣고, 하고 싶은 게 있으면 뭐든지 다 해야 직성이 풀리는 녀석이었다. 어떤 돼지 같은 창녀가 질펀하게 놀다가 그의 자지에 오줌을 갈긴다고 해도 그를 조롱할 수 있는 놈은 아무도 없었다. 아무튼 그 누구도 루이스미에게 함부로 시비를 걸지 않았다. 처음에 브란도는 그 점이 그렇게 부러울 수가 없었다. 하지만 얼마 후, 골빈 계집애들 아니면 호모 새끼들을 구하러 친구들과 함께 고속 도로변의 술집을 드나들기 시작할 무렵, 브란도는 루이스미에게 어두운 그림자가 드리워져 있다는 사실을 알게 되었다. 그가 가는 곳이면 어디든 따라다니는 그림자는 바로 그의 사촌 **도마뱀**이었다. 못생기고 삐쩍 마른 데다 입이 커서 딱 도마뱀처럼 생긴 그년은 가끔 씩씩거리며 술집에 들이닥쳐서는 사람들이 보는 앞에서 루이스미의 따귀를 때리고 헝클어진 머리를 휘어잡아 밖으로 질질 끌고 나가곤 했다. 정신 나간 저년이 왜 저러는지, 왜 루이스미를 그토록 미워하는지 아는 이는 아무도 없었다. 같이 노는 패거리가 그 사촌 이야기를 꺼내며 조롱할 때마다, 루이스미는 서글픈 미소만 지었다. 그는 그녀에 대해서는 단 한마디의 말도 꺼내지 않았다. 들리는 말에 따르면, **도마뱀**은 그가 남창 짓을 하는 현장을 잡으려고 늘 그의 주변을 살피고 있다고 했다. 어떻게든 할머니가 녀석의 상속권을 박탈하게 만들 만한 건수를 잡으려고 집요하게 물고 늘어진다는 거였다. 그런 사촌에 비하면 루이스미는 좀 모자라 보였지만, 실제로는 그렇지 않았다. 그는 언제나 **도마뱀**의 감시를 피해 호모들과 즐겼다. 적어도 그날 밤, 정신 나간 그년이 마녀의 집에 들이닥칠 때까지는 한 번도 걸리지 않았다. 그날 밤, 브란도는 바수코[61]를 한 대 피우려고 마당에 나가 부엌 문가에 무성한 잎을 드리운 타마린드 나무 아래로 갔다. 그가 바수코를 피우러 마당까지 나간 건 지하실의 분위기 때문이었다. 안 그래도 지나치게 흥분된 분위기 때문에 신경이 거슬렸는데, 현란한 사이키 조명 속에서 마녀가 마이크를 잡고 울부짖는 데다가 신시사이저까지 귀를 찌르는 듯한 소리를 내자 버틸 수가 없었던 것이다. 그래서 그는 잠시나마 혼자서 벌레들의 노래와 들판을 휩쓸고 지나가는 바람 소리를 벗 삼으려고, 눈을 크게 뜨고 밤하늘을 바라보면서 조용히 바수코를 피우려고 마당으로 나왔다. 그런데 좆같은 바람이—담배 종이 속에 코카인 가루와 마리화나 줄기를 섞어 놓은—바수코 끄트머리에서 빨갛게 타들어 가는 불꽃과 기분을 좋아지게 만드는 연기를 자꾸 날려 버리려고 했다. 그때 갑자기 모든 게 또렷하게 보인 건 코카인 때문이었을까. 아니면 시간이 흐르면서 마당에 깔린 어둠에 눈이 익숙해진 걸 수도 있었다. 하지만 불씨도 끄지 않은 꽁초를 바람에 흔들리는 사탕수수 밭 속으로 던진 직후, 브란도는 길에서 자기 쪽으로 다가오는 사람의 형체를 보았다. 흙길을 따라 조용히 움직이는 구부정하고 여윈 그림자. 눈을 가늘게 뜬 브란도는 그게 누구인지 금세 알아차렸다. 루이스미의 사촌, 도마뱀이라고 불리는 그 여자애였다. 하지만 그가 타마린드 나무의 가지에 가려져 있었기 때문인지, 아니면 마치 전구 주변으로 미친 듯이 날아드는 딱정벌레처럼 부엌 문 위에 매달린 전구의 불빛에 현혹된 탓인지, 그녀는 그를 보지 못했다. 브란도는 당장 그녀를 부르고 싶었지만, 갑자기 장난기가 발동해서 아주 가까이 올 때까지 입을 꾹 다물었다. 그녀가 살며시 문을 열려고 하는 찰나, 그는 아주 낮고 으스스한 목소리로 그녀를 불렀다. 어디 가? 그녀가 다친 새처럼 가느다란 비명을 지르며 겁에 질린 표정을 짓자, 브란도는 배꼽을 잡고 웃기 시작했다. 분명 그 멍청한 년은 너무 놀라서 속옷에 오줌을 지렸을 거였다. 그도 그럴 것이, 그녀는 잔뜩 얼어붙은 표정으로 타마린드 나무에서 눈을 떼지 못했던 것이다. 환한 불빛이 막 나뭇가지 뒤에서 걸어 나온 브란도의 피식거리는 얼굴을 비출 때까지 말이다. 그제야 도마뱀은 그를 알아본 것 같았다. 이 돌대가리 새끼야, 대체 네 대가리 속에는 뭐가 들었니? 그녀는 울먹이는 목소리로 간신히 말했다. 너무 놀라고 화가 나서 목이 메었는지 끽끽거리는 소리가 났다.

---

61 마리화나에 코카인이나 헤로인 등을 섞어 담배처럼 말아 피우는 마약을 뜻한다.

너 때문에 심장이 멎는 줄 알았잖아, 멍청아. 브란도는 그녀의 표정이 너무 웃겨서 웃음을 참을 수가 없었다. 하지만 그녀가 그에게 등을 돌리고 부엌 문을 잡아당기자, 브란도는 그녀의 앞을 가로막아 섰다. 어디 가려고? 그가 다시 그녀에게 물었지만, 그녀는 자기 어깨에 얹은 그의 손을 확 뿌리치면서 허연 이를 드러냈다. 내가 어디를 가든 네가 무슨 상관인데, 돌대가리 새끼야! 브란도는 침착한 태도를 잃지 않고, 차가운 분노로 입을 굳게 다문 채 그녀에게 미소를 지어 보였다. 그러곤 손을 들어 올리더니 그녀에게 손바닥을 펴서 보여 주었다. 그래, 네 말이 맞아. 여기서 나는 아무것도 아니니까. 그가 말했다. 들어가 봐. 하지만 비명을 지르면서 나오지만 말아 줘……. 그녀는 증오가 담긴 눈길로 그를 노려보다 결국 안으로 들어갔지만, 부엌의 어둠 속으로 자취를 감추기도 전에 잠시 돌아와 그에게 말했다. 넌 악마 같은 새끼야. 브란도는 그녀의 뒤를 따라가고 싶지 않았다. 대신 문 바로 옆에 서서 양손으로 쇠창살을 붙잡고 있었다. 방금 전부터 갑자기 속이 울렁거리고 가슴이 두방망이질 쳐서 움직일 수가 없었다. 바수코 때문인 게 분명했다. 아니, 정말 그럴까? 아니면 저 안에서 곧 벌어질 소동을 보고 싶어 안달이 나서 그런 건지도 몰랐다. 루이스미의 사촌이 지하실에 내려가 눈뜨고 볼 수 없는 난장판을 목격하고 나면, 곧장 올라와 그에게 악다구니를 써 대며 주먹질을 할 게 뻔했다. 얼마 전에 술집에 들이닥쳤을 때처럼 말이다. 브란도는 잔뜩 기대를 하고 계속 기다렸지만, 욕설이나 고함이나 비명소리는 들려오지 않았다. 듣기 거북한 마녀의 노랫소리뿐이었다. *tu amante o lo que tenga que ser, seré*(나는 당신의 연인이든 뭐든 될 거야), 그가 저 밖, 마당에 있는 동안, 밤은 점점 깊어만 갔다, *lo que me pidas tú*(당신이 시키는 것이라면 뭐든), 남쪽에서 끈질기게 불어오는 바람에 나뭇잎과 수풀이 파르르 떨리며 내는 방울 소리가, *reina, esclava o mujer*(여왕이든, 노예든, 아니면 아내든), 두꺼비와 매미가 달에게 바치는 세레나데를 간신히 잠재우고 있었다, *pero déjame volver, volver contigo* ······ (하지만 돌아가게 해 줘, 당신의 품으로······)[62]. 그가 거의 포기하려던 찰나, 쇠창살문이 부르르 떨리더니 어둑어둑한 부엌에서 도마뱀이 불쑥 나타났다. 그러곤 그를 밀치고 길로 뛰쳐나갔다. 그가 미리 경고했던 것처럼 비명을 지르지는 않았지만, 마치 귀신한테 쫓기는 사람처럼 황급히 달아나고 있었다. 음악은 잠시도 쉬지 않고 흘러 나왔다. 궁금해진 브란도는 대체 안에서 무슨 일이 있었는지 보기 위해 안으로 들어갔다. 하지만 그는 복도에 들어서기도 전에 루이스미와 마주쳤다. 녀석은 셔츠도 입지 않은 채, 뭔가에 놀란 듯 입을 헤

---

62 제니 리베라가 부른 〈당신의 품으로 돌아가게 해 줘〉의 일부다.

벌리고 있었다. 그가 내뱉은 첫마디는 '설마 그럴 리가'였다. 아무래도 내 사촌을 본 것 같아. 정말 돌겠네. 그러자 브란도는 루이스미의 오른쪽 어깨 위에 손을 얹고 그를 진정시키려 했다. 에이, 뭘 잘못 봤겠지. 진정하라고. 브란도가 그에게 말했다. 내가 아까부터 여기 쭉 있었는데, 쥐새끼 한 마리 못 봤다고. 그러자 루이스미가 어리둥절한 표정을 지으며 말했다. 하지만 그 계집애를 분명 봤단 말이야. 분명 걔가 문을 살짝 열고 안을 엿봤다니까. 그의 말을 들은 브란도가 미소를 지으며 대답했다. 병신아, 약빨 때문에 없는 걸 봤겠지. 내가 아까부터 계속 여기 있었다고 했잖아. 아무튼 아무도 못 봤으니까 헛소리하지 말라고. 그러자 루이스미가 입을 열었다. 근데, 근데 말이야······. 신경이 극도로 곤두선 탓인지, 루이스미는 더 이상 말을 잇지 못했다. 그날 밤, 더는 무대에 올라 노래를 부르고 싶은 마음이 들지 않았던 루이스미는 가만히 앉은 채 필름이 끊길 때까지 계속 술만 들이켰다. 브란도는 며칠이 지나서야 루이스미가 할머니와 사촌들과 함께 살던 집을 나와 엄마하고 같이 살게 되었다는 사실을 알게 되었다. 루이스미는 엄마와 사이가 그다지 좋지 못했다. 그가 요즘 마녀의 집에 거의 얹혀살다시피 하는 것도 바로 그 때문인 듯했다. 녀석은 고속도로변의 술집이나 비야의 폐업한 상가 뒤쪽에 있는 철길에 가지 않을 때면 늘 마녀의 집에 처박혀 지냈다. 하지만 그가 비야의 철로에 드나든다는 소문은 사실 턱없는 개소리였다. 물론 돈이 없을 때 코카인 한 봉지를 사려고 호모 새끼들의 돈을 뜯어낸 적은 있지만, 그런 목적도 없이 문닫은 상가 뒤에서 노닥거리는 건 전혀 다른 문제였다. 거기에 가면 오로지 쾌락을 얻기 위해 덤불 속에서 뒤엉킨 채 후장에 박거나 서로의 자지를 빨아 주는 놈들을 늘 볼 수 있었는데, 그런 놈들은 철길에서 그런 짓거리를 하면서도 돈한 푼 받지 않았고, 그 사실을 모르는 사람은 아무도 없었다. 역겨운 새끼들. 사실 브란도는 언젠가 날을 잡아 하루종일 루이스미의 뒤를 쫓아다니고 싶다는 병적인 호기심에 사로잡혀 있었다. 녀석이 정말로 비야의 철길에 간다면, 그 목적이 궁금했다. 마타코쿠이테 병영에서 몰래 빠져 나온 병사들을 공짜로 따먹기 위해서일까, 아니면 발정난 개처럼 그들에게 따먹히기 위해서일까. 하지만 거기에 잘못 발을 들였다가는 졸지에 호모로 낙인찍힐 수도 있다는 생각에 사로잡힌 그는 호기심을 꾹 누르고 모든 것을 상상에 맡기기로 했다. 가끔 자지를 빨게 해 주면 돈을 주겠다고 꼬드긴 호모들이 브란도를 엘 메테데로의 화장실로 데려가면, 그는 눈을 감은 채 자기의 성기를 부드럽게 애무하는 혀가 루이스미의 것이라고 상상하곤 했다. 그러면 자기도 모르는 사이에 자지가 딱딱하게 발기되었다. 그것도 모른 채, 호모들은 놀란 눈빛으로 탄성을 지르며 서로 번갈아 가며 탐욕스럽게 그의 성기를 빨았다. 브란도는 루이스미의 눈을, 뻔뻔스러운 그 눈빛을 떠올리며 사정하곤 했다. 루이스미는 정유 회사에서 일하는 기술자 친구가 다가오는 것을 볼 때마다 그에게 그런 눈빛을 보냈다. 배불뚝이에 머리의 절반이 벗겨진 그 친구는 금요일마다 퇴근하고 엘 메테데로에 와서 루이스미와 위스키를 마셨다. 그런데 그 둘은 한 마디도 나누지 않고 술만 마셨고, 브란도는 그 모습을 볼 때마다 야릇한 생각이 들었다. 둘은 워낙 오랜 세월 동안 함께 지낸 덕분에 굳이 말을 하지 않아도 마음이 통하는 커플이나 친구 같아 보였다. 깨끗한 긴소매 와이셔츠, 털이 부숭부숭한 팔목에 찬 금팔찌, 그리고 바지 벨트에 매달린 최신 휴대 전화. 한마디로 그 기술자는 신사의 표준이었다. 반면 봉두난발에 늘 샌들만 신고 다녀 발에 때가 잔뜩 낀 루이스미는 마치 꿈 많은 십 대 소녀처럼 동경하는 눈빛으로 그를 바라보았다. 잠시 한눈을 팔다 다시 고개를 돌리면, 그 둘은 이미 어디론가 사라지고 없었다. 기술자가 모는 밴을 타고 가 버린 것이다. 공터나 고속 도로변에 있는 파라디소 모텔에서 한판 뜨려고 말이다. 브란도는 엘 메테데로의 마당 한 구석에서 그들이 키스하는 모습을 딱 한 번 보았다. 마치 몰래 만나는 연인들처럼 어둠 속에 숨은 그들은 눈을 감은 채 입술을 맞대고 있었다. 기술자는 마치 사랑에 빠진 여자의 엉덩이를 꽉 붙잡듯이 그 녀석의 작은 엉덩이를 탐욕스럽게 음미하는 중이었다. 아, 제발! 그 둘은 함께 부르짖었다. 브란도는 방금 본 장면을 다른 녀석들에게 말해 주려고 술집 안으로 뛰어 들어갔다. 루이스미가 기술자의 애인이더라고! 루이스미가 더러운 호모 새끼일 거라고 누가 상상이나 했겠어! 맙소사! 그럼 우리 중에서 누가 그놈을 제일 먼저 따먹을지 한번 보자고. 보레가가 너털웃음을 터뜨렸다. 그들은 함께 술병을 부딪치며 루이스미의 엉덩이에 거시기를 집어넣으면 어떤 기분일지, 녀석의 엉덩이가 탱탱할지 아니면 축 처졌을지, 그리고 녀석의 거시기를 빨아 주면 어떤 기분일지에 대해 이야기를 늘어놓았다. 혼자서 조용히 그 모습을 상상하던 브란도는 갑자기 불안해지면서 가슴이 답답해졌다. 그날 밤에는 엉겨 붙은 호모 새끼들도 안 보였기 때문에 빨리 술집을 뜨는 게 좋을 듯했다. 괜히 죽치고 있어봐야 늙은 놈과 흘레붙은 루이스미를 만날 것 같지도 않았다. 브란도는 침이 잔뜩 묻은 손바닥으로 자지를 밖으로 꺼내면서 루이스미를 뒤에서 덮치는 장면을 떠올렸다. 그러면서 그의 자지를 부드럽게 애무해 주는 것이다. 그 새끼가 발정 나서 꼬리를 흔드는 암캐처럼, 꼬질꼬질하고 비쩍 마른 암캐처럼 네 발로 엎드린 채 오르가슴을 느낄 수 있도록 만들기 위해서. 같이 절정을 느끼기 위해서. 그 새끼가 그 개 같은 기술자를 만날 때마다 그랬던 것처럼. 그러자 그의 입에서 죄책감에 사로잡힌 신음 소리가 새어 나왔다. 마녀조차 녀석이 기술자에게 푹 빠져 있다는 것을 알고 있었다. 마녀가 아무리 늙었다고는 해도, 루이스미가 틈날 때마다 그 늙은 호모 이야기를 꺼내는 꼴을 보고서도 눈치를 못 챌 만큼 둔하지는 않았다. 루이스미는 그 양반 덕분에 정유 회사에서 일자리를 얻게 된 게 얼마나 기쁜지 모른다면서 기술자를 추켜세웠던 것이다. 물론 그건 말도 안 되는 소리였다. 간신히 초등학교만 졸업한 루이스미는 남자들과 떡치는 것 말고는 아무것도 할 줄 아는 게 없었으니, 제정신을 가진 사람이라면 그런 놈한테는 길거리 청소부 자리조차 주지 않을 거였다. 어쨌든, 누가 마녀한테 쪼르르 달려가 자초지종을 일러바쳤는지는 알 수 없지만, 그 미친 여편네는 언젠가부터 갑자기 루이스미가 패거리들과 어울려 나가 돌아다닐 때마다 녀석에 대한 험담을 늘어놓기 시작했다. 아마 질투심에 사로잡혀 그러는 듯했다. 결국 사육제를 며칠 앞둔 어느 날 밤, 마녀는 녀석이 자기 돈을 훔쳐 갔다고 펄펄 뛰면서 녀석을 쫓아내 버렸다. 물론 루이스미는 그건 사실이 아니라고, 절대로 그녀의 돈을 훔치지 않았다고 항변했다. 그날 나는 약하고 술에 취해서 정신이 하나도 없었다고. 어떤 새끼가 내 주머니에서 돈을 빼 간 게 분명해. 아니면 길을 가다가 중간에 흘렸을 수도 있고. 어떻게 된 일인지 나도 잘 모르겠다고. 루이스미와 마녀는 사람들이 지켜보는 앞에서 서로에게 악다구니와 쌍소리를 퍼부어 대면서 싸웠다. 그러던 중 마녀가 난데없이 루이스미의 귀싸대기를 갈기자, 녀석도 이판사판으로 그녀에게 덤벼들어 목을 잡고 조르기 시작했다. 결국 주변에 있던 이들이 간신히 그들을 떼 놓자, 마녀는 바닥에 퍼질러 앉아 마치 만화 주인공처럼 발을 동동 구르며 서럽게 울었다. 그 사이 루이스미는 허둥지둥 그 집에서 달아났다. 그의 뒤를 쫓아 사라후아나의 술집까지 뛰어간 브란도는 간신히 문 앞에서 루이스미를 따라잡았고, 그에게서 훔친 돈으로 맥주 몇 병을 사 주며 그를 달랬다. 그러니까 그 돈은 정신 나간 마녀가 자기 집에 몰려오는 젊은 남자들에게 줄 코카인 몇 그램을 사 오라며 루이스미에게 준 2천 페소의 일부였다. 자기가 부르는 역겨운 노래와 음악을 비롯해 눈물 날 정도로 우스꽝스러운 공연을 참고 견디게 만들려면 그 정도의 선심은 베풀어야 했다. 새벽 3시가 되자 손님들이 모두 나가고, 사라후아나의 술집은 텅 비어 있었다. 루이스미는 그 사이 마녀를 욕하느라 얼마나 떠들어 댔던지 목이 쉬어 말도 제대로 나오지 않았다. 그제야 그들은 자리를 털고 일어나 루이스미의 집까지 500미터를 걸어갔다. 그 멍청이가 자기 집이라고 부르던 허름한 오두막집에 도착하자마자, 둘은 바닥에 깔아 놓은 매트리스 위로 함께 쓰러졌다. 루이스미는 곧장 곯아떨어진 반면, 브란도는 똑바로 누운 채 루이스미의 숨소리를 들으며 옷 위로 그의 성기를 쓰다듬었다. 하지만 결국 격렬한 충동, 루이스미를 차지하고 싶은 빌어먹을 충동을 이기지 못한 브란도는 자기도 모르게 녀석의 바지를 벗긴 뒤, 그의 얼굴 바로 옆에 무릎을 꿇고 앉아 반쯤 벌린 그의 입속으로 자기 성기의 끝을 살짝 집어넣었다. 그런데 그 망할 녀석은 그의 자지가 입 안에 다 들어오도록, 목젖에 닿을 정도로 깊숙이 들어오도록 두툼한 입술을 쩍 벌렸다. 잠시 후, 루이스미가 혀로 귀두를 휘감으면서 빠는 순간, 브란도는 거기가 얼얼해질 정도로 심한 경련을 느꼈다. 그리고 그건 그가 그날 밤 있었던 일 중에서 가장 떠올리기 싫어하는 장면이었다. 그때 그는 절정에 다다르자마자 기절해 버렸던 것이다. 루이스미의 입 안에서 첫 오르가슴의 엄청난 힘을 느끼고 나서 머릿속이 하얗게 변해 버린 게 분명했다. 그래서인지 그 다음 날 바로 그 매트리스 위에서 정신을 차린 브란도는 머리가 빠개질 것처럼 아팠고, 돌돌 말린 채 발목까지 내려간 바지와 루이스미의 헝클어진 머리를 붙잡고 있는 자신의 오른손을 보고는 엄청난 충격에 휩싸였다. 반면 루이스미는 그의 어깨 위에 살포시 머리를 얹고 잠들어 있었다. 그 순간 브란도는 본능적으로 루이스미를 밀쳐냈지만 녀석은 깨지 않았고, 그저 머리만 매트리스 위로 힘없이 떨구었다. 브란도는 자리에서 일어나 바지를 주섬주섬 입은 뒤, 문짝 대신 걸쳐 놓은 판자를 치우고 흙길을 따라 도로 쪽으로 뛰어갔다. 곧장 비야로 가는 버스를 타기 위해서였다. 그렇게 달려가는 내내, 그는 자기가 그 오두막에서 나오는 모습을 아무도—특히 빌어먹을 문라, 입이 싸기로 유명한 문라가— 못 봤기를 속으로 간절히 빌었다. 집에 도착하자마자 샤워를 하면서 음모에 엉겨 붙어 있던 정액 찌꺼기를 씻어 낸 그는 알몸으로 침대 위에 벌렁 눕고 나서야 자신이 엄청난 실수를 저질렀음을 깨달았다. 겁쟁이처럼 도망칠 게 아니라, 곯아떨어져 무방비 상태로 있던 루이스미의 위에 올라타서 손이나 허리띠로 목을 졸랐어야 했다. 지금 이대로라면, 자신은 사육제 기간 동안 엄마와 함께 집구석에 처박혀—그러면 아들이 못된 놈들이랑 어울릴까 봐 걱정하는 엄마는 기뻐하겠지—지내야만 했다. 아니면 그 새끼하고 있었던 일을 미주알고주알 다 주워들은 친구 놈들이 동네 사람들이 보는 앞에서 자기를 호모 새끼, 남창, 남색꾼, 후장 새끼라고 부르면서 완전히 병신으로 만들어 버릴 수도 있었다. 결국, 브란도가 공원에 모습을 드러낸 것은 재의 수요일이 끝나고 일주일이 지난 뒤였다. 불안해서 속이 울렁거리긴 했지만, 그는 주머니에 손을 찔러 넣은 채 새로 산 아디다스 운동화를 신고 나타났다. 다행히 그날 있었던 일을 아는 놈은 아무도 없었다. 브란도는 루이스미가 아무한테도 말하지 않았다는 사실을 확인하고서야 가슴을 쓸어내렸다. 아무래도 그 돌대가리는 그날 밤 약에 취해 제정신이 아니었던 듯했고, 그래서 그들 사이에 무슨 일이 벌어졌는지, 그 더러운 매트리스 위에서 무슨 짓을 했는지 전혀 기억하지 못하는 것 같았다. 적어도 브란도는 그렇게 믿었다. 그로부터 보름이 지난 3월 초의 어느 날, 그는 도로변에 개업한 카구아마라마라는 술집에 갔다가 루이스미가 말하던 그 유명한 기술자와 마주쳤다. 브란도는 그자와 한 마디도 나누지 않았지만, 기술자는 그의 이름을 알고 있었을 뿐만 아니라 브란도 일행에게 위스키 한 병을 내겠다고 우기기까지 했다. 그중 반병을 비웠을 무렵, 그자는 브란도에게 코카인을 좀 구해 달라고 사정했다. 그는 기술자의 밴을 타고 함께 라 상하로 갔다. 거기에 도착한 브란도는 친절하게도 차에서 내려 파블로 형제로부터 코카인 2그램을 얻었고, 곧장 그 약을 빨기 위해서―브란도는 언제나 그것을 담배 끝에 넣어서 피웠다―기술자의 차를 타고 공터로 갔다. 코카인을 다 빤 늙은 호모는 한숨을 내쉬더니 애교 섞인 미소를 지으며 브란도를 쳐다보았다. 네 엉덩이를 핥고 싶은데 바지를 좀 내려 줄 수 있어? 브란도는 너무 놀란 나머지 한동안 입을 열지 못했다. 자기가 잘못 알아들었다고 생각한 그는 기술자가 거시기를 빨아 줄 테니까 바지를 내리라고 하는 줄 알고 버클을 풀려고 손을 허리띠에 갖다 댔다. 바로 그때, 그는 기술자가 원하는 것을 알아차리고는 화가 나서 으르렁거리는 목소리로 말했다. 개지랄 떨지 마. 너네 할매

뒷구녕이나 빨라고. 난 그런 좆같은 짓은 안 좋아하니까. 기술자는 웃음을 터뜨렸고, 천식이 있는 그의 목구멍은 간간히 그르렁거리는 소리를 냈다. 그는 말장난으로 브란도를 당황스럽게 만들었다. 야, 이 꼬맹아. 아직 아무도 네 엉덩이를 빨아 준 적이 없다면, 그게 싫은 줄은 어떻게 알지? 브란도는 당장 꺼지라며 다시 으름장을 놓았다. 이번에는 제법 화난 표정을 지으며 말했지만, 기술자는 물러서지 않고 계속 밀어붙였다. 그러지 말고 한번 해 보는 게 어때? 일단 해 보면 마음이 달라질 거거든. 자, 너무 튕기지 말고. 그는 브란도가 부끄럼을 타는 호모라고 생각하는 것 같았다. 부끄럼을 타는 놈들은 일단 몇 번 싸고 나면 알아서 엉덩이에 힘을 빼고 기술자가 혀로 똥구멍을 핥을 수 있도록 넙죽 엎드리게 마련이었다. 녀석을 차 안에 붙잡아 둔 이상, 흥분하게 만드는 건 시간 문제였다. 자, 황홀한 기분을 느끼게 해 줄 테니까 두고 보라고. 빌어먹을 배불뚝이 호모가 콧수염을 핥으면서 말했다. 하지만 브란도는 그의 허연 혀를 보는 순간 끓어오르는 분노를 참지 못하고 소리를 지르고 말았다. 당장 꺼져, 더러운 호모 새끼야. 다시 욕을 퍼부은 그가 문을 열고 차에서 내리려는 순간, 기술자는 기분 나쁜 미소를 흘리며 말했다. 뭘 하러 여기까지 따라왔는지 네가 제일 잘 알 텐데. 괜히 모르는 척 하지 말라고. 루이스미가 이미 나한테 다 얘기했으니까. 별 모양의 작은 구멍을 혀로 핥기만 해도 흥분해서 어쩔 줄 모른다던데……. 그 말을 들었을 때, 브란도는 이미 한 발을 땅에 딛고 있었다. 하지만 그는 차에서 내리는 대신, 다시 좌석 위로 올라 타 기술자에게 바싹 다가가서 머리로 그의 얼굴을 들이받았다. 기술자의 안경이 부서졌다. 브란도의 이마 윗부분이 부딪히는 순간 우지끈하는 소리가 났고, 향수 냄새를 짙게 풍기던 그 늙은 호모가 고통스러운 비명을 내지른 것을 보면 아마 코뼈도 부러진 것 같았다. 그렇지만 기술자가 얼마나 다쳤는지 보겠다고 거기서 얼쩡거릴 수는 없었다. 밴에서 뛰어내린 브란도는 도로를 가로질러 들판으로 들어갔다. 들판을 달리고 또 달리던 그는 심장이 터질 것처럼 숨이 차오르고 나서야 멈추었다. 그의 이마에서도 피가 조금 났던 모양이었다. 하지만 마을에 도착했을 때는 이미 피가 말라붙어 있었고, 상처는 작아서 눈에 띄지도 않았다. 심지어 그의 어머니조차 그에게 무슨 일이 있었냐고 물어보지 않았다. 개 씹할 호모 새끼. 루이스미, 그 멍청한 놈은 왜 동네방네 다 떠들고 다닌 거지? 비밀로 해 주면 어디가 덧나나? 왜 하필 그 개 같은 기술자한테 그런 일을 다 까발렸냐고? 그날 아침, 매트리스에서 깨어났을 때 옆에서 자고 있던 루이스미를 왜 죽이지 않았을까? 차라리 그때 녀석을 죽이고 얼마 안 되는 돈이나마 훔쳐 도망칠 걸 그랬어. 그 무렵 그의 머릿속을 맴도는 생각은 오직 죽이는 것과 달아나는 것,

그 두 가지뿐이었다. 따분하기 짝이 없는 학교에 더 다녀 봐야 시간만 날릴 뿐이었다. 게다가 마약을 하고 술을 마셔도 예전만큼 기분이 좋아지지 않았다. 오히려 진절머리가 날 지경이었다. 친구들이라고 해야 죄다 쓸모없는 병신들이었고, 어머니는 그의 아버지가 언젠가 가족의 품으로 돌아올 것이라고 철석같이 믿고 있을 만큼 멍청했다. 불쌍한 할망구. 브란도의 어머니는 아버지가 팔로가초에서 딴살림을 차렸다는 사실을, 또 그런 그가 매달 돈을 부쳐 주는 것도 가족을 무슨 쓰레기, 아니 똥 덩어리처럼 인정사정없이 내팽개쳐 버린 데 대한 죄책감 때문이라는 사실을 애써 모른 척하고 있었다. 엄마, 정신 좀 차려요. 허구한 날 기도만 하면 뭐 하냐고요? 남들이 다 아는 사실을 엄마만 까맣게 모르면서 기도해 봤자 무슨 소용이냐고요! 엄마, 아 답답해 씹할, 대답 좀 해 보라고요. 브란도가 발로 문을 차면서 이렇게 소리를 지르면, 그의 어머니는 그의 말을 듣지 않으려고 방에 틀어박힌 채 큰소리로 기도문을 외웠다. 브란도는 엄마가 그 둔한 머리로도 자기 말을 알아들을 수 있게끔 그 얼굴에 발과 주먹을 꽂아 버리고 싶었다. 아니면 아예 그렇게 죽여 버리는 것도 괜찮겠지. 곧장 그 좆같은 천국으로 보내서 더 이상 기도와 설교, 탄식과 통곡 따위의 지겨운 소리를 듣지 않을 수만 있다면. 주님, 제가 무슨 죄를 저질렀기에 아이가 이렇게 되었나이까? 사랑스러운 내 아들, 그토록 정이 많고 선하던 브란도는 정녕 어디로 갔단 말입니까? 주님, 어째서 사탄이 그 아이의 몸속으로 들어가게 하셨나이까? 그럴 때마다 브란도는 문 밖에서 소리를 지르며 맞받아쳤다. 아, 엄마, 진짜, 엄마, 이 세상에 사탄이 어디 있다고 그래요. 사탄은 무슨, 씹할 잘난 주님도 없다고요. 그러면 어머니는 고통스러운 비명을 지르며 아들의 불경스러운 말을 막기 위해 더 큰 목소리로 열심히 기도문을 외웠다. 그럴 때마다 브란도는 씩씩거리며 화장실로 뛰어 들어가 거울 앞에 서서 거기에 비친 자기 얼굴을 물끄러미 바라보았다. 그러다 보면 그의 검은 눈동자와 검은 홍채가 점점 커지고 퍼져 나가다 결국 거울의 표면을 완전히 덮어 버렸다. 소름 끼치는 어둠이 모든 것을 뒤덮었다. 지옥의 눈부신 불꽃이 주는 위안마저 찾아볼 수 없는 어둠. 죽음처럼 황량한 어둠. 그 무엇도, 그 누구도 그를 구해 낼 수 없는 공허한 어둠. 술집에서 접근해 오던 호모들의 탐욕스러운 입도, 개들의 씹질을 구경하기 위해 밤마다 몰래 빠져 나가던 일도, 심지어 루이스미와 저지른 짓에 대한 기억조차도 그를 구할 수 없었다. *No sé tú, pero yo te he comenzado a extrañar*(당신은 어떤지 모르겠지만, 난 벌써부터 당신이 그리워지기 시작했어), 사라후아나의 라디오에서 노래가 흘러나왔다, *en mi almohada no te dejo de pensar*(베개에 얼굴을 묻고 있어도 당신 생각이 머리를 떠나지 않아), 하지만 이제 루이스미는 더 이상 그 노래를 부르지 않았고, 자기가 제일 좋아하는 그 노래가 흘러나올 때마다 콧노래를 흥얼거리는 일도 멈추었다, *con las gentes, mis amigos*(사람들과 있을 때나, 친구들과 있을 때도), 그는 더 이상 아무 말도 하지 않았고, 약에 취해 있을 때도 마찬가지였다, *en las calles, sin testigos*(우리를 본 사람이 아무도 없는 길거리에서도). 그건 아마 그날 이후로 아무리 연락을 해도 기술자가 전화를 받지 않았던 데다, 술집에도 모습을 드러내지 않았기 때문인 듯했다. 더구나 사탕수수 밭 인근 지역이 점점 더 위험하고 불안해지면서 그를 다른 지역으로 보냈다는 소문이 파다하게 퍼졌다. 브란도는 늙은 호모가 자기 엉덩이를 핥아 주겠다고 한 날에 무슨 일이 벌어졌는지 루이스미에게 입도 벙긋하지 않았고, 또 자기들 사이에 있었던 일을 함부로 나불거리고 다녔던 걸 따져묻지도 않았다. 그랬다가는 그날 밤 정말로 둘이서 쪽팔린 짓을 했다는 것을 인정하는 꼴이 되는데, 아직 그럴 마음의 준비가 되어 있지 않았던 것이다. 하지만 더 큰 이유가 있었다. 기술자 때문에 몇 날 며칠을 울고불고 난리를 치고, 술집과 도로변 도랑을 전전하며 약에 절어 있다가 결국 멍청한 짓을 저질러 버린 루이스미와 도저히 마주볼 자신이 없었던 것이다. 그날 밤, 루이스미는 얼굴에 환한 표정을 짓고 눈빛을 반짝이며 사라후아나의 술집으로 들어오더니 모두에게 큰소리로 알렸다. 나 결혼했어! 너, 지금 농담하는 거지, 미친놈아! 정말이야? 결혼했다니, 진짜 결혼한 거야? 응. 멍청이 녀석이 고개를 끄덕이며 대답했다. 노르마라고 하는데, 시우다드 델 바예 출신이야. 말도 안 되는 소리 좀 작작 해! 혹시 얼마 전에 공원에서 데려온 어린 아가씨 말이야? 그날 폭력배들은 그 아이를 잡으려고 혈안이 돼서 돌아다니고 있었고, 다행히 루이스미는 그들을 모두 따돌린 다음 그녀를 자기 집으로, 라 마토사로 데려갔다. 그런데 이제는 걔가 내 여자, 아니지 내 아내가 되었다고. 그리고 또…… 내 말 잘 들으라고, 이 호모 새끼들아! 노르마가 아이를 가졌어. 몇 달 지나면 이 루이스미도 어엿한 아버지가 될 거라고. 와, 장난 아닌데? 에이, 순 개뻥 같은데! 아무튼 축하해! 모여 있던 패거리들이 모두 환호성을 질렀다. 그날 밤, 그들은 루이스미의 결혼을 축하하기 위해 코가 삐뚤어지도록 술을 마셨다. 그 동네에 살던 호모들은 신랑의 거시기를 서로 먼저 빨아 주겠다고 다투면서 한바탕 소동을 벌이기도 했다. 다시 자신감과 활력을 되찾은 루이스미는 이제 더 이상 약을 하지 않겠다고 다짐했다. 모처럼 그의 눈이 반짝이며 빛났다. 하지만 브란도는 이제 다시는 오지 않을 그 밤을, 매트리스 위에서 둘이 함께 뒤엉킨 장면을 떠올리면서 속을 끓였다. 그는 그날의 기억을 떠올릴 때마다 너무 힘들고 괴로워서 차라리 뇌를 뽑아 버리고 싶을 지경이었다. 게다가 누가 그 비밀을 알고 있는지, 루이스미 새끼가 또 누구한테 그 말을 했는지 궁금해서 견딜 수가 없었다. 어쩌면 기술자 그 새끼는 사실 아무것도 모르면서 넌지시 브란도의 속을 떠보려고, 아니면 그냥 녀석을 꼬셔 보려고 그런 말을 한번 던져 봤던 걸까……? 그럴 가능성이 컸다. 그 후로 루이스미를 들먹이며 브란도를 놀리거나 괴롭히는 사람은 없었고, 그런 말을 슬쩍 꺼내는 경우조차 없었으니까. 심지어 루이스미 자신도 여느 때와 다름없이 그를 대했다. 마치 그날 밤 벌어진 일이 모두 브란도의 머릿속에서 일어난 환상이었다는 듯이, 그들이 키스든 섹스든 서로의 몸에 손도 댄 적 없었다는 듯이. 그래서 루이스미가 평소처럼 그를 자연스럽게 대했는지도 모른다. 가령 브란도가 공원에 나타나면 루이스미는 늘 하던 대로 눈썹을 치켜뜨면서 주먹 인사를 나누었다. 그리고 한밤중에는 브란도를 엘 메테데로 마당으로 데리고 나가 마리화나 담배를 건네기도 했다. 그럴 때면 브란도는 그에게 말을 걸거나 쳐다보지도 않은 채, 그리고 당연히 그의 털끝조차 건드리지 않은 채 담배만 받아 들었다. 그들 사이에 아무 일도 없었다는 듯이, 그 모든 건 브란도의 머릿속에 그려진 상상일 뿐이었다는 듯이. 정말 그랬을 수도 있었다. 그리고 어쩌면 루이스미는 늘 더러운 짓을 할 궁리만 하면서 사는 호모가 아니었을 수도 있었다……. 정말 그런 걸까? 그렇다면 함께 술을 마실 때나 동네 호모들과 즐길 때, 브란도 자신은 왜 루이스미와 눈을 마주치지 않으려고 애쓰는 걸까? 왜 자꾸 루이스미가 둘 사이에 있었던 일을 모두에게 폭로할 때를 기다리고 있는 것 같은 느낌이 드는 걸까? 왜 자기는 그런 끔찍한 일이 벌어지기 전에 그를 죽여야 된다는 생각을 버리지 못하는 걸까? 그가 해야 할 일은 우선 총을 구하는 거였는데, 그건 그렇게 어렵지 않았다. 그걸로 그를 죽인—이것도 그렇게 어렵지 않을 터였다—다음, 감쪽같이 시신을 처리하고—농수로에 던져 버리면 될 것 같았다—마을에서 달아나는 것이다. 어벙한 엄마를 비롯한 그 누구도 영원히 자기를 찾지 못할 곳으로 달아나면 그만이었다. 어쩌면 마을을 떠나기 전에 어머니도 죽여야 할지 모른다. 어머니가 그토록 원하던 천국으로 보내 주려면, 잠든 사이에 총 한 방으로 해결하는 게 가장 빠르고 확실한 방법일 듯했다. 그러면 지긋지긋한 고생에서 벗어나 영원한 안식을 누릴 수 있겠지. 사실 그의 어머니는 아무짝에도 쓸모없는 인간이었다. 일을 하지도, 돈 한 푼 벌지도 않았던 그녀는 평생을 성당에서, 아니면 텔레비전 앞에 붙어서 연속극을 보거나 연예 잡지를 보면서 살았다. 그녀가 살면서 세상에 가져다 준 게 있다면 숨을 쉴 때마다 내뱉은 이산화탄소뿐이었다. 그야말로 먹고 싸면서 보낸 부질없는 인생이었다. 그러니까 엄마를 죽이는 것은 동정심에서 우러난 행동, 즉 그녀에게 베푸는 엄청난 호의였다. 하지만 이를 실행에 옮기기 전에 우선 돈을 구해야 했다. 일단 다른 도시로 가서 살 곳을 찾고, 일자리를 얻을 때까지 버틸 수 있을 만큼의 돈만 있으면 될 것 같았다. 그러고 나면 혼자 힘으로 새로운 삶을, 그리고 아버지처럼 자유로운 삶을 시작할 수 있을 터였다. 그의 아버지는 팔로가초로 전근을 가게 된 기회를 이용해서, 마침내 그들로부터, 그러니까 선한 척하지만 어벙한 아내와 그녀가 시키는 것만 할 줄 아는 멍청한 아들, 일요일마다 복사 옷을 입고 카스토 신부의 시중을 들고, 자위행위는 죄악이기 때문에 그런 짓을 했다가는 지옥으로 떨어질 것이라고 믿던 코흘리개 아들로부터 벗어나 자유로운 삶을 살 수 있었던 것이다. 다 집어치워! 그는 생각했다. 이런 거지 같은 동네에 사는 촌놈들은 싹 뒈지라고 해! 그는 그런 생각을 하며 아리고 얼얼한 입술을 혀로 핥았다. 담배 끝에 넣은 코카인 가루가 가슴까지 스며들자 날아갈 것 같은 기분이 들었다. 연기가 폐 속으로 들어가면서 힘이 나고, 담배 끝의 불덩어리가 빨갛게 달아오를 때마다 아드레날린이 솟구쳤다. 진짜 끝내주네! 이렇게 좋을 수가! 브란도는 손마디를 우드득 꺾었다. 젠장! 야, 이거 기분 째지는데. 너 정말 안 피울래? 그가 루이스미에게 권했다. 하지만 루이스미는 큰 뻐드렁니를 드러내며 벌쭉벌쭉 웃었다. 난 됐어. 이젠 끊었거든. 알약도 마찬가지고. 이제는 맥주하고 마리화나만 있으면 돼. 한편,

윌리는 칸쿤[63]에서 겪은 모험담을 늘어놓기 시작했다. 열일
곱 살 때 가출해서 무작정 유카탄 반도로 갔지. 거기서 웨
이터로 일했는데, 돌이켜보면 아주 좋은 경험이었어. 브란
도는 거기서 새로운 인생을 시작하려면 돈이 얼마나 드는
지 물어보고 싶었지만, 다른 녀석들이 무언가 이상한 낌새
를 눈치챌까 봐 두려웠다. 자칫 잘못 물어봤다가는 자기가
무슨 큰일을 꾸미고 있다는 사실을 알리는 꼴이 될 것 같았
다. 3만 페소만 있으면 될 것 같은데. 그는 속으로 계산했
다. 그 정도만 있으면 칸쿤까지 가서 방을 빌리고 일자리를
알아볼 수 있겠어. 식당 웨이터든, 조수든, 필요하다면 접시
닦이든, 닥치는 대로 해야지. 처음에 자리 잡으려면 무엇이
든 가리지 않고 해야 돼. 그런 다음에 조금 여유가 생기면
영어를 배워서 호텔에 일자리를 찾을 거야. 그런 곳에 가면
나하고 하고 싶어 하는 양놈들이 많을 테니까. 하지만 한
곳에서 오래 머물지는 않을 거야. 항상 떠돌아다니면서 술
이나 마시면서 남자랑 뒹굴고, 또 초록빛이 도는 푸른 바다
를 보면서 바람이나 쐴 거라고. 어때? 괜찮지 않아? 그는
마리화나를 피우기 위해 엘 메테데로 마당에 나가면서 루
이스미에게 물었다. 그런데 그 순간—어떻게 그런 생각이
들었는지 모르겠지만—돈을 구할 방법이 퍼뜩 떠올랐다. 3
만 페소 정도라면 마녀에게서 뜯어낼 수 있을 것 같았다.
일단 그녀의 집에 가서 돈을 빌려 달라고 해 보고, 사정이

여의치 않으면 수단과 방법을 가리지 않고 돈을 뜯어 낼 생각이었다. 루이스미, 사람들이 그러는데 마녀가 금을 집 안에 숨겨 놓고 있다고 하더라고. 오래된 동전인데, 내다 팔면 엄청나게 많은 돈을 받을 거래. 예전에 어떤 사람이 마녀의 부탁을 받고 가구를 옮겨 줬는데, 가구의 다리 아래에서 동전 하나를 찾았대. 그 사람이 그 동전을 몰래 숨겨가지고 나와서 은행에 팔러 갔는데, 은행 직원이 5천 페소 정도의 가치가 있다고 했다더라고. 그 녹슨 동전 하나가 말이야. 아무튼 그 호모 새끼는 자기가 그렇게 비싼 동전을 가지고 있다는 것도 까맣게 모르고 있었다는 거지. 자기 집 가구 아래에서 굴러다니는데도 말이야. 분명히 그 집 어딘가에 그런 동전이 가득 든 궤짝이나 자루가 있을 거야. 그게 아니면 마녀가 아무 일도 안 하면서 어떻게 먹고 살았겠냐고. 가지고 있던 땅도 제당 공장 새끼들이 가격을 후려쳐서 빼앗아 가다시피 했는데도 허구한 날 젊은 놈들을 집으로 불러들여 술을 먹이고, 그 끔찍한 노래를 듣게 하는 것도 모자라서 가끔 안락의자에서 그 짓까지 하잖아. 그놈들한테 계속 술과 마약을 사 주려면 어마어마한 돈이 들어갈 텐데, 그 많은 돈이 대체 어디서 났겠어? 잘 생각해 봐, 루이스미. 설령 우리가 돈을 못 찾는다고 해도, 그 집에는 값

63 **Cancún.** 멕시코 남동부의 유카탄 반도에 위치한 휴양 도시

나가는 물건이 많이 있을 거라고. 예를 들면 지하실에 있는 스피커와 음향기기, 대형 스크린과 프로젝터 같은 것들만 해도 돈이 꽤 될 거야. 그 정도는 문라의 트럭에 실을 수도 있어. 돈만 주면 문라도 군말 없이 마녀 집까지 데려다 줄 거고. 루이스미, 한번 생각해 봐. 마녀는 2층 방에 무언가를 숨겨 놓은 게 분명해. 그게 아니면 문을 그렇게 꼭꼭 잠가 놨을 리 없잖아. 게다가 누가 계단을 올라가거나 저 위에 뭐가 있냐고 물어보기만 해도 마녀가 불같이 지랄하는 걸 보면 틀림없어. 대체 뭘 숨겨 놓은 거지? 브란도는 전혀 짚이는 게 없었다. 정말 해볼 만한 가치가 있는 일일까? 그 점 역시 도무지 감이 오지 않았다. 다만 단 한 명의 목격자도 남겨 두어서는 안 된다는 것만큼은 분명했다. 루이스미가 너무 일찍 알아채지 못하도록 아무 말도 꺼내지 않았지만, 브란도의 계획은 대충 이런 식이었다. 먼저 마녀를 죽인 다음, 그곳은 멍청이 문라에게 맡겨 두고 그는 루이스미와 함께 잽싸게 달아날 생각이었다. 물론 언젠가 루이스미도 처치해야 하겠지만, 우선은 그들이 마을로부터, 그러니까 비야를 비롯해 둘이 훤히 아는 세계로부터 멀리 떨어진 곳으로 가고 나서 그럴 생각이었다. 그렇게 함으로써 브란도는 그동안 내내 녀석에게 당한 수모와 치욕을 갚아 줄 수 있을 거였다. 특히 루이스미가 아내라고 부른 어린 여자애, 인디오 얼굴에 호리호리하지만 배가 불룩 나온 코흘리개, 절대 입을 열지 않는 데다가 누가 말을 걸기만 하면 얼굴을 붉히던 그 여자애와 함께 나다니는 꼴을 본 후로 브란도는 분노의 감정을 억누를 수 없었다. 그런데 그 여자애는 너무 둔하고 눈치도 없어서 루이스미가 자기를 이용하려 한다는 사실을 전혀 눈치채지 못하고 있었다. 루이스미, 이 나쁜 새끼는 자기가 여전히 나이든 배불뚝이 아저씨들과 난교 파티를 즐기고 다닌다는 사실을 감추려고 그녀에게 자기가 비야에서 경비원으로 일하고 있다고 둘러댔다. 그와 놀아난 상대는 주로 정유 회사의 운전사들과 노동자들, 그리고 고등학교도 마치지 못한 주제에 언제나 회사 로고가 새겨진 셔츠 차림에 뷰캐넌스 위스키[64]를 마시면서 뻐기고 다니는 기술자 새끼들이었다. 야, 인마. 공원에서 루이스미와 단둘이 만났을 때, 브란도가 말했다. 지금 당장 마녀 집으로 가서 돈을 뜯어내자고. 어떻게든 잘 꼬드겨서 꼬불쳐 놓은 돈을 타내고 이곳을 영원히 뜨는 거야. 너하고 나 둘이서. 하지만 루이스미는 힘없이 고개를 저으며 더는 마녀의 얼굴을 보고 싶지 않다고 했다. 그리고 얼마 전 돈 문제로 사이가 틀어진 후로 그녀를 용서할 수 없다고 했다. 나더러 도둑놈이네, 개새끼네 하면서 막말을 퍼부어 놓고 이제 와

---

64 **Buchanan's.** 1884년에 제임스 뷰캐넌James Buchanan이 만든 스카치위스키 브랜드

서 내가 자기 앞에서 설설 길 줄 알았다면, 좆이나 잡수라
고 해. 하지만 순순히 물러서지 않았던 브란도는 매일 그의
얼굴을 볼 때마다 당장 마을을 뜨자고 채근했다. 그가 그
렇게 끈질기게 설득한 이유는 무엇보다 루이스미와 함께
가야 마녀가 문을 열어 줄 것 같아서였다. 그 미친 여자는
아직도 루이스미 때문에 틈만 나면 질질 짜는 데다, 만나는
사람마다 그의 소식을 물어보면서 애타게 찾고 있다는 사
실을 모르는 이는 아무도 없었다. 그래서 루이스미가 찾아
가서 사과만 하면 마녀도 너그럽게 그를 용서할 게 분명했
다. 그렇게만 되면, 그녀를 꼭 죽이지 않아도 루이스미에게
돈을 빌려줄지도 모를 일이었다. 하지만 루이스미는 계속
고개를 젓기만 했다. 난 마녀를 만나고 싶지 않아. 굳이 라
마토사를 떠나고 싶은 마음도 없고. 난 그냥 여기 있는 게
나을 것 같아. 살다 보면 언젠가 좋은 날이 올지도 모르잖
아. 그러니 미리 절망할 필요 없어. 게다가 노르마가 아이
를 가졌으니까, 굳이 위험한 길을 가고 싶지도 않고. 괜히
먼 길을 가다가 무슨 일이라도 생기면 어떡하냐. 브란도는
그의 마음을 이해한다는 듯이 고개를 끄덕이며 말했다. 네
말에도 일리가 있네. 하지만 브란도는 그렇게 말하면서도
속으로는 울분이 치밀었다. 뒈져라 이 새끼야! 너를 평생
저주할 거야! 개새끼, 영원히 너를 미워할 거라고! 브란도
는 루이스미에게 다시는 그 이야기를 꺼내지 않겠다고 속

으로 다짐했다. 하지만 다음 날 그의 얼굴을 보자마자 그 말이 다시 튀어나오고 말았다. 야, 루이스미. 그러지 말고 같이 한번 해 보자. 한몫 챙겨서 여기를 당장 뜨자고. 그 무렵 브란도의 머릿속은 이런 생각들로만 가득 차 있었다. 마녀를 어떻게 죽일지, 돈을 가지고 어떻게 달아날지, 의심을 사지 않고 옛날 동전을 현금으로 바꾸려면 어떻게 해야 할지, 그날 밤 루이스미의 매트리스 위에서 시작했던 일을 어떻게 끝내면 좋을지, 그 망할 새끼가 잠든 사이에 어떻게 죽여야 좋을지. 부활절 연휴가 끝났지만 브란도는 더 이상 학교에 나갈 생각이 없었다. 학업을 계속해 봐야 아무 의미도 없을뿐더러, 아무리 애를 써도 집중이 되지 않았다. 하지만 어머니는 그의 앞에서 아무 말도 꺼내지 못했다. 심지어 아들과 함께 하루 종일 집에 있는 쪽이 더 행복해 보이기까지 했다. 그녀는 아들이 자기와 함께 9시 텔레비전 연속극을 함께 봐 주기만 한다면 늦은 밤마다 술 마시러 나가서 새벽녘에 돌아와도 대수롭지 않게 넘어갔다. 그녀는 연속극을 본 다음에는 아들이 무슨 짓을 하든 상관하지 않았다. 대신 그녀는 언제나 아들을 위해 기도했고, 모든 것을 하느님과 예수 그리스도와 성모 마리아의 뜻에 맡겼다. 이루어질 것은 반드시 이루어질지니, 모든 것이 그분의 뜻일지라. 브란도는 날이 갈수록 어머니와 9시 텔레비전 연속극, 코미디에 나오는 등장인물들의 바보 같은 웃음소리, 지겨운 광고 음악, 그리고 천장 위에서 전속력으로 돌아가는 환풍기 소리에 점점 더 싫증이 났다. 이제 이 동네도, 레티시아 그 멍청한 년도 지긋지긋했다. 그가 더 이상 섹스를 하지 않으려고 하자, 레티시아는 틈날 때마다 전화를 걸어 질질 짜곤 했다. 이 망할 깜둥이 년은 어떻게 해서든지 브란도의 아이를 가지고야 말겠다는 생각에 사로잡혀 있었다. 그녀의 말에 따르면, 자기 남편은 고자라서 매일 섹스를 해도 아이가 생기지 않는다는 거였다. 그래서 그녀는 브란도가 자기를 만나러 집으로 와서 자지를 자기 몸속에 넣고 사정해서 임신시켜 주기를 원했다. 그럼 난 그 아이를 남편 자식처럼 키울 거야. 그녀가 말했다. 그러니까 넌 아무 걱정 말고, 내 질을 정액으로 가득 채워서 아기를 만들어 주기만 하면 되는 거야. 그녀가 말했다. 그 멍청한 년이 그랬다고. 자기 질 속에 내 정액을 가득 채워 달라고! 그래서 아기가 생기게 해 달라고! 엿이나 먹어, 망할 년아! 브란도는 무슨 일이 있어도 지옥 같은 그 마을에 자신의 어떤 흔적도 남기고 싶지 않았다. 절대 그럴 수는 없었다. 그녀가 아무리 애원을 해도, 아니 억만금을 준다 해도 그런 짓을 하고 싶지 않았다. 꼭 그렇게 하지 않아도 그는 돈을 구할 데가 있었다. 그 돈만 생기면 그는 당장 칸쿤으로 떠나 식당 웨이터로 일하고, 남는 시간에는 양놈 호모들을 만나서 즐기고 껍데기를 벗겨 먹을 거였다. 다만 싫증나지 않도록,

또 경찰에게 꼬리가 잡히지 않도록 이리저리 떠돌아다니면서 말이다. 루이스미, 그렇게 빼지만 말고 한번 해 보자니까. 단 한 명의 목격자도 남기고 싶지 않았던 브란도는 주변에 듣는 사람이 없을 때까지 기다렸다가 다시 그를 물고 늘어졌다. 이번 월요일, 아니면 화요일, 그것도 안 되면 다음 주에 가자고. 우리가 가면 그년도 좋아할 거야. 몇 푼만 주면 문라가 거기까지 태워 줄 거고. 그 집에 도착하면 벨을 누르고, 문을 열어 달라고 네가 설득하면 돼. 일단 안으로 들어가기만 하면 돈은 우리 거나 마찬가지야. 잘 구슬려서 빌려도 되고, 정 안 되면 강제로 빼앗아야지. 알 게 뭐야. 그리고 바로 뛰자고. 여행 가방이나 뭐 그런 의심을 살 만한 걸 들고 가면 안 돼. 그리고 아무한테도 알리지 않고, 너하고 나, 단 둘이서만 가는 거야, 루이스미. 그러자 루이스미가 말했다. 그래도 노르마는 데려가야 해. 브란도는 고개를 저으며 생각했다. 이 멍청한 호모 새끼가 지 여자는 되게 챙기는 척 하시네. 하지만 브란도는 이내 마음을 가다듬고 미소를 지으며 큰소리로 말했다. 당연히 그래야지. 어려운 일도 아닌데. 하긴 아내를 내팽개치고 발걸음이 떨어지겠냐, 안 그래? 브란도는 자기 입에서 문득 '아내'라는 말이 튀어나오자 뒷맛이 씁쓸했고, 또 자기가 이렇게까지 했는데도 루이스미가 뭉그적대는 꼴을 보고 적지 않게 실망했다. 그때부터 한동안 브란도는 루이스미가 무언가 수상

한 낌새를, 그러니까 멀리 가면 곧바로 루이스미를 죽이고
혼자 돈을 차지하려는 자신의 흉계를 눈치챈 게 틀림없다
고 생각했다. 그래서 그는 이후 며칠 동안 그냥 돈 없이 혼
자서 떠나는 방안을 진지하게 고민했다. 그러던 어느 금요
일 오후, 루이스미가 아무런 예고도 없이 브란도의 집에 불
쑥 찾아왔다. 그건 정말 드문 일이었는데, 그런데 녀석의 몰
골이 말이 아니었다. 그는 노르마가, 자기 아내가―화를 이
기지 못한 루이스미가 이를 악물고 이야기하는 바람에 브
란도는 무슨 말을 하는지 제대로 알아듣지 못했다―병원
에 입원했고, 상태가 심각해서 이틀 동안 한숨도 못 잤다고
했다. 그런데 그게 다 마녀 때문에 벌어진 일이었다. 마녀가
가엾은 노르마에게 몹쓸 짓을 했기 때문이었다. 그래서 루
이스미는 마음을 바꾸어 당장 그녀의 집에 쳐들어가서 브
란도가 말했던 계획을 실행에 옮기자고 했다. 오늘, 지금
당장, 쇠는 뜨거울 때 내려치랬다고, 오늘 당장 가자. 약기
운에 취해 간신히 버티고 서 있던 브란도는 녀석이 내지르
는 말에 어안이 벙벙해졌고, 심지어 헛소리를 지껄이는 녀
석의 정신이 번쩍 들게 해 주려고 그 면상을 한 대 칠 뻔했
다. 하지만 곧, 지금이야말로 자기가 기다리던 기회가 찾아
온 건지도 모른다는 생각이 들었다. 하기야 둘이서 언제 마
녀의 집에 쳐들어가든, 루이스미가 갑자기 저렇게 나오는
이유가 뭐든, 그런 건 전혀 중요하지 않았다. 그런 기회 자

체가 다시 오지 않을 수도 있는데, 눈 딱 감고 한번 해 본다
한들 잃을 게 없었다. 그래서 브란도는 좋다고 말했다. 대
신 몇 잔만 더 마시고 가자. 그래야 마음을 단단히 먹고 용
기를 낼 수 있을 테니까. 브란도는 방으로 들어가 검은색
셔츠를—이 옷은 피가 튀어도 잘 보이지 않을 거야. 그는
용의주도하게 계획을 짰다—입고, 그 위에 맨체스터 유나
이티드 셔츠를 껴입었다. 그러고는 가지고 있던 돈을 챙긴
다음, 어머니에게 아무 말도 하지 않고 집을 나섰다. 그는
루이스미가 달아나지 못하도록 팔을 붙잡은 채 로케 씨네
가게로 갔고, 거기서 2리터들이 럼주를 산 다음 거기에 오
렌지 맛 음료수 한 병을 부었다. 독한 술이 색소가 들어간
설탕물과 뒤섞였고, 그들 네 명은—그때 마침 윌리가 공원
으로 가는 길에 그들을 만나 합석했고, 곧이어 문라도 트럭
을 타고 그곳에 도착했다—그것을 나눠 마셨다. 그런 와중
에도, 아무리 생각해도 루이스미의 진의를 추측할 수 없었
던 브란도는 찜찜한 생각을 지울 수가 없었다. 아무리 봐도
루이스미가 진심으로 제안한 것 같지 않았기 때문이었다.
저 새끼라면 언제든지 발을 뺄 것 같은 느낌이 들어. 아니면
문라와 윌리 앞에서 모든 것을 다 떠벌릴지도 모르고. 그러
면 우리 계획은 다 조지는 건데, 씹할, 어쩌지. 그래서 브란
도는 윌리가 완전히 취해서 공원 벤치에 뻗을 때까지 기다
린 다음에 문라한테 라 마토사까지 태워다 달라고 부탁하

자는 루이스미의 말을 듣고 깜짝 놀랐다. 자기만큼 약에 취해 있을 저 새끼가 어떻게 멀쩡한 판단을 할 수 있는지 그저 놀라울 따름이었다. 어쩌면 녀석은 브란도가 생각했던 것만큼 약에 취해 있지 않았던 건지도 몰랐다. 아니면 정말로 그의 마음이 복수심으로 불타고 있었는지도. 멍청한 문라는 그들이 돈만 주면 어디든지 태워 주겠다고 했지만, 라마토사까지 100페소 이하로는 안 된다고 못을 박았다. 브란도는 우선 50페소만 주고, 자기들을 도와주면 나머지 50은 나중에 주겠다고 했다. 지금은 이게 내가 가진 돈 전부거든요. 나머지는 나중에 줄게요. 그리고 훔친 물건을 팔아서 한번 같이 끝까지 놀아 보자고요. 그러자 문라가 말했다. 그러지. 잘해 봐. 그렇게 그들은 떠났고, 그렇게 그 일이 일어나고야 말았다. 그 일이 벌어지고 만 거야. 그 순간 내가 손에 얼마나 힘을 주었는지 느끼지도 못했어. 그냥 그 미친년이 부엌에서 달아나려고 몸을 돌리는 순간에 목발로 있는 힘껏 내리친 거지. 그렇게 세게 치지 말았어야 했는데. 씹할! 하필이면 머리통을 말이야. 마녀가 정신을 잃고 쿵소리를 내며 바닥에 쓰러지자 루이스미는 그 얼굴을 계속 발로 걷어찼다. 잠시 후, 그녀는 더 이상 입을 열지 않았다. 브란도가 뺨을 갈기며 돈을 어디에 숨겨 놓았는지 말하라고 했지만, 그녀는 무거운 신음 소리를 흘리며 부엌 바닥에 침을 질질 흘릴 뿐, 아무 말도 하지 않았다. 그녀의 상처에서 피가 쏟아지면서 머리를 벌겋게 적시기 시작했다. 이제 그들은 둘이서 보물을 빨리 찾아야 했다. 집 안을 샅샅이 뒤지는 데 얼마나 오래 걸렸는지는 알 수 없었다. 문라의 증언으로는 반시간도 걸리지 않았다고 했지만, 브란도는 그 집 안에서 며칠을 보낸 것 같았다고 털어놓았다. 위층의 방을 하나씩 뒤질 때마다 그들의 실망감과 좌절감은 더 커져만 갔다. 방 안은 사람의 자취도 없이 휑하니 비어 있었다. 남아 있는 것이라고는 네 벽과 가구 두 점─침대와 화장대, 혹은 침대와 의자─아니면 텅 빈 방 한가운데 쓸쓸하게 서 있는 테이블 하나가 전부였다. 그리고 좁고 어두워서 공중변소 같은 느낌을 주는 화장실. 판자로 막은 창문에 드리워진 커튼, 잿빛으로 변한 벽, 도무지 알아볼 수 없는 그림과 필체, 마치 오래된 시체에서 나는 것 같은 지독한 악취. 빌어먹을! 브란도는 속으로 벌벌 떨며 생각했다. 대체 어디가 마녀의 방이야? 저 미친년이 밤에 자는 방이 어디냐고. 위층에 있는 방들에는 사람이 살았을 법한 흔적이라고는 하나도 없었다. 전부 텅 빈 것처럼 황량해 보일 뿐이었다. 그들은 혼란과 두려움에 빠져들었다. 저렇게 딱딱해 보이는 침대에서 먼지투성이 이불을 덮고 잠들 수는 없을 것 같았다. 브란도는 다시 방마다 돌아다니며 좀이 슨옷이 잔뜩 걸려 있는 옷장들과 쓰레기로 가득 찬 가방, 그리고 썩어 문드러진 종이를 뒤적거렸다. 그러다 어두운 복도 끝에 이르자 그 집에서 유일하게 자물쇠가 채워진 문이 나타났다. 문 반대편을 판자로 막아놓은 것 같았다. 브란도가 어깨로 있는 힘껏 밀치고, 발로 손잡이를 걷어차기까지 했지만 문은 꼼짝도 하지 않았다. 루이스미가 그를 거들기 위해 위층으로 올라왔지만, 사실 그때 루이스미는 있으나마나한 상태였다. 마녀의 머리를 걷어차고 나서부터 갑자기 불안감에 사로잡힌 녀석은 급기야 정신이 완전히 나간 것처럼 멍해져 있었다. 그제야 브란도는 자신들이 엄청난 실수를 저지르고 말았다는 사실을 알아차렸다. 기대와는 달리, 부엌 식탁 위에 놓여 있던 200페소 지폐 한 장과 거실 여기저기 흩어져 있던 동전 몇 닢을 제외하면 집 안에 아무것도 없었던 것이다. 루이스미가 손을 심하게 떨면서 동전들을 자꾸 흘리는 통에 브란도는 거지처럼 그것들을 모두 주워야 했다. 둘 다 제정신이 아니었지만, 그나마 브란도는 자신들이 무슨 짓을 저질렀는지 마침내 깨달을 수 있었다. 마녀는 의식을 잃은 채 바닥에 쓰러져 있었다. 숨이 끊어지기 직전인 듯했지만, 씩씩거리고 헐떡이는 소리를 내면서 간신히 숨을 몰아쉬고 있었다. 입에서 으음, 으음 하는 신음 소리가 절로 새어 나오는 걸 보면 몹시 괴로운 모양이었다. 브란도는 루이스미에게 이럴 바에는 차라리 저 여자를 밖으로 끌고 나가 사람들이 찾지 못하도록 숲속에 던져 버리고 오는 게 좋을 것 같다고 말했다. 마녀를 집 안에 그대로 두고 가면 금요일마다 이곳을 찾아오는 여자들이 그녀를 발견할 테고, 그러면 결국 경찰이 자기들을 뒤쫓게 될 거라는 이야기였다. 그러니 당장 여기서 빠져 나가야 했다. 그들은 치마로 마녀의 몸을 둘둘 말고, 깨진 머리에서 뇌수가 쏟아지지 않도록 그녀가 두르고 다니던 역겨운 베일로 머리를 칭칭 동여맸다. 둘은 함께 마녀를 들쳐 메고 나가 트럭에 태운 뒤, 제당 공장으로 이어지는 길을 따라 차를 몰고 갔다. 하지만 트럭은 강에 도착하기 전에 방향을 틀어 샛길로 들어서더니 농수로를 따라 난 굽잇길 쪽으로 향했다. 거기서 트럭을 세운 그들은 마녀를 내려 농수로 옆으로 질질 끌고 갔다. 그때 브란도는 마녀의 부엌에서 가져온 나이프를 루이스미에게 건넸다. 브란도가 기억하는 한, 그것은 오랜 세월 동안 마녀의 식탁 한복판에, 굵은 소금 접시 위에 놓여 있던 바로 그 나이프였다. 브란도는 운전대를 잡고 있던 문라에게 갈 길을 알려 주는 내내 그 나이프를 꼭 쥐고 있었다. 하지만 어째서인지 루이스미는 그 칼을 건네받으려 하지 않았고, 브란도는 억지로 그의 손에 칼을 쥐여 주어야 했다. 그러곤 루이스미가 칼의 손잡이를 단단히 잡도록 녀석의 손을 손가락으로 감싸 쥐었다. 루이스미는 마녀를 쳐다보려고 하지도 않았다. 브란도는 괴로워하고 있는 마녀의 고통을 당장 끝내 줘야 한다며 그를 설득했다. 야, 그렇게 멍하게 서 있지만 말고 그 칼로 어서 찔러.

권총과 총알이 없었던 그들은 그 나이프로 저 호모를 찌르는 수밖에 없었다. 얼굴이 피로 범벅이 된 마녀는 풀밭 위에서 부들부들 떨면서 앓는 소리를 냈고, 뒤통수의 벌어진 상처에서는 누런 똥물―지독한 냄새가 났다―이 계속 흘러나왔다. 목을 찔러. 브란도가 루이스미에게 말했다. 출혈로 죽기 전에 칼을 목 깊숙이 찌르라고. 하지만 루이스미 이 멍청한 호모 새끼는 떨리는 손으로 몇 번 깔짝대기만 하더니 중요한 혈관은 건드리지도 못했다. 오히려 마녀는 눈을 무섭게 부릅뜨면서 피로 벌겋게 물든 이를 드러냈고, 그 꼴을 바라보던 브란도는 그 옆에 무릎을 꿇고 앉아 다시 두 손으로 루이스미의 손을 감싸 쥐고 온몸의 힘을 실어 마녀의 목을 찔렀다. 한 번, 두 번, 그리고 만약을 위해서 한 번 더. 이번에는 한 치의 실수도 없도록, 칼끝이 피부와 근육을 꿰뚫고, 동맥과 후두 연골과 척추에 닿을 때까지, 있는 힘을 다해 깊숙이 찔렀다. 세 번째로 칼을 찌르는 순간, 쩍 하는 소리와 함께 살이 갈라지자 루이스미는 애새끼처럼 울음을 터뜨렸다. 그는 아직 칼을 손에 움켜쥐고 있었고, 사방으로 튄 피가 그의 손과 옷, 신발과 머리카락, 심지어는 입술까지 물들였다. 브란도는 그의 손에서 칼을 빼앗아 농수로에 던졌지만, 그 순간 아차 하는 생각이 들었다. 칼을 깨끗이 닦아 주머니에 넣어 놨으면 좋았을 터였다. 어쩌면 그날 밤에 바로 어머니와 루이스미를 죽여야 할 수도 있었으니까. 브란도는 그날 밤 라 마토사로 혼자 돌아가 볼 생각이었다. 9시 텔레비전 연속극이 끝나고 나면 마녀의 집에 다시 가 보는 것이다. 그의 어머니는 언제나처럼 저녁 뉴스가 끝나자 버라이어티 쇼를 보다가 꾸벅꾸벅 졸기 시작했다. 집을 나와 자전거를 탄 그는 숨을 헐떡이느라 벌린 입 안으로 들어오려는 모기떼와 싸우면서, 땅 위로 솟아오른 나무뿌리를 피하면서, 머리를 헝클어뜨리고 이마에 맺힌 땀방울을 날려 마른 땅으로 떨어뜨리는 매서운 바람에 맞서면서 힘겹게 페달을 밟았다. 마녀의 집으로 간 그는 어떻게 해서라도 돈을 찾아야 했지만 이번에도 허탕이었다. 죽은 달팽이의 껍질 속처럼 텅 빈 거실은 무거운 정적과 기분 나쁜 메아리로 가득 차 있었다. 지하실과 1층에 있는 방들도 마찬가지였다. 그는 거기 있는 가구들을 죄다 들어내고, 쓰레기더미를 파헤치고, 심지어 벽 앞에 쌓아 놓은 비닐봉지도 다 풀어 헤쳐 보았지만 아무것도 찾지 못했다. 돈이될 만한 건 하나도 없었다. 마지막으로 그는 그날 오후에 끝내 열지 못했던 방 앞으로 갔다. 문은 여전히 굳게 잠겨 있었다. 그는 무릎을 꿇고 앉아 나무문과 바닥 사이에 난 틈으로 안을 들여다보았지만, 바닥에 뽀얗게 쌓인 먼지와 어둠, 그리고 복도에 진동하는 죽음의 냄새 말고는 아무것도 알아볼 수 없었다. 그 순간, 집 안 어딘가에 녹슨 마체테라도 있을 거라는 생각이 들었다. 그걸로 내리치면 자물쇠를 빠갤 수 있을 듯했고, 아니면 아예 나무로 만든 문짝을 부숴 버릴 수도 있을 것 같았다. 그는 급하게 계단을 내려가서 1층 복도 입구에 이르렀지만, 그의 걸음은 거기서 멈추고 말았다. 부엌 문설주 옆에서 자기를 빤히 쳐다보는 검은 고양이의 노란 눈과 마주쳤던 것이다. 브란도는 자기를 뻔뻔스럽게 노려보고 있는 그 고양이가 어떻게 집 안으로 들어왔는지 이해할 수 없었다. 분명 집을 뒤지는 동안 아무도 들어오지 못하게 부엌문의 빗장을 걸어 잠가 놓았었는데. 브란도가 발길질을 하려는 듯이 다리를 들어올렸는데도 망할 놈의 고양이는 꼼짝도 하지 않았다. 아니, 몸을 움직이기는커녕 눈조차 깜빡이지 않았다. 오히려 꾹 다물고 있던 그놈의 입에서 무시무시한 소리가 새어 나오자 브란도는 자기도 모르게 뒷걸음질 쳤다. 그러곤 또 다른 칼이 있기를 간절히 바라면서 식탁 위를 흘끔 돌아보았다. 바로 그 순간, 부엌을 포함한 집 안의 불이 모두 나가 버렸다. 브란도는 분노한 저 짐승, 어둠 속에서 소름 끼치는 소리를 내는 저 짐승이 바로 악마일 거라고, 아니면 그 악마의 화신일 거라고 생각했다. 그 오랜 세월 동안 자기를 따라다녔던 악마, 마침내 자기를 지옥으로 데려가기 위해 찾아온 악마 말이다. 브란도는 직감했다. 만약 뛰지 않으면, 당장 이 집에서 달아나지 않으면, 저 끔찍한 짐승과 함께 어둠 속에 영원히 갇힐 거였다. 그는 부엌문 쪽으로 잽싸게 뛰어가 빗장을 푼 다음 온 힘을 다해 문을 밀쳤고, 결국 마당의 딱딱한 땅바닥에 고꾸라지고 말았다. 그러나 악마의 무시무시한 소리는 여전히 귓가에 울려 퍼지고 있었다. 땅 위를 기어 간신히 자전거를 세워 둔 곳까지 간 그는 바람 소리가 나는 밤을 가로지르며 필사적으로 달아났다. 식은땀이 온몸에서 줄줄 흘렀다. 그는 두려움 속에서, 외딴 곳에서 길을 잃은 게 분명하다는 무시무시한 확신 속에서 페달을 밟았다. 사탕수수 밭을 가로지르는 길 위에서, 곧 농수로의 입구로 이어질 그 흙길 위에서, 그는 발로 미친 듯이 원을 그리며 페달을 밟았다. 그래, 거기에 가면 목을 난자당하고 뇌수를 밖으로 쏟은 마녀가 피로 물든 이를 드러내 보이며 자기를 기다리고 있을 터였다……. 그는 그녀로부터 달아날 희망을 거의 잃은 상태였다. 바로 그때, 마침내 비야의 첫 번째 불빛이 얼핏 보였다. 브란도는 공동묘지와 가까운 집에서 나오는 그 불빛 쪽으로 미친 듯이 페달을 밟았고, 인적이 전혀 없는 큰 길에 다다르자 다시 30분을 달려 집에 도착했다. 그는 먼저 어머니가 잠들어 있는지 확인한 다음, 흙먼지를 뒤집어 쓴 얼굴과 손을 씻으러 화장실로 기어 들어갔다. 김이 뽀얗게 서린 거울을 보려고 고개를 든 브란도는 거기에 비친 자신의 모습을 보고 하마터면 비명을 지를 뻔했다. 눈이 있어야 할 자리에 다른 것이 있었던 것이다. 그것은 두 개의 고리였다. 줄줄 흘러내리는 수은[65] 위에서 번

쩍이는, 두 개의 불타는 고리. 그가 마음을 가라앉히기까지는 몇 분이 걸렸다. 거울에 비친 얼굴이 당장이라도 자기를 공격할 것만 같다는 생각에 사로잡힌 그는 두 눈을 질끈 감고 두 손으로 얼굴을 가린 채 세면대 앞에 서서 한동안 움직이지 않았다. 그렇게 몇 분이 지나서야 그는 제정신을 차리고 다시 거울을 바라보았다. 거울 표면을 덮고 있는 끈적끈적한 수증기 방울 아래에 있는 건 악마의 빛을 내는 두 개의 고리가 아니라, 쑥 꺼진 채 벌겋게 충혈된, 초췌하고 절망적인 빛을 띤, 평소와 전혀 다를 게 없는 자신의 눈이었다. 그는 얼굴과 가슴과 손을 다 씻고 나서 자기 방으로 가 침대에 누웠지만, 잠이 오지 않아 몇 시간 동안 멍하니 천장만 쳐다보았다. *No sé tú*(넌 어떤지 모르겠지만), 그 순간 루이스미도 뜬눈으로 밤을 지새우고 있을 게 분명했다, *pero yo te busco en cada amanecer*(나는 매일 동이 틀 때마다 너를 찾아), 루이스미는 자기 집 매트리스 위에 누워 그를 기다리고 있을 거였다, *mis deseos no los puedo contener*(난 내 욕망을 도저히 억누를 수가 없어), 그는 이왕 시작한 일을 확실하게 끝낼 수 있도록 브란도가 자기 곁으로 와 주기만을 바라고 있을 거였다, *en las noches cuando duermo*(내가 잠든 밤에), 꾀죄죄한 그 매트리스 위에 누운 채, *si de*

---

65 김이 서린 거울을 가리킨다.

insomnio(불면증에 걸리기라도 하면), 그들이 아직 마무리하지 못한 일을 생각하는 것이다, *yo me enfermo*(나는 몸져 눕고 말거야). 섹스를 나누다 서로를 죽이는 순간을. 어쩌면 그 두 가지는 동시에 이루어질 수도 있었다. 문득 브란도는 집 안을 다 뒤지고도 끝내 돈을 찾지 못했던 일을 떠올렸고, 그러자 갑자기 치욕이 느껴지면서 눈물이 치솟았다. 그가 마지막으로 한 생각은 어떤 식으로든 도망쳐야 한다는 거였다. 어딘가 몸을 숨길 곳을 찾는 게 가장 급했다. 혹시 팔로가초에 있는 아버지와 연락이 닿으면, 며칠 동안만이라도 거기서 신세를 질 수도……. 팔로가초는 비야에서 그리 멀진 않지만, 경찰이 그를 쫓기 시작하면 우선은 그곳으로 피할 수밖에……. 그런 몇 가지 계획, 그리고 지옥 같은 이 마을과 어머니에게서 멀리 벗어난 삶에 관한 상상 속에서 뒤척거리는 와중에 날이 밝기 시작했다. 밤새 한숨도 못 잔 브란도는 새들이 아몬드나무 가지 위에서 부르는 노랫소리를 듣고 침대에서 일어나 거실로 갔다. 어머니가 전화기 옆에 놓아둔 공책에서 아버지의 전화번호를 찾기 위해서였다. 그는 아버지에게 전화를 걸었다. 전화벨이 몇 번 울리고 나자 아버지가 직접 전화를 받았다. "네?" 떨떠름한 목소리가 들려오자 브란도는 기어 들어가는 목소리로 인사를 건넸다. 둘이서 대화를 나눈 건 아주 오래 전의 일이었으니, 아무리 아버지라고 해도 다 큰 아들의 목소

리를 단번에 알아듣기는 어려울 터였다. 사기꾼인 줄 알고 전화를 끊어 버릴 수도 있었다. 브란도는 너무 이른 시간에 전화를 걸어 죄송하다고 한 뒤, 더듬거리면서 의례적인 인사말 몇 마디를 건넸다. 하지만 아버지는 그의 말이 채 끝나기도 전에 툭 쏘아붙였다. 대체 나한테 바라는 게 뭐냐? 돈은 이제 못 보내 준다고 엄마한테 말해. 나도 이래저래 나가는 돈이 많으니까……. 그때 수화기 저편에서 아기의 울음소리가 흘러나왔다. 브란도가 말했다. 나도 잘 알고 있어요, 하지만……. 그리고 너도 그 정도 나이를 먹었으면 이제 엄마를 돌볼 때가 됐잖아. 안 그러냐? 너, 지금 몇 살이지? 열여덟이냐? 열아홉 살이에요. 브란도가 대답했다. 그때 어머니가 당장 쓰레기통에 버려도 아깝지 않을 만큼 낡은 잠옷을 걸친 채 거실로 들어오더니 브란도에게 손을 흔들어 댔다. 자기한테 전화를 바꿔 달라는 신호였다. 하지만 그는 아버지에게 작별 인사도 하지 않고 전화를 끊었다. 어머니는 아침부터 무슨 일이냐고 물었지만 브란도는 조용히 하라고 소리를 질렀다. 아무 일도 아니니까 신경 쓰지 말고 가서 자라고. 자기 방으로 돌아간 그는 바닥에 널려 있던 옷을 손에 잡히는 대로 챙겨 입고, 마녀에게서 훔친 200페소 지폐와 동전을 주머니에 쑤셔 넣고, 거실에서 흐느끼고 있는 어머니를 본체만체하면서 깨끗한 옷 몇 벌만 배낭에 집어넣은 뒤 문을 쾅 닫고 나가 버렸다. 그는 지나가는 트

럭을 얻어 탈 생각으로 큰길을 따라 비야 외곽에 있는 주유
소를 향해 걸어갔다. 노동절 연휴가 되면 도로에 차가 밀리
기 때문에 트럭 운전사들이 웬만하면 태워 주지 않으려 할
게 뻔했다. 기회는 지금뿐이었다. 서두르면 제때 달아날 수
있을 것 같았다. 비록 수중에는 달랑 200페소밖에 없었지
만, 그의 모든 운명은 돈이 아니라 운전사들의 마음에, 달
리 말하면 그가 칸쿤 아니면 국경 지대에—국경이라면 어
디든 상관없었다—도착할 때까지 그 호모들을 얼마나 기
쁘게 해 줄 수 있느냐에 달려 있었다. 하지만 길을 터벅터벅
걸어가던 브란도는 루이스미가 보고 싶다는 생각에 빠져들
었다. 떠나기 전에 꼭 보고 싶은데. 남은 문제도 해결하고
말이야. 그런데 시간이 흐를수록 그는 점점 더 화가 났고,
동시에 그만큼 서글퍼졌다. 고속 도로에 도착하기 직전, 갑
자기 발걸음을 돌려 집 쪽으로 향한 그가 다시 현관문을 열
었을 때는 오후 4시였다. 그는 거실 제단 앞에서 무릎을 꿇
고 기도하고 있던 어머니에게 한 마디도 건네지 않고 곧장
자기 방으로 들어갔다. 그러고는 먼지와 땀에 찌든 옷을 벗
고 침대 위에 쓰러져 잠이 들었다. 악몽은커녕 아무 꿈도
꾸지 않고 열두 시간을 내리 잠들었던 그가 깨어났을 때,
밖은 어두워져 있었고 온몸은 식은땀으로 축축이 젖어 있
었다. 침대에서 일어난 그는 부엌으로 가서 끓여 놓은 물
한 병을 죄다 들이켜고는 어머니가 냉장고에 넣어 둔 냄비

안을 엿보았다. 하지만 그 안에 든 콩은 전혀 당기지 않았다. 그는 곧장 침대로 돌아가서 다시 열두 시간 동안 잠들었고, 잠에서 깬 직후에는 어지러움과 추위를 느끼며 이불 아래에서 온몸을 부들부들 떨었다. 지금 당장 달아나지 않으면 벽이 죄다 자기 위로 무너져 내릴 것만 같았다. 결국, 그는 옷을 대충 챙겨 입고 밖으로 뛰쳐나갔다. 속이 빈 탓인지 귀에서 윙윙하는 소리가 났다. 몸의 감각이 무뎌지면서 폐 속으로 들어온 공기가 밀도 높은 액체처럼 답답하게 느껴졌다. 겨우 길 끝까지 걸어간 브란도는 모퉁이를 돌아 로케 씨네 가게로 향하다 낯익은 광경과 마주했다. 핏기 없는 창백한 얼굴에 검은 생머리를 가진 동네 꼬마 녀석이 야채 상자—로케 씨가 팔려고 가게 앞 보도에 늘어놓은 채소는 오후가 되면서 반쯤 시들어 있었다—옆에 놓인 오락실 게임기 앞에 홀로 앉아 게임을 하고 있었던 것이다. 그 꼬마의 이름은 기억나지 않았지만, 그 얼굴은 금세 알아볼 수 있었다. 그 생김새가 어린 시절의 자신과 꼭 닮아서였는지, 브란도는 오래 전부터 녀석을 눈여겨봐 왔었다. 하지만 꼬마는 예전의 그에 비해 살갗이 더 희고 인물도 더 좋은 편이었다. 어머니의 허락을 받고 나와 혼자서 놀고 있던 이 꼬마는 게임 실력이 꽤 좋은 것 같았다. 적어도 게임기의 버튼과 레버를 맹렬하게 움직이고 음악의 리듬에 맞춰 엉덩이를 흔들어 대는 걸 보면 최선을 다하고 있는 듯했다. 아이의 입술은 진한 분홍빛을 띠었다. 분홍빛. 브란도의 눈길을 끈 것은 바로 그 입술이었다. 그는 개 영상에 나오는 그 여자아이를 제외하면 저런 빛깔의 입술을 가진 사람을 본 적이 없었다. 티셔츠 아래 감추어진 녀석의 젖꼭지도 저 입술처럼 발그스레하고 딸기 맛이 날 것 같았다. 브란도는 혼자서 상상의 날개를 펼쳤다. 누군가 저 아이의 젖꼭지를 깨물면, 피가 아니라 귀엽게 빨간 딸기 시럽이 흘러내릴 거야. 그 순간, 그는 자신이 길 한복판에 멍하니 서 있다는 걸 깨달았다. 길을 건너 꼬마 쪽으로 다가간 그는 게임에 열중하고 있는 아이를 잠시 바라보며 생각했다. 열 살도 안 된 것 같은데. 브란도는 눈으로 보드라운 아이의 뺨을 애무했다. 그때 아이가 갑자기 그를 돌아보면서 말했다. 아저씨, 나랑 한판 붙어요. 브란도는 그런 격투 게임은 전혀 할 줄 몰랐지만, 흔쾌히 도전을 받아들였다. 사실 비디오 게임에 흥미를 잃은 지도 한참 전이었다. 그는 200페소짜리 지폐를 잔돈으로 바꾸기 위해 가게 안에 들어가서 담배 한 갑을 샀고, 꼬마를 상대하면서 마구잡이로 레버를 움직여 매번 못 이기는 척 져 주었다. 그러면서 그는 녀석의 힘이 얼마나 셀지 가늠해 보려고 아이의 몸을 슬쩍 밀쳐 보았다. 이따가 길가로 유인하고 나서 힘으로 다루기가 얼마나 어려울지 미리 알아보려는 거였다. 그러고 나서 이제 아이스크림을 사 줄 테니까—물론 일부러 내리 져 주는 바람에 동전이 하나도 없었지만—같이 가자고 꼬시려던 참에, 바로 그 순간에 제복을 입은 경찰관 세 명이 뒤에서 그를 덮쳤다. 그들은 그를 곤봉으로 사정없이 두드려 팬 다음, 땅에 나동그라진 그의 팔에 수갑을 채우고 경찰차 뒷좌석으로 질질 끌고 갔다. 호모 살인범 새끼야, 돈은 어디 있어? 그들이 말했다. 안 불어, 자식아? 그들은 그의 명치를 때리며 물었다. 브란도가 말했다. 돈이라뇨? 무슨 돈이요? 무슨 말인지 하나도 모르겠는데요. 그러자 리고리토가 말했다. 이 호모 살인자 새끼가, 너 끝까지 잡아뗄 거야? 돈 어디다 숨겼는지 어서 불어. 아니면 네 불알을 지져 버릴 테니까 알아서 해. 하지만 브란도는 심하게 두들겨 맞으면서도 이를 악물고 견뎠다. 그날 밤에 다시 마녀의 집에 갔다가 돈은커녕 재수 없는 고양이 귀신밖에 못 봤다는 말은 꺼내고 싶지 않았던 것이다. 마침내 그가 피를 토하기 시작하자 그들은 그의 불알에 피복을 벗긴 전선을 갖다 댔다. 이제는 전부 털어놓는 수밖에 없었다. 문이 굳게 닫혀 있어 그들이 끝내 들어가지 못한 방이 하나 있는데, 틀림없이 그 안에 마녀의 보물이 숨겨져 있을 거라고, 그는 아는 걸 모두 불고 말았다. 돼지 같은 짭새들은 그의 말이 끝나기가 무섭게 모두 서둘러 자리를 떠났고, 남아 있던 경찰들은 브란도를 감방 구석에 처넣었다. 감방은 노동절 행진에서 낙오한 술주정뱅이들과 그의 새 운동화를 빼앗아 간 세 미치광이 같은 도둑놈들로 우글거렸다. 브란도가 그 셋 중에서 얼굴을 확인한 것은 우두머리 한 놈뿐이었다. 살이 거의 없이 바싹 마르고 수염을 덥수룩하게 기른 그놈을 자세히 보면 앞니가 하나도 없다는 걸 알 수 있었다. 주변을 둘러보니 빈 자리라고는 악취를 풍기는 변기 바로 옆자리뿐이었다. 거의 기다시피 그곳까지 간 브란도는 새우처럼 몸을 웅크린 채 만신창이가 된 배를 부드럽게 감싸 안았다. 그 사이, 말라빠진 털보 우두머리는 감방 한가운데를 빙빙 돌며 새 운동화를 신은 발로 주정뱅이들을 지근지근 밟고 다녔고, 그러다가 다른 감방에 갇힌 죄수―그 죄수는 자기 어머니를 살해한 마약 중독자였는데, 다른 죄수들이 그를 죽이지 못하도록 소위 '쪽방'에 가둬 놓아야 했다―가 들개처럼 울부짖으면 그 소리를 듣고 흥분해서는 우리에 갇힌 야수처럼 으르렁거렸다. 조용히 해, 개새끼야! 우두머리가 고래고래 고함을 질렀다. 이 살인마 새끼야, 너나 닥쳐! 다른 감방에서 고함소리가 들려왔다. 지 에미를 죽인 새끼가 어디서! 지옥불 속에나 빠져라, 개새끼야! 그러던 우두머리는 갑자기 브란도를 부르더니 두들겨 맞은 갈비뼈를 살짝 걷어찼다. 그의 표정과 몸짓으로 봐서는 브란도를 다치게 하려는 게 아니라 오히려 그의 관심을 끌려는 것 같았다. 그는 콧노래를 부르듯이 나직한 목소리로 말했다. 호모 킬러, 호모 킬러, 새끼야, 새끼야. 브란도는 두 손으로 귀를 막고 눈을 질끈 감았지만,

그 미친놈은 그를 가만히 내버려 두지 않았다. 새끼야, 호모 킬러 새끼야, 적 말인데. 넌 적을 믿어? 그자의 몸에서는 감방 바닥에 스며든 오줌보다 더 지독한 냄새가 났다. 브란도는 온 힘을 다해 몸을 펴고 자기를 집요하게 부르는 그놈을 쳐다보면서 중얼거리듯 말했다. 뭐 인마, 뭘 원하는데? 더 이상 줄 것도 없다고. 브란도는 그 남자의 앙상한 손가락이 가리키는 방향을 따라 시선을 옮겼다. 그는 브란도가 움츠린 채 기대고 있는 벽을, 정확히는 그의 머리 바로 위쪽을 가리키고 있었다. 거기에는 못으로 긁어 휘갈긴 글자와 불경스러운 그림이 가득했다. 누군가의 이름과 별명, 날짜와 하트 모양, 신화의 괴물만큼이나 커다란 남녀의 성기, 그 외에도 온갖 종류의 혐오스러운 장면들이 벽면을 가득 채우고 있었다. 그중에 유독 눈에 띄는 건 악마의 형상을 이루고 있는 빨간 선들이었다. 감방에 처음 들어왔을 때 어떻게 저 그림이 있다는 걸 알아차리지 못했을까? 이 감방의 제왕처럼 군림하고 있는 저 거대한 악마를. 적 말이야, 새끼야. 수염을 기른 미치광이가 말했다. 적은 사방에 깔려 있지. 그들이 벽돌 조각 아니면 그 비슷한 빨간 물건을 써서 그린 저 악마는 뿔과 돼지 코가 달린 커다란 머리를 가지고 있었고, 둥글고 공허한 눈은 정서 장애를 가진 아이가 그린 햇빛처럼 삐뚤삐뚤한 광선으로 둘러싸여 있었다. 다리는 뭉툭했고, 젖꼭지 두 개가 기괴한 형상의 허리께까지, 그러니까 발기된 성기 바로 위까지 축 늘어져 있었다. 기다란 성기 끝에서는 마른 피처럼 보이는, 아니 진짜 피가 뿜어져 나오고 있었다. 감방의 우두머리인 수염 난 미친놈은 갑자기 고래고래 소리를 지르면서 술에 취해 곯아떨어진 자들을 걷어차기 시작했다. 당장 일어나서 너희들 눈앞에서 어떤 기적이 일어나는지 똑똑히 보라고! 그는 진짜 미친 것처럼 고함을 질렀다. 적이라고! 적그리스도께서 더 많은 노예를 원하신다! 일어나라, 이 버러지 새끼들아! 준비를 해야 돼! 그러자 술에 취한 이들은 낑낑거리며 두 팔로 머리를 감싸 쥐었고, 다른 이들은 철창 옆에 바짝 붙어서 성호를 그었다. 하지만 그 누구도 우두머리에게서, 감방 한복판에서 어디에 홀린 사람처럼 오싹한 춤을 추면서 섀도 복싱을 하는 우두머리에게서 눈을 떼지 못했다. 이윽고 그는 고함을 지르며 브란도 쪽으로 달려들었다. 하지만 그를 때리는 대신, 벽에 그려진 악마의 배를 향해 빠르게 두 번의 펀치를 날렸다. 갑작스럽게 감방 안에 흐르던 신비로운 정적 속으로 두 번의 둔탁한 소리가 울려 퍼졌다. 벽을 두 번 쳤어. 두 번이나. 그의 똘마니들이 겁먹은 표정을 지으며 수군거렸다. 술주정뱅이들 중에서 정신이 가장 말똥말똥한 자들이 그 말을 따라했다. 두 번이야, 두 번. 그러자 다른 감방에 있는 죄수들도 그 분위기에 전염된 것처럼 따라 외치기 시작했다. 두 번이야, 두 번. 심지어 어미에게 용서해 달라고 울던 들개들도 갈라진 목소리로 합창에 가세했다. 두 번이야, 두 번. 모두가 목청껏 소리 질렀다. 두 번이야, 두 번. 브란도도 엉겁결에 그 소리를 중얼거렸다. 함성 소리가 벽에 부딪혀 퍼지면서 그들의 귓전을 때렸다. 어쩌면 그 때문에 브란도는 유치장 출입구가 열리면서 삐걱이는 소리도, 철창으로 다가오는 분주한 발걸음 소리도 듣지 못했는지 모른다. 그는 눈부신 빛을 내뿜는 악마의 얼굴에서 시선을 떼고 나서야 철창 바로 뒤에 사람 세 명이 서 있다는 것을 깨달았다. 야, 이 새끼들아. 다들 제자리로 돌아가! 경관이 곤봉을 휘두르며 소리를 꽥 질렀다. 도대체 이 미친 새끼들은 내가 누굴 새로 데리고 올 때마다 어떻게 알고 이 지랄을 떠는 거지? 그러면서 경관은 곧장 신참 죄수 두 놈을 철창 안으로 밀어 넣었다. 그중 하나는 흰 콧수염을 달고 덩치가 왜소한 절름발이로, 제대로 서 있지도 못하는 놈이었다. 다른 하나는 키가 크지만 꼬챙이처럼 마른 놈이었는데, 몰골이 완전 엉망이었다. 곱슬머리에는 피가 말라붙어 떡이 되어 있었고, 입 언저리는 주먹으로 두들겨 맞은 듯 터지고 시퍼렇게 멍이 든 데다가 두 눈은 부어올라 완전히 감겨진 상태였다. 꼴을 봐서는 리고리토의 졸따구들한테 무자비하게 고문을 당한 게 분명했다. 기자나 사진 기자는 물론, 빌어먹을 인권 따윈 안중에도 없는 놈들이라 충분히 그런 짓을 하고도 남았다. 루이스미, 그 개새끼였다. 빌어먹을 호모 새끼 루이스미가 눈물로 범벅이 된 브란도의 눈앞에 나타난 것이다. 그의 얼굴, 씹할, 그의 얼굴이 분명했다. 브란도는 그의 얼굴을 품에 꼭 안아 주었다.

VII

사람들은 마녀가 실제로 죽지 않았다고 했다. 원래 마녀들은 그렇게 쉽게 죽지 않는 법이니까. 사람들에 의하면, 마지막 순간, 그러니까 두 녀석이 칼로 찌르기 직전에 **마녀**는 주문을 외워 다른 것으로 변신했다. **마녀**가 도마뱀 아니면 토끼로 변해 숲속 가장 깊은 곳으로 달려가 숨어 버렸다는 소문이 마을에 돌아다녔다. 혹은 어마어마하게 큰 솔개로 변해서는 그 뒤 며칠 동안이나 하늘에 나타났다는 이야기도 떠돌았다. 그 거대한 날짐승은 밭 위에서 커다란 원을 그리며 빙빙 돌다가 나뭇가지 위에 앉아 빨간 눈으로 지나다니는 사람들을 내려다보았다고 한다. 부리를 벌려 그들에게 말을 걸고 싶은 듯이 말이다.

들리는 말에 따르면, 어딘가에 숨겨져 있을지도 모르는 보물을 찾으려고 죽은 마녀의 집에 들어간 이들이 적지 않았다고 한다. 농수로에 떠오른 시신이 누구의 것인지 알려지기가 무섭게, 사람들은 삽과 곡괭이와 망치를 들고 그 집으로 우르르 몰려갔다. 그러고는 숨겨진 문과 비밀의 방을 찾기 위해 벽을 허물고 바닥을 참호처럼 파내기 시작했다. 그 집에 가장 먼저 들어간 자들은 리고리토의 부하들이었다. 상관의 명령에 따라 그들은 복도 끝에 있는 방의 문을 부수기까지 했다. 그 방은 예전에 늙은 마녀가 지내던 곳이었는데, 그녀가 오래 전에 종적을 감춘 이후로 줄곧 잠겨 있었다. 사람들은 말하기를, 그 문이 열리자 리고리토와 부하들은 차마 눈 뜨고는 볼 수 없을 만큼 끔찍한 광경을 보고 질겁했다고 한다. 검게 변한 늙은 마녀의 미라가 무거운 떡갈나무 침대 한복판에 누워 있었던 것이다. 그 시신은 그들이 보는 앞에서 껍질이 떨어져 나가고 산산이 부서지더니 결국 뼈와 머리카락 더미로 변하고 말았고, 그 모습을 본 그 겁쟁이들은 미친 듯이 달아나서는 다시는 마을로 돌아오지 않으려고 했다는 소문이 돌고 있다. 물론 그건 전혀 사실이 아니라고 주장하는 사람들도 있지만, 어쨌든 리고리토와 그의 부하들이 늙은 마녀의 방에 숨겨진 보물─소문으로만 떠돌던 바로 그것─을 찾아낸 것은 사실이었다. 그들은 금화와 은화는 물론, 유리라고 착각이 들 정도로 커다란 보석이 달린 반지를 비롯한 귀금속들을 자루에 쓸어 담고는 비야에서 단 한 대밖에 없는 순찰차를 타고 달아났다. 그런데 들리는 소문에 의하면, 탐욕에 눈이 멀어 보물을 독차지하고 싶었던 리고리토는 부하들을 모조리 죽이기로 결심했다고 한다. 그래서 마타코쿠이테를 지나가던 중에 부하들의 총기를 모두 회수한 뒤, 등 뒤에서 하나씩 쏘아 죽였다는 것이다. 그것만으로는 모자랐는지, 그는 경찰 당국이 그 사건을 마약 조직의 소행으로 여기도록 그들의 목을 모조리 자르고는 혼자서 그 많은 돈을 가지고 어딘가로 잠적했다고 한다. 반면 어떤 이들은 그건 애당초 말도 안 되는 소리라고 반박했다. 6대 1로 유리한 상황에 있던 부하들이 먼저 리고리토를 죽였다는 거였다. 그런데 실제로 리고리토와 그의 부하들은 우연히 마주친 라사 누에바의 조직원들에 의해 참변을 당했을 가능성이 높았다. 그 조직원들은 라사 누에바의 정찰대로, 그루포 솜브라가 유전에 배치해 놓은 졸개들을 처치하고 북쪽에서 내려오던 길에 경찰차를 보고 범행을 저지른 것으로 추정되고 있다. 그 주장이 사실이라면, 그들의 시신은 머지않아 총격 현장 인근에서 발견될 것이다. 그리고 아마 토막이 나 있을 그들의 시신에는 고문의 흔적과 함께 상대 조직인 그루포 솜브라의 쿠코 바라바스와 조직원들에게 보내는 경고 메시지가 걸려 있을 것이다.

항간에는 조만간 이 지역의 질서를 회복하기 위해 해병대를 파견할 것이라는 소문이 돌고 있다. 사람들은 그 비정상적인 더위가 그곳 사람들을 미치게 만든다고 말했다. 5월이 되었지만 비는 한 방울도 내리지 않았다. 다가올 태풍철은 만만치 않을 듯했다. 불길한 징조가 보이더니 끔찍한 일들이 연이어 일어났던 것이다. 목이 잘리고 토막 난 시체들은 천에 둘둘 말린 채, 혹은 비닐봉지에 담긴 채 도로변에 던져지거나 마을 끝자락에 급하게 파 놓은 구덩이 속으로 들어갔다. 또한 총격이나 자동차 사고, 혹은 경쟁 조직 간의 물고 물리는 보복전으로 사망하는 사람들 역시 점점 늘어났다. 언론은 이 각각의 사건들을 강간, 자살, 혹은 치정 범죄로 규정했다. 산 페드로 포르티요에서 여자 친구가 자기 아버지의 아이를 임신한 것을 알고 격분한 나머지 그녀를 살해한 열두 살짜리 소년이 대표적인 경우다. 아니면 어느 농부가 사냥을 나갔다가 자기 아들을 총으로 쏘아 죽인 사건도 빼놓을 수 없다. 사건 직후 그는 경찰에게 아들을 오소리로 착각하고 방아쇠를 당겼다고 진술했지만, 그가 며느리하고 눈이 맞아 불륜을 저지르는 중이었다는 사실을 모르는 사람은 아무도 없었다. 또 팔로가초에 사는 어느 미친 여인이 식탁과 옷장 문짝에서 뜯어낸 널빤지로, 그리고 심지어는 텔레비전까지 동원해서 자기 아이들을 때려죽인 사건도 있었다. 그녀는 경찰에게 자기 아들들이 진짜 자식들이 아니라 자기 피를 빨아먹으려고 온 흡혈귀라고 주장했다. 남편이 자기는 거들떠보지도 않으면서 딸아이만 예뻐하는 것을 보고 질투심에 사로잡혀 어린 딸을 목 졸라 죽인 정신 나간 여자도 있었다. 그녀는 담요를 꺼내 와 숨이 끊어질 때까지 딸아이의 얼굴을 덮어 눌렀다고 한다. 또 네 명의 웨이트리스를 강간한 뒤 살해한 마타데피타 출신 무뢰한들도 있었다. 하지만 그들을 살인범으로 지목한 증인이 재판에 나타나지 않자, 결국 판사는 그 망나니들을 풀어줄 수밖에 없었다. 그 증인은 그들을 경찰에 밀고했다는 이유로 살해되었다는 소문이 파다하다. 그리고 그 개자식들은 마치 아무 일도 없었던 것처럼 지금도 거리를 활보하고 있다…….

그래서 여자들, 특히 라 마토사의 여자들은 불안 때문에 늘 마음을 졸이며 살고 있다고 한다. 그래서인지 그들에게는 저녁이 되면 현관에 삼삼오오 모여 앉아 갓난아기를 품에 안은 채 담배를 피우는 습관이 생겼다고 한다. 그녀들이 모기를 쫓기 위해 아기의 정수리 위로 매운 담배 연기를 뿜어내며 강에서 불어오는 시원한 바람을 즐길 무렵이면, 마을은 마침내 정적에 잠긴다. 저 멀리, 고속 도로변의 사창가에서 희미하게 들려오는 음악 소리와 유전으로 향하는 트럭들의 요란한 엔진 소리, 그리고 개들이 벌판의 끝에서 반대편 끝을 향해 서로를 애타게 부르면서 늑대처럼 울부짖는 소리만 들려올 뿐이다. 그때가 오면, 여인들은 서로 재미나게 이야기를 나누는 와중에도 한 눈으로 힐끔힐끔 하늘을 살핀다. 가장 높은 나무 위에 내려앉아 무언가 알려 줄 게 있다는 눈빛으로 자기들을 내려다보는 기묘한 하얀 새를 찾기 위해서다. 절대로 마녀의 집에 들어가면 안 돼. 아예 그쪽으로 가지도 말라고. 그리고 그 집 앞을 지나쳐서도 안 되고, 벽 여기저기에 난 큰 구멍으로 안을 엿봐서도 안 돼. 특히 보물을 찾으러 그 집에 들어가면 왜 안 되는지 아이들에게 자세히 일러 줘야 해. 친구들과 우르르 몰려가서 폐허처럼 변한 방을 마구 돌아다니지 않도록, 또 누가 더 담력이 센지 겨루겠답시고 위층의 복도 끝 방으로 올라가서 늙은 마녀의 시신이 더러운 매트리스 위에 남긴 얼룩을 맨손으로 만지지 않도록 다짐을 받아야 한다고. 겁 없이 그 안에 들어갔다가 비명을 지르며 뛰쳐나온 자들이 있고, 집 안에 떠도는 악취 때문에 실신한 이들도 있고, 갑자기 벽을 뚫고 나타나 사람들을 뒤쫓는 그림자를 보고 겁에 질려 얼굴이 새파래진 이들도 있었다는 사실을 아이들에게 똑똑히 알려 줘야 돼. 또 그 집 안에 감도는 죽음과 같은 정적과 한때 거기에 살았던 가련한 인간들의 고통을 존중할 줄도 알아야 한다고 알려 줘. 이상은 마을의 여인들이 입버릇처럼 하는 말이다. 이를 짧게 요약하면 다음과 같다. 그 안에 귀금속이나 다이아몬드 같은 보물은 없다. 단지 영원히 사라지지 않을, 가슴을 찢는 고통만이 어른거리고 있을 뿐이다.

VIII

시체 안치소 일꾼들이 구급차에서 시신을 다 내리는 동안, 노인은 나무 그루터기에 걸터앉아 담배를 피웠다. 그는 그 시신들을 눈으로 하나씩 세고 있었다. 얼굴이나 성별을 확인할 수도 없을 만큼 처참하게 훼손된 시신, 온전하기는커녕 썩은 살덩어리만 남은 시신들이라고 해도, 그는 큰 어려움 없이 그 수를 헤아릴 수 있었다. 술에 취한 채 언덕의 잡초를 베려고 하다가 사고를 당한 게 분명한 어느 농부의 굳은살이 박인 발도 있었고, 손가락과 간 조각, 아니면 피부 조직처럼 정유 공장 병원에서 수술 후에 나온 찌꺼기도 있었다. 일꾼들이 내린 덩어리들 중 처음으로 온전했던 시신은 부랑자처럼 보였다. 반평생 동안 뜨거운 햇살을 받으며 헛소리나 지껄이면서 떠돌아다닌 듯, 시신의 살갖은 누르스름하고 쭈글쭈글했다. 그 다음은 토막 난 가엾은 소녀의 시신이었다. 불쌍한 것 같으니. 그래도 이 아이는 벌거벗고 있지는 않구먼. 온몸을 하늘색 셀로판지로 둘둘 말아 놓았네. 아마 잘린 사지가 구급차 바닥에 나뒹굴지 않도록 저렇게 해 놓은 거겠지. 노인은 속으로 생각했다. 그 다음은 신생아였다. 체리모야[66]만큼 자그마한 머리를 가진 이 갓난아기는 죽기도 전에 부모에 의해 어느 병원에 버려진 모양이었다. 뒤이어 마지막으로 그날 본 것 중에서 가장 무겁고 다루기 까다로운 시신이 등장했다. 그 시신은 손과 발을 묶으려고 할 때마다 살갖이 벗겨지는 바람에 인부들이 시트로 온몸을 싸서 옮겨야 했다. 노인이 보기에는, 숨이 끊어질 때까지 예리한 흉기로 잔인하게 난자당했는데도 사지가 온전히 붙어 있는—물론 부패한 상태였지만—저 시신은 나머지 시신들을 다 합친 것보다도, 심지어 토막 난 가엾은 여자아이보다도 훨씬 더 난감한 존재였다. 죽어서도 자신의 운명을 받아들이지 못해서 그러는지, 아니면 깜깜한 무덤 속이 지독히도 무서워서 그러는지, 저런 꼴의 시신들은 처리하기가 여간 힘들지 않았다. 하지만 시체 안치소에서 온 저 두 멍청이는 그런 문제에 전혀 관심이 없는 듯했다. 그들은 늘 허튼소리만 지껄였다. 노인에게서 담배 한 개비라도 뜯어내려고, 아니면 노인이 무슨 대답을 할지 떠 보려고 말이다. 오늘은 할 일이 엄청 많네. 둘 중에서 삐쩍 마른 자가 말했다. 실종된 비야 경찰들을 얼마 전에 찾았다던데. 그런데 머리도 잘린 데다 온몸이 갈가리 찢겨 있더래. 노인은 담배를 길게 빨아 연기를 내뿜으면서 두 일꾼이 구덩이 속에 던져 넣은 시신들을 뚫어지게 바라보았다. 그러면서 모래와 석회를 얼마나 넣어야 할지 머릿속으로 계산했다. 아, 그럼 당장 구덩이를 하나 더 파야겠는데. 옆에 서 있던 금발의 청년이 말했다. 여태껏 거의 말을 하지 않았던 그는

---

66 **chirimoya.** 아노나과에 속한 열대성 낙엽 소교목으로, 열매의 과육은 향기가 강하고 다소 신맛이 난다.

바보 같은 미소를 지으며 노인을 빤히 쳐다보기만 했다. 그 구덩이에 아직 스무 구도 더 집어넣겠는데. 노인이 그에게 말하자 삐쩍 마른 자가 웃음을 터뜨렸다. 할배, 비야에서도 그런 말을 하더라고요. 그런데 있잖아요, 그래놓고 결국 그 동네 여관은 만실이 돼가지고 어쩔 수 없이 시신을 여기로 끌고 온 거예요. 공동묘지 무덤들은 이렇게 내려다보니까 무슨 야구장의 투수 마운드 같네요. 노인은 눈을 가늘게 뜨고 두 청년을 바라보기만 했다. 그냥 저들을 똑바로 세워서 묻으면 어떨까요? 금발 청년이 담배꽁초를 구덩이 속으로 휙 던지며 말했다. 물론 저 얼간이는 농담을 던진 거였지만, 노인은 그게 큰일 날 소리라는 걸 잘 알고 있었다. 저 많은 시신을 바로 눕혀서 차곡차곡 쌓아 올리지 않으면 후환이 생길 게 분명했다. 저 속에 묻힌 이들이 불편해서 자꾸 몸을 뒤척이면 결국 산 사람들의 꿈속에 나타날 것이다. 그러면 그들은 사람들의 머릿속에서 잊히지 못하면서 이승에 갇히게 되고, 결국 몹쓸 장난을 치거나 무덤 사이를 떠돌아다니면서 사람들을 겁주는 존재가 되는 것이다. 비야의 시체 안치소에서 온 두 일꾼이 기대에 찬 표정으로 자기를 쳐다보자, 노인은 다시 담배를 피워 물면서 머리를 살살 저었다. 분명 그들은 노인이 이야기를 들려주기를 바라는 눈치였지만, 노인은 그들의 청을 들어주고 싶지 않았다. 무엇하러 그런 이야기를 해 준단 말인가? 온 동네에 저 할배가 노망났다는 소문이나 퍼뜨리고 다니게 하라고? 염병할 놈들. 개놈의 새끼들. 특히 삐쩍 마른 저놈이 문제였다. 노인이 죽은 자들과 대화를 나눈다는 소문을 처음 퍼뜨린 것도 저놈이었다. 노인은 녀석이 아무리 우둔해도 눈치는 좀 있겠거니 생각하면서 자기 속마음을 털어놓았는데, 그게 화근이 되고 말았다. 입이 근질근질하던 저놈은 공동묘지를 나서자마자 만나는 사람마다 저 할배가 혼령의 목소리를 듣는다는 둥 노망이 났다는 둥 헛소리를 떠벌리고 다녔다. 망할 놈. 노인이 녀석에게 하고 싶었던 이야기는 매장할 때 시신에게 꼭 말을 걸라는 것뿐이었는데, 그건 자신의 경험에서 우러난 이야기였다. 그렇게 해야 만사가 아무 탈 없이 풀려나갔기 때문이었다. 또 누군가가 시신에게 말을 걸어 이런저런 이야기를 들려주면, 그 시신도 다소나마 마음의 위안을 느껴 더 이상 산 사람들에게 해코지를 하려 들지 않는다는 이유도 있었다. 그래서 노인은 두 일꾼이 빈 구급차를 타고 떠날 때까지 꾹 참고 기다렸다가 용기를 내 새로 도착한 시신들에게 말을 걸었다. 무엇보다 그들의 영혼을 달래는 게 급선무였다. 고난의 삶이 이제 다 끝났으니 어둠도 곧 사라질 거요. 그러니 더 이상 두려워할 게 뭐 있겠소. 벌판을 가로질러 불어오는 바람이 아몬드 나무 꼭대기의 이파리들을 사납게 휘젓고, 멀리 떨어진 무덤들 사이에서 모래 소용돌이를 일으키고 있었다. 아, 드디어 비가 오는구려. 노인은 하늘에 잔뜩 낀 먹구름을 쳐다보면서 죽은 이들에게 말했다. 그 말을 하는 그의 얼굴에 안도의 기색이 희미하게 드리웠다. 오! 드디어 비가 오는구려. 그는 같은 말을 되풀이했다. 하지만 겁낼 것 없소. 굵은 빗방울 하나가 삽을 잡고 있는 그의 손등에 떨어졌다. 노인은 그 계절 들어 처음 내린 비의 달콤한 맛을 보기 위해 손등을 입에 갖다 댔다. 폭우가 쏟아지기 전에 서둘러 시신을 덮어야 했다. 그는 우선 석회로, 그 다음에 모래로 구덩이를 덮은 다음, 떠돌이 개들이 야밤에 와서 시신을 파내지 못하도록 그 위에 철망을 깔고 돌을 얹었다. 아무 걱정 마시오. 그는 속삭이듯 나직한 목소리로 계속 그들에게 말했다. 겁낼 것도, 초조해 할 것도 없으니까, 거기 편안하게 누워 계시오. 그때 어두컴컴한 하늘 저편에서 번개가 시퍼런 빛을 뿜더니 이어지는 천둥소리가 온 땅을 뒤흔들었다. 이제는 비도 당신을 괴롭힐 수 없을 거고, 어둠도 영영 계속되지는 않을 거요. 보셨소? 저 멀리서 반짝이는 빛, 마치 별처럼 보이는 저 작은 빛 말이오. 여러분이 가야 할 곳은 바로 저기요. 그가 그들에게 설명했다. 저기가 바로 이 구덩이에서 빠져나가는 길이오.

감사의 말

너그러운 마음으로 이 소설의 여러 판본을 읽고 자신의 의견을 개진해 준 페르난다 알바레스, 에두아르도 플로레스, 마이클 게이브, 미겔 앙헬 에르난데스 아코스타, 오스카르 에르난데스 벨트란, 유리 에레라, 파블로 마르티네스 로사다, 하이메 메사, 에밀리아노 몽헤, 알렉스 무뇨스, 안드레스 라미레스, 그리고 가브리엘라 솔리스에게 감사의 뜻을 전한다. 또한 똑같은 이유로, 그리고 적절한 때에 마르케스의 『족장의 가을』을 권해 준 마르틴 솔리스에게도 감사의 마음을 전하고 싶다. 탁월한 르포르타주 작품인 『뚜렷한 흔적들』을 통해 의도치 않게 내게 중요한 실마리를 제공해 준 호세피나 에스트라에게도 고마움을 전하고 싶다. 훌륭한 단편소설, 특히 기원 미상의 대중 설화를 탁월하게 작품화한 『일요일 일곱 신세가 되기』의 작가이자 사회 활동가였던 카르멘 리라의 영전에 이 책을 바친다. 이 소설에 나오는 일요일 일곱의 모티브는 모두 그녀의 작품에서 얻은 것임을 밝힌다.

언론인이던 욜란다 오르다스와 가브리엘 우헤―이들은 악명 높던 하비에르 두아르테 데 오초아 정권 시절 모두 베라크루스에서 살해되었다―에게도 깊은 감사의 뜻을 전한다. 나는 그들의 사건 기사와 사진을 통해 『태풍의 계절』에 나오는 몇몇 이야기의 영감을 얻었다.

이 소설을 쓰는 내내 내게 따뜻한 사랑을 베풀어 준 로우르데스 오요스, 그리고 저 먼 곳에서 별처럼 반짝이는 빛이 되어 준 우리엘 가르시아 바렐라에게도 감사의 뜻을 전한다.

마지막으로 이 세상 최고의 가족이자 나를 그 일원이 되도록 해준 에릭, 안나, 그리스 망하레스에게 깊은 사랑의 마음을 전하는 바다.